中國語言文字研究輯刊

三　編

許 錟 輝 主編

第 18 冊

圓融內外　綜貫梵唐
——第五屆漢文佛典語言國際學術研討會論文集

程邦雄、尉遲治平　主編

花木蘭文化出版社

國家圖書館出版品預行編目資料

圓融內外　綜貫梵唐——第五屆漢文佛典語言國際學術研討會論文集／程邦雄、尉遲治平主編 — 初版 — 新北市：花木蘭文化出版社，2012〔民 101〕
目 2+294 面；21×29.7 公分
（中國語言文字研究輯刊　三編；第 18 冊）
ISBN：978-986-322-063-3（精裝）
1. 佛經　2. 漢語　3. 語言學　4. 文集
802.08　　101015998

ISBN-978-986-322-063-3

中國語言文字研究輯刊
三　編　　第十八冊　　ISBN：978-986-322-063-3

圓融內外　綜貫梵唐
——第五屆漢文佛典語言國際學術研討會論文集

作　　者　程邦雄、尉遲治平主編
主　　編　許錟輝
總 編 輯　杜潔祥
出　　版　花木蘭文化出版社
發 行 所　花木蘭文化出版社
發 行 人　高小娟
聯絡地址　新北市永和區中正路五九五號七樓之三
　　　　　電話：02-2923-1455／傳眞：02-2923-1452
網　　址　http://www.huamulan.tw 信箱　sut81518@gmil.com
印　　刷　普羅文化出版廣告事業
初　　版　2012 年 9 月
定　　價　三編 18 冊（精裝）新台幣 40,000 元

圓融內外　綜貫梵唐

——第五屆漢文佛典語言國際學術研討會論文集

程邦雄、尉遲治平　主編

目次

歸元寺方丈釋隆印致歡迎辭

佛典語言國際學術研討會與會代表合影

第五屆漢文佛典語言國際學術研討會與會代表合影
二〇一〇年十月三十日

五祖寺菩提樹下部分與會代表合影

前　言

本書所收的是在武漢召開的第五屆漢文佛典語言學國際學術研討會上發表的學術論文。

佛學與語言學有著天然的聯繫，佛典的翻譯、流播，對漢語和漢語語言學產生了廣泛而深刻的影響，而漢語語言學的研究成果，對於研讀佛典也有著不容忽視的重要作用。

古代印度語言學就十分發達。唐代玄奘大師在《大唐西域記》中記述古代印度的教育情況，說：「開蒙誘進，先導十二章。七歲之後，漸授五明大論：一曰聲明，釋詁訓字，詮目疏別。」這種重視語言學的傳統，深深地影響了佛學，佛經中經常可以看到討論文字、語音、語義和語法的內容，並藉以闡發佛理，不懂語言學，也就難明佛理。佛經中往往有「文字品」、「字母品」、「字輪」這樣的篇章，大藏經中專門有「事匯部」、「悉曇部」這樣的部類，其中的內容，從語言學家的眼光看，就是佛典中的語言學，是佛典語言學的重要組成部分。

從東漢直到宋代，翻梵爲漢的佛經翻譯事業，綿延千年，匯爲巨帙，結集爲漢文大藏經，這是人類歷史上空前絕後的浩大工程，是中印文化奉獻給人類文明的瑰寶，是人類翻譯史上一次偉大的壯舉。譯經大師在佛經翻譯的實踐中也總結出了豐富的翻譯方法、原則和理論，寫進了漢文佛經中，成爲翻譯學和翻譯學史的寶貴遺產。這也是漢文佛典語言學的重要研究內容。

中國的僧眾要研讀佛經原典，要將梵文完美地譯成漢文，必須對這兩种不同體系的語言進行比較，觀察分析梵漢語音系統、語法結構、語義詞彙和語用表達各個方面的差異、對應關係及其轉換規則。這或許是人類最早的對比語言學實踐活動之一。他們也把自己的心得體會寫入佛經，大部分都保存在悉曇著作之中，是我們研究古代漢語的珍貴資料。

特別要指出的是，梵僧傳入中國的聲明之學尤其對漢語音韻學產生了巨大的影響。印度人分析梵文的理論和方法，被中國人移植到對漢語的分析中，催生了漢語等韻學。不少學者認爲漢語等韻圖的體制、等韻學的術語，甚至反切的發明，其契機都在於此。

佛典在中國的傳播，促進了古代漢語的發展演變。佛教詞語大批進入漢語，有的已經成爲漢語的基本詞彙，以致一般人已經完全覺察不到這些詞語的外來色彩。研究這些詞彙的語源和歷史發展，是離不開漢文佛典的。

漢文佛經的翻譯語體，也對古代漢語的語法結構產生了一定影響。學術界原來對這一點認識不足，很少關注，今年纔有學者開始對這一問題展開了研究。在漢語語法史的研究中，一個語法成分何時產生，一個詞語語法化何時完成，往往見仁見智，難以定奪。現在有學者開始將漢文佛經與梵文原本進行比較，利用梵文來判斷漢語詞語的語法意義。這是漢文佛典在漢語語法史研究中一個值得重視的作用。

在漢語語音史的研究中，漢文佛典更是有其特殊的無可取代的作用。千百年來，研究古代漢語語音的工作衹是進行音類的劃分，卻無法說明音值，因爲漢字不能直接標示讀音，學者沒有可資利用的材料。直到上個世紀初，這個千年難題才找到解決的途徑。一個是瑞典學者高本漢引入的歷史比較法，一個就是利用漢文佛典中保留的梵漢對音。古代譯經師翻梵爲漢，有時由於種種原因不能意譯而採取音譯，並規定了什麼情況必須音譯的原則，總結出音譯的各種方法，訂立嚴格的對音條例，以保證按照漢字誦讀能準確地發出梵文的正確讀音。這樣我們今天就可以根據梵文反過來還原漢字在當時的讀音。對音還原法和歷史比較法不同，歷史比較法是利用後代的漢語方言逆向構擬可能的讀音，對音還原法是利用同時的對音橫向還原眞實的讀音。漢文佛典中保存的梵漢對音的語料非常豐富，特別是梵咒，字數多，對音準確，是進行漢語語音史研究的寶藏。

同樣，漢語文字學、音韻學、訓詁學和語法學的研究成果，也是我們釋讀研討漢文佛典的的不可或缺的有力工具。

漢文佛典是漢語史研究的寶貴資糧，漢語文字音韻訓詁學又是研讀漢文佛典的有力工具，所以，無論是語言學界還是佛學界，都有不少有識之士利用漢文佛典研究漢語史，或者利用漢語語言學研究漢文佛典，但他們之間缺乏溝通，沒有一個可供交流研究成果共享資源的平臺。

2002 年，由竺家寧教授發起，在臺灣嘉義的中正大學舉辦了第一屆漢文佛典語言學學術研討會，使學術界、佛學界有了共識，深深體會到中古漢語研究在佛經研究上的重要意義，推動了相關研究的迅速發展。2004 年，第二屆漢文佛典語言學學術研討會在長沙的湖南師範大學舉行，開啓了兩岸輪流主辦該項學術活動的契機。2008 年，臺灣政治大學與法鼓佛教學院共同舉辦了第三屆漢文佛典語言學國際學術研討會，開始了大學和佛教團體合作舉辦學術會議的新局面。2009 年，北京大學和寧波香山教寺、大渡網在寧波舉辦漢譯佛典語法研究學術討論會暨第四節漢文佛典語言學學術研討會，會議還獲得了中華宗教文化交流協會和世界佛教論壇的支持。在這次會議上，華中科技大學程邦雄教授發表了熱情洋溢的致辭，盛邀各位專家和大德高僧 2010 年到武漢出席第五屆研討會。

第五屆漢文佛典語言學國際學術研討會於 2011 年 10 月 29～11 月 1 日在華中名刹歸元禪寺舉行。會議由華中科技大學和武漢大學主辦，黃崗師範學院協辦，武漢市民族宗教事務委員會、武漢市佛教協會、漢陽歸元禪寺、武昌寶通禪寺、武漢歸元大覺賓舍和武漢歸元正藏圖書館爲會議的圓滿成功提供了極大的便利和特別的支持。會議期間，大會代表還專程前往中國禪宗的發祥地黃梅五祖寺參觀禮拜。

本屆會議共收到來自北京大學、浙江大學、南京大學、延世大學、高麗大藏經研究所、越南河內國家大學等國內外著名高校和研究機構的高水準論文四十餘篇，內容幾乎涵蓋了文字、語音、詞彙、語法等漢文佛典語言的所有領域。五十餘位專家學者歡聚一堂，切磋學術，交流心得，展示了佛典語言研究的新成果、新進展。

我們要感謝武漢市民族宗教事務委員會、武漢市佛教協會、歸元禪寺方丈隆印大師、歸元正藏圖書館館長周致嘉女士、武漢佛教協會張躍生副會長、蔡賢舉秘書長，還要感謝華中科技大學程邦雄教授、武漢大學盧烈紅教授、趙世舉教授和黃岡師範學院陳淑梅教授，最後我們還要特別感謝華中科技大學黃仁瑄博士，他爲會議的籌辦和論文集的編輯出版做了大量工作。

千年存梵唱，古刹有希音。佛法東被，與漢土語言竟結下如許善緣，成就了漢文佛典語言學這株中華文化之奇葩。我們以這本論文集作爲一瓣心香，願漢文佛典語言學根深葉茂，春華秋實，爲煌煌中華文化做出貢獻。

尉遲治平　　2012 年 5 月 8 日

從佛典譯音看輕唇音與舌上音問題

施向東

（南開大學　漢語言文化學院）

摘　要

輕唇音與舌上音問題是漢語語音史上兩個重要的問題，此前有學者對漢語中這兩類聲母輔音產生的時代估計過晚。本文根據梵漢對音的材料，論證了舌上音知組聲母在兩晉南北朝已經產生，而輕重唇音的分化在唐初已經發生了，並且濁音的分化可能要走在前面一些。奉紐的音值是 v，已經非常清楚。

關鍵詞：佛典譯音；輕唇音；舌上音

輕唇音與舌上音問題是漢語語音史上兩個重要的問題。清儒錢大昕首先提出「古無輕唇音」和「古無舌上音」的觀點，認爲在漢語上古音中沒有輕唇音「非敷奉微」和舌上音「知澈澄娘」這八個聲母。錢大昕的看法得到學界一致的肯定。但是，輕唇音和舌上音是何時出現的？學界對這一問題的答案卻歧見迭出。

錢大昕認爲：「凡今人所謂輕唇者，漢魏以前皆讀重唇。」〔註 1〕換言之，即輕唇音起於漢魏以後。具體是什麼時候呢？他說：「輕唇之名，大約出於齊梁以後，而陸法言《切韻》固之，相承至今。」

陳澧《切韻考》以《廣韻》反切上字繫聯聲類，自許爲「隋以前雙聲之區域」〔註 2〕，所分四十聲類中已有舌上四紐；而輕唇與重唇尚未分〔註 3〕。也就是說，隋以前輕唇音尚未產生，而舌上音則已經有了。

高本漢的意見與陳澧大體相似，他在《中國音韻學研究》中構擬了《廣韻》音系，認爲它代表了 6 世紀（公元 500～600 年）的語音。這一音系中有舌上音聲母「知 ȶ 澈 ȶʻ 澄 ȡʻ」（但是沒有「娘」。高本漢認爲「娘」母是顎化的舌頭音聲母 nj），而沒有輕唇音聲母〔註 4〕。

王力認爲隋以前輕唇音和舌上音均未產生，隋—中唐音系中有舌上音「ȶ 知 ȶʻ 澈 ȡ 澄」，根據《晉書音義》，認爲它們產生於唐天寶年間〔註 5〕。他還將日母ȵ與之配套，而認爲「娘母實際上是不存在的。」根據南唐徐鍇《說文解字繫傳》所用朱翱反切，王力（1985）認定輕唇音產生於晚唐—五代。

本文擬從佛典譯音的角度探討輕唇音和舌上音產生時代和產生方式的問題。

〔註 1〕錢大昕《潛研堂文集》，上海書店，1989 年。

〔註 2〕陳澧《切韻考》，北京中國書店，1984 年。

〔註 3〕按《切韻考》唇音雖分兩類，卻只是一二四等與三等的不同，不是重唇與輕唇的不同。

〔註 4〕高本漢《中國音韻學研究》，商務印書館，1995 年，北京。

〔註 5〕這是按王力《漢語語音史》卷上《歷代的音系》第四章《隋—中唐音系》所述。在該書導論的第四章中，王力又認爲直到晚唐時代知組才從端組分化出來，變成舌上音。

一、後漢三國時代的梵漢對音表明，三國以前漢語音系中尚未出現輕唇音和舌上音

現存漢譯佛典最早不早於後漢三國時代。攝摩騰、竺法蘭、安世高、支婁迦讖、嚴佛調、支曜、康孟祥、曇果、康僧會、支謙、竺律炎等譯經諸公，皆爲後漢以下人氏。在他們所譯出的佛典裡，還看不到漢語中輕唇音和舌上音的跡象。俞敏先生的《後漢三國梵漢對音譜》已經揭示了這個事實〔註6〕。我們擇要選取一些例子，並且將出處詳細引述如下：

梵文	漢譯	譯者	經名
śāriputra	舍利<u>弗</u>	支婁迦讖	道行般若經
pūrva-videha	<u>弗</u>于逮	支婁迦讖	佛說兜沙經
puṇḍarīka	<u>分</u>陀利（華）	支婁迦讖	阿閦佛國經
jambudvīpa	閻<u>浮</u>	支婁迦讖	雜譬喻經
brahmayu	<u>梵</u>摩渝	支謙	梵摩渝經
pūrṇa	<u>富</u>那（長者）	支謙	撰集百緣經
mucilinda	<u>文</u>隣龍	支謙	佛說太子瑞應本起經
puṣka	<u>沸</u>迦沙王	安世高	佛說處處經
śākyamuni	釋迦<u>文</u>	竺大力、康孟詳	修行本起經

上述漢譯文字中「弗、分、浮、梵、富、沸、文」後世讀作輕唇音的，在這裡都對譯雙唇輔音 p、b、m，与重唇音的字并沒有區別。如 puṇḍarīka，安世高譯《佛說婆羅門子命終愛念不離經》亦作「奔陀利」；śākyamuni，支謙《撰集百緣經》亦作「釋迦牟尼」。

梵文	漢譯	譯者	經名
śāṭaka	舍<u>勒</u>	安世高	迦葉結經
sphaṭika	頗<u>梨</u>／玻<u>梨</u>	康僧鎧	佛說無量壽經
caṇḍāla	栴<u>陀</u>羅	竺律炎、支謙	摩登伽經
kaṇṭhaka	揵<u>德</u>	康僧會	六度集經卷第八
garuḍa	迦<u>樓</u>羅	支謙	撰集百緣經

〔註 6〕俞敏《後漢三國梵漢對音譜》，《俞敏語言學論文集》，商務印書館，1999 年，北京。

piṇḍola	賓頭盧	竺律炎	佛說三摩竭經
avaivartika	阿惟越致菩薩	支婁迦讖	道行般若經
tiṣya	蛭駛	支謙	撰集百緣經
Sindhu（>hindu）	天竺	支婁迦讖	道行般若經
akaniṣṭha	阿迦膩吒	支婁迦讖	道行般若經
nyagrodha	尼拘類	康僧鎧	佛說無量壽經
pūrṇamaitrāyaṇi	邠耨文陀尼	支謙	佛說慧印三昧經
kapphiṇa	劫賓那	康僧鎧	佛說無量壽經
śikṣāmāṇā	式叉摩那	康僧鎧	曇無德律部雜羯磨

上述涉及 ṭ 組和 t 組輔音的梵詞的漢譯形式，後世讀爲舌頭音和舌上音的糾纏不清，如「德、陀、頭、那、耨」爲端組聲母字，對譯帶輔音 ṭh、ḍ、ṇ的音節；「致、蛭、竺、膩、尼」後世爲知組聲母字，對譯帶輔音 t、dh、n 的音節。可以判斷當時漢語中舌上音聲母尚未形成。錢大昕「古無輕唇音」、「古無舌上音」的觀點是可信的。

但是，上述對音表中有一個現象非常發人深省。梵語有些 ṭ、ḍ，漢譯用來母字「勒、梨、羅」對譯。包擬古（1995）、鄭張尚芳（2003）構擬的漢語上古音聲母系統中來母的音值是 r，它是一個舌尖部位的捲舌音，與 ṭ 組輔音的音色很相似。這個構擬極好地說明了梵漢對音中 ṭ 組對來母字的現象。

二、兩晉南北朝舌上音產生，而輕唇音尚未分化

漢魏之後的兩晉南北朝在中國歷史上正處於漢語上古期向中古期轉變的過渡時期。漢末社會動盪分裂，經過西晉短暫的統一，又陷入南北分裂的格局，中國北方經歷十六國割據、北魏獨大，又分裂爲東魏、西魏、繼之以北齊、北周；南方則經歷東晉、宋、齊、梁、陳的輪替，其間南北方又互相衝突，戰亂不斷。三百年間，漢族和匈奴、鮮卑、羯、氐、羌、柔然等各族在動盪衝突中逐漸融合。民族的融合，帶來語言的巨變。漢語的語音系統發生了一系列深刻的變化，上古音的一些特徵漸漸消退，中古音的特徵逐漸發展，自西晉開始，舌上音在漢語聲母系統中產生，它們與舌頭音的分野逐漸明朗，但是娘母尚未獨立。

南北朝雖然是「韻書蜂出」的時代，但是《切韻》之前的韻書，大都散逸

了。而這一階段卻是漢譯佛典蓬勃發展的時期，梵漢對音的資料非常豐富。所以我們可以繼續從梵漢對音的角度觀察輕唇音和舌上音的發生問題。

兩晉南北朝時期輕唇音仍然沒有在漢語音系中獨立出來。西晉竺法護譯梵文帶 p、ph、b、bh、m 的音節除了用後世讀爲重唇音的幫組聲母字，還用後世讀爲輕唇音的「分、弗、富；梵、佛、浮；文」等字（如 pusya 譯作「富沙」、puṇḍarīka 譯作「分陀利」、śāriputra 譯作「舍利弗」、jambudvīpa 譯作「閻浮提」、śākyamuni 譯作「釋迦文」、buddha 譯作「佛」）。東晉法顯、佛陀跋陀羅譯 p、ph、b、bh、m 也用了這些字（如 brahma 譯作「梵天」、samyak-saṁbuddha 譯作「三藐三佛陀」、pāṭaliputra 譯作「巴連弗」、pūraṇa 譯作「富蘭那」、mañjuśri 譯作「文殊師利」）。後秦鳩摩羅什、北朝瞿曇般若流支的譯經也莫不如此（如譯 śāriputra 作「舍利弗」、pūrṇa 譯作「富樓那」、puṇḍarīka 譯作「分陀梨迦」、viśvabhū 譯作「鞞恕婆附」、arbuda 譯作「頞浮陀」、kumuda 譯作「拘物頭/拘勿頭」、śākyamuni 譯作「釋迦文尼」、dharma-udgata 譯作「曇無竭」，等等）。由此可見，兩晉南北朝期間輕唇音還沒有從重唇音中分化出來。錢大昕所謂「凡今人所謂輕唇者，漢魏以前皆讀重唇」的說法尚嫌保守，「輕唇之名，大約出於齊梁以後，而陸法言《切韻》固之」的斷言尤屬武斷。

但是舌上音已經逐漸與舌頭音分道揚鑣。我們看下面的表可以一目瞭然。

梵文	漢譯	譯者	經名
surāṣṭra	須賴吒	西晉・竺法護	佛說彌勒下生經
mahākoṣṭhila	摩訶拘絺羅	西晉・竺法護	光讚經
ghaṇṭa	揵椎	西晉・竺法護	佛說文殊師利現寶藏經
tathāgata	怛薩阿竭	西晉・竺法護	光讚經
candana	栴檀	西晉・竺法護	普曜經
gandharva	乾沓和	西晉・竺法護	普曜經
viṭṭini	韋緻柅	後秦・鳩摩羅什	妙法蓮華經
kaṭhina	迦郗那	後秦・鳩摩羅什	大智度論
kuṇḍī	鍕持	後秦・鳩摩羅什	大智度論
ḍha	茶	後秦・鳩摩羅什	摩訶般若波羅蜜經
takṣaka	德叉迦	後秦・鳩摩羅什	妙法蓮華經
mathurā	摩偷羅	後秦・鳩摩羅什	大智度論

bhāradvāja	頗羅墮	後秦・鳩摩羅什	佛說阿彌陀經
kharaskandha	佉羅騫馱	後秦・鳩摩羅什	孔雀王呪經
raṣṭrapāla	賴咤	東晉・佛陀跋陀羅、法顯	摩訶僧祇律
ṭha	侘	東晉・法顯	大般泥洹經
kuṇḍī	君墀	東晉・法顯	高僧法顯傳
kumbhāṇḍa	鳩槃荼	東晉・佛陀跋陀羅	佛說觀佛三昧海經
sphaṭika	私頗胝迦	元魏・瞿曇般若流支	佛說一切法高王經
koṣṭhila	俱絺羅	元魏・菩提流支	佛說阿彌陀佛根本祕密神呪經
kumbhāṇḍa	鳩槃荼	元魏・菩提流支	入楞伽經

看了上面的表，我們應當承認，兩晉南北朝時代，「知、徹、澄」三個聲母已經基本形成。據劉廣和（2001），西晉竺法護的譯音中，端、知二紐分別清楚，透、徹二紐不相混，定、澄二紐有 23 個對音字，只有「提、陀」兩字對 ṭ 組音，其中「提」對 ṭh 僅一見，而對 d、dh、t 二十餘見，「陀」對 ḍ 兩見，而對 d、dh、t 二十餘見（劉廣和 2001）。可見從西晉開始，知組聲母在漢語音韻史上已經站住腳跟了。

如此看來，陳澧認爲隋以前輕唇音尚未產生而舌上音則已經有了的看法，以及高本漢的類似看法，大體是正確的。而王力認爲舌上音產生於唐天寶年間，是過於謹慎了。推原其失誤之由，蓋因過分重視中土傳統文獻，而無視數量巨大的漢譯佛典之存在。

但是，娘母與泥母還很糾纏。不但泥母字兼譯 n 和 ṇ，娘母字也兼譯 n 和 ṇ：

梵文	漢譯	譯者	經名
niṣīdana	尼師壇	西晉・竺法護	佛說離睡經
bhikṣuṇī	比丘尼	西晉・竺法護	佛說四未曾有法經
pūrṇamaitrāyaṇiputra	邠耨文陀弗	西晉・竺法護	生經
anavatapta	阿耨達	西晉・竺法護	普曜經
kapphiṇa	劫賓奴	西晉・竺法護	佛說阿惟越致遮經
kapphiṇa	劫賓那	東晉・佛陀跋陀羅、法顯	摩訶僧祇律
ānāpāna	阿那般那	東晉・佛陀跋陀羅、法顯	摩訶僧祇律

dhāraṇi	陀羅尼	後秦・鳩摩羅什	摩訶般若波羅蜜經
kanakamuni	迦那伽牟尼	後秦・鳩摩羅什	大智度論
bārāṇasī	波羅奈	元魏・菩提流支	佛說佛名經
sudāna	須大拏	北周・闍那耶舍	大乘同性經
suvarṇa	蘇跋拏（國）	北涼・曇無讖	大方等大集經

整個兩晉南北朝，泥、娘還沒有分明。以致王力（1985／2008）、李榮（1956）等學者都認爲《切韻》音系根本沒有「娘」母。

但是問題並沒有那麼簡單。漢語的聲母是一個系統，「知徹澄」三紐既然已經產生，相應的鼻音即使滯後一些，也還是要跟上的。梵漢對音雖然不是語音學的實驗室，但是在佛教徒對經典的崇信的基礎上，譯經師總是要盡可能地把譯文的語音弄得準確一些的。我們拿被經師最小心翼翼地翻譯、最能檢驗譯音語音精確程度的「圓明字輪四十二字」的譯音來看，從西晉竺法護開始的這張字表很能說明娘母也是處在逐漸分明的過程中：

梵書	轉寫	西晉・竺法護譯《光讚經》	西晉・無羅叉譯《放光般若經》	後秦・鳩摩羅什譯《摩訶般若波羅蜜經》	東晉・佛馱跋陀羅譯《大方廣佛華嚴經》	玄奘譯《大般若波羅蜜多經》
न	na	那	那	那	那〔註 7〕	娜
ण	ṇa	那	那	拏	拏	拏

按「那」字《廣韻》「奴箇、奴可、諾何」三切，皆屬泥母；「娜」字《廣韻》「奴可切」，泥母；「拏」字《廣韻》「女加切」，娘母。可見西晉之後，譯經師逐漸一致地認眞區分泥母和娘母，至少在這些「根本字」上不再混淆兩者了。所以，邵榮芬《切韻研究》（1982）認定娘母的獨立地位，是極其有見識的。

三、唐代初年輕唇音開始產生

唐初玄奘的譯經事業規模巨大，影響深遠，史稱「新譯」。玄奘新譯在語音上對舊譯作了許多改進，其中在輕唇音問題上值得我們注意之處很多。

首先，玄奘在對譯梵文 p、ph、b、bh、m 時基本上用重唇音聲母字，例外情況很少。

〔註 7〕此處依劉廣和（1997）校正。

對譯輔音 p 用字：跛補譜布閉薜奔般半報波播簸卜畢蓽樺　茇缽博弗卑鞞臂比蔽賓褒，這些都是幫紐字。例外字：毘掊跋薄並紐芬敷紐，例外字出現率 6／225，低於 3%；其中用輕唇音聲母字「芬」僅一例，出現率 4.4‰。

對譯輔音 ph 用字：頗庀坡比蔽，這些都是滂紐字。

對譯輔音 b 用字：婆菩部蒲餔步槃般畔渤勃跋頻毗，這些都是並紐字。例外字：佛梵奉紐，例外字出現率 15／59，約 25%。除去「佛」之譯 buddha，「梵」之譯 brahm，自有譯佛經以來一直如此，礙於崇拜對象的尊嚴，玄奘沿舊未改，其餘輕、重唇音相混的基本未見。

對譯輔音 bh 用字：薄媲菩部步陛槃畔叛婆僕苾勃跋毗鼻鞞，這些都是並紐字。例外字：浮奉紐，例外字出現率約 1%。

對譯輔音 m 用字：磨彌弭姥慕迷謎梅門悶曼漫縵摩魔茫瞢牟某母茂貿穆木目藐蜜沒秣末沫篾蔑莫民，這些都是明紐字。例外字：物文微紐，例外字出現率 5／304，小於 2%。

值得注意的是，玄奘的新譯對舊譯的改正上，多處體現出他對輕重唇音的區分，比如 puṇḍarika 舊譯作「芬陀利迦」，新譯作「奔荼利」；puruṣa 舊譯「富樓沙」，奘譯「補盧沙」；pūrṇa 舊譯「富蘭那」，奘譯「布剌拏」；putanā 舊譯「富單那」，奘譯「布怛那」；pudgala 舊譯「福伽羅」或「富特伽羅」，奘譯「補特伽羅」。可見舊譯輕重唇不分的，玄奘都分清了。

尤其值得注意的是，玄奘在譯文中常常加上夾注，指出舊譯的失誤並加以改譯。如：mañjuśrī，玄奘《大唐西域記》譯作「曼殊室利」並加注說：「舊曰……文殊師利……訛也。」《大唐西域記》中這種夾注還有很多：

卷一 vakṣu 譯作「縛芻河」，注：「舊曰博叉河，訛也。」

又 jambu-dvipa 譯作「贍部洲」，注：「舊曰閻浮提洲，又曰剡浮洲，訛也。」

卷二 nivasana 譯作「泥縛些那」，注：「舊曰涅槃僧，訛也。」

卷四 subuti 譯作「蘇部底」，注：「舊曰須扶提……訛也。」

卷五 vasubandhu 譯作「伐蘇畔度」，注：「舊曰婆藪盤豆……訛也。」

卷六 ajitavati 譯作「阿恃多伐底河」，注：「舊曰阿利羅跋提河，訛也。」

卷九 jīvaka 譯作「時縛迦」，注：「舊曰耆婆，訛也。」

這些更改再清楚不過地向我們表明了，在玄奘方音中并、奉兩紐是分得清清楚楚的。

玄奘譯音表明，中原方音中輕唇音的分化在七世紀初已經發生。陸志韋（1947）認爲「用『縛』字譯 v，好像從玄奘開始……玄奘讀『縛』，大概是 bv。」這段話，在邏輯上是存在問題的。陸志韋主張一等的並紐是 b^w，如果奉紐是 bv，則並 b^w＝奉 bv，那麼上面所舉的那些玄奘改正舊譯的例子（跋改伐、浮改部、婆改縛、槃改縛、婆改伐、扶改部）就純粹是毫無意義的了。

我們通過玄奘譯經的對音可以大膽地肯定，輕重唇音的分化在唐初已經發生了，並且濁音的分化可能要走在前面一些。奉紐的音值是 v，已經非常清楚；非敷微的音值是什麼，因沒有對音的根據，我們暫不去構擬。

王力認爲隋至中唐輕重唇音還完全沒有分化，要遲至晚唐五代輕唇音才產生出來。若果眞如此，就無法解釋玄奘譯音中上述的事實。

四、結　論

梵漢對音在漢語語音史上的價值，至今還沒有被充分認識。一些學者對傳統的中土文獻情有獨鍾，而對漢譯佛典缺乏認識，這在很大程度上限制了我們對語言眞相的探討。眾所周知，儒家傳統富於保守性，對新生事物的反應和承認總是落後於時代。在漢語語音史中舌上音和輕唇音的研究也證明了傳統中土文獻的局限性。《詩經・小雅・鶴鳴》有云：「他山之石，可以攻玉。」借助於梵漢對音，對漢語語音史上的關鍵問題重新認識，這是我們的希望。

參考文獻

1. 包擬古著、潘悟雲、馮蒸譯，1995，《原始漢語與漢藏語》，中華書局。
2. 陳澧，1984，《切韻考》，北京中國書店。
3. 高本漢，1995，《中國音韻學研究》，商務印書館。
4. 李榮，1956，《切韻音系》，科學出版社。
5. 劉廣和，1991，東晉譯經對音的晉語聲母系統，《語言研究》增刊。
6. 劉廣和，1996，東晉譯經對音的晉語韻母系統，《薪火編》，山西高校聯合出版社。
7. 劉廣和，1997，《圓明字輪四十二字諸經譯文異同表》梵漢對音考訂，《中國人民大學學報》第 4 期。

8. 劉廣和，1999，西晉譯經對音的晉語韻母系統，《芝蘭集》，人民教育出版社。
9. 劉廣和，2001，西晉譯經對音的晉語聲母系統，《中國語言學報》第 10 期。
10. 陸志韋，1947，《古音説略》，《燕京學報》專號之二十。
11. 錢大昕，1989，《潛研堂文集》，上海書店。
12. 施向東，1983，玄奘譯著中的梵漢對音和唐初中原方音，《語言研究》第 1 期。
13. 施向東，1999，鳩摩羅什譯經與後秦長安音，《芝蘭集》，人民教育出版社。
14. 施向東，2000，十六國時代譯經中的梵漢對音（聲母部分），《漢語音韻學第六屆國際學術研討會暨第六屆國際音韻學學術討論會論文集》，香港文化教育出版有限公司。
15. 施向東，2001，十六國時代譯經中的梵漢對音（韻母部分），《天津大學學報》（社科版）第 1 期。
16. 施向東，2004，北朝譯經反映的北方共同漢語音系，《音韻論叢》，齊魯書社。
17. 邵榮芬，1982，《切韻研究》，中國社會科學出版社。
18. 邵榮芬，1991，匣母字上古一分爲二試析，《語言研究》第 1 期。
19. 王力，1985，《漢語語音史》，中國社會科學出版社。
20. 俞敏，1999，後漢三國梵漢對音譜，《俞敏語言學論文集》，商務印書館。
21. 鄭張尚芳，2003，《上古音系》，上海教育出版社。

《可洪音義》音切的內容、性質及其作用

萬獻初

（武漢大學　古籍研究所）

摘　要

通過對一卷五千次音切的定量資料分析，討論《可洪音義》十五萬次音切的實際內容、特點和價值。認爲正字明義是其音切的主要作用，其音切具有假性注音的特點和共時平面的性質。

關鍵詞：《可洪音義》；音切；正字；假性注音；共時平面

The content, quality and function of the phonetic transcriptions in Ke Hong Phonetic-Semantics

WAN Xian-chu

Abstract

after the limited data analysis of 5000 phonetic transcriptions in one volume, This article study the content , quality and value of the 150 thousand phonetic transcriptions in Ke Hong Phonetic-Semantics, and reveal the quality is the sham phonetic annotation, synchronic plane, The value is accurating the graphemes and meanings.

Key words: Ke Hong Phonetic-Semantics; phonetic transcriptions; accurate the graphemes ; the sham phonetic annotation; synchronic plane

佛典音義《新集藏經音義隨函錄》三十卷，《中華大藏經》漢文部分（中華書局 1984）與高麗藏本《中華大藏經》（中華書局 1993）均有收錄，其自序云「漢中沙門釋可洪撰」，世稱《可洪音義》。該書依《經典釋文》體例，摘字注音，因音辨義，形式上屬典型的「經典釋文體」的音義書，是傳世完本佛典音義中部頭最大的。不過，該書音注內容與《經典釋文》差別甚大，與《一切經音義》也多所不同，其半數以上的音注是用來辨析字形以明經中之義的，屬假性注音音切，故其性質值得討論〔註 1〕。

一、《可洪音義》的編旨與全書的音切數據

（一）可洪《前序》所示編旨與概況

可洪在《藏經音義隨函錄・前序》中，先講釋家傳其經義、示其正道乃「非文字無以傳其旨」，然後講譯經、傳經文字的種種複雜狀況和疑難問題，申述撰此書的宗旨和必要性。云「藏經文字謬誤頗繁，以要言之不過三種。或有巧於潤色，考義定文。或有妄益偏傍，率情用字。或有此方無體，假借成形。或有書寫筆訛，減增書點。筆訛則眞俗並失，用乖則句味兼差，令討義者皷口於天書，俾誦文者躑躅於鳥跡。此皆筆受者肆其胸臆，謄流者弄厥槧毫。遂令坦路變爲丘墟，瓦礫渾其珠玉吁哉。取捨兩端，實難措筆。只欲依文喚也，又反義焉；只欲就義呼之，復違字矣。更相矞眲，遞互胥屠。黴聿思之，寧從佛語經云：依智不依識，依義不依文，茲言是也。雖諸陁羅尼及人非人等名字難究其旨，亦在俗用書錯中攝。今之所撰，或有將雙譯對，會驗以施行；或有諸藏勘同，詳之取定；或有撿諸先作，據舊而呼；或有自適詭懷，輙爲音釋。且如羯鞞之字作鶡鵯，鞕骯之文爲靮靰，厞礨將爲蓓蕾，婷莇以當蕣勑，庶幾乃使謕譏，狎習而用評詔，被褡仍施被闟，天殅又設天靈；謙嗛莫分，躄癖相紊，並是率意所用者也。如喇嗒哩㗅嚎吒嚩吼嗗吒咱嗉嘜嗡嚂哩訡䙜䘩等文，讍倗諺韵之字，並是假借所用也。如骨瑣變爲骨琑，病瘦更爲病瘦，瑠

〔註 1〕本文資料出自武漢大學古籍研究所《古音匯纂》項目組所建的語料庫，並參考了宗福邦、陳世鐃先生及項目組成員的校對意見，在此並致謝忱！引用例句出自高麗藏本《中華大藏經・藏經音義隨函錄》，標其頁碼、分欄、頁中序號，如（339b～88）即第 339 頁中欄第 88 個被注字條。

璃遂成瑠瑀，眞珠轉作瑱珠；蠍畫蝸形，竭書鴗體；攝搗莫辯，鎊飾寧分；雰實之流，遁㝝之類，並是書人筆誤也。如是等例，略舉二三，厥數頗多，羌難具列。洪幸依龍藏披攬眾經，於經律論傳七例之中錄出難字二十五卷，除其雙書翼從，及以注正說文於中，同號別章，名殊體一，凡具音切者總一十二萬二百二十二字。首尾十載，綴撰方周。用紙九百張，寫成十五冊，目曰《藏經音義隨函錄》焉。於是橫維函號，縱列經題，傍布文身，下安切腳。所冀文無交互，字有區分，開軸而落落終篇，啓卷而聯聯盡品。雖貧義詁，粗有指歸，遊法海者虛舟，歷詞園者要路。所有諸師誤釋，經裏謙文，並皆詳審是非，注之冊內。仍興嫺唱，紀述源由，諸碩學洪儒望不嗤於寡拙耳。時天福五年歲次庚子六月二十日也（從長興二年辛卯歲起首）。」

自序透露，可洪乃漢中和尚，用十年時間披覽眾經並遍作音義，所注字頭共計 120222 字次，從五代的後唐明宗長興二年（西元 931 年）開始，至後晉高祖天福五年（940）完成。

可洪深感「藏經文字謬誤頗繁」，要對「諸師誤釋、經裏謙文」審定是非並紀述緣由，使之「文無交互、字有區分」，從而疏通讀經之要路。可洪歸納眾經文字之謬誤，主要有巧於潤色的定文、妄益偏旁的用字、增減點畫的筆訛、借用他形的假借等，都是「筆受者肆其胸臆，謄流者弄厥槧毫」的惡果。他借注「音」來正字，依經文的釋義來定字音，通過定音來正字形，「依義不依文」是該書的編撰宗旨。可洪注音正字並不率意依經義定之，而通過比較不同譯本、勘驗諸經異同來取定，對難究其旨的梵文譯名，則攝取通俗常用之字形。他爲選定的合乎經義的正字注音，或參考前人「據舊而呼」，更多是確有心得而自爲音釋。

總之，可洪的主要工作是依經文之義來正字，隨經文順序摘字注音，故名「隨函錄」。其注音是依經義來定音，注音的目的多是爲了依經義來糾正字形，而不是直接爲字形注音。明晰這一點，對理解該書的性質非常重要，它的音注是語用型音注而非音韻本體音注，因而假性注音就特別多，需要逐一仔細釐清之後，方可談所注音切的利用問題。

（二）《可洪音義》全書的音切數據

語料庫顯示，全書共注音切 154314 次，依自序所言被注字頭 120222 次計，平均每字次注音切 1.28 次，是因有些字頭需注 2 個或多個音切來作辨析或正誤比較。154314 次中，注「某某反」的反切 120445 次，占 78.1%；注「音某」的直音 32102 次，占 20.8%；其他 1767 次，占 1.1%。而 1767 次中多數是「同上」，即反切、直音的變式，如「厥脩：上居月反，衣名；厥脩：同上」（351b～54、55），即下條「脩」暗注了與上條相同的「居月反」。實無音的注項僅百數條，如「諸皀：本闕注」（110a～16）是交待舊注；「語者：經作耆，誤」（240a～35）是正版本之誤；「一刃：正作仞，七尺曰仞也」（315c～80）是直接正字；「狗哄：宜作犬吠聲也」（268a～9）是直接訓釋；「飲酒石蜜酒：下方本云飲酒咽咽波夜提」（410～45）是意譯與音譯的不同等等。這點無音資料在全書海量音切資料中幾乎可以忽略不計，因而可以說，《可洪音義》形式上是一部全注音型的音義書，注音是其最主要的施注手段，而且只用反切和「音」兩種音注術語和體式，比《經典釋文》單一而純粹。

《經典釋文》實注音切 70803 次，《廣韻》29624 次，《集韻》41010 次，《玄應音義》17042 次，《慧林音義》63221 次。《可洪音義》音切是《慧林音義》的 2.4 倍，《經典釋文》的 2.2 倍，則《可洪音義》是傳世文獻中注音量最大的音義書。另外，它的第二十五卷共注音 6908 次，錄 2 部 27 卷經的音義：先錄「《一切經音義》一部二十五卷，大唐翻經沙門釋玄應撰」，注音 6288 次；再錄「《新華嚴經音義》兩卷，京兆靜法寺沙門慧苑述」，注音 619 次，大規模地集錄唐前期僧人所注的音義。但未見引錄《慧琳音義》（807 年成書），值得注意。

就隨函所標看，全書共注經 1062 種 4912 卷。大經如《大般若經》一部就有 598 卷，《阿毗達摩大毗婆沙論》一部 200 卷，有的大經內含多部單經，有的同一經文存不同時代和譯者的不同譯本，小經一部僅一卷者也很多。有的經音注甚多，如《廣弘明集》一部 30 卷注 7262 次音切；有的注音甚少，如《父母恩難報經》一卷只注「乳哺：音步」（327a～21）一次；有的出經名而無音，如《避死經》一卷只釋「波羅門、婆迦婆」兩條而無音注，更有第九標籤《佛爲海龍王說法印經》一卷僅一條注云「無字」（121a～16）。足見可洪「披覽眾經」盡力求全，無音可注者也存其經目，覆蓋面既廣又全，體現了他作眾經音義的實用性特點。

二、第十五卷音切數據的定量分析

全書 154314 次音注的資料過大而難於把握，抽取有代表性的一卷作窮盡性定量分析則頗爲可行。用兩卷來注一部經音的（29、30 卷）太大，而一卷注 148 部經音的（13 卷）太煩細。第十五卷位於全書正中，爲《摩訶僧祇律》40 卷、《十誦律》61 卷、《根本說一切有部毗奈耶律》50 卷注音切 4957 次，所注分佈均勻且篇幅完整，對全書有很好的代表性。該卷無音者 3 次，明注音切共 4964 次，經分析和排比，可依各自的內容分類如下表：

大類	正　字				明　音					合計
小類	俗誤字	假借字	異體字	古今字	注音	譯音	專名	多音	構詞	
音切	3194	34	49	16	1134	165	124	175	63	4954
%	64.5	2			22.9	5.8		4.8		
%	66.5				33.5					100

（一）主要用來辨正字形的音注

1. 俗字與誤字

俗字，是正體字同時代的別構，出自民間，應用未廣，未取得通用字的正統地位。誤字，一是指字形上增減筆劃、改易偏旁的錯字，即可洪所謂「書寫筆訛」者；二是指字用上誤作他形而不合文意的錯字，即可洪所謂「率意所用」者。音義書注音正字以疏通文意，就準確理解文意而言，俗字、誤字都是非正字，都須還原爲正體字，故兩者難以區分清楚，一個錯字用一段時間就成了俗字，如偏旁「扌、ネ」作「木、衤」本是增減筆劃的誤字，但中古佛經寫本隨在可見，也就成了成批的俗字，故把俗字、誤字並爲「俗誤字」一類來討論。可洪自序該類講得最多，也是全書做得最多的工作，第十五卷辯俗誤字音注有 3194 次，占總量的 64.5%，很典型地反映了這一特點。

1）「弓矢：屍旨反，箭也」（329c～15）

2）「沘米：上徒刀反，正作洮」（334b～48）

3）「阿叱：尺一反」（333c～78）

4）「作榜：去員反，正作捲」（354c ～81）

5）「強奉：上巨良反，下去堅反」（337a～28）；「強辜：同上」（337a～29）；「強幸：同上」（337a～30）；「拎辜：上巨今反，下音牽也」（337b

～42）

例 1）正字「矢」中多加一橫。2）「洮」字少寫一撇。3）「叱」字上添了一撇。4）誤改「捲」的兩個偏旁。5）「奉、韋、幸、韋」都是正字「牽」的異寫。其他如「土坋」寫成「圡坋」，「陶冶」寫爲「陶治」，「門扉」寫爲「門扇」，「寡」有「寘、㝠、宮、寊」諸形，「耽」有「躭、耽、躭、眈」眾體，多是筆誤造成的異寫字。

6）「迭𠀋：上田結反，下胡悟反」（337a～6）；「迴互：胡悮反，今作𠀋」（359～107）

7）「女聓：音細」（358b～67）

8）「戲挵：音弄」（336c～8）；「挵抃鈴：上二同郎貢反，中又音卞，非也」（350c～70）

9）「鍼綖：上音針，下音線」（351b～72）；「鍼銅：上之林反，下正作筩也」（330b～45）

10）「卬封：上一進反，今作印」（336a～9）；「仰可：上一進反，誤」（337a～32）

11）「衣枷：音嫁」（343b～48）；「枷椽：上古俹反，下音傳，上正作架，又加、伽二音，悞」（344c～64）；「衣架：音嫁」（347a～12）

上列「互－𠀋」、「婿－聓」、「弄－挵、抃」、「針－鍼」、「線－綖」、「筩－銅」、「架－枷」、「印－卬、仰」都是異構俗誤字，衹是「𠀋、聓、挵、鍼」等與正字同義，而「銅、枷、卬、仰」等本身就各有其義，因而就是誤上加誤，更需要注音來辨析。第十五卷中：「𠀋」注 3 次胡悟反，「互」注 7 次胡（乎）悟（悮）反；「聓」注 2 次音細；「挵」注 3 次音弄 8 次郎貢反，「抃」注 2 次郎貢反；「枷」注 9 次音嫁（傢、駕）4 次古亞（俹、牙）反，「架」注 2 次音嫁；「鍼」注 5 次音針 6 次之林反；而「卬」注 6 次一（因）進反，且在全書中「卬」注一（因）進反當作「印」字的有百數次之多，可見不是偶然的字誤。

12）「騂 走：上布門反，走也」（331a～17）

13）「賊遵：音道」（335b～63）

14）「挽 一：上音晚，正作挽」（330b～68）

15）「築埍：音岸」（334a～34）

16）「種苽：古花反，正作瓜，俗作苽」（339c～91）。

「奔－驛 」、「道－遵」、「岸－㟁」、「挽－拋 」、「瓜－苽」是「妄益偏傍」的俗字，如陸德明所謂「飛禽即須安鳥，水族便應著魚」的疊床架屋式煩瑣構字，故要注音以示其正字。

17）「棘刺：七賜反」（350b～57）；「毗刺：來割反，亦云毗羅陌子」（358a～20）

18）「擯斥：上卑進反，下昌石反」（364b～60）；「斥無：上疋見反，正作片」（362b～40）；「彼圻：音岸」（335a～17）；「築㟁：音岸」（334a～34）；「圻上：上音岸，悮，又渠依、魚巾二反，非本躰」（340a～29）

19）「小宂：玄決反，又而勇反，悮」（364a～3）；「窟宂：玄決反」（337c～110）；「宂旱：上口浪反」（335c ～79）；「宂：居履反，正作幾、機，又渠衣、魚中反，非本躰」（362a～1）

20）「官収：屍由反，正作收」（358a～33）；「失牧：屍由、屍右二反，魚名也，正作收」（347a～30）；「七牧：莫迴反，正作枚」（347a～33）；「牧馬：上莫六反」（347c～80）

這幾例更複雜，或一個俗誤字對多個正字，或一個正字有多個俗誤字形，或交叉有之。「刺」或作「刺」或作「刺」。「斥」本是「岸」，讀昌石反是「斥」，讀疋見反是「片」；「岸」又作「圻、㟁、圻」；而「圻」讀渠依反是「圻」本身，讀魚巾反當是「圻」。「宂」讀而勇反是「冗」，讀玄決反是「穴」，讀口浪反是「亢」，讀居履反是「幾、機」。「收」的異寫字有「収、牧」，而「牧」則是「牧」，「牧」讀莫六反是「牧」本身，讀莫迴反是「枚」。

2. 假借字

儒家經典的假借字很多，有兩字意義無關的同音借用和兩字音近義通的同源通用兩類。《可洪音義》假借字少，且以同音借用爲主，這與中古漢語假借用字勢頭銳減是相應的。可洪謂「此方無體，假借成形」，並非眞無本字，實指同音借用，即「寫別字」，故須注音正之。

21）「景宿：上正作警，居影反，戒也」（331c～94）

22）「依猗：於綺反」（336b～59）

23）「反眼：上芳煩反，亦作翻」（335a～30）

24）「勘忍：上苦含反，正作堪」（338b～42）

25）「跨說：上苦花反，言也，正作誇」（331a～26）

「警－景」、「翻－反」、「誇－跨」、「勘－堪」是同音（音近）借用，音注後出了正字。「猗」讀「於綺反」則是借作「倚」了。

3. 異體字

異體字不是俗誤字，它的兩個（或多個）字形在當時都通用，用於經文中文意都可通。

26）「賣麨：音餅」（345b～50）

27）「水瀆：音豆，正作竇」（335c～75）

28）「槀草：上古老反」（348a～24）

29）「毛緂：他敢反」（362a～34）

30）「明晤：音悟」（355a～29）

31）「人鞾：音靴」（335a～30）

「麨－餅」從麥從食都可通；「瀆－竇」指水窪，從水從穴都可通；「槀－蒿」從艸從木都可通；「緂－毯」從毛從糸都可通；「晤－悟」指明了，從心從日都可通；「鞾－靴」是皮革製靴用了不同的聲符，都可通。雖都可通，但仍有一個是規範通用的，故其餘異體就需要注音辨正了。從這個意義上講，前列「針－鍼」、「線－綖」等也可歸入異體字。其實俗字與異體字也時有重合，難以分清，都屬於須辨正字形的內容。

4. 古今字

《可洪音義》辨古今字很少，可能是因爲其時已經遠遠過了漢語大量產生古今字的時代。佛經是很實用化的大眾誦讀文本，歷時語言成分的累積不會多，古今字也就不多了。

32）「自曳：已列反」（351b～43）；「拽出：上以列反」（351b～42）

33）「滿杓：常斫反，挹器也，亦作勺」（333c～74）

34）「蹬樓：上都能反，升也，正作登。又都鄧、徒亙二反，非也」（329c～14）

35）「常憘：許記反，好也，又音喜」（336b～46）

在拖拽義上，「曳－拽」爲古今字；在舀器義上，「勺－杓」爲古今字；在攀登義上，「登－蹬」爲古今字；在喜好義上，「喜－憘」爲古今字。再如第十三卷「見怪：上音現」（270b～47），第二十三卷「斬要：音腰」（731b～47）等都是很典型的辨古今字的音注。

（二）主要用來辨明字音的音注

1. 直接注音

第十五卷有直接注音的音切 1134 次，占總數的 22.9%，全書比例略同。《經典釋文》直接注音的占 52.3%，是音切的第一大功能，則注音是音義書最主要的任務之一。《可洪音義》眞値注音音切比例小，是因佛典俗誤字太多而辨字形的假性注音音切特別多，注音的音切比例相對就小了。粗略看來，「直接注音」、「爲音譯外來詞語注音」與「專名用字的注音」可歸爲「注音」一大類，但因後兩類各有較突出的特點，故仍分小類來討論。

36）「軻貝：上苦何反，海中介蟲也」（329c～18）

37）「迴洑：音伏」（361c～70）

38）「磽确：上苦交反，下苦角反」（359b～41）

39）「跋渠：巨魚反」（336c～90）

「軻、洑、磽、渠」等屬難字或僻字，爲難僻字注音是音義書的根本任務。佛經譯文多成於中古，俗誤字極多，而難僻字反不如成於上古的儒家經典多，故該類注音不很多。

40）「屎尿：上屍旨反，下奴弔反」（351a～33）

41）「扣戶：上音口，擊也」（343a～28）

42）「遺孑：居列反」（364a～10）

43）「王旗：音其」（357c～101）

佛經是通俗文本，稍微難一些的字都要注音，故《可洪音義》等佛典音義給非難僻字注音比《經典釋文》要勤要密。不過，上列「屎、尿、扣、孑、旗」等在當時不一定是常用字，而是新出通用字，它們一般都未見於《說文》，因後出，故要注音。

2 為音譯外來詞語注音

佛經譯文中，音譯外來詞比古今漢語任何其他類型的文本都多得多。譯音詞中有俗誤字的，都放入「俗誤字」資料中去了，剩下的譯音詞需要注音的也就不是太多了。

44）「褒灑：上愽毛反，居士名，舊云布薩」（355c～70）

45）「琰摩：上羊黶反，舊云閻羅」（361a～19）

46）「薜舍：上蒲計反，或云吠奢，此言商賈」（356a～18）

47）「披羅門：上蒲何反，正作婆也」（341c～76）

佛典譯音詞是用音節漢字對譯音素型的梵語詞等，往往很難準確對應。或是多家譯名用字不同而有的需要注音，如「褒灑－布（菩）薩」；或是音譯對應意譯需要注音，如「薜舍、吠奢－商賈」；或是其他譯名用字對應通行譯名用字而需要注音，如「披羅門－婆羅門」，第十五卷就有「披羅門」之「披」注音當作「婆」者 9 次。又如第二十三卷「剌猊：上郎達反，下女街反，皆梵音，迴轉耳」（714a～1），「皆梵音」明言是譯音詞而須加音注。

3. 專名用字的注音

該類專名不是純粹的譯音詞，有漢語自身的專名，也有音譯經過漢語化了的專名，往往在字形上體現爲加上示義偏旁。

48）「貂蟬：上都聊反，下市連反」（355a～23）

49）「外甥：音生」（345a～28）

50）「拘襵：之涉反，此云毯」（335b～36）

51）「箜篌：上苦公反，下戶鉤反」（346a～13）

52）「憍閃：失染反，國名」（357c～122）

53）「鶬鴰：上七郎反，下胡沃反」（331c～91）

54）「蘆卜：上洛胡反，下蒲北反」（348a～4）

55）「蕪菁：上音無，下音精」（351a～40）

「貂蟬」是人名，「外甥」是親屬專稱，「憍閃」是國名，「箜篌」是樂器，「鶬鴰」是鳥名，「蘆卜」即「蘿蔔」是菜名。「蕪菁」即「蔓菁」是菜名，第十五卷共注音 6 次。

4. 一字標注多音

「多音」是指一字同形同義而有不同的讀音，一字不同義的別義異讀則屬於音變構詞。音義書注「二音、三反」或多反，只有極少數涉及音變構詞的，絕大多數都是一詞多音。這類多音現象反映了《可洪音義》時期漢語詞的讀音仍然缺乏很好的規範性和統一性，佛經的誦讀者很普遍很雜，各自的語言能力差別很大，這就使佛典音義的一詞多音現象比其他音書更多更普遍。對此後文還將展開討論。

56）「掣電：上尺世、尺列二反」（354a～14）

57）「言歟：音餘，又與、預二音」（362a～18）

58）「愚惷：丑江、丑龍、丑用三反，愚也，從春心聲」（360a～1）

59）「日爆：步報、步木二反，日乾也，正作暴、曝二形。又豹、剝、樸、愽四音，並非呼也」（352c～79）

60）「乞匄：蓋、割二音，求也」（358c～98）

「掣」有祭韻與薛韻去入不同的 2 讀。「匄」有泰韻與曷韻去入不同的 2 讀，本卷 8 次並注此二音。「歟」有平、上、去 3 讀。「惷」有平聲江韻、鍾韻和去聲用韻 3 讀。「爆」有號韻去聲和屋韻入聲 2 讀，還有去聲效韻和入聲覺、屋、鐸韻 4 讀。這些同詞異讀可能都活躍在當時誦讀佛經的語用之中，可洪匯錄它們，少數標「非呼」，其餘則讀此讀彼皆可通。

5. 音變構詞

辨析音變構詞是音義書的重要工作之一，《經典釋文》有 44.2%的音切用於辨析音變構詞。《可洪音義》此類音切很少，本卷只有 63 次，只占總數的 1.3%，全書比例也不會高。究其原因，主要的是佛經由外文譯成，譯文表達相對直捷，且中古雙音詞日漸增多，單字音變構詞的用量大大減少，少量的用例也衹是上古大量音變構詞的餘緒。

61）「自首：手救反，自非罪也」（353a～9）

62）「梳治：上所居反，下直之反」（359c～80）

63）「乞我：上去既反，與人也」（332b～46）

64）「勒折：上正作肋，下時列反」（336c～92）

65）「贈遺：上才鄧反，下維醉反」（362a～11）

66）「爲識：音志，摽識也」（353c～83）

67）「耳圈：去員反，攣耳環也，又巨遠、巨兗二反，欄也」（349c～71）

「首」《廣韻》「書九切」書母有韻上聲，是名詞；這裡「手救反」書母宥韻去聲，作動詞，是「上－去」變調構詞。「治」的「直之反」澄母之韻平聲，表具體處治動作；又《廣韻》「直利切」澄母至韻去聲，表抽象治理的動詞，是「平－去」變調構詞。「乞」《廣韻》「去訖切」溪母迄韻入聲，乞討義；「去既反」溪母未韻去聲，施與義，是「去－入」變調構詞。「折」《廣韻》「旨熱切」章母薛韻入聲，是弄斷、折斷義；「時列反」禪母薛韻入聲，是自斷、虧損義，爲「清－濁」聲母轉換的變聲構詞。「遺」《廣韻》「以追切」以母脂韻平聲，丟失、遺留義；「維醉反」以母至韻去聲，贈送義，也屬「平－去」變調構詞。「識」《廣韻》「賞職切」書母職韻入聲，知道、認識義；「音志」章母志韻去聲，加標誌、旗幟（後作幟）義，是含聲母「書－章」變化的「入－去」變調構詞。「圈」讀「去員反」溪母仙韻平聲，是名詞；讀「巨遠反」群母阮韻上聲、「巨兗反」群母豔韻去聲，是動詞圈定義，是含「清－濁」聲母變化的「平－上」或「平－去」變調構詞。《可洪音義》爲數不多的音變構詞大都是《經典釋文》辨析過了的，較典型較常用，其中以變調構詞爲多，含去聲的變調構詞最多。這與留存於現代漢語的音變構詞狀況是大略相合的。

三、《可洪音義》音切的性質與價值

（一）音切的基本性質

總體上說，《可洪音義》依經文順序摘字注音，字頭重複出注，以注音爲手段來辨誤字、析異文、明通假、別詞義，屬於「經典釋文體」的隨文注音以釋義的音義書。

具體來說，《可洪音義》偏重對佛經文字「謬誤頗繁」的辨正，「依義不依文」是加注音切的總原則，即依經句文意來施注，依義作音，依音定字，辨正大量的俗誤字、異體字和假借字，僅辨正俗誤字的音切就占總量的 64.5%。音切衹是文意與字用間、正字與誤字間的橋樑，因此這類音切多不是被注字頭的讀音，衹是提供通往正字的音讀線索，屬假性注音音切。可洪也給難僻字和略難的字直接注音，給譯音用字、專名用字、同義多音詞和少數音變構詞的用字注音，這些僅占總量的 33.5%，屬於眞值注音音切。則《可洪音義》以正字爲主，以明音爲輔，著眼點在字用上，通過明音來正字，最終達到疏通文意的目的，即自序所謂「冀文無交互，字有區分，開軸而落落終篇，啓卷而聯聯盡品」，要使其書成爲「遊法海者虛舟，歷詞園者要路」。故依義作音、考音定字是《可洪音義》的本質特徵，正字明義是其音切的基本性質。在某種程度上講，該書主要是一部誦讀佛經的正字書，而不主要是一部音書。

因此《可洪音義》音切就遠沒有《經典釋文》音切那麼複雜。如果說《經典釋文》音切主要是建立在儒家經典歷代的音讀累積上的，其音切內容是歷時的、疊置的、語言本體性的；那麼《可洪音義》音切就基本是取材於當時誦讀佛經的口語讀音，其音切內容主要是共時的、平面的、語用層面上的。雖然可洪也少量引用前人音讀，但多經過他的挑選或改造，況且那些音離他並不遠，不足以影響其音切共時平面的基本格局。

（二）音切的主要特點和作用

1. 注音方式上的特點

《可洪音義》用「某某反」注反切最多。注「音某」的直音較少，所注直音有些表現了字形（正字、今字），更多的則與反切一樣衹是標音而已。此外還有一些量很小的變通注音方式，如：「薺蒺藜：上一疾咨反，下二形聲」（739b～50），即「蒺藜」讀其形聲字聲符「疾黎」之音。「阿軻：口何反，又上、去二聲」（286a～7），即「軻」有平、上、去三讀。「拯救：上取蒸字上聲呼之」（273b～47），即讀「蒸」上聲。「音弭：彌爾反，咩字音」（665b～36），加注一輔助型直音。「爾邪：以嗟反，語後助聲也，又徐嗟反，臨時詳讀」（460b～25），即句末語氣詞的臨時改讀音。「祛記：上丘餘反，亟字切腳」（751b～52），即「祛、亟」同切語。「呼檻：戶黯反，喊字韻」（751a～3），即「檻、喊」同韻，等等。列出可資參考。

2. 所注音切在文字研究上的作用

用假性注音來辨正千數種通用佛經讀本的俗誤字，這不但有利於讀經，對漢字的歷史發展尤其是俗字研究也有重要的材料和方法上的價值。可洪已在自序中言及俗誤字形成的原因和後果，又在第十卷末「小序」中認爲通行佛經「非一本一主所譯也，是故咒有重文，字有別體，眞俗雜亂，清濁莫分。又兼傳寫訛誤，偏旁變質，一蝕 典部，諸藏不同。致使前賢之所錯詳，後進由茲謬嗣」。這是對當時佛經文本用字混亂及其原因的眞實寫照，對漢字研究者來說甚爲珍貴。此外，可洪爲很多今天的常用字注音，顯示它們在其時出現不久或未及慣用，如「屎、尿、凸、凹、孑、孓、裙、衫、綺、鞋、旗、藕、狗、腳、貿、叛、拭、抱、拏、扣、刷、賭、串、慌」等等，這對漢字發展史的深入研究是很有參考價值的。

3. 所注音切在詞彙研究上的作用

《可洪音義》辨析音變構詞的音切不多，而給今天看來很常用的雙音詞注音很多，這顯示了其時漢語單字音變構詞法的大大衰退，雙音合成構詞法的漸趨能產。僅第十五卷雙音詞注音的就很多，如「羊羔：音高」（331a～23）、「竹篙：音高」（334b～53）、「俘虜：上芳無反，下力古反」（359c～91）、「斟酌：上之林反，下之若反」（358a～27）等。還有如：傲慢（363b～51）、失寵（364a～2）、癲狂（357c～103）、無辜（364a～9）、疆界（363a～16）、商旅（358a～32）、鬈鬆（357b～58）、河濱（361b～57）、倡狂（357c～92）、嗤笑（361b～39）、呵叱（361b～46）、躊躇（360a～3）、喘息（363b～49）、酬酢（363c～98）、蕩滌（334b～45）、悲悼（358b～66）、追悼（363b～61）、抖擻（353c～66）、驚愕（363b～67）、氾濫（357b～56）、門扉（361a～9）、稽留（356b～47）、羈絆（357a～19）、嫉妬（358a～35）、僥倖（354b～46）、鯨魚（362b～67）、水蛭（353a～15）、警覺（361b～41）、橘柚（360c～84）、曠野（364a～28）、伉儷（364a～38）、輕蔑（361b～36）、反叛（334c～97）、叛逆（359c～93）、噴唾（361c～80）、園圃（363c～83）、迄至（356c～87）、愀然（362c～84）、愜意（362a～9）、贖命（363c～105）、孀居（357c～106）、勸諭（363c～112）、企望（359a～7）、豌豆（361b～60）、枯萎（364a～1）、自刎（364a～12）、驍勇（361c～85）、侏儒（360a～10）、佇立（361c～97）、勞問（348c～60）、自首（353a～9）等等。就其構成而言，已有並列（傲慢）、定中（鯨魚）、狀謂（悲悼）、動補（迄至）、動賓（失寵）、主謂（自刎）、加綴（愀然）等漢語雙音詞主要的構詞形式。用注音的方法標示出佛經中如此成熟、整齊、大量的雙音詞，對漢語詞彙史研究應該是很有價值的。

4. 所注音切在語音研究上的作用

《可洪音義》引錄了少量佛經原文所作的切語，如「頻蹙：祖福反，經自切」（544a～10）；也引用過西川經音、川音、江西音、應和尚或經音義（玄應音義）音以及出於《爾雅》、《說文》等音注之音，還較完整地傳錄（選錄）了《玄應音義》和《慧苑音義》。但他作「應和尚未詳」之類的批評比實錄其音更多。綜合看來，可洪據自己的讀音和理解所作的音注很多，實錄前人的音較少，故自序有「或有自適訑 懷，輒爲音釋」的話。大體說來，可洪所注音切比較平面化、口語化，如果細心剔除其中少量的前人音讀，並把俗誤字音注中大量的假性注音音切還歸爲相應正字的眞值注音音切，是可以繫聯出可洪時代語音系統來的。

可洪的音注及其表述時或透出新的語音資訊，如：「簸萴：仕則反，川音作創力反，非也，不明清濁也」（762b～50），「萴」讀「仕則反」是濁聲崇母，讀「創力反」是清聲初母，這種「不明清濁」正是中古後期漢語「全濁聲母清化」初露端倪的表現。又如：「提覽：上都兮反」（348c～83），「提」《廣韻》「杜奚切」定母齊韻平聲，按中古之後「全濁聲母清化」和聲調「平分陰陽」的一般音變規則，全濁定母應變爲送氣清聲溪母，且應變爲陽平調，今當讀 tí，普通話如此讀；然可洪「都兮反」則是清聲端母陰平調讀 dī，與規律正相反，偏偏今北京口語就是讀 dī，其中的聯繫和隱含規律值得研究。可洪音注個案透出別樣資訊的有很多，如能一一深究並匯攏來綜合觀察，定會大有收穫。

《可洪音義》一字（詞）多音現象突出，第十五卷有「二音」101 條、「三音」7 條、「二反」198 條、「三反」12 條。多音條目有辨析不同字用的，仍屬「正字」範圍，如「楣格：上音眉，下音額，俗。下又古伯、古惡、郎各三反，並非也」（339c～93），「格」注「音額」疑母鐸韻入聲是說當作眉額之「額」，即「格」是「額」的俗字，後面又三反：「古伯反」見母陌韻入聲是「格」字，「古惡反」見母鐸韻入聲是「各」字，「郎各反」來母鐸韻入聲是「洛」字，三字形都非句中所用，都是「額」的別字，故言「非也」。更多是同詞多音，「箭笮：音云正作芒，經本作箭芒，又依字詐、責、昨三音，應和尚未詳」（723a～2），是「芒」亦作「笮」，而「笮」有「音詐」莊母禡韻去聲、「音責」莊母麥韻入聲、「音昨」從母鐸韻入聲三讀。眞正的同詞異音保存了不同時代、地域和作音人的異讀，是很珍貴的語音發展史研究材料。《可洪音義》的多音注項複雜而多樣，很有研究價值。如「迦箄：都安反，正作簞，城名，《起世因本經》作柯單羅城是也。又必支、卑兮、卑爾、卑汁、卑結五反，並非」（252a～35），「箄」是「簞」的形訛字，「箄」本身有聲、韻、調微異的 5 種讀音。又「蘇哆：音多，《七佛咒經》作蘇多是也，咒中口邊字多依本音呼。又陟嫁、丑加、昌者、昌爾、昌志、丁可、丁個七反」(645c～68);「律施:徒何、徒可二反,正作袘 也,《七佛咒》作律施,又作柂,羊支、呂支、羊爾、力爾、徒可、他個、屍利、吐何九反」(650c～26)。「箄」五反,「哆」七反,「柂」九反(實八反),都是譯音用字,這種「咒中口邊字」或「依本音呼」,或「臨時詳(佯)讀」,雖讀法各不相同,相差亦不太遠,也無多少歷史積澱,充分展示了佛經口語音讀的異動性和豐富性,給研究者提供了新的語音材料和研究空間。比如,其中清濁聲母交互、鄰近韻母交互、去入兩調交互的較多,就是中古漢語音系向近代漢語音系過度期的一些典型音變規律的體現。還有比「七反、九反」異讀音更多的,如「烏埋:上力耳反,塢、烏、理、釐、黳、藹、汙、奧十四音」(712c～84),今傳本標 14 音而實只 7 音,可能有脫誤,也可能是指梵文十四個單元音。但就此也是夠複雜的了,被注字與所注音的複雜關係需要細心辨析,很有研究價值。

參考文獻

1. 可洪,《可洪音義》,《中華大藏經》,中華書局,1984;高麗藏本《中華大藏經》,中華書局,1993。
2. 玄應,《一切經音義》,同治八年武林張氏寶晉齋刊本。
3. 慧琳,《一切經音義》,上海古籍出版社,1986。
4. 陸德明,《經典釋文》,中華書局,1983。
5. 萬獻初,《經典釋文音切類目研究》,商務印書館,2004。
6. 萬獻初,《音義文獻與漢語音義學研究》,《長江學術》第五輯,長江文藝出版社 2003。

行琳對音之聲母系統初探

廖湘美

（中央大學　中文系）

摘　要

《釋教最上乘秘密藏陁羅尼集》乃由晚唐行琳法師總輯和勘訂唐以前的陀羅尼集。該陀羅尼的特色是每一密咒漢譯旁均緊鄰注刻「悉曇梵字」。初探行琳法師所輯《佛母大孔雀明王陁羅尼》與歷代譯師對音相較，結果顯示與不空系統接近，但咒譯用字有不同之處。同時，本咒反映出具有古漢語西北方音的色彩。

關鍵詞：梵漢對音；陀羅尼；中古漢語；西北方音；房山石經

一、前　言

《釋教最上乘秘密藏陁羅尼集》爲「遼金刻經」，乃《房山石經》所收十二部絶世孤本之一。《房山石經》爲我國現存規模最大的石刻佛經，其中《釋教最上乘秘密藏陁羅尼集》是晚唐行琳法師勘訂和總輯唐以前的一切陀羅尼總集，《佛母大孔雀明王陁羅尼》（以下簡稱行琳對音）便收錄於此。

行琳法師生卒年今不可考，依自序所云撰輯於唐昭宗乾寧五年（公元 898 年），計有「俊、乂、密」三帙三十卷。至於石經鐫造時間，按第一卷後記，始刻於金熙宗皇統六年（1146 年）十二月，至七年（1147 年）六月刻畢〔註 1〕。共收錄 724 首咒語，咒文漢譯約十五萬六千字〔註 2〕，梵字高達計八千三百字。爲正讀音，該書於每一密咒旁均注有「悉曇梵字」緊鄰著漢譯而刻，以資對照，十二世紀已開始使用蘭札體梵字，石經刻造用字仍爲悉曇體，保存著自唐密以來的悉曇梵體，爲唐密宗傳世之重要文獻，有助於我們對於中古漢語內部重要的語流音變的觀察：輕重唇音是否分化、全濁聲母是否清化、精章分混、明泥分混、輔音韻尾的消變等現象，實爲我們研究晚唐音韻研究的寶貴資料。

石經藏於華北地區，然編集者行琳法師生平事蹟不可考，其咒譯音系的性質便有討論的空間。本文嘗試以該書所使用對照的咒譯漢字及悉曇梵字考究之。研究材料以林光明重編《釋教最上乘秘密藏陁羅尼集》所刊行的《房山明咒集》（臺灣嘉豐出版社）收錄之《佛母大孔雀明王陁羅尼》爲據，進行與反映唐代的對音系統資料相較，並觀察咒譯的用字，了解用字風格的差異，同時分析其區域方言的語音特色。

梁啓超（1920）曾將佛典翻譯分爲三期：第一期，東漢至魏晉；第二期，

〔註 1〕隋代大業年間（公元 605 年），天台宗二祖南嶽慧思大師的弟子靜琬法師（？～639）發起刻造，以傳後世。之後弟子踵繼師志，鐫刻不斷，歷經隋、唐、遼、金、明，前後千餘年始完成刻經宏業。計刻石碑一萬四千二百七十八塊石，佛經一千一百二十二部，三千四百多卷。所完成的石經今分別埋在北京房山縣雲居寺的石經山上九處洞穴，以及雲居寺的地宮。1956 年起，中國佛教協會對其進行發掘與拓印，將秘藏洞穴長達一千三百餘年的石經重現於世。中國佛教協會發掘拓印《房山石經》，於 1980 起相繼發行《房山石經》的影印本，直到 1999 年 10 月出齊三十巨冊。

〔註 2〕此字數只包括音釋資料，但不包括梵刻、標名、咒名、語段以及每石塊首行等資料的字數。

東晉南北期；第三期：唐貞觀（太宗）至貞元（德宗）。此後約二百年間的譯經事業完全中止。直至太平興國（宋太宗）八年（983AD），譯場始復舊業。參照梁氏分期，則行琳法師所編集《釋教最上乘秘密藏陁羅尼集》可劃歸爲第三期以後之譯作。

研究《佛母大孔雀明王陁羅尼》前，首先掌握行琳音所使用的對譯策略是必要的：

（一）加注「二合」方式對譯梵語複輔音。例如：語段 13　梵語 mukte，漢譯作「穆訖帝二合」；語段 40　梵語 brahme，漢譯作「沒囉二合憾謎二合」。

（二）加注「引」對譯梵語的長元音。例如：語段 30　梵語 mahāmānasi，漢譯作「摩賀引麼引曩枲」。

（三）全濁平聲字加注「去」對譯梵語的送氣濁塞音〔註 3〕。例如：語段 49　梵語 vītabhaye，漢譯作「味引多婆去曳」。

（四）以「無口旁來母字」譯梵語 l；用「口旁來母字」譯梵語 r。例如：語段 16　梵語 vimale，漢譯作「尾麼黎」，即以無口旁來母「黎」字譯梵語 l；語段 58　梵語 saparivarasya，漢語音譯作「颯跛哩嚩囉寫」，即以口旁來母「哩」「囉」字譯梵語 r。

（五）加注「某某反」來表示其特殊音讀。例如：語段 32　梵語 atyadbhute，漢譯作「遏窒丁結反納部二合帝」。窒，《廣韻》：陟栗切，知母質韻。注云：丁結反，端母屑韻。

行琳在對譯梵語複輔音時，其他咒文尚有使用「三合」、「四合」注之。如梵語 śastra，漢譯「設娑怛囉三合」（F-02.05L05）；梵語 stryadhvikānāṃ，漢譯「悉底哩也四合地尾二合迦引南上引」（F-10.13L10）。或使用「半」或「半音」對譯梵語輔音尾的策略，梵語 sphaṭ，漢譯作「娑癹二合吒半」（F-01.09L18），即以「吒半」譯梵語閉音節的塞音 ṭ。梵語 dhṛk，漢譯作「地力二合迦半音」（F-17.15L25），即以「迦半音」譯梵語閉音節的塞音 k。或是加注「鼻音」強調鼻音性，如梵語 nārayaṇāya，漢譯「曩引囉演拏鼻音野」（F-02.02L06）。或以

〔註 3〕不空、慧琳亦類同。例如：梵語 bha，不空譯「婆去」，慧琳譯「婆去聲重」，行琳譯「婆去」。梵語：gha，不空譯「伽去」，慧琳譯「伽去聲重」。梵語：ghā，行琳譯「伽去引」。

「切身」來標注梵音，梵語 buddhya buddhya，漢譯作「沒𩋾沒𩋾」（F-03.04L21），《龍龕手鏡・亭部》:「𩋾，亭夜反，响梵音。」即以二個漢字左右拼合成新字及其音讀，這個做法在唐代譯經及西夏譯經也可以看到〔註 4〕。另外本文材料尚有加注「上」字者，但體例不甚一致，俟將來全面研究行琳所輯咒文後，再提出系統的解釋爲宜。

二、對音討論

（一）全濁聲母

本咒對音譯字只出現「並、定、羣、匣」四個全濁聲母，並母對譯 bh（跋 4 陛 3 婆 2 步 1 部 1），定母對譯 dh（馱6 第 2 達 1），羣母對譯 gh（具 2 伽 1），匣母對譯 h（賀 5 憾 4）。除了匣母已經清化對譯清音 h，其餘並、定、羣母則皆對譯送氣的濁塞音。

有關古全濁聲母在中古漢語是否爲送氣濁塞音，學者們有不同看法。尉遲治平（1982）以闍那崛多等的梵漢對音資料研究周隋長安方音，發現梵文不送氣濁輔音 b、d、ḍ、j、g一律以全濁字對譯（如：婆、陀、荼、闍、伽），梵文送氣濁輔音則以次清、全濁字譯之，當中全濁字又往往是加有口旁的（如：嘍、咃、嚩、嗏、咺），尉遲氏以爲表示讀音與本讀不同，所以斷定全濁聲母是不送氣濁塞音。劉廣和（1991、2001）研究兩晉的晉語聲母系統，古全濁聲母兼譯梵語送氣與不送氣濁塞音，但對譯送氣濁塞音時法顯於根本字加注「重音」，劉氏解釋當時沒有送氣濁塞音之故，所以古全濁聲母應是不送氣音。劉氏（2004）與施向東（1999、2004）分別研究南北朝時期的對音，古全濁聲母仍兼譯梵文送氣與不送氣濁塞音，並聯合發表（2009）對魏晉南北朝語音總論，古全濁聲母即爲不送氣濁塞音。

對音資料在學者們接力地研究下持續提出豐碩的成果。中唐不空以前大體表現古全濁聲母兼譯梵語送氣與不送氣濁塞音，包括玄應（黃仁瑄 2006）、玄奘（施向東 1983）、義淨（劉廣和 1994）。孫伯君（2008）研究法藏敦煌 p.3861 文獻約 8～9 世紀的梵漢對音，李建強（2008）研究約 8 世紀的于闐文咒語〔註 5〕，

〔註 4〕見孫伯君《西夏新譯佛經陀羅尼的對音研究》頁 83～84。

〔註 5〕因咒語較短，僅見並、母二母對譯 b/bh、d/dh。

濁聲母亦兼譯送氣與不送氣濁塞音。直自不空學派（包括慧琳、空海〔註 6〕等）以後有了不同的轉變。古全濁聲母只對譯梵語送氣濁塞音（劉廣和 1984 及 1994、尉遲治平 1985、聶鴻音 1985），而由鼻音聲母「明泥娘疑」對譯不送氣濁塞音 b、d、ḍ、g（詳見後文），晚唐行琳對音的表現亦如是。然而學者們對這個轉變卻有了不同的解釋。或以爲體現了實際的語言，即古全濁音讀送氣濁塞音（如劉廣和），展現出當時長安方音的特色；或以爲專譯送氣音正說明了古漢語全濁聲母爲不送氣音（如尉遲治平）。

不同意見的焦點在於理解這個表現的是一種對音策略，還是反映語言的實際。儲泰松〔註 7〕（2005）認爲對音資料主要反映的是具有一個基礎方言的通語，並不能完全代表實際的方音，故仍將不空音的全濁聲母擬爲不送氣音。

對音時間較晚的資料顯示，包括漢藏對音的《大乘中宗見解》〔註 8〕大體以全濁字讀成送氣清音（羅常培 1933）〔註 9〕，龔煌城（1981）、李範文（1994）利用《番漢合時掌中珠》（1190）研究漢夏對音，皆以西夏送氣清音對譯漢語的全濁字。孫伯君（2007）則分析西夏譯經《聖觀自在大悲心總持功能依經錄》、《勝相頂尊總持功能依經錄》〔註 10〕（約 1149）的梵漢對音，梵語 ph、th／ṭh、ch 以漢語並、定、從母譯之〔註 11〕。以上皆顯示漢語全濁字已與次清字合流。

另有學者嘗試以現代漢語方言的角度關注此議題。張維佳（2005）調查關

〔註 6〕馬伯樂（1920）將不空、慧琳、空海三人的對音系統概稱爲不空學派。

〔註 7〕儲泰松利用音義反切、詩人用韻、對音等資料研究唐五代關中方音，提出資料反映語音的三個層次：雅言、通語、方音。其中通語是一種不同方言區域的人所使用的交際語言。（《唐五代關中方音研究》頁 25～28）

〔註 8〕喬全生（2005）分析晉語全濁字的四個類型，以爲今讀送氣清音聲母的類型可溯自唐五代《大乘中宗見解》漢藏對音所代表的西北一支方音。（參見《晉方言古全濁聲母的演變》）

〔註 9〕羅常培據陶慕士之言，以爲這個敦煌寫本的時代約在 7～8 世紀。（《唐五代西北方音》（頁 8～10，29）。

〔註 10〕鮮卑人寶源法師奉西夏仁宗敕令，將佛典對照梵文重新譯成漢文。孫伯君推斷寶源漢譯本刊印時間應在天盛元年（1149）前後。其刊印本今藏於俄羅斯科學院東方研究所聖彼得堡分所。（《西夏譯經的梵漢對音與漢語西北方音》頁 12）。

〔註 11〕該譯經未出現gh、ḍh。而梵語 b/bh、m、d/dh、n 皆以漢語明、泥、娘母對譯。（《西夏譯經的梵漢對音與漢語西北方音》頁 14）。

中方言的 50 多個點，發現古全濁聲母的白讀音〔註 12〕在關中方言片呈現「渦狀」分佈。周邊地區一律讀爲送氣清音的頻率高，依勢向中心地區遞減。張氏更透過移民的歷史，以客贛方言的表現說明關中方言全濁與次清聲母合流的歷史發展面貌。張氏以爲送氣方法的一致是全濁與次清合流的趨同特徵，是促使全濁聲母朝向送氣清音發展的重要機制，並推斷古全濁聲母的性質應爲送氣濁音〔註 13〕。

不論是梵漢對音或西夏文獻，全濁聲母已朝向次清方向發展，這個趨同性也在許多現代漢語方言中保存下來。然而上述文獻的鼻音兼譯純鼻音與不送氣濁塞音（詳下文）的表現，加上古漢語濁塞音及塞擦音僅有一套，送氣與否並不具有辨義作用，如此解釋古全濁字爲送氣濁塞音說的理據尚未能圓滿。

（二）鼻音聲母

行琳對音一律使用鼻音明、泥、娘、疑母對譯梵語送氣濁塞音 bh、dh、ḍh、gh。然而行琳之前，中唐不空的對音（馬伯樂 1920、劉廣和 1984）早已有相同的表現。劉廣和更以時間相去不遠的義淨與不空相較，企圖探索中原東、西部方言的差異性，今與行琳對音比較：

	義淨 635～713	不空 705～774	行琳 898 撰
b	並	明	明
bh	並	並	並
d	定	泥	泥
dh	定	定	定
ḍ	澄	娘	——
ḍh	澄	澄	——
g	羣	疑	疑
gh	羣	羣	羣

其實不空之前，譯師們的對音大體全濁聲母兼譯梵語送氣與不送氣濁塞音，鼻音只譯梵語鼻音〔註 14〕。不空之後的慧琳亦多改用鼻音譯之〔註 15〕（聶

〔註 12〕關中方言的文讀音則與北京官話表現一致。

〔註 13〕參見張維佳《演化與競爭：關中方言音韻結構的變遷》頁 238～263。

〔註 14〕初唐玄應音義，少數出現泥母「那」譯 d、ḍ，日母「尒、若」譯 j，疑母「峨、仡」

鴻音 1985、黃仁瑄、聶宛忻 2007），並言舊譯爲訛。如《一切經音義》卷二十九：「婆羅門（brahmā），梵語訛不正也。或曰婆羅賀摩，亦訛也。正梵音云沒囉憾摩。」而遼代希麟撰《續一切經音義》表現亦與慧琳類同〔註 16〕。

另有學者們以其他對音資料研究古代西北方音，王吉堯（1987）、阿部享士（1993）以日語漢音研究 8 世紀長安音〔註 17〕，羅常培（1933）研究 8～10 世紀，聶鴻音（1998）研究 11 世紀，龔煌城（1981）、李範文（1994）、孫伯君〔註 18〕（2007）等研究 12 世紀的西北方音，也都顯示當時鼻音具有濁塞音成分〔註 19〕。

透過對譯策略，或許可以證明這個說法。不空對《瑜珈金剛頂經字母品》的梵語鼻音，在譯字旁加注「鼻聲呼」〔註 20〕。劉廣和（1984）以爲這是漢語鼻聲母並非純鼻音的證明。行琳也有類似做法：

（1）卷二 《清淨海眼微妙秘密大陁羅尼》（F-02.02L06）：梵語 nārayaṇāya，漢譯「曩引囉演拏鼻音野」，即以「拏鼻音」譯 ṇa。

（2）卷二 《清淨海眼微妙秘密大陁羅尼》（F-02.10L16）：梵語garuḍa，漢譯「誐嚕拏」，即以「拏」譯 ḍa。

可見行琳爲求精確對音，亦謹慎地加注「鼻音」區別對譯輔音之不同。

馬伯樂（1920）〔註 21〕的研究最先提出鼻聲母對譯的環境問題。他以爲鼻

譯g（黃仁瑄 2006）。盛唐慧苑音義，僅少數出現明母「末」譯 b，泥母「諾」譯 j。（黃仁瑄、聶宛忻 2007）

〔註 15〕慧琳以不同比例全濁、鼻音聲母對譯梵語不送氣濁塞音，如以 50%定母、25%泥母譯 d；以 44%澄母、6%泥母、6%娘母譯 ḍ。（參見黃仁瑄、聶宛忻 2007）

〔註 16〕希麟亦以不同比例全濁、鼻音聲母對譯梵語不送氣濁塞音，如以 17%並母、67%明母譯 b；47%定母、20%泥母、6%娘母譯 d；以 33%澄母、17%泥母、6%娘母譯 ḍ；以 25%禪母、8%從母、50%日母譯 j；以 50%羣母、31%疑母譯g。（參見黃仁瑄 2007）

〔註 17〕王吉堯將明、泥、娘、疑母擬爲 m/mb、n/nd、nd、ŋ，阿部享士以爲 m/b、n/d、ŋ/g 隸屬於明、泥/娘、疑母音位之下的語音變體。

〔註 18〕孫伯君（2008）研究法藏敦煌 p.3861 號文獻的結果也有這個傾向。

〔註 19〕以明母字爲例，羅常培、龔煌城、李范文擬爲 m/mb，聶鴻音擬爲 m/b，孫伯君擬爲 mb。

〔註 20〕如：梵語 ḍa 譯「拏上」，ṇa 譯「拏鼻聲呼」。

〔註 21〕見《唐代長安方音考》頁 40。

聲母若搭配鼻韻尾則易於保持鼻音發音過程的完整性。觀察行琳對音的鼻聲母與韻母間的互動關係：

	梵　語　鼻　音	梵語不送氣濁塞音
明　母	〔譯 m〕　陰聲：麼 17、謨 6、摩 2、磨 1、謎 1、畝 1；入聲：莫 2、穆 2、蜜 2、沫 1。陽聲：瞢 2、滿 1。	〔譯 b〕　入聲：沒 6
泥　母	〔譯 n〕　陰聲：努 1；入聲：捏 1；陽聲：曩 11、顊6、南 1、難 1。	〔譯 d〕　陰聲：你 2；入聲：涅 4、納 1、捺 2。
疑　母	——	〔譯g〕　陰聲：誐 1、覽 1；入聲：蘖4。

行琳以陰、入聲的明、泥、疑母對譯 b、d、g，而譯鼻音卻兼用陰、陽、入聲字（疑母未見用例），明、泥母的對譯表現不同，雖多用陽聲的泥母字譯梵語鼻音，但明母多以陰、入聲字譯梵語鼻音。另外，值得注意的是對譯鼻音的陽聲字：

1. 明母。（1）瞢。語段 18　梵語 maṅgale，漢譯「瞢上蘖黎」。（2）滿。語段 23　梵語 samantabhadre，漢譯「三滿多跋涅㘑二合」

2. 泥母。（1）曩。語段 1　梵語 namo，漢譯「曩謨引」。（2）顊。語段 24　梵語 sādhani，漢譯「娑引馱　顊」。（3）南。語段 55　梵語 buddhānāṃ，漢譯「沒馱引南上引」。（4）難。語段 62　梵語 śaranāṃśataṃ，漢譯「設囉難上引設單去」。

明母以陽聲字「瞢、滿」譯梵語-ŋ、-n，而宕、梗攝的「曩」、「顊　」韻尾則無對應，咸、山攝的「南」、「難」則譯鼻化韻。同樣地現代西北方言陽聲韻亦有不同程度與速率的消變，上述的表現是否揭示該時空陽聲韻的歷史演變過程？尚需留意他日進一步的觀察研究。

如此鼻音聲母的特色在現代漢語方言中延續了下來。喬全生（2003）研究晉語（并州片、呂梁片、五台片米脂、志延片安塞）的鼻音聲母，認爲 m^b、n^d、$ŋ^g$的讀法是直接承繼唐五代西北方音的明證。此外，東南方言亦有類似的讀法〔註 22〕。

上述音韻現象的成因，引發學者們熱烈的討論。或以爲古漢語鼻塞複輔音聲

〔註 22〕參見拙作《敦煌石室〈心經〉音寫抄本所反映之聲母現象——兼論譯者歸屬問題》頁 205。

母的遺留（嚴學宭 1986、尉遲治平 1986、儲泰松 1998、王珊珊 2003）；或以為是西北方音的特色（羅常培 1933、龔煌城 1981、劉廣和 1984、王吉堯 1987、李範文 1994、孫伯君 2007、杜佳倫 2007〔註23〕）；或以為是語音系統的調整〔註24〕（馬伯樂 1920、阿部享士 1993）；甚至是受到梵語方音的影響（聶鴻音 1985）。不論是對音、方言、域外借音等資料，均顯示古漢語鼻音聲母具有濁塞音成分，而這個特色集中出現於唐以後的西北地區文獻，更在現代漢語方言中留下了遺跡。

（三）梵語 c 組的對音

梵語 c 組在不同年代有不同的譯法。自有唐以來，義淨以前皆用章組字，直到不空、慧琳開始有精章混用的情形，宋代的施護、惟淨則一律用精組字〔註25〕。晚唐的行琳均用精母字：呰 4、贊 2、左 1、卒 1，其中「呰、贊、左」與不空用字相同。不過行琳在其他咒文對譯 c 組時，卻有特別加注反切的情形：

（1）卷十六　《廣大不空摩尼寶陁羅尼》（F-16.02L10）。梵語 cintāmaṇi，漢譯「振精引反，此下同跢引麼抳」。（案：振，《廣韻》：章刃切。）

（2）卷廿一　《金剛手護命法門陁羅尼》（F-21.03L22）。梵語 cici，漢譯「止精以反止」。（案：止，《廣韻》：諸市切。）

行琳以章母「振、止」譯梵語 c，其中的「止」字，不空也同樣用來對譯。這是否意味著中唐以後精章合流〔註26〕的面貌？現代方言的表現，「止」字在北京、濟南、合肥、雙峰讀為 tʂ，東南方言廣州、陽江讀為 tʃ，其餘方言則為 ts〔註27〕，可見精、章母在不同地區的發展及分混的情況不一。行琳於章母字後

〔註23〕杜佳倫以為是西北地區方言羣經過長期接觸、融合後所共同發展出的創新現象。（見《唐宋西北方音的鼻音聲母表現——兼論與現代漢語方言類似現象之關聯》頁 13）

〔註24〕語音系統的調整亦可視為方音特色的表現。

〔註25〕參見儲泰松 1998、2005。

〔註26〕此處所言精章合流，純粹指精章二母。因為在不空及行琳的對音中，心、書二母皆分別對譯梵語 s、ś，並不相混。

〔註27〕見《漢語方音字匯》頁 63。其實止、蟹攝三等章母字在方言中多有 tʂ、tʃ、ts 的讀法。

特別加注反切的作法，足見在強調正確咒音的前提下，有使用舊譯用字及精確對音的企圖。

三、結　語

本文初步討論行琳對音的資料，呈現了唐代不空學派對音的特色，顯示了鼻音聲母帶有濁塞音成分及全濁聲母僅譯送氣濁塞音等特點。這二個特點也成爲學者們在研究對音或中古漢語方音時的重要討論焦點，並且是二個互相牽連的議題。

用字方面，行琳基本上對譯梵語輔音時都使用了同聲類字（詳見附錄），透露出行琳總輯陁羅尼時的用心與謹慎的態度。混用的例子則暗示著某些語音訊息，例如匣母的清化。東漢三國的對音（俞敏 1984）匣母已漸向曉母趨同之勢，至盛唐玄奘（施向東 1983）以後則大體合流，行琳亦是如此。此外，行琳以初、生二母同譯捲舌音 ṣ，原因在於行琳將梵語的 kṣ視爲輔音綴，故使用「二合」對譯策略。例如：

（1）語段 12　梵語 mokṣaṇi　漢譯「謨引乞刹二合抳」。

（2）語段 59　梵語 rakṣāṃ　漢譯「囉乞鑱二合引」。

這個做法與不空、慧琳以「乞灑二合」對音相同〔註 28〕。

此外，行琳對音也反映了語流音變的問題。例如：梵語 samantabhadre，漢譯作「三滿多跋涅㗚二合」（語段 23），使用了增加漢語輔音的譯法，輔音 m 既爲「三」的韻尾，又作「滿」的母。這在梵漢對音中是一個普遍的情況〔註 29〕。

礙於時間及篇幅所限，本文僅初步就行琳所譯 724 首咒語之一進行探索，故對行琳的對音系統尚未能有全面的認識，其餘便要留待他日的繼續研討才能完備。

〔註 28〕玄奘以上都以塞擦音對譯 kṣ，如：saṃkakṣika 譯爲「僧卻崎」。（施向東《玄奘譯著中的梵漢對音研究》頁 27）

〔註 29〕施向東（2002）舉出五種語流音變的問題：同化、異化、增音、減音、濁化。

【附錄】行琳譯音對照表

發音部位	梵語輔音	對譯漢字 （漢譯用字後的數字，為咒譯中所使用的次數）
唇音	p	鉢 4　跛 2　布 2（幫母）
	b	沒 6（明母）
	bh	跋 4　陛 3　婆 2　步 1　部 1（並母）
	m	麼 17 謨 6　莫 2　摩 2　穆 2　瞢 2　蜜 2　磨 1　滿 1　沫 1　謎 1　畝 1（明母）
	v	嚩 13 尾 5　韈 4　味 1　挽 1（微母）
舌尖音	t	帝 9　怛 3　覩 3　多 2　底 2　單 2（端母）
	th	他 4　剃 1（透母）
	d	涅 4　你 2　捺 2　納 1（泥母）
	dh	馱6　第 2　達 1（定母）
	n	曩 11　顙6　捏 1　努 1　南 1　難 1（泥母）
	l	黎 5　攞 1（來母）
	r	囉 20 嚕9　嘌6　哩 5　囒 1（來母）
	s	娑 7　薩 6　蘇 4　寫 3　悉 3　枲 3　素 2　僧 1　三 1　散 1 颯 1（心母）
捲舌音	ṭ	觫　1（知母）
	ṣ	刹 1　鏟 1（初母）曬 1　瑟 1　灑 1（生母）
	ṇ	抳3　孃 1　儜 1　拏 1（娘母）
顎音	c	呰 4　賛 2　左 1　卒 1（精母）
	j	枳 2（章母）惹 2　尒 2　乳 1（日母）
	ñ	孃 1　尼 1（娘母）
	ś	設 3　室 1　扇 1（書母）
舌根音	k	訖 2　建 1　藍1（見母）乞 2（溪母）
	g	蘖4　誐 1　虁 1（疑母）
	gh	具 2　伽 1（羣母）
	h	賀 5　憾 4（匣母）呬 1（曉母）
其他	a	阿 5　遏 5（影母）
	y	也 6　曳 3　庾 2（以母）
	ṛ	嘌1（來母）

參考文獻

壹、專　書

1. 李範文，1994，《宋代西北方音》，中國社會科學出版社。
2. 林光明編，2008，《房山明咒集》（五冊），嘉豐出版社。
3. 阿部享士，1993，《唐代西北方音與日本漢音比較研究》，東吳大學中國文學研究所碩士論文。
4. 馬伯樂，1920，《唐代長安方言考》，聶鴻音譯，中華書局，2005 年。
5. 孫伯君，2010，《西夏新譯佛經陀羅尼的對音研究》，中國社會科學出版社。
6. 徐時儀，2006，《佛經音義研究論文集》，上海古籍出版社。
7. 黃淬伯，1998，《唐代關中方言音系》，江蘇古籍出版社。
8. 張維佳，2005，《演化與競爭：關中方言音韻結構的變遷》，陝西人民出版社。
9. 儲泰松，2005，《唐五代關中方音研究》，安徽大學出版社。
10. 羅常培，1933，《唐五代西北方音》，中央研究院歷史語言研究所單刊甲種之 12。

貳、論文

一、期刊論文

1. 王珊珊，2003，〈梵漢對音中的一個特殊現象〉，《古漢語研究》第 1 期，頁 14～19。
2. 王吉堯，1987，〈從日語漢音看八世紀長安方音〉，《語言研究》第 2 期，頁 57～70。
3. 李建強，2008，〈伯希和 2855 號殘卷于闐文咒語對音研究〉，《語言研究》2008 年第 4 期，頁 29～35。
4. 施向東，1983，〈玄奘譯著中的梵漢對音和唐初中原方音〉，《語言研究》1983 年第 1 期，頁 27～48。
5. 尉遲治平，1985，〈論隋唐長安音和洛陽音的聲母系統——兼答劉廣和同志〉，《語言研究》第 2 期，頁 38～48。
6. 尉遲治平，1984，〈周隋長安方音再探〉，《語言研究》第 2 期，頁 105～114。
7. 尉遲治平，1982，〈周隋長安方音初探〉，《語言研究》第 2 期，頁 18～33。
8. 孫伯君，2008，〈法藏敦煌 p.3861 號文獻的梵漢對音研究〉，《語言研究》第 4 期，頁 21～28。
9. 孫伯君，2007，〈西夏譯經的梵漢對音與漢語西北方音〉，《語言研究》第 1 期，頁 16～23。
10. 黃仁瑄，2007，〈希麟音系的聲紐對音及其語音系統〉，《華中科技大學學報》第 1 期，頁 39～43。
11. 黃仁瑄，2006，〈玄應音系中的舌音、唇音和全濁聲母〉，《語言研究》第 2 期，頁 31～35。

12. 黃仁瑄、聶宛忻，2007，〈唐五代佛典音義音系中的舌音聲母〉，《語言研究》第 2 期，頁 26～31。

13. 黃仁瑄、聶宛忻，2007，〈慧苑音系聲紐的研究〉，《古漢語研究》第 3 期，頁 22～26。

14. 喬全生，2005，〈晉方言古全濁聲母的演變〉，《山西大學學報》2005 年第 2 期，頁 100～104。

15. 喬全生，2004，〈晉方言與唐五代西北方言的親緣關係〉，《中國語文》第 1 期，頁 262～266。

16. 喬全生，2003，〈晉方言鼻音聲母的演變〉，《山西大學學報》第 4 期，頁 78～81。

17. 廖湘美，2008，〈敦煌石室心經音寫抄本所反映之聲母現象〉，《中國學術年刊》第 30 期（秋季號），2008 年，頁 185～214。

18. 劉廣和，2001，〈西晉譯經對音的晉語聲母系統〉，《中國語言學報》第 10 期，頁 189～196。

19. 劉廣和，1994，〈〈大孔雀明王經〉咒語義淨跟不空譯音的比較研究——唐代中國北部方音分歧初探〉，《語言研究》1994 年增刊。又收於《漢語論集》，頁 41～57，人民日報出版社，2000 年，本文據此。

20. 劉廣和，1991，〈東晉譯經對音的晉語聲母系統〉，《語言研究》1991 年增刊。又收於《漢語論集》，頁 58～69。

21. 劉廣和，1984，〈唐代八世紀長安音聲紐〉，《語文研究》第 3 期。又收於《漢語論集》（北京：人民日報出版社，2000 年），頁 1～11，本文據此。

22. 儲泰松，1998，〈梵漢對音與中古音研究〉，《古漢語研究》第 1 期，頁 45～52。

23. 聶鴻音，1985，〈慧琳譯音研究〉，《中央民族學院學報》第 1 期，頁 64～71。

24. 聶鴻音，1998，〈回鶻文《玄奘傳》中的漢字古音〉，《民族語文》第 6 期，頁 62～70。

25. 龔煌城，1981，〈十二世紀末漢語的西北方音（聲母部分）〉，《中央研究正史語言研究所集刊》52 本 1 分：37～78。

二、專書及論文集之論文

1. 平田昌司，1994，〈略論唐以前的佛經對音〉，原載 *Current Issues in Sino-Tibetan Linguistics*, Osaka, 1994 年。又收於《佛教漢語研究》，商務印書館，2009 年，頁 211～222，本文據此。

2. 杜佳倫，2007，〈唐宋西北方音的鼻音聲母表現——兼論與現代漢語方言類似現象之關聯〉，《第十屆國際暨第二十五屆全國聲韻學學術研討會論文》，台北。

3. 周美慧，2005，〈慧琳《一切經音義》梵漢對譯的音譯詞分析〉，《第九屆國際暨第二十三屆全國聲韻學學術研討會論文》，台中。

4. 俞敏，1984，〈後漢三國梵漢對音譜〉，《中國語文學論文選》，頁 269～319。東京光生館。又收於〈俞敏語言學論文集〉，商務印書館，1999。

5. 施向東，2009，〈玄奘譯著中的梵漢對音研究〉，《音史尋幽——施向東自選集》，頁 1～87，南開大學出版社。

6. 施向東，2004，〈北朝譯經反映的北方共同漢語音系〉，《音韻論叢》，齊魯書社，頁 231～249。
7. 施向東，2002，〈梵漢對音與古漢語的語流音變問題〉，《南開語言學刊》第 1 期。又收於〈音史尋幽——施向東自選集》，頁 133～146，南開大學出版社，本文據此。
8. 施向東，1999，〈鳩摩羅什譯經與後秦長安音〉，《芝蘭集》，人民教育出版社。又收於《音史尋幽——施向東自選集》，頁 88～99，南開大學出版社，本文據此。
9. 施向東、劉廣和，2009，〈梵漢對音和兩晉南北朝語音總論〉，《漢譯佛典語法研究國際學術研討會暨第四屆漢文佛典語言學國際學術研討會論文》，2009 年 8 月，頁 80～86。
10. 梁啓超，1920，〈佛典之翻譯〉，《佛學研究十八篇》，頁 202～279，上海古籍出版社，2001 年。
11. 劉廣和，2004，〈南朝梁語聲母系統初探〉，《音韻論叢》，頁 213～230。齊魯書社。
12. 儲泰松，2004，〈施護譯音研究〉，《語言研究》2004 年第 2 期。又收於《漢語研究論集》，頁 296～319，安徽大學出版社，2005 年，本文據此。
13. 嚴學窘、尉遲治平，1986，〈漢語「鼻—塞」複輔音聲母的模式及其流變〉，《音韻學研究》第 2 輯，頁 1～16。

說「住」的「站立」義

汪維輝

（浙江大學　漢語史研究中心）

在中古時期的口語中，「住」字可以表示「站立」義，尤以翻譯佛經中為多見。例如：

譬如住人觀坐人，坐人觀臥人。（安世高譯《長阿含十報法經》卷上，1／234c）

中有住聽經者，身不知罷極；中有坐聽經者，身亦不知罷極。（支婁迦讖譯《阿閦佛國經》卷上，11／757c）

我有是意，寧當復與人共諍耶？住立當如聾羊，諸惡悉當忍。（又《道行般若經》卷 8，8／464b）

按：佛經中「住立」有 260 多例。

有一婢使，見佛及僧在於門外，乞食立住。不白大家，取其飲食，盡持施與佛及眾僧。（舊題三國吳支謙譯《撰集百緣經》卷 8，4／239b）

按：佛經中「立住」有 40 多例。

養一白雁，衣被飲食、行住坐臥，而常共俱。（東漢失譯《大方便佛報恩經》卷 4，3／146b）

平住手過膝。（曇果共竺大力譯《修行本起經》卷上，3／464c）

比較：九者，平立（三本作「住」）手摩於膝。（東漢失譯《大方便佛報恩經》卷 7，3／164c）

以上例子中，「住」或跟「坐」對文，或「住立」「立住」同義連文，或「行住坐臥」並列〔註 1〕，或「住」「立」構成異文，都可證明「住」相當於「立」。「平住」猶言「直立」，相當於南朝道教文獻中的「平倚〔註 2〕」，如：偃人使平倚日中，其影偏。（陶弘景《眞誥》卷五「甄命授第一」）。另外，佛經中有「禮佛已，卻坐一面／於一面坐」及「禮佛已，卻住一面／於一面住」一類的慣用

〔註 1〕「行住坐臥」為佛經常語，約有 700 多例，其中的「住」字或以為也可理解為「停留、停止」，不過佛經中也有「行立坐臥」（約 30 多例），雖然數量遠不及「行住坐臥」，但是兩相比較，「住」為「立」義是灼然無疑的。至於兩者數量相差懸殊的原因，尚待進一步研究。

〔註 2〕這個「倚」音 jì，意為「立」，後來寫作「徛」。參看汪維輝、秋谷裕幸（2010）。

語，兩相比較，「住」指站立也確然無疑〔註3〕。佛經中這樣用的「住」字爲數甚多〔註4〕，有些例子如果不注意就很容易誤解，如：

使者聞神言如此，便令人伐之。窮人住在樹邊，樹踣（三本、宮本作「僤」）地，枝摽殺窮人。（東漢失譯《栴檀樹經》，17／750c）

從上下文可知，這個「住」是指「站立」，而非「居住」。

中土文獻中也有用例，但不多〔註5〕，如：

傺，丑世切，住也。楚人名住曰傺。言我所忳忳而憂，中心鬱邑，悵然住立而失志者。（《楚辭・離騷》：「忳鬱邑余侘傺兮，吾獨窮困乎此時也！」王逸注）

人不臥之時，行坐言語，分明白黑，正行住立，文辭以爲法度，此人神在也。（《太平經》卷一百三十七至一百五十三（壬部不分卷））

竦，立也。峙，住也。（《文選・張衡〈西京賦〉》「通天訬以竦峙」薛綜注）

按：竦、立、峙、住四字同義，這裡是指直立。

魯王霸注意交績，嘗至其廨，就之坐，欲與結好，績下地住立，辭而不當。（《三國志・吳書・朱然傳附子朱績傳》）

以帝爲會稽王，遣楷奉迎。百寮喁喁，立住道側。（《三國志・吳書・孫綝傳》載孫綝奉書琅邪王休）

良辰一攜手，住坐無儔匹。（《梁詩》卷九何遜《劉博士江丞朱從事同顧不值作詩云爾》）

雖復時流歲永，生滅不追；行住坐臥，仗膺如在。（《全隋文》卷七楊廣《祭告智顗文》）

〔註3〕「卻住一面/於一面住」在佛經中也說成「卻立一面/於一面立」，還有「住立一面」的說法，均可證「住」就是「立」。不過佛經中「卻住一面」要遠多於「卻立一面」，而「於一面立」卻多於「於一面住」。原因待詳。

〔註4〕佛經中「住」和「立」的詳細使用情況還有待調查。

〔註5〕孫星衍輯的《漢官儀》中有一些這樣的用例，如「避車執板住揖」「太尉住蓋下」「左、右中郎將住東西」「五官將住中央」等。

按：「行住坐臥」係佛教文獻中常語。

> 「山立」者，若住立則嶷如山之固，不搖動也。(《禮記・玉藻》「山立時行」孔穎達正義)

從上例來看，可能唐代口語尚存此詞，不過唐代語料中卻難覓其蹤跡。大概唐以後「住」的主導義位已經變成「居住」，同時「停留」義也仍常用〔註6〕，所以「站立」義就不再由「住」來承擔了。只有「行住坐臥」一類的成詞在禪宗文獻中還常見沿用〔註7〕，《朱子語類》裏也可見到，但「住」作爲一個表「站立」義的單音詞可能已經退出實際口語了。

日本著名佛教史學家中村元教授編的《佛教語大辭典》(1976)「住」字條第二個義項就是「站立」〔註8〕，這是完全正確的，而《漢語大字典》和《漢語大詞典》「住」字條卻都失收此義。國內最早提到此義的大概是李維琦先生的《佛經釋詞》，該書176頁「住」字條說：「『住』又有站立、豎立的意思。」舉了佛經中的一些例子〔註9〕。拙著《東漢——隋常用詞演變研究》「居、止／住」條也曾論及此義(290－291頁)，不過比李先生的書已經晚了好幾年。要之，「住」有「站立」義是可以肯定的，《玉篇・人部》和《集韻・遇韻》均云：「住，立也。」都對此義作了記載。「二典」修訂時宜補收。「住」表「站立」的得義之由應該不難解釋，「住」本爲「停止；停留」義，「站立」就是「停止不動」，引申軌跡是很清楚的。至此，「住」有「站立」義及其理據都已清楚，從訓詁學的角度看，這個問題就算解決了。可是從辭彙史的眼光來看，卻還有問題要問：這個「住」是從哪裡來的？它又到哪裡去了？今天的方言中還有它的遺蹤嗎？下面試作探討。

從「住」這個字形來看，它表「站立」義似乎只在中古文獻中曇花一現，

〔註6〕比如《入唐求法巡禮行記》中「住」的出現頻率很高，基本上都是這兩個意思。

〔註7〕《漢語大詞典》釋「行住坐臥」爲「指一舉一動」，所引的最後一例是《兒女英雄傳》第三七回：「你只看那猴兒，無論行住坐臥，他總把個腦袋紮在胸坎子上，倒把脖兒扛起來。」可見此詞直到清代的口語中尚存。

〔註8〕參看林光明編譯《廣說佛教語大辭典》中卷562頁，(臺北)嘉豐出版社，2009年。此條材料承高列過教授檢示，謹致謝忱。

〔註9〕後來李先生又在其《佛經詞語匯釋》(395頁)中對「住」的各種義項作了細分，單立「(七)立，站立」一義。

後世並沒有流傳下來。不過從上面的引證可以看出，表「站立」義的「住」顯然是中古時期常用的一個口語詞，譯師們多用此詞，應該是有口語基礎的。這種詞有個特點，就是書寫形式往往多變，特別是在剛進入書面語的早期階段，寫法常常是不固定的，所以我們首先得把它的各種書寫形式找出來，然後才能探討它的源和流。

《說文》說解中「住」字 3 見，而正文無「住」字。清代學者有以爲是「駐」或「逗」「侸」「𨘥」之俗字者，詳見下文。據初步調查，下面這些字形可能跟表「站立」義的「住」有關係〔註 10〕。

駐：《說文・馬部》：「駐，馬立也。」段注：「人立曰侸，俗作住。馬立曰駐。」《玉篇・馬部》：「駐，馬立止也。」據段注，「住」和「駐」是同源詞。徐灝《說文解字注箋》則謂「《說文》無『住』，古多假『駐』爲之」。朱駿聲《說文通訓定聲・需部》：「《一切經音義》十七：『駐，古文作住、尌、侸、逗四形。』蓋皆通用字。」雷濬《說文外編》卷十二「住」字條：「《說文》無住字，《馬部》：『駐，馬立也。』江先生曰：『此許之住字。』」

侸：《說文・人部》：「侸，立也。从人，豆聲。讀若樹。」《繫傳》：「臣鍇曰：人相〔註 11〕樹立也。」段注：「十篇曰：『立，侸也。』與此爲互訓。今本『立』下改爲『住也』，則不可通矣。侸讀若樹，與尌、豎音義同，不當作住。今俗用住字，乃駐、逗二字之俗，非侸字之俗也。……按：侸，《玉篇》作**俈**，云：今作樹。《廣韻》：**俈**同尌。蓋樹行而侸、尌、豎廢，並**俈**亦廢矣。」按：此條段注與上條自相矛盾〔註 12〕，上條謂「住」是「侸」的俗字，此條又說不是，而是「駐、逗二字之俗」〔註 13〕。朱駿聲《說文通訓定聲・需部》：「字亦作**俈**，俗作住。」〔註 14〕邵瑛《說文解字群經正字》「侸」字條：「此字經典作佇，如《詩・燕燕》『佇立以泣』、《爾雅・釋詁》『佇，久也』之類。其他騷賦亦或作竚，然《說文》無竚字，佇在新附，正本所無，則『佇立』、『佇久』正

〔註 10〕以下材料多取自《說文解字詁林》，爲免繁瑣，不一一出注。

〔註 11〕《校勘記》謂「人相」當作「人自」，恐未必是。

〔註 12〕雷浚《說文外編》卷十二已經指出此點，並認爲「後說爲長」（《說文解字詁林》6917 頁）。

〔註 13〕另請參看下文「𨘥」字條。

〔註 14〕「𨘥」字下朱駿聲亦云：「住即侸字之俗。」

字恐當作此侸字。」

逗：《說文・辵部》：「逗，止也。从辵，豆聲。」段注：「逗遛。」《玉篇・辵部》：「逗，留也。」《方言》七：「傺、眙，逗也。逗，即今住字也。南楚謂之傺，西秦謂之眙。眙，謂住視也。西秦，酒泉、敦煌、張掖是也。逗，其通語也。」華學誠（2006）匯證：傺，戴震《方言疏證》：「《離騷》：『屯鬱邑余侘傺兮。』王逸注云：『侘傺。失志貌。侘，猶堂堂立貌也。傺，住也，楚人名住曰傺。』洪興祖《補注》引《方言》此條並注文並同。」（535頁）逗，戴震《方言疏證》：「《說文》：『逗，止也。』《後漢書・光武帝紀》：『不拘以逗留法。』注云：『逗，古住字。』」按：李賢注說與郭注同。「逗」、「住」古同屬定母侯部。（536頁）《廣雅・釋詁二》：「傺、眙，逗也。」王念孫《疏證》：「《方言》注云：『眙，謂住視也。』《說文》：『眙，直視也。』《九章》云：『思美人兮，擥涕而竚眙。』劉逵注《吳都賦》云：『佇眙，立視也，今市聚人謂之立眙。』張載注《魯靈光殿賦》云：『愕視曰眙。』義並同也。……」《漢書・匈奴傳上》：「上以虎牙將軍不至期，詐增鹵獲，而祁連知虜在前，逗遛不進，皆下吏自殺。」顏師古注：「逗讀與住同，又音豆。」維輝按：據上引材料，則「住」是「逗」的俗字，揚雄《方言》記載得很清楚，這個「逗」當「站立」講是當時的「通語」，那麼其源頭至少可以追溯到西漢。

佇（伫）／竚：《爾雅・釋詁下》：「佇，久也。」《說文新附・人部》：「佇，久立也。從人，從寧。」《廣韻・語韻》「直呂切」。《詩・邶風・燕燕》：「瞻望弗及，佇立以泣。」毛傳：「佇立，久立也。」《楚辭・離騷》：「悔相道之不察兮，延佇乎吾將反。」王逸注：「延，長也；佇，立貌。」《玉篇・立部》：「竚，今作佇。」《集韻・語韻》：「佇，或作竚。」《楚辭・九歌・大司命》：「結桂枝兮延竚。」王逸注：「延，長也；竚，立也。《詩》曰：『竚立以泣。』」《楚辭・九章・思美人》：「思美人兮，擥涕而竚眙。」按：從《詩經》和《楚辭》的用例來看，上古口語中是有「佇／竚」這個詞的，「佇」和「竚」是異體字。它的詞義究竟是「久也」還是「久立」、「立貌」、「立也」？從《楚辭》的三個例子看，它在句中都是充當謂語，無疑是個動詞，而且其中兩例前面有「延」字修飾，可見它的詞義應該是「立」，王逸的解釋是對的；毛傳釋「佇立」為「久立」，屬於隨文釋義，對「佇」的訓釋並不準確，「佇立」很可能是同義連文，而非偏正結構，而《爾雅》訓「佇」爲「久」又來自解《詩》。可能「佇／竚」的確切含義是長時間地凝立不動，所以古人才有「久立」「立貌」一類的解釋。要之，「佇／竚」是個動詞，詞義核心是「站立」，這應該是確定無疑的。這個「佇／竚」後世有沿用，如晉陶潛《停雲》詩：「良朋悠邈，搔首延佇。」南朝齊孔稚珪《北山移文》：「磵石摧絕無與歸，石逕荒涼徒延佇。」北魏酈道元《水經注・濁漳水》：「漳水又東北歷望夫山，山之南有石人，竚於山上，狀有懷於雲表，因以名焉。」它跟佛經中常見的「住」是否爲同一個詞，尚難斷定。從語音上看，除聲母相同（澄母）外，「佇／竚」上聲語韻，「住」去聲遇韻，韻和調都有一定的差別。

竡：《玉篇・立部》：「竡，竢也。直庾切。」《龍龕手鏡・立部》：「竡，音住。香嚴又俗音主。」《正字通・立部》：「竡，與住通。舊注音住，止也。分爲二，非。」韓小荊（2009）云：今謂「竡」當是「竚」的更換聲旁字。《可洪音義》卷二《法鏡經序》音義：「以竡，直與反，久立也。正作佇、竚二形。」《大正藏》本對應文句爲：「若以入廟者，以住宮本作駐廟門外，以五體而稽首，迺卻入廟。」是其確證。《龍龕・立部》：「竚，直呂反，久立也。與佇同。」「竚」字與序文文義正合。「住」「駐」與「竚」音近義通，可以看作是同源通用字。「竡」字《龍龕》音「住」，蓋即本自佛經異文。（185 頁）

跓：《廣韻・麌韻》：「跓，停足。直主切。」漢王逸《九思・悼亂》：「垂屣兮將起，跓竢兮碩明。」洪興祖《補注》：「跓，《集韻》：『停足。』」

𨘢：《說文・辵部》：「𨘢，不行也。从辵，𨘢聲。讀若住。」段注：「『讀若住』三字當在『从辵豆聲』〔註 15〕之下，豆、主同部。按：住當作侸，《人部》曰：『侸，立也。』《立部》曰：『立，住也。』住即侸之俗也。」按：這裡段玉裁又認爲「住」是「侸」的俗字了，與「侸」字條注自相矛盾。王鳴盛《蛾術編》謂𨘢「當即古住字」。張鳴珂《說文佚字考》「住」字條引江聲曰：「《說文》無住字，𨘢讀若住，又訓『不行』，其即今之住字與？又《立部》下云『住也』，其亦當作𨘢與？」

以上所列舉的住、駐、侸、逗、佇（伫）、竚、竡、跓、𨘢這些字形，相互之間的關係頗爲複雜，前人的看法也不盡一致，有些有文獻用例，有些則僅

〔註 15〕維輝按，即下一字「逗，止也。从辵豆聲」。

見於字書、韻書著錄，全面梳理它們的音、形、義及相互關係尚需時日，這裡暫不展開討論了。

停留、站立、居住三者義相關聯，可以彼此引申，在中古漢語中，「住」就兼有停留、站立、居住三個義項〔註16〕；現代方言中，浙江金華「住宿」叫「住」，也可以叫「徛」〔註17〕，閩語廈門、雷州、海口等地方言「住宿」和「站立」都說「徛」〔註18〕。故上文把音、義有聯繫的字都羅列出來了。

現代方言中表示「站立」義的詞約有十幾個：站、立、徛、豎、直、撐、拉、隑、敦、戳、杵、□bau有音無字、□ ꜀nou有音無字等〔註19〕，沒有發現跟中古的「住」有對應關係的說法，看來這個「住」在唐以後確實消失了，沒有傳承到今天。

【附記】本文承儲泰松教授、高列過教授和友生高玉蕾博士等提出寶貴意見，得以作出相應的修改，謹致謝忱。

參考文獻

1. 韓小荊，2009，《〈可洪音義〉研究——以文字爲中心》，巴蜀書社。
2. 華學誠，2006，《揚雄方言校釋匯證》，中華書局。
3. 李維琦，1993，《佛經釋詞》，嶽麓書社。
4. 李維琦，1999，《佛經續釋詞》，嶽麓書社。
5. 李維琦，2004，《佛經詞語匯釋》，湖南師範大學出版社。
6. 汪維輝，2000 《東漢－隋常用詞演變研究》，南京大學出版社。
7. 汪維輝、秋谷裕幸，2010，《漢語「站立」義詞的現狀與歷史》，《中國語文》第4期。

〔註16〕參看拙著《東漢—隋常用詞演變研究》「居、止/住」條。

〔註17〕見李榮主編《現代漢語方言大詞典》「住」字條，第二卷，1836頁。

〔註18〕同上，第四卷，3871頁。

〔註19〕參看：曹志耘主編《漢語方言地圖集・辭彙卷》「134 站」地圖，商務印書館2008年；汪維輝、秋谷裕幸（2010）。

「回乾就濕」源流考*

徐時儀

（上海師範大學　古籍研究所）

摘　要

「回乾就濕、偎乾就濕、煨乾就濕」等是「推燥居濕」的俗語變體，「居」和「就」義近，「燥」和「乾」則是文白興替，「乾」與「濕」和「偎」與「就」分別構成反義對舉。「回乾就濕」又有去死就生的比喻義。根據「推燥居濕」的變體還可判斷某些文獻的撰著年代。

關鍵詞：推燥居濕；回乾就濕；偎乾就濕；煨乾就濕；回濕就乾；避濕就燥

---

* 基金項目：國家社會科學基金項目（08BYY044）；國家社會科學基金重大項目（10&ZD104）；上海市教委 085 工程項目「宋代文獻整理與研究」；上海師範大學重點學科建設項目。

College of Humanities and Communications, Shanghai Normal University, Shanghai 200234, China

XU Shi-yi

Abstract

Hui Gan Jiu Shi（回乾就濕）, Wei Gan Jiu Shi（偎乾就濕）, Wei Gan Jiu Shi（煨乾就濕）which mean let one』s children sleep in a dry place while the Mother sleeps in the wet place peed by her children are the proverb variants of the idiom Tui Zao Ju Shi（推燥居濕）. In which, Ju（居）and Jiu（就）enjoy similar significance, while Zao（燥）and Gan（乾）have reflected the spring up of vernacular whitch have replaced the classic language eventually. At the same time, Gan（乾）and Shi（濕）, Wei（偎）and Jiu（就）have constituted antisense enumerate. Among these idioms, the form Hui Gan Jiu Shi（回乾就濕）also has the figurative meaning of avoiding death and winning survival. Furthermore, according to the variants of the idiom Tui Zao Ju Shi（推燥居濕）, we can also judge the compilation time of some documents.

Key words: the variants of the idiom Tui Zao Ju Shi（推燥居濕）; Hui Gan Jiu Shi（回乾就濕）; Wei Gan Jiu Shi（偎乾就濕）; Wei Gan Jiu Shi（煨乾就濕）; Hui Shi Jiu Jan（回濕就乾）; Bi Shi Jiu Zao（避濕就燥）

近代漢語文獻中「回乾就濕」一詞有「偎乾就濕」、「煨乾就濕」等不同寫法，《宋元語言詞典》（龍潛庵 1988：835）和《元語言詞典》（李崇興等 1998：332）以「偎乾就濕」爲正目，「煨乾就濕」、「回乾就濕」等爲附目。《元曲釋詞》以「煨乾就濕」爲正目，認爲「煨乾就濕，或作煨乾避濕、偎乾就濕、回乾就濕，或簡作偎乾濕，音近義並同」（顧學頡、王學奇 1997：546）。《宋金元明清曲辭通釋》（王學奇、王靜竹 2002：1121）又以「偎乾就濕」爲正目，認爲「偎乾就濕，是說把偎乾的地方讓給幼兒，自己睡在尿濕的地方，極言母親撫育幼兒的辛苦」。指出「煨乾就濕，煨乾避濕、回乾就濕、推乾就濕、濕就乾推、推燥居濕、受濕推乾」，含義並同「偎乾就濕」；省作「偎乾濕」，義同。《近代漢語大詞典》（許少峰 2008：1924）以「偎乾就濕」爲正目，以「濕偎就乾」、「煨乾避濕」、「煨乾就濕」爲附目，「回乾就濕」則另立爲正目。張生漢（1991）認爲「煨、回、偎都是『違』的借音字」，「煨（回、偎）乾就濕」即「違乾就濕」，亦即「避乾就濕」。張涌泉（1993）指出「回」字有換易之義，所謂「回乾就濕」是說母親把乾燥的地方換給幼兒睡，而自己則睡到幼兒尿濕之處。認爲「偎」、「煨」是「回」的音誤字（張涌泉 2001）。我們認爲「回」、「偎」、「推」音近義同，「回」、「偎」、「推」、「煨」、「受」的語境義相近，「回乾就濕」的不同寫法既有音義的演變又有語用的影響，本文擬就「回乾就濕」等詞的源流略作探討。

一、「推燥居濕」、「推燥處濕」、「推燥臥濕」、「推燥去濕」、「推燥就濕」和「推乾去濕」、「推乾就濕」

「回乾就濕」一詞最初寫作「推燥居濕」，「回乾就濕、偎乾就濕、煨乾就濕」等皆是「推燥居濕」的俗語變體。

「推」有「讓與、推讓」義。如《史記·淮陰侯列傳》：「解衣衣我，推食食我。」「居」有「處在、處於」義。「推燥居濕」的成詞不晚於晉。如《晉賈皇后乳母美人徐氏之銘》：「推燥居濕，不擇冰霜。」又如皇甫謐《自序》：「士安每病，母輒推燥居濕。」[註1] 再如《後漢書》卷五十四《楊震傳》載其上疏云：「阿母王聖出自賤微，得遭千載，奉養聖躬，雖有推燥居濕之勤，前後賞惠，

[註1] 嚴可均《全晉文》（清光緒刻本）卷七十一。又《太平御覽》卷七百三十九《疾病部》二《總敘疾病》下。

過報勞苦。」李賢注引《孝經援神契》：「母之於子也，鞠養殷勤，推燥居濕，絕少分甘。」《後漢書》雖是南朝宋范曄撰，但此例爲楊震所上疏文。又《後漢書》卷八十一《李善傳》：「李善字次孫，南陽淯陽人，本同縣李元蒼頭也。建武中疫疾，元家相繼死沒，唯孤兒續始生數旬，而資財千萬，諸奴婢私共計議，欲謀殺續，分其財產。善深傷李氏而力不能制，乃潛負續逃去，隱山陽瑕丘界中，親自哺養，乳爲生湩，推燥居濕，備嘗艱勤。」晉以後沿用。如《舊唐書》卷二十七《志》第七：「竊謂子之於母，慈愛特深，非母不生，非母不育。推燥居濕，咽苦吐甘，生養勞瘁，恩斯極矣！」例中「推燥居濕」意謂讓出乾燥的地方給幼兒睡，而自己則睡到幼兒尿濕之處。

佛經文獻中也有用例。如：

> 西晉竺法護譯《普曜經》第二卷：「唯大愛道能育慈心，推燥居濕，飲食乳哺使長大耳。」〔註2〕
>
> 西晉竺法護譯《佛說胞胎經》：「其母小心推燥居濕，養育除其不淨。」
>
> 東晉竺曇無蘭譯《五苦章句經》：「乳哺懷抱，推燥居濕。」
>
> 東晉竺曇無蘭譯《佛說鐵城泥犁經》：「汝爲人時於世間不念父母養育推燥居濕乳哺長大，汝何以不孝父母？」
>
> 姚秦竺佛念譯《出曜經》第二十七卷樂品第三十一：「推燥居濕，隨時扶侍。」

換序作「居濕推燥」。如：

> 《全唐文》卷九六八《請改定乳母封號奏》：「妳婆楊氏王氏雖居濕推燥，並彰保養之勤，而胙土分茅且異疏封之例。」

「推燥居濕」又作「推燥處濕」、「推燥臥濕」、「推燥就濕」。如：

> 姚秦竺佛念譯《出曜經》第十一卷出曜經行品第九：「父母推燥處濕，沐浴澡洗澣浣衣裳。」
>
> 西晉失譯《佛說孝子經》：「既生之後推燥臥濕，精誠之至血化爲乳。」
>
> 清周夢顏彙集《西歸直指》卷之三《大孝人不願入胎》：「幸而難過

〔註2〕 本文引用佛經據中華佛典協會 CBETA《電子佛典集成》Version 2009。

重生，便愛嬰兒若寶。由是推燥就濕，顧復提攜。一生精血，暗裏消磨者多矣。」

又作「推燥去濕」。如：

姚秦竺佛念譯《出曜經》第十三卷：「猶如父愛子隨時瞻養推燥去濕，復以甘饌飲食食彼諸子。」

「去」有「離開」義，引申又有「往，到」義。「推燥去濕」意謂讓出乾處給孩子而自己到濕處。東漢前「乾濕」義反義聚合既有「乾–濕」也有「燥–濕」，「燥-濕」占主導地位。「乾」、「燥」同義，先秦已組成並列復合詞。如《管子》卷十八：「春三月，天地乾燥，水糾列之時也。」唐宋時「乾」漸在北方口語中替代了「燥」而與「濕」構成反義聚合〔註3〕，故「推燥居濕」在東漢後又作「推乾去濕」。如：

北涼曇無讖譯《大般涅槃經》第九卷：「既生之後推乾去濕，除去不淨大小便利。」

北魏吉迦夜共曇曜譯《雜寶藏經》第二卷《波羅㮈國有一長者子共天神感王行孝緣》：「父母恩重，猶如天地，懷抱十月，推乾去濕，乳哺養大，教授人事。」

也作「推乾就濕」。如：

三國葛玄《太上慈悲道場消災九幽懺》卷七：「饑時須飯，非母不哺。渴時須飲，非母不乳。計飲母乳，八斛四升，千日提攜，洗浣塵垢，推乾就濕，咽苦吐甘。」

唐宗密《佛說盂蘭盆經疏》上：「既生之後，推乾就濕，除去不淨。」

《全唐文》卷四十八《代宗贈爾婆元氏潁川郡太夫人敕》：「故爾婆元氏，朕在襁褓，受其撫育，推乾就濕，慈愛特深，可謂仁人厚惠茂德者矣。」

洪暹編《自閑覺禪師語錄》第四卷：「推乾就濕，乳哺辛勤。」

為霖和尚《鼓山餐香錄》卷上：「所以十月懷胎，三年乳哺。推乾就

〔註3〕 參見王盛婷（2007）。

濕，鞠育良苦。」

徐畛《殺狗記》第二十二出：「想爹娘養孫榮，撫養已艱辛，三年乳哺恩愛深，推乾就濕多勞頓。」

《三刻拍案驚奇》第二十四回：「大冷時，夜間一泡尿出屎出，怕不走起來收拾，還推乾就濕，也不得一個好覺兒。」

夏完淳《獄中上母書》：「淳之身，父之所遺；淳之身，君之所用。爲父爲君，死亦何負於雙慈？但慈君推乾就濕，教禮習詩，十五年如一日；嫡母慈惠，千古所難。大恩未酬，令人痛絕。」

清來舟《大乘本生心地觀經淺注》第三卷：「《父母恩重經》云：佛告大眾，人生在世，父母爲親。非父不生，非母不育。是以寄託母胎，十月懷身。歲滿月充，子母俱顯。生墮草上，父母養育。臥在欄車，父母懷抱。含笑未語，和和弄聲。饑時須食，非母不哺。渴時須飲，非母不乳。子若饑時，咽苦吐甘，推乾就濕。」

二、「回乾就濕」和「偎乾就濕」、「煨乾就濕」、「移乾就濕」、「扯乾就濕」

「推燥居濕」一詞在敦煌文獻中又寫作「回乾就濕」。如：

P2418《父母恩重經講經文》：「冒熱沖寒勞氣力，回乾就濕費心懷。……經：『受如是苦，生我此身，咽苦吐甘，抱持養育。洗濯不淨，無憚劬勞。忍熱受寒，不辭辛苦。乾處兒臥，濕處母眠。三年之中，飲母白血。』」又：「回乾就濕爲常事，三載辛勤情不已。」「回乾就濕最艱難，終日更不閑。洗浣豈論朝與暮，驅馳何憚熱兼寒。每將乾暖交兒臥，濕處尋常母自眠。」「此之經意祇是說慈母十月懷躭，三年乳哺，回乾就濕，咽苦吐甘，乃至男女成長了，千般憐惜，萬種教招，女娉男婚，總皆周備。」

北京河字十二號《父母恩重講經文》：「回乾就濕是尋常，乳哺三年非莽鹵。」

P3919《佛說父母恩重經》：「諦聽諦聽，父母恩德有其十種。何等爲十？一者懷擔守護恩，二者臨產受苦恩，三者生子妄（忘）憂恩，四者咽苦吐甘恩，五者回乾就濕恩，六者洗濯不淨恩……。」

檢《盂蘭盆經講經文》：「乾處唯留與子眠，濕處回將母自臥。」黃征、張涌泉《敦煌變文校注》（1997：1010）卷五注：「回，調換。」唐以後文獻也有用例。如：

宋宗曉述《金光明經照解》卷下：「王者，民之父母。看民如赤子，回乾就濕不待其言。」

金侯善淵《沁園春》：「始懷胎十月，三年乳哺，回乾就濕，多少辛勤。」

元王伯成《貶夜郎》第三折：「卻是甚所爲，更做個抱子攜男，莫不忒回乾就濕。」

清來舟《大乘本生心地觀經淺注》第二卷：「父母亦爾，復厚於我，回乾就濕，乳哺養育，咽苦吐甘。」

又可換序作「就濕回乾」。如：

明如巹續集《緇門警訓》第二卷《大唐慈恩法師出家箴》：「咽苦吐甘大辛苦，就濕回乾養育成。」

《禮念彌陀道場懺法》第六卷：「如經所說，懷躭守護，就濕回乾，咽苦吐甘，乳哺養育。」

也寫作「偎乾就濕」。如：

元無名氏《凍蘇秦衣錦還鄉》第二折：「且休說懷耽十月，只從小偎乾就濕。」

元無名氏《神奴兒大鬧開封府》第三折：「想著他咽苦吐甘，偎乾就濕，怎生抬舉。」

《金瓶梅詞話》第五十九回：「想著生下你來我受盡了千辛萬苦，說不的偎乾就濕成日把你耽心兒來看。」

「回」、「偎」都有「避」義。檢《說文》：「避，回也。」「偎」有「隱；不明晰」義〔註4〕。如《山海經．海內經》：「北海之隅，有國名曰朝鮮天毒，其人水居，

〔註4〕 參《漢語大字典》，四川辭書出版社和崇文書局2010年第二版，頁228。

偎人愛人。」〔註5〕郭璞注：「偎亦愛也。」「愛」亦有「隱」義。如《詩・靜女》：「靜女其姝，俟我於城隅。愛而不見，搔首踟躕。」毛傳：「愛，蔽也。」又如《列子・黃帝》：「列姑射山在海河洲中，山上有神人焉，吸風飲露，不食五穀，心如淵泉，形如處女，不偎不愛，仙聖爲之臣。」張湛注：「偎，愛也。」殷敬順釋文：「偎，愛也。不偎不愛，謂或隱或見。《字林》云，偎，彷彿見不審也。」偎、愛皆有「隱隱約約」義。「偎」似由「隱約不明」義引申而有「隱蔽、躲避」義。考《朱子語類》卷一百二十二：「伊川發明道理之後，到得今日，浙中士君子有一般議論，又費力，衹是云不要矯激。遂至於凡事回互，揀一般偎風躲箭處立地，卻笑人慷慨奮發，以爲必陷矯激之禍，此風更不可長。」〔註6〕例中「偎風躲箭」是唐宋時習俗語，「偎」、「躲」義近，「偎風」即「避風」、「背著風」、「躲著風」。如《西遊記》第七十八回：「三藏下馬，一行四眾進了月城，見一個老軍，在向陽牆下，偎風而睡。」

「躲」，《說文》未收。《字彙》：「躲，避也。」「躲」是宋代出現的新詞，也是「避」義的白話口語詞。如柳永《定風波・林鍾商》：「鎮相隨，莫抛躲。」葛長庚《滿江紅・贈豫章尼黃心大師嘗爲官妓》：「底事到頭鸞鳳侶，不如躲脫鴛鴦社。」陸游《沁園春》：「躲盡危機，消殘壯志，短艇湖中閑採蓴。」又作「趓」。朱敦儒《卜運算元》：「古澗一枝梅，免被園林鎖。路遠山深不怕寒，似共春相趓。」又《洞仙歌・贈太易》：「塵緣無處趓，應見宰官，苦行公心眾難到。」陳德武《清平樂・詠蟬》：「嬌聲嬌語，恰似深閨女。三疊琴心音一縷，趓在綠陰深處。」又如董解元《西廂記諸宮調》：「紅娘急趓過，曰：『死罪！死罪！』」也作「彈」。如王觀《減字木蘭花》：「大限催煎如何彈。」又如陳著《賀新郎・次韻戴時芳》：「回首西湖空濺淚，醉沉沉、輕擲金甌破。平地浪，如何彈。」「躲」作爲新興的白話詞後漸取代了「避」，並與「避」組成同義並列復合詞。如《五燈會元》卷十一《興化存獎禪師》：「師曰：『昨日赴個村齋，中途遇一陣卒風暴雨，卻向古廟裏躲避得過。』」王處一《於周問吉凶》：「逐處有凶

〔註5〕郭璞注：「朝鮮，今樂浪郡也。天毒即天竺國。」據《四庫全書提要》云《山海經》：「殆周秦間人所述，而後來好異者又附益之歟。」考書中所說「東海之內，北海之隅」的地理位置，似指朝鮮一國，「天毒」有可能爲後人傳寫誤入的衍文。

〔註6〕王星賢點校《朱子語類》，中華書局 1986 年版，頁 2957。

吉，心乖躲避難。」〔註7〕關漢卿《關張雙赴西蜀夢》第四折：「躲避著君王，倒退著走；只管裏問緣由，歡容兒抖擻。」王曄《桃花女破法嫁周公》第三折：「一計不成，又有一計，看他明朝，怎生躲避？」〔註8〕「避」與「躲」是文白興替，「躲箭」即「避箭」。如《嘉泰普燈錄》卷九《婺州智者法銓禪師》：「上堂曰：要扣玄關，須是有節操，極慷慨，斬得釘，截得鐵，硬剝剝地漢始得。若是隈刀避箭碌碌之徒，看即有分。」例中「隈刀避箭」即躲避刀箭。考《說文》：「隈，水曲隩也。」又考《玄應音義》卷九釋《大智度論》第十五卷「避隈」之「隈」：「於回反。《說文》：一凷反。水曲隩也。隱蔽之處也。論文偎，烏回反。愛也。偎非此義。」〔註9〕《慧琳音義》卷四十六轉錄作：「隈，烏回反。《說文》：一由〔註10〕反。水曲隩也。謂蔽之處也。論文作偎，烏回反，愛也。偎非此義也。」〔註11〕因「偎」後常用來表「依傍」義，「偎」表「隱；不明晰」義又可通「隈」〔註12〕。玄應釋《大智度論》第十五卷避隈之「隈」爲「隱蔽之處」，檢經文爲：「復次，破戒之人，常懷怖懅，如重病人，常畏死至。亦如五逆罪人，心常自念：我爲佛賊，藏覆避隈；如賊畏人，歲月日過，常不安隱。」「避隈」意即「避隱」。「隈」由「隱蔽之處」引申則有「隱藏」和「躲避」義，唐代已見此義。如張鷟《朝野僉載》卷四：「軍回至都，置酒高會，元一於御前嘲懿宗曰：『長弓短度箭，蜀馬臨階騙。去賊七百里，隈牆獨自戰。甲仗縱拋卻，騎豬正南躥。』」「隈牆」意謂躲藏在牆角下〔註13〕。又如薛用弱《集異記・王之渙》：「忽有梨園伶官十數人登樓會燕，三詩人因避席隈映，擁爐火以觀焉。」例中「隈映」意謂躲避隱藏〔註14〕。再如《伍子胥變文》：「風來拂

〔註7〕《全金詩》卷四十四，揚州詩局本。

〔註8〕《漢語大詞典》釋「躲避」的「避開；回避」義引《二十年目睹之怪現狀》爲首見書證，偏晚。

〔註9〕拙校《一切經音義三種校本合刊》，上海古籍出版社2008年版，頁191。

〔註10〕由，據文意似當作『回』或『凷』。

〔註11〕拙校《一切經音義三種校本合刊》，頁1306。

〔註12〕如羅隱《春日葉秀才曲江》詩：「江花江草暖相隈，也向江邊把酒杯。」一本作「偎」。

〔註13〕參蔣禮鴻（1994：328）。又《唐五代語言詞典》釋「隈」作「背」，引此例爲證。上海教育出版社。

〔註14〕《漢語大詞典》釋「隈映」爲「謂在角落處隱蔽」，引此例爲證。《唐五代語言詞

耳，聞有打沙（紗）之聲，不敢前蕩，隈形即立。」「隈形」意謂遮掩身體，躲躲藏藏，怕人看見。「隈刀避箭」又作「避箭隈刀」。如《佛果圜悟禪師碧岩錄》卷二：「斬釘截鐵，始可爲本分宗師。避箭隈刀，焉能爲通方作者。」禪宗語錄中的「隈刀避箭」和《朱子語類》中的「偎風躲箭」反映了「避」、「躲」這一對文白詞語的興替。

「偎」、「隈」的「隱藏」和「躲避」義後漸不爲人所解，有將「隈刀避箭」寫作「畏刀避箭」。如元馬致遠《漢宮秋》第二折：「我養軍千日，用軍一時。空有滿朝文武，那一個與我退的番兵？都是些畏刀避箭的！」「畏」是「隈」的記音，蔣禮鴻《敦煌變文字義通釋》（1997：389）已指出「畏」就是「隈」，「非畏懼之畏」。《漢語大詞典》釋爲「比喻遇戰事退縮不前」。《宋元語言詞典》（龍潛庵 1997：835）釋「偎風躲箭」爲「比喻遇事退縮不前」。也有將「偎乾就濕」寫作「煨乾就濕」。如：

> 蕭德祥《楊氏女殺狗勸夫》第三折：「不想共乳同胞一體分，煨乾就濕母艱辛。」
>
> 李直夫《便宜行事虎頭牌》第三折：「俺兩口兒雖不曾十月懷耽，也曾三年乳哺，也曾煨乾就濕，咽苦吐甘。」

例中「煨」有「烘烤」義，蓋其時人們多已不明「偎」有「避」義而據語境改字，「煨」與「就」已不構成反義對舉。也作「煨乾避濕」。如：

> 李行道《灰闌記》第一折：「（搽旦云）你養的，怎不自家乳哺了？一向在我身邊，煨乾避濕，咽苦吐甜，費了多少辛勤，在手掌兒上抬舉長大的，你就來認我養的孩兒，這等好容易！」又第四折：「生下這孩兒，十月懷胎，三年乳哺，咽苦吐甜，煨乾避濕，不知受了多少辛苦。」

意謂烘乾幼兒尿濕處，讓幼兒避開尿濕處，例中「煨」與「避」也不構成反義

典》釋「隈映」爲「躲避，隱身。」考「映」有「遮蔽；隱藏」義。如顏延之《應詔觀北湖田收》：「樓觀眺豐穎，金駕映松山。」李善《文選》注：「映，猶蔽也。」又考《慧琳音義》卷一釋《大般若波羅蜜多經》第一卷暎蔽：「上英敬反。《考聲》：暉也。《韻英》云：傍照也。從日，英聲。經從央作映，非也。音烏朗反，不明也，非經義也。」隈、映近義並列組成複合詞而表「隱藏」和「躲避」義。

對舉。後又寫作「扯乾就濕」、「移乾就濕」、「移乾去濕」等。如：

《韓湘子全傳》第十一回：「生我離娘胎，鐵樹花開，移乾就濕在娘懷。」又第十七回：「孀母恩非小，你兒行常自焦，扯乾就濕眞難報。」

明寂光《佛說梵網經直解》卷下之一：「繇本父母，懷胎乳哺，移乾就濕，種種辛勤，撫育而成。」

慧沼《金光明最勝王經疏》第五卷《王法正論品》第二十：「王之養民當如赤子，移乾去濕，不待其言。」

《再生緣》第七回：「懷孕一年方產下，移乾就濕受勤勞。」

換序作「就濕移乾」。如：

鄭燮《七歌（其四）》：「縱横溲溺漫不省，就濕移乾叔夜醒。」

因而「回乾就濕、偎乾就濕、煨乾就濕」等皆是「推燥居濕」的俗語變體。「居」和「就」義近，「燥」和「乾」則是文白興替，「乾」與「濕」和「偎」與「就」分別構成反義對舉。

三、「回乾就濕」和「回濕就乾」

「回乾就濕」又有去死就生的比喻義。考《王梵志詩集》：「本是長眠鬼，蹔來地上立。欲似養兒氈，回乾且就濕。」項楚《王梵志詩校注》卷一注「回乾就濕」指出：「義見《父母恩重難報經》：『第五回乾就濕恩，頌曰：母願身投濕，將兒移就乾。』《變文集・維摩詰經講經文》：『回乾就濕，恐男女之片時不安；洗浣濯時，怕癡騃之等閒失色。』又《父母恩重經講經文》：『慈母恩，實堪哀，十月三年受苦災。冒熱沖寒勞氣力，回乾就濕費心懷。』此首『欲似』二句承接上文『本是長眠鬼，蹔來地上立』，以『回乾就濕』比喻去死就生。『乾』爲樂處，以喻死，『濕』爲苦處，以喻生，已暗喻生苦死樂之意。」（項楚 1991：13～14）周一良《王梵志詩的幾條補注》也認爲這首詩的首句「遙看世間人」，就暗示歎人世苦惱的味道。關於生死，宗教大都有其不同於世俗或醫學的詮釋。如道教認爲生命不息，修煉得道可昇天成仙。佛教認爲只有超脫生死輪迴之苦，才能達到理想的彼岸。梵志詩中有不少地方表達了生不如死的思想（周一良 1984）。據王梵志詩，「回乾就濕」又喻指去死就生，有生苦死樂之意。檢佛經中還有「回濕就乾」一詞。如：

唐慧暉述《俱舍論釋頌疏義鈔》卷中《論本》第十八：「回濕就乾，含苦吐甘。」

例中「回濕就乾」可理解爲讓孩子避開尿濕之處睡到乾燥的地方，也可理解爲佛教所說輪迴的去死投生。「回濕就乾」的更早用例寫作「避濕就燥」。如：

陳眞諦譯《佛說立世阿毘曇論》第八卷《第十閻羅地獄品》：「王曰：『昔汝在人中不見年少童子嬰孩，初生仰眠不能避濕就燥時耶。』」

例中「避濕就燥」喻有「避苦就樂」義。後也用其原義。如：

《明太宗寶訓》卷二《恤民》：「父母於赤子，先寒而備之衣，先饑而備之食，適其溫飽之宜，避濕就燥以處之，無所不儘其心。」

例中「避濕就燥」謂讓孩子避開尿濕之處睡到乾燥的地方。

結　語

詞的發展都有其來龍去脈，由此形成詞與詞之間的源流關係。「回乾就濕」、「偎乾就濕」、「推乾就濕」中的「回」、「偎」、「推」疊韻而義近，皆有「推讓迴避」義，其源是「推」，而「煨乾就濕」、「移乾就濕」、「扯乾就濕」中的「煨」、「移」、「扯」是其語用發展之流。「推燥居濕」、「推燥處濕」、「推燥臥濕」、「推乾去濕」、「回乾就濕」等詞中「居」、「處」、「臥」義近，皆有「止歇停留」義；「去」、「就」義近，皆有「往」的趨向義，其源是「居」，「處」、「臥」「去」、「就」則是其演變發展之流。

檢《漢語大詞典》收錄「回乾就濕」、「偎乾就濕」、「煨乾就濕」、「煨乾避濕」和「推燥居濕」，釋「回乾就濕」爲「謂母親育兒時，讓嬰兒居乾處，自己就濕處。」釋「偎乾就濕」爲「形容母親撫育幼兒之辛苦。謂幼兒溺床，母親寧可以身就濕，使小兒臥處常乾。」釋「煨乾就濕」爲「極言撫育孩子的辛苦」。釋「推燥居濕」爲「把乾燥處讓給幼兒，自己睡在幼兒便溺後的濕處。極言撫育幼兒的辛勞」。我們認爲「推燥居濕」是「回乾就濕、偎乾就濕、煨乾就濕」等的早期文言形式，「乾」替代「燥」和「就」替代「居」反映了漢語辭彙古今的文白演變，「推燥居濕」的語境義導致了語用中與「推」音近或義近的「回」、「偎」、「煨」、「移」、「扯」等詞的換用，《漢語大詞典》修訂時似可以「推燥居濕」爲正目，「回乾就濕」、「偎乾就濕」、「煨乾就濕」等爲附目，還可增收「避濕就燥」爲正目，以「回濕就乾」爲附目，並可指出「回乾就濕」有去死就生的比喻義。編纂《近代漢語大詞典》則可以「回乾就濕」爲正目，以「偎乾就濕」、「煨乾就濕」等爲附目，釋義中指出其源出自「推燥居濕」，「回乾就濕、偎乾就濕、煨乾就濕」等是「推燥居濕」的俗語變體。

餘 論

「推燥居濕」作爲漢語辭彙中的成語，在漢語辭彙的古今演變中產生的「回乾就濕、偎乾就濕、煨乾就濕」等變體從一個側面反映了漢語辭彙的文白興替過程，根據其不同的變體也可判斷某些文獻的撰著年代。如「推燥居濕」在東漢後又作「推乾去濕」，然檢東漢失譯《大方便佛報恩經》第三卷：「父母者，十月懷抱，推乾去濕，乳哺長大，教誨技藝，隨時將養。」文中已見「推乾去濕」。考東漢前「燥」與「濕」構成反義聚合，唐宋時「乾」漸在北方口語中替代了「燥」與「濕」構成反義聚合。又考「去」本爲「離開」義，南朝時引申有「往，到」義。由此我們認爲此經似爲東漢後所譯。許理和《最早的佛經譯文中的東漢口語成分》一文曾指出，漢譯佛典的現代標準版本包括不下 96 種所謂的漢代譯經。「其中 78 種歸在少數幾位知名的漢代譯師名下。然而，經錄資料以及內在特徵（文體、用語）都證明，在絕大多數情況下，我們都不得不把它們歸爲後期的和十分不可靠的。」（許理和、蔣紹愚等 1987）許理和從這 96 種漢代譯經篩選出 29 部佛典，認爲「可以有把握地說，它們是西元 150 年到 220 年間洛陽的五個翻譯團隊所創作的眞正的漢代譯經」。許理和篩選所得的 29 部佛典中也排除了《大方便佛報恩經》。又檢《房山石經》中有失譯《佛說父母恩重經》：「母中饑時，呑苦吐甘，推乾就濕。」各種大藏經皆未收入此經，據文中「推乾就濕」一詞似亦可推知此經爲東漢後所譯。

參考文獻

1. 顧學頡、王學奇，1997，《元曲釋詞》，中國社會科學出版社。
2. 蔣禮鴻主編，1994，《敦煌文獻語言詞典》，杭州大學出版社。
3. 蔣禮鴻，1997，《敦煌變文字義通釋》，上海古籍出版社。
4. 龍潛庵，1997，《宋元語言詞典》，上海辭書出版社。
5. 王盛婷，2007 「乾濕」義反義詞聚合演變研究，《語言研究》第 2 期。
6. 王星賢點校，1986，《朱子語類》，中華書局。

7. 王學奇、王靜竹，2002，《宋金元明清曲辭通釋》，語文出版社。
8. 項楚，1991，《王梵志詩校注》，上海古籍出版社。
9. 徐時儀，2008，《一切經音義三種校本合刊》，上海古籍出版社。
10. 許少峰，2008，《近代漢語大詞典》，中華書局。
11. 張生漢，1991，釋「煨」，《中國語文》第 5 期。
12. 張涌泉，1993，語詞辨析七則，《古漢語研究》第 1 期。
13. 張涌泉，2001，從語言文字的角度看敦煌文獻的價值，《中國社會科學》第 2 期。
14. 周一良，1984，王梵志詩的幾條補注，《北京大學學報》第 4 期。The Origin And Evolution of The Idiom Hui Gan Jiu Shi（回乾就濕）

佛經音義與中古近代漢語詞彙研究

韓小莉

（湖北大學　文學院）

摘　要

佛經音義如《玄應音義》、《慧琳音義》、《可洪音義》等解釋了許多佛經中出現的普通語詞，有些詞語或義項是現行的字典辭書中所沒有的。本文試舉數例以說明今後漢語辭書的編纂脩訂應該充分利用這部分寶貴資料。

關鍵詞：佛經音義；漢語；詞彙

東漢魏晉南北朝隋唐時期是中國佛典翻譯史上的高峰期，也是漢語語言變化的動蕩時期，新詞新義大量涌現，爲當時的佛經翻譯提供了豐富的語詞素材。漢語辭書的編纂，自然也應該充分利用這部分寶貴資料。佛經音義如《玄應音義》、《慧琳音義》、《可洪音義》等解釋了許多佛經中出現的普通語詞，有一些詞語或義項就是現行的字典辭書中所沒有的。例如：

【觚】

譬如天雨從空中墮，流澍觚枝，使轉茂盛。（西晉竺法護譯《佛説胞胎經》。《大正藏》冊 11，頁 887b）

譬如有樹多枝葉，其五觚生而分佈。（西晉竺法護譯《修行道地經》卷一。《大正藏》冊 15，頁 183a）

瞿多羅樹者，若有人來，誅伐其樹，枝葉莖節，諸觚段段，各在異處。彈指之頃，尋因地氣，還生如舊，枝葉莖節，各各成樹。（後秦竺佛念譯《最勝問菩薩十住除垢斷結經》卷七。《大正藏》冊 10，頁 1017c）

初始發善根堅固，建大忍辱之觚幹，意志枝莖大廣博，持戒禁花甚鮮潔。（劉宋寶雲譯《佛本行經》卷三。《大正藏》冊 4，頁 78a）

譬如空澤，有樹名奢摩黎，枝觚廣大，眾鳥集宿。一鴿後至，住一枝上，枝觚即時，爲之而折。（唐湛然述《止觀輔行傳弘決》卷十八 。《大正藏》冊 46，頁 273b）

按：上揭例句中「觚」字似是「樹枝、樹幹、骨幹」之義，然而歷代字典辭書以及後出的《漢語大字典》、《漢語大詞典》「觚」字下皆無此義項。《可洪音義》的解釋證實了我們的猜測，該書卷二《大寶積經》第九卷音義：「觚，古胡反，樹柯也，引也。」慧琳亦有類似解釋，《慧琳音義》卷四六《大智度論》第三十卷音義：「觚枝，古胡反，案觚猶枝本也，未詳何語也。」竊以爲「觚」字的「枝幹」義是引申而來的。《說文・木部》：「柧，棱也。」《玉篇・木部》：「柧，柧棱木也。」段玉裁《說文解字注》曰：「殳以積竹八觚，觚當作柧，觚行而柧廢矣。……《通俗文》曰：『木四方爲棱，八棱爲柧。』按《通俗文》析言之，若渾言之，則《急就》『奇觚』，謂四方版也。」「柧」之義爲「有棱之木」也，引申出枝幹之義。「柧」、「觚」是古今字，故「觚」字亦有「枝幹」的引申義。

【騴】

芭蕉生實枯，蘆竹葦亦然，駏驉懷妊死，騾騴亦復然，愚貪利養害，智者所嗤笑。（元魏吉迦夜共曇曜譯《雜寶藏經》卷三。《大正藏》冊 4，頁 465b）

井亢女虛危，此等五是輕宿，或名行宿，宜學乘騎象馬驢騾駝騴及水牛等諸畜。（唐不空譯《文殊師利菩薩及諸仙所說吉凶時日善惡宿曜經》卷下。《大正藏》冊 21，頁 397a）

按：磧砂藏本《玄應音義》卷十二《雜寶藏經》第三卷音義：「騾騴，力侯反，似驢而大。」《慧琳音義》卷七五轉錄作「騾騴，上鹿和反，下勒侯反」，僅注音，未釋義。高麗藏本《玄應音義》無此詞條。竊疑磧砂藏本的釋義是後增的，但釋曰「似驢而大」仍不明晰。今考《可洪音義》卷二五《一切經音義》第十二卷音義：「騾騴，上郎禾反；下郎侯反，馬父驢母曰騴也，應和尚未詳。」可洪曰「馬父驢母曰騴」，釋義直接明了。據此，馬母驢父曰騾，馬父驢母曰騴。此義項《漢語大字典》、《漢語大詞典》「騴」字下皆未收，可據補。

【絓是】

是中菩薩，善巧方便，制伏其心，令不作罪，如是制心，絓是婬欲，縛著因緣，悉不復生。（梁曼陀羅仙共僧伽婆羅等譯《大乘寶雲經》卷二。《大正藏》冊 16，頁 249a）

絓是所聞如來有口祕密，如來自口授記，相貌授記，若不了義，所說經教，悉皆信之。（梁曼陀羅仙共僧伽婆羅等譯《大乘寶雲經》卷三。《大正藏》冊 16，頁 258a）

絓是色法，悉皆不淨。（隋智顗說《摩訶止觀》卷九。《大正藏》冊 46，頁 123c）

絓是聖迹之處，備謁遺靈；但有弘法之人，遍尋正說。（唐慧立本、彥悰箋《大唐大慈恩寺三藏法師傳》卷七。《大正藏》冊 52，頁 261a）

按：上揭例句中皆有「絓是」一詞，《漢語大詞典》未收，查《慧琳音義》卷八二《西域記》第二卷音義：「絓是，上音卦，《韻詮》云絲結也。」同書卷九七

《廣弘明集》卷十一音義：「絓是，胡卦反，《文字典說》：絓，掛也。從糸、圭聲。」慧琳衹是抄錄了前代辭書對「絓」字的解釋，但這個釋義對於我們理解經意毫無幫助，「絓是」到底是何義，慧琳仍然沒說清楚。所幸可洪給了我們答案，《可洪音義》卷三《大方等大集日藏經》第九卷音義：「絓是，上胡卦反，謂但是也。」「但是」在中古是總括之詞，表示「只要是，凡是」的意思，如北魏賈思勰《齊民要術》卷八《作酢法》：「有薄餅緣諸麵餅，但是燒煿者，皆得投之。」宋趙昇《朝野類要》卷四《文書》：「但是聖旨文字，皆爲制書。」以「但是」替換經中的「絓是」，文通意順，了無掛礙，可見可洪所釋不誤。其實佛經異文也可證明可洪釋義的正確性。唐道世撰《法苑珠林》卷十四：「絓是弓刀矟等，並作蓮華塔頭。」《大正藏》校記曰：「絓」，宋、元、明、宮本作「但」。（《大正藏》冊 53，頁 389a）此是後人以「但是」替換「絓是」之例。唐道宣撰《廣弘明集》卷十一：「寺多僧眾，損費爲甚，絓是寺舍，請給孤老貧民無宅義士。三萬戶州唯置一寺，草堂土塔以安經像，遣胡僧二人傳示胡法。」《大正藏》校記曰：「絓」，宮本作「凡」。（《大正藏》冊 52，頁 163a）此是後人以「凡是」替換「絓是」之例。「絓是」蓋中古俗語，意義用法與「但是」、「凡是」相當。此詞後代不再常用，詞義轉晦，故後人以「但是」或「凡是」代之。

【悷悢】

> 道智卓殊超絶，才妙高猛，獨於邊羸，臨事乃悔。悔者已出，其後當復何益？但心中悷悢，慕及等耳。（西晉竺法護譯《佛說無量清淨平等覺經》。《大正藏》冊 12，頁 293b）

按：《大正藏》校記曰：「悷悢」，宋、元本作「戾悢」，聖本作「戾亮」。「悷悢」一詞《漢語大詞典》未收，詞義不明。考《玄應音義》卷八《無量清淨平等覺經》下卷音義：「戾亮，力計反。」《慧琳音義》卷十六轉錄作「戾亮，上力計反；下力丈反，上從高省，下從儿，古人字也」。慧琳衹是增加了有关「亮」字形體結構的解釋內容，至於「戾亮」一詞到底何義，仍未提及。今考《可洪音義》卷二《無量清浄平等覺經》下卷音義：「悷悢，上力計反，下力向反，悲也，下正作悢。應和尚未詳。」又同書卷二五《一切經音義》第八卷音義：「戾亮，見藏作悷悢，上力計反，下力向反，悲也。應和尚未詳。」據此，「悷悢」當爲雙聲連綿詞，又作「悷悢」、「戾亮」等形體，《廣韻・霽韻》：「悷，懔悷，悲吟也。」《集韻・霽韻》:「悷，懍悷，悲皃。」《廣雅・釋訓》:「悢悢，悲也。」「悷」、「悢」二字皆有悲義，可洪釋「悷悢」爲「悲也」是有根據的，而且也符合文意。《漢語大詞典》可據以收釋該詞語。

【屏毖】

於是王阿闍世，遙見世尊，便下所乘，屏毖五事，脱王冠幘、纓絡寶服、幢花翠羽，去蓋收刀，步到講堂。（東晉竺曇無蘭譯《寂志果經》。《大正藏》冊 1，頁 271b）

按:「屏毖」一詞《漢語大詞典》未收，詞義不明。考《玄應音義》卷十三《寂志果經》音義:「屏毖，音秘。」玄應僅爲「毖」字注了音，無任何解說。考《可洪音義》卷二五《一切經音義》第十三卷音義:「屏毖，上音餠，下音秘。屏毖，遠也。應和尚未詳。」《玉篇・比部》:「毖，疏也。」《廣韻・至韻》:「毖，遠也。」「屏」有退避義，退避則疏遠也；又《經典釋文》卷七《毛詩》音義下：「屏，除也。」《玉篇・尸部》:「屏，屏蔽也，放去也。」除去、放去亦遠離之義。可洪曰「屏毖」義爲「遠也」，釋義貼切，令人信服。

【逋生】

迦葉，云何逋生沙門？迦葉，譬如逋生稻苗，以不熟故，名爲逋生，以無實故，風所吹去，無堅重力，似稻非稻。迦葉，如是逋生沙門，形似沙門，無人教呵，無有德力，爲魔風所吹，亦無血氣持戒之力，離於多聞，損失定力，亦遠於智。不能破壞諸煩惱賊，名如是人，輕劣無力，繫屬於魔，爲魔所鉤，沒在一切煩惱之中，爲魔風所吹，如逋生稻。迦葉，逋生之稻，不中爲種，亦不生牙。迦葉，如是逋生沙門，於佛法中，無道種子。於賢聖法中，不得解脱。迦葉，逋生沙門者，所謂破戒行惡，是名逋生沙門。（北梁沙門釋道龔譯《大寶積經》卷一一三《寶梁聚會第四十四旃陀羅品第三》。《大正藏》冊 11，頁 642b）

按:「逋生」一詞《漢語大詞典》、《佛光大辭典》均未收。《慧琳音義》卷十五《大寶積經》第一一三卷音義：「逋生，補謀反。顧野王云：遲晚後生也，從辵，甫聲。或從補作逋。」《可洪音義》卷二:「逋生，上布乎反。穭也。」《玉篇・禾部》：「穭，自生稻。」《漢語大字典》解釋說：「穭，野生稻；又引申泛指野生的。」據此，「逋生」也就指「自生的、野生的」，「逋生沙門」即「野生沙門」。「逋」原指逃亡、逃竄，《說文・辵部》：「逋，亡也。」《廣雅・釋言》：「逋，竄也。」逃亡在外，故有「野生」之義。「逋」亦有「遲晚」之義，《廣雅・釋詁四》：「逋，遲也。」慧琳引顧野王之言曰「逋生，遲晚後生也」，生長在野，無人管理，发育遲緩，故遲晚後生也。

【關邏】

非時行者，謂夜分中，遊於聚落村亭關邏，爲巡候者之所捉獲，縛錄推問，種種加害。（《阿毘達磨大毘婆沙論》卷一二五。《大正藏》冊 27，頁 654b）

我昔曾聞，有差老母，入於林中，採波羅樹葉賣以自活，路由關邏，邏人稅之。（《大莊嚴論經》卷四。《大正藏》冊 4，頁 275b）

聚集上妙色，以施持戒者。不相應行者，食已速捨去。共集於一處，相問樂食不，說王及賊事，又說關邏事。（《大方廣三戒經》卷中。《大正藏》冊 11，頁 696b）

所在聚集處，說王事賊事，關邏鎮守事，種種飲食論。（《大寶積經》卷二。《大正藏》冊 11，頁 12b）

按：此詞《漢語大詞典》未收。《慧琳音義》卷十一《大寶積經》第二卷音義：「關邏，上吉環反。鄭玄注《周禮》云：界上門也。《聲類》：關，扃也。《說文》云：以木橫持門戶也。從門，𢇇，古還反，聲也。𢇇字從𢆶，音幽。丱，古患反，聲也。下勒餓反。《考聲》云：邏，遮也。《集訓》曰：遊兵斥候遮邏也。」又卷十六《大方廣三戒經》下卷音義：「關邏，上古頑反。鄭注《周禮》云：關者，界上之門也。《說文》：以木橫持門戶也。《廣雅》：關，塞也。從門作，𢇇聲，𢇇音與上同。經從弁作閞，非也。下羅馱反，《字書》：邏，遮也。《韻略》云：遊兵備寇險徑鎮戍之所也。」綜上，「關邏」即「關卡」也，就是「爲收稅或警備在交通要道設立的檢查站、崗哨」（參見《漢語大詞典》「關卡」條）。「關」指「關塞」；「邏」指「巡邏、巡查」，引申指所巡邏之所，即《韻略》所言之「遊兵偹寇險徑鎮戍之所也」。「關」、「邏」同義連言，乃聯合式合成詞。

僅此數例，不難看出，佛經音義對於中古近代漢語詞彙研究有着重要意義，由於篇幅所限，這裡就不一一展開了。

引用文獻

1.〔唐〕釋玄應，《一切經音義》，上海影印宋版藏經會 1935 年影印《宋磧砂藏經》本。

2.〔唐〕釋慧琳，《一切經音義》，《中華大藏經》影印麗藏本。

3.〔後晉〕釋可洪，《新集藏經音義隨函錄》，《中華大藏經》影印麗藏本。

4.〔日〕《大正新修大藏經》，日本大正一切經刊行會 1922 年至 1933 年版。

5. 羅竹風主編，1986，《漢語大詞典》，漢語大詞典出版社年版。

佛教詞語在越南語中的地位及其特點

阮氏玉華

（越南河內國家大學　外國語學院中國語言文化系）

摘　要

佛教發祥於印度，逐漸向中國、越南等亞洲國家傳播開來，同時對中國、越南等國的宗教信仰、語言文字、民間習俗等領域產生了廣泛而深刻的影響。佛教詞語是越南語中漢語藉詞的一個重要組成部分。它們既具備著漢源藉詞（即漢越詞）的特點，又具有自身獨特的特點。它們至今仍然具有語言、文化的研究價值。

關鍵詞：佛教；佛教詞語；地位；特點

一、佛教詞語在越南語中的地位

縱觀越南語的歷史，共有三次規模較大的語言接觸：「1）最爲重要的文化接觸是具有上千年歷史的北屬時期中漢越的文化接觸。中華文化對越南的輸入致使帶有中華文明文化烙印的漢文藉詞（漢越詞）的湧現。作爲一種文字的漢字改變了越南語從無文字的語言成爲有文字的語言，同時對越南語從語音、語法到辭彙有著全面的影響。尤其漢語藉詞通過漢越讀音對創造新詞新語起著重要的作用。2）第二次文化接觸是在長達 80 年的法國殖民統治政治背景下的越法文化接觸。這次接觸給越南語留下了大量的承載科學技術新概念和西方文化文明資訊的法語藉詞。3）第三次接觸是在全球化背景下以英語爲交際工具語言的越西（越南和西方各國）的文化接觸。這次接觸不僅給越南語留下爲數之多的具有國際性的英語科技術語，而且還動搖著傳統研究藉詞時『同化』概念。」（阮文康 2007：23～24）

佛教是古代印度宗教信仰。越南一方面吸收從印度傳來的佛教，同時也吸收從中國南下的佛教。佛教傳入越南是民族之間宗教文化交流的產物。伴隨著佛教的出現是佛教大量的全新教義、宗教信仰觀念、異地獨特風格的藝術、異域的語言文學。越南對佛教的吸收深受中國佛教的影響。佛教詞語是漢越語言文化範圍內佛教在越南從初傳時期到發展時期、鼎盛時期、恢復時期過程中所產生的結果。因此，佛教詞語是越南語外來詞中漢越詞的一部分。

越南語佛教詞語主要包括漢源佛教詞語、純越南語佛教詞語、越造的漢越佛教詞語三種。這三種詞語的數量到目前沒有人進行統計過。越南《慧光佛學辭典》收錄 22776 條詞目是佛教專科詞語。此外，還有一部分純越南語佛教詞語、越造的漢越佛教詞語，是現代越南語詞典中收錄的對象，而不是一般佛學詞典所收錄的對象。

佛教詞語一直以來給越南文化帶來了絢麗多彩的面貌，爲越南語詞匯寶庫的擴充起著舉足輕重的作用。

二、越南語佛教詞語的特點

佛教詞語是漢越詞的一個重要組成部分，但作爲一種特殊的成員，佛教詞語又具備自身的特點。

（一）佛教詞語促進越南語多音節化

漢越詞中有單音節詞、多音節詞（主要是雙音節詞）。漢越詞中單音節詞是在漢越語言文化接觸的最初階段中先進入的。它們都是表示一些基本概念意義，是全民語言的普通詞語。隨著社會的發展，新的概念不斷地出現。簡單的單音節詞顯得無法承擔著表達新概念的需要，因此，多音節詞的出現恰恰解決了這種問題。在語言發展史上，詞語的多音節化是語言發展的必然結果。同時也隨著漢越語言文化接觸的深入，多音節詞的引進不斷增加。佛教詞語中，單音節詞數量較少，多音節詞語數量占絕對地位。其中，三音節以上的詞語佔據最大的比例。

經過對越南《慧光佛學詞典》所收錄的佛教詞語進行考察統計之後，佛教詞語中的單音節詞數量較少，雙音節詞要比單音節詞多得多，三音節以上的詞語占最大的比例。22776 個佛教詞語中單音節詞、雙音節詞和多音節詞分別爲 332：5912：16532，其比例分別是 1.46%：25.95%：72.59%。這個統計資料說明，多音節詞是佛教詞語的明顯特徵。它們被借入到越南語之後正是對越南語詞匯多音節化進程起著推動的作用。

（二）佛教詞語能產力強

佛教詞語的能產力首先表現爲佛教基本詞或詞根在佛教專科辭彙系統中所創造出來一系列詞語的能產力以及以佛教基本詞或根詞爲造詞資料按照越南語構詞法創造出更多新詞新義的能力。例如：

（1）「佛陀」節譯爲「佛」。以「佛」爲造詞語素的、形式爲「佛～」的詞語丁福保《佛學大辭典》共收 89 個。在現代越南語，由「佛」（*Phật*、*Bụt*）組成的詞語有 9 個，帶「佛」（及其語音變音的 *Bụt*）的成語共有 33 條。

（2）「魔羅」節譯魔。以「魔」爲造詞語素的、形式爲「魔～」的詞語，《佛學大辭典》共有 25 個詞。在現代越南語中，由「魔」組成的詞語共有 31 個；帶「魔」的成語共有 43 條。由此可見，用「魔」的本義和引申義所創造出來的新詞新語非常豐富。

佛教詞語被借用後，又在越南語言文化環境中不斷地發展演變。佛教詞語通過借用、派生和引申等方式在越南語生根、發展。這體現著佛教詞語從借用到發展過程的常見規律。

（三）書面語的佛教詞語在越南語有相對應的口語詞語

借用漢文的佛教詞語是「外來者」，相對來說純越南語和越造的佛教詞語才是「本土者」。「外來者」和「本土者」在越南語佛教詞語中乃至在越南語中形成了一種雅俗的對立狀態。雅者主要用於佛典文獻中以及僧尼修習生活中，是屬於書面語。俗者主要是老百姓信仰生活和日常生活中常用的佛教詞語，是屬於口語。漢文佛教詞語一般來說顯得莊嚴、神聖、奧秘，而生活中的佛教詞語卻非常簡樸、易懂，貼近老百姓的生活。這種書面語和口語之分正是越南語佛教詞語的又一個特點。例如：

	漢字詞	漢越音（書面語）	純越音（口語）
（1）	佛	- Phật	- Bụt
（2）	寺	- Tự	- Chùa
（3）	寺院	- Tự viện	- Chùa chiền
（4）	僧／師	- Tăng／ Sư	- Thầy
（5）	齋	- Trai	- Chay
（6）	劫	- Kiếp	- Đời
（7）	粥	- Chúc	- Cháo
（8）	鐘	- Chung	- Chuông
（9）	惡口	- Ác khẩu	- Ác mồm/ Ác miệng
（10）	解夏	- Giải hạ	- Ra hè

越南語佛教詞語的書面語和口語之分這一特點，不是單純地存在，而是詞語借用過程中的一種常見的現象，即詞義衝突（詞義競爭）。佛教詞語的書面語和口語之分正是漢文佛教詞語與純越南語佛教詞語在詞義衝突方面上所產生結果之一。越南語佛教詞語這種「分工」的特點是漢語佛教詞語所沒有的。

（四）佛教詞語文化內容豐富

語言是一種特殊的符號。它是人類認識、思維、交際和表達的符號，同時也參與到文化形成的各個過程之中。文化形成、發展的每一個階段中、文化系統的每一個層次中都在語言中反映出來。而詞語是語言中反映社會文化最為敏感的一部分。

佛教詞語的內容極為豐富，包括佛教的發展史、基本教義、哲學思想、制度和儀軌、傳統道德倫理、寺院殿堂、名勝古跡、文學語言、藝術、民間習俗等。與佛教發展史相關的內容中有人名、地名、佛名、傳說等專科詞語。與佛教基本教義相關的內容中有思想、倫理、學說和信仰等專科詞語。與佛教哲學思想相關內容中有人生論哲學、宇宙論哲學、實踐論哲學等專科詞語。與佛教制度和儀軌相關內容中有教徒稱呼、僧籍、叢林、清規等的專科詞語。與寺院殿堂相關內容中有建築物名稱、塑像等專用詞語。與文學語言相關內容有佛經的翻譯、傳說、故事、詩歌、小說、成語、諺語、歇後語等術語。與佛教藝術相關內容中有繪畫、雕塑、雕刻、音樂、鑄造等術語。與民間習俗相關內容中有佛教節日、朝拜、喪葬禮俗等常用詞語。

佛教從異域傳入越南，同時也把異域的物質文化、制度文化和心理文化帶到越南境內。通過佛教詞語，人們更能充分地對異域佛教文化的瞭解，同時也能全面地瞭解異域佛教文化對越南文化的影響。以丁福保《佛學大辭典》中所收錄的詞語及其類別爲例，來說明佛教詞語文化內容豐富這一特點。

1. 物質文化類型：表示佛教物質文化的詞語主要包括佛教的器物、動植物、建築物、飲食、服飾等。《佛大》中有不少器物是佛教本有的，隨著佛教的傳入而流行於越南。例如：

（1）器物：珍珠寶石（瑪瑙、瑠璃、玻璃、水晶、琥珀、珊瑚、摩尼、金剛等）、佛寺裝飾物（座、像、蓋、鐸、鈴、幢、幡、鈸、鉦、瓶、燈、磬、鐢、幔、鐃等）、法器（鐘、鼓、木魚、引磬、香几等）。

（2）動植物：青蓮、白蓮、佛手、茉莉、石榴、白檀、鬱金香、沉香等植物；狐、魚、蟻、孔雀、雁、獅子、獼猴、鸚鵡等動物。

（3）飲食：粥、茶、酥油、酥蜜等。

（4）服飾：袈裟、法衣、律衣、信衣等。

（5）建築：三門、食堂、子院、茶堂、經堂、鐘樓、鼓樓、僧堂、寢堂等。

2. 制度文化類型：表示佛教制度文化的詞語主要包括佛教制度和佛教禮儀。佛教制度又包括：教徒稱呼、入教程式、度牒、僧籍、寺籍。佛教禮儀包括：佛教儀式、佛教行事、佛教節日等。

（1）稱呼：出家的男子從入教開始稱爲沙彌、比丘；出家的女子從入教開始稱爲沙彌尼、式叉摩那尼、比丘尼。

（2）儀式：佛教的儀式繁多，又分成各種儀式。如喪葬儀式（五葬、安骨、入棺、入塔、入龕）、禮佛儀式（行香、行華、繞佛、上祭）、修習儀式（早參、晚參、趺坐、十講、小念）等。

（3）行事：安居、結夏、浴佛、齋會、行像、放燈、放生等。

3. 心理文化類型：表示對佛的信仰理念，也就是「崇佛」、「敬佛」和「信佛」的理念。

（1）對佛祖的尊稱：大師、大雄、大聖、仁王、仁尊、世英、世尊、世雄、世眼、覺王、覺雄、雁王、釋尊、釋雄、金仙等。

（2）對佛寺的美稱：仁塔、仁祠、香殿、香刹、雁宇、雁塔、鳳刹、福庭、寶刹、金刹、金地、寶坊等。

（3）對佛國的雅稱：香國、蓮邦、寶國、寶地、寶刹、覺苑、極樂淨土等。

（4）對佛教常用器物的雅稱：寶印、寶典、寶座、寶珠、寶瓶、寶玲、寶蓋、寶像、寶幢、寶鐸、金幢、金鉀、金籌等。

（5）對佛的言語、身形的尊崇：金言、金口、金山（佛身）、金骨（佛骨）、金容（佛身）、金軀（佛身）等。

異域的佛教文化詞語，不僅僅承載佛教的相關內容，而且還承載異域多方面的文化資訊。

佛教詞語還被運用於成語之中。越南佛教成語大約爲 100 多條，其中直接借用漢文的佛教成語數量極少，主要是越南自造的。佛教成語中的文化內涵極爲豐富，體現佛教人物（佛、羅漢、菩薩、護法、鬼神、僧尼）的特點、表現禮佛文化的特點、表現佛教與文學藝術的特殊關係、表現佛教與地名的關係等等。我們可以從中探索佛教詞語借用的來源、途徑、變化，同時也可以認定佛教詞語的文化價值。

三、結　語

越南佛教詞語主要來源於漢文佛教詞語，經過從借用到發展演變大約兩千年期間已經成爲一個獨特的辭彙系統，既保留著漢源藉詞的基本特點，又具有自身的顯著特徵；既承載著佛教的宗教信仰、哲學思想等基本內容，又充分體現著佛教文化內涵。在佛教日益得到越南社會各層各界的重視與推廣的良好條件下，舊的佛教詞語的復活、舊詞的新義，新詞的創造更加引人矚目。目前，佛典語言的研究仍是一片空白，因此我們更需要將佛典語言視爲重要的考察、研究對象。

參考文獻

1. 陳文傑，2000，《早期漢譯佛典語言研究》，四川大學博士學位論文。
2. 慈怡主編，1989，《佛光大辭典》，佛光出版社。
3. 丁福保，1984，《佛學大辭典》，文物出版社。
4. 方立天，2006，《中國佛教文化》，中國人民大學出版社。
5. 梁曉虹，1994，《佛教詞語的構造與漢語辭彙的發展》，北京語言學院出版社。
6. 羅竹風主編，2007，《漢語大辭典》，上海辭書出版社。
7. 任繼愈主編，2002，《佛教大辭典》，鳳凰出版社。
8. 俞理明，1993，《佛經文獻語言》，巴蜀書社。
9. 中國社會科學院歷史研究所，1982，《古代中越關係史資料選編》，中國社會科學出版社。
10. 朱慶之，1992，《佛典與中古漢語辭彙研究》，文津出版社。
11. 朱慶之，2009，《佛教漢語研究》，商務印書館。
12. 〔越〕阮才謹，2000，《漢越讀音法的來源與形成過程》，河內國家大學出版社／Nguyễn Tài Cẩn, "Nguồn gốc và quá trình hình thành cách đọc Hán Việt", Nhà xuất bản Đại học Quốc gia Hà Nội, 2000.
13. 〔越〕阮如意主編，1999，《越南語大辭典》，文化通訊出版社／Nguyễn Như Ý, "Đại từ điển tiếng Việt", Nhà xuất bản Văn hóa Thông tin, 1998.
14. Nguyễn Văn Khang, "Từ ngoại lai trong tiếng Việt", Nhà xuất bản Giáo dục, 2007.
15. 〔越〕釋明鏡（主編）.慧光佛學詞典[Z].越南胡志明市綜合出版社，2003 年／Thích Minh Cảnh chủ biên, "Từ điển Phật học Huệ Quang", Nhà xuất bản Tổng hợp Thành phố Hồ Chí Minh. 2003.

漢魏六朝漢譯佛經中帶語氣副詞的測度問句

盧烈紅

（武漢大學　文學院）

提　要

漢魏六朝漢譯佛經中有一定數量的帶語氣副詞的測度問句，它們比較典型地反映了這一時期漢語實際語言中測度問句的新格局。本文分東漢、三國、兩晉、南北朝四個階段，調查分析了此期 70 部漢譯佛經中帶語氣副詞的測度問句，就其使用特點和歷史地位問題進行了探討。

關鍵詞：漢魏六朝；漢譯佛經；測度問句；使用特點；歷史地位

語言表達中，對事件、現象、人物等有基本的判斷，但還不敢充分肯定，發問以求證實，這樣便形成了測度問句。測度問句句中多有語氣副詞、句末多有語氣詞爲形式標誌，現代漢語中這類語氣副詞主要有「大概」、「恐怕」、「只怕」、「該不會」、「別是」、「莫不是」等，古漢語中這類語氣副詞主要有 19 種：

殆　其（其諸）無乃　毋乃　庶（庶幾）或者

得非　得微　得無　得毋　得不

將　將非　將無　將不

當不　當無

復非　莫非

漢魏六朝漢譯佛經中有一定數量的帶語氣副詞的測度問句。本文分東漢、三國、兩晉、南北朝四個階段，調查帶上述 19 種語氣副詞的測度問句在各階段漢譯佛經中的使用情況，對各階段譯經中使用的這些測度問句加以描寫，揭示其使用特點，探討其歷史地位。

一、東　漢

據荷蘭學者許理和（E・Zürcher 1977：225；1991：306～309）的研究，不計疑似者，有 28 種譯經可以確定產生於東漢。這 28 種譯經共 47 卷，其中 24 部譯經未見帶上列 19 種語氣副詞的測度問句，4 部譯經有，情況如表 1。

表 1

經　名	譯者	卷數	得非	得無	得不	將	將非	將無	將不	其（其諸）	無乃	當不	當無	復非
道行般若經	支婁迦讖	10	0	5	0	1	0	1	0	0	0	0	0	0
阿闍世王經	支婁迦讖	2	0	0	0	0	0	0	0	0	0	0	1	0
修行本起經	康孟詳等	2	0	0	0	0	1	0	0	0	0	0	0	0
中本起經	康孟詳等	2	0	2	0	0	0	0	0	1	0	0	0	0
合計		16	0	7	0	1	1	1	0	1	0	0	1	0

由表 1 可見，東漢譯經中共有六種帶語氣副詞的測度問句，除「得無」句外，其他五種都僅有 1 例。

（一）「得無」句

（1）須菩提白佛言：「若有新學菩薩，聞是語得無恐怖？」佛言：「設使新學菩薩，與惡師相得相隨，或恐或怖；與善師相得相隨，不恐不怖。」（《道行般若經・道行品》）

（2）須菩提白佛言：「須菩提說般若波羅蜜，得無過？天中天！」佛言：「若說般若波羅蜜，不過也，適得其中。」（《道行般若經・道行品》）

（3）魔復作是語言：「若當作阿耨多羅三耶三菩，若作佛時當字某。」是菩薩聞是字心中作是念：「我得無然乎？我亦先時念如是，我本作是生意，以我本作是念已。」（《道行般若經・遠離品》）

（4）後思乃解曰：「得無是白淨王子悉達者乎？」（《中本起經・化迦葉品》）

（5）平旦問佛：「得無事火？明倍昨夜也。」佛言：「帝釋來下，聽受經法，是其光耳。」（《中本起經・化迦葉品》）

例（1）「若有新學菩薩，聞是語得無恐怖」在同經異譯本鳩摩羅什《小品般若波羅蜜經》中作「新發意菩薩聞是說者，將無驚怖退沒耶」，「得無」換成了「將無」，句末加上了疑問語氣詞「耶」，可證此處是一個測度問。例（2）「須菩提說般若波羅蜜，得無過」在同經異譯本支謙《大明度經》中作「吾說明度無極，得無過乎」，句末加上了疑問語氣詞「乎」，爲測度問句亦無疑。例（3）「我得無然乎」，「然」是代詞，「這樣」之義，句意爲「我恐怕是這樣吧？」例（5）「得無事火」意謂「莫不是燃起了火？」

（二）「將」字句

（1）須菩提白佛言：「般若波羅蜜少有曉者，將未狎習故？」佛語須菩提：「如是如是，般若波羅蜜少有曉者，用未狎習之所致。何以故？……」（《道行般若經・清淨品》）

此例是須菩提和釋迦牟尼的對話。「般若波羅蜜少有曉者」是說很少有人通曉般若波羅蜜，這是一個已存在的客觀現象，因此「將」不表將來；須菩提是就這一客觀現象提出推測：恐怕是未熟習的緣故吧？釋迦牟尼就推測作出了肯定的回答。「將」用於測度問魏晉以後可見較多用例，後面將詳細討論。

（三）「將非」句

（1）瓶沙問言：「將非悉達乎？」答言：「是也。」（《修行本起經．出家品》）

此例是悉達太子（後成道爲釋迦牟尼佛）離俗入山、剃去頭髮後行至摩竭國，與國王瓶沙的對話，「將非」顯爲「該不是」的意思。

（四）「將無」句

（1）佛語須菩提：「譬若男子欲見大海者，常未見大海。若見大陂池水，便言：是水將無是大海？於須菩提意云何？是男子爲黠不？」須菩提言：「爲不黠。」（《道行般若經．覺品》）

此例「是水將無是大海」意爲：這水大概就是大海吧？

（五）「其」字句

（1）白淨王子，福應聖王，不樂榮位，當得作佛。昔聞出家，其道成乎？（《中本起經．化迦葉品》）

此例的語境是白淨王子悉達成佛後前往化度迦葉，「昔聞出家，其道成乎」是說：從前聽說他出家，現在他大概已經道果圓熟了吧？

（六）「當無」句

（1）波坻盤拘利菩薩復問：「文殊師利是佛，當無化佛乎？」文殊師利答言：「若自知諸法如化不？」則答言：「諸法實如化。」文殊師利言：「以知諸法化，何爲復問如來化？」（《阿闍世王經》卷上）

此例的語境是：文殊師利化作釋迦牟尼而爲波坻盤拘利菩薩說法，波坻盤拘利菩薩不知他是化佛，將他認作釋迦牟尼而問法。「當無化佛乎」意謂「該不是化佛吧？」胡敕瑞（2002：96）即認爲此例是測度問句。

東漢譯經中帶語氣副詞的測度問句使用的特點是：（1）以襲用爲主，用得最多的是襲自先秦的「得無」；（2）開始出現「將」、「將非」、「將無」，這是先秦所無的。

二、三　國

三國時期，譯經之事不行於蜀漢，唯見於魏、吴二地，而吴地成績最大。

我們調查了此期10部漢譯佛經，情況如表2。

表2

經名	譯者	卷數	得非	得無	得不	將	將非	將無	將不	其（其諸）	無乃	當不	當無	復非
法句經	吴・維祇難等	2	0	0	0	0	0	0	0	0	0	0	0	0
三摩竭經	吴・竺律炎	1	0	0	0	0	0	0	0	0	0	0	0	0
菩薩本緣經	吴・支謙	3	0	0	0	2	7	0	0	0	0	0	0	1
撰集百緣經	吴・支謙	10	0	0	0	0	2	0	0	0	0	0	0	0
大明度經	吴・支謙	6	0	4	0	1	0	0	0	0	0	0	0	0
月明菩薩經	吴・支謙	1	0	0	0	0	0	0	0	0	0	0	0	0
佛說維摩詰經	吴・支謙	2	0	1	0	0	0	0	0	0	1	0	0	0
太子瑞應本起經	吴・支謙	2	0	4	0	0	0	0	0	0	0	0	0	0
六度集經	吴・康僧會	8	0	3	0	11	0	1	0	8	0	0	0	0
郁伽長者會	魏・康僧鎧	1	0	0	0	0	0	0	0	0	0	0	0	0
合計		36	0	12	0	14	9	1	0	8	1	0	0	1

由表2可見，10部譯經共36卷，有帶語氣副詞的測度問句7種。

（一）「將」字句

（1）九親驚曰：「古世之來未聞幼孩而爲斯云，將是天龍鬼神之靈乎？當卜之焉。」（《六度集經》卷一）

（2）今不覩之，將以惠人乎？（《六度集經》卷二）

（3）覩佛道邊坐乎半枯之樹。王進稽首曰：「佛不坐純生而處半枯，將有由乎？」眾祐曰：「斯樹名釋，吾愛其名。以仁道濟其難，潤其枯，惠其生也。」（《六度集經》卷五）

（4）疑之曰：「吾之所遊輙覩斯人，將是太子乎？」（《六度集經》卷八）

（5）婆羅門言：「君今遲疑，何所思慮？將慮我非婆羅門受持禁戒博學人耶？若有此慮，我實是也。」（《菩薩本緣經》卷中）

（6）釋白佛言：「邪及官屬從邪天來，聞斯定不助勸，將有緣乎？」

（《大明度經・守行品》）

例（1）「九親」指直系親屬，此例說的是，普施菩薩一生下地就開口說話，言當濟度眾生，親族十分震驚，「將是天龍鬼神之靈乎」即謂「該不會是天龍鬼神之靈吧」。例（2）是太子之妻在太子已將二子送人之後所言，故「將」不表將要，「將以惠人乎」是「該不會已經送人了吧」。例（3）是舍衛國王看到佛坐在半枯的樹上，不明所以，故進前稽首而問，「將有由乎」是說「恐怕有緣由吧」；例（6）「將有緣乎」也是「恐怕有緣由吧」的意思。例（4）（5）「將」表「該不會」甚明。

（二）「將非」句

（1）復更問言：「汝將非以呪術之力而繫縛耶？汝身羸劣，彼身端嚴，猶如帝釋，云何能繫？」（《菩薩本緣經》卷上）

（2）王子見已即命令坐，行水施果然後問訊：「汝何緣至此耶？將非厭家之過患乎？壯應在家極情五欲，今已衰老死時將至。舍來修道甚是快事，是中閒靜無有家過。」（《菩薩本緣經》卷中）

（3）時天帝釋，作是念言：「我此宮殿，有何因緣，動搖如是？將非我今命欲盡耶？」（《撰集百緣經》卷四「出生菩薩品」）

例（1）的語境是，一年老力衰之婆羅門將捆綁的一切施王帶到怨王處，並自稱是自己捆綁的，怨王不相信，因此這裡怨王便測度說：「你該不會是憑咒詛之術而捆綁的吧？」例（2）說的是，王子在山修道，有一老婆羅門來，王子與其交談，「將非厭家之過患乎」是問：「該不是厭惡在家的壞處吧？」

（三）「將無」句

（1）爾爲室家，將無愧厭乎？（《六度集經》卷二）

此例說的是，有一年老梵志，相貌醜陋，其妻年輕貌美，外出汲水時被一幫浮浪少年攔住調戲，「爾爲室家，將無愧厭乎」即這幫浮浪少年的調戲之語，意爲：你與他作爲夫妻，恐怕羞愧厭惡吧？

（四）「得無」句

（1）時我，世尊！大自慚懼：得無近佛而過聽？（《佛說維摩詰經・弟子品》）

（2）三子疑曰：「斯肉氣味與母身氣相似無異，得無吾母以身肉飡吾

等乎？」(《六度集經》卷三)

例（1）中，「世尊」是插入語，「時我大自慚懼」作一句理解；「得無」一句鳩摩羅什同經異譯本《維摩詰所說經》作「得無近佛而謬聽耶？」彼處有句末疑問語氣詞「耶」，可證這一句是問句。

（五）「無乃」句

（1）曰：「云何凡民之普得法者？無乃非處乎？」(《佛說維摩詰經・觀人物品》)

此例鳩摩羅什同經異譯本《維摩詰所說經》作「舍利弗言：『我作凡夫，無有是處。』」「非處」是於理不符合的意思，支謙此譯是用測度的形式，言「恐怕沒有這樣的事情吧」；鳩摩羅什則用肯定的形式譯出：「沒有這樣的事情」。

（六）「其」字句

（1）彌蘭惟曰：「斯諸玉女不令吾邁，其有緣乎？」(《六度集經》卷四)

（2）不親賢眾而依十惡者，其與豺狼共檻乎？(《六度集經》卷四)

例（1）的「邁」是「遠遊」之意，「緣」是「緣由」之意。例（2）「檻」指關野獸或牲畜的柵欄。

（七）「復非」句

（1）即作是念：「今此瑞應必定不祥。將非我夫命根斷耶？或是虎狼師子惡獸食噉我子，復非遨戲墮山死乎？」(《菩薩本緣經》卷中)

此例是菩薩之妻就種種怪異現象所感應之事作出三種揣測，「復非」一句大意是：該不會是我子外出戲耍墜山死了吧？這裡的「復」應該還有「又」的意思。

三國譯經中帶語氣副詞的測度問句使用的特點有二：(1) 主要使用「將」類語氣副詞，「將」、「將非」、「將無」共 24 例，是使用最多的標記；(2) 單音的「將」用得較多，有 14 例，這是前後期都不多見的現象。

三、兩　晉

兩晉時期，我們調查了 16 部譯經，情況如表 3。

表 3

經名	譯者	卷數	得非	得無	得不	將	將非	將無	將不	其（其諸）	無乃	當不	當無	復非
光贊經	西晉・竺法護	10	0	2	0	0	0	0	0	0	0	0	0	0
寶女所問經	西晉・竺法護	4	0	0	0	0	0	0	0	0	0	0	0	0
度世品經	西晉・竺法護	6	0	0	0	0	0	6	0	0	0	0	0	0
大樓炭經	西晉・法立等	6	0	1	0	1	0	0	0	0	0	0	0	0
大般涅槃經	東晉・法顯	3	0	0	0	0	0	0	0	0	0	0	0	0
中阿含經	東晉・僧伽提婆	60	0	0	0	0	0	1	0	0	0	0	0	0
增一阿含經	東晉・僧伽提婆	51	0	1	0	1	6	0	4	0	0	0	0	0
僧伽羅刹所集經	前秦・僧伽跋澄等	3	0	0	0	0	0	0	0	0	0	0	0	0
長阿含經	後秦・佛陀耶舍共竺佛念	22	0	4	0	1	1	12	0	0	0	0	0	0
出曜經	後秦・竺佛念	30	0	0	0	1	0	1	1	0	0	0	0	0
小品般若波羅蜜經	後秦・鳩摩羅什	10	0	0	0	0	0	4	0	0	0	0	0	0
妙法蓮華經	後秦・鳩摩羅什	7	0	1	0	0	1	1	0	0	0	0	0	0
自在王菩薩經	後秦・鳩摩羅什	2	0	0	0	0	0	0	0	0	0	0	0	0
大莊嚴論經	後秦・鳩摩羅什	15	0	3	0	0	4	2	0	0	0	0	0	0
悲華經	北涼・曇無讖	10	0	0	0	0	0	0	0	0	0	0	0	0
佛所行贊	北涼・曇無讖	5	0	0	0	0	2	0	0	0	0	0	0	0
合計		244	0	12	0	4	14	27	5	0	0	0	0	0

由表 3 可見，兩晉時期帶語氣副詞的測度問句有 5 種。

（一）「將無」句

（1）我將無作轉輪王耶？（《中阿含經》卷第十四）

（2）善宿自念：「我觸嬈此人，將無長夜有苦惱報耶？」（《長阿含經》卷第十一）

（3）於時世尊告憍曇彌：「何故憂色而視如來？汝心將無謂我不說汝

名，授阿耨多羅三藐三菩提記耶？……」（《妙法蓮華經·勸持品》）

（4）甚至懊惱向兄說曰：「前見告勅施獲大報，不敢違教，竭藏（庫藏）惠施。當來過去諸貧窮者，靡不周遍。然財寶貨盡，舊藏空竭，新藏無報。將無爲兄所疑誤乎？」（《出曜經》卷第二十五）

例（1）說的是，大天王見有一千根輻條的天輪寶從東方來，想起古人見到有一千根輻條的天輪寶從東方來便當作轉輪王的說法，心中極爲歡喜，自然而生測度：我恐怕要作轉輪王了吧？

（二）「將非」句

（1）爾時，彼梵志見已，便問行道人曰：「今是何日？掃灑道路，除治不淨，懸繒幡蓋，不可稱計。將非國主太子有所娉娶？」（《增一阿含經》卷第十一）

（2）爾時，王阿闍世將諸營從，往詣梨園中，中路便懷恐怖，衣毛皆豎。還顧謂耆婆伽王子曰：「吾今將非爲汝所誤乎？將非持吾與怨家耶？」（《增一阿含經》卷第三十九）

（3）初聞佛所說，心中大驚疑：將非魔作佛，惱亂我心耶？（《妙法蓮華經·譬喻品》）

（三）「將不」句

（1）是時，阿難及四部之眾默然而止，阿難作是念：「如來將不般涅槃乎？」（《增一阿含經》卷第二十八）

（2）目連復作是念：「世尊弟子神足第一，無出我者。然我不如舍利弗乎？」爾時，目連白佛言：「我將不於神足退乎？所以然者，我先發祇洹精舍，然後舍利弗發。今舍利弗比丘先在如來前坐。」（《增一阿含經》卷第二十九）

（3）佛告梵志：「汝熟思惟，然後報吾。汝今所說前後不相應。汝前所說剎利女出適婆羅門家，若生兒者，便言婆羅門種。今驢逐馬生駒者，便言驢馬。將不違前語乎？設復，梵志，若馬逐驢生駒者，名之云何？」（《增一阿含經》卷第四十六）

例（1）是號稱「天眼第一」的阿那律遍尋如來而不見時阿難所作推測，「如來將不般涅槃乎」意謂：如來佛該不是般涅槃了吧？例（2）目連之語大意是：我該不是在神足方面退步了吧？爲什麼先出發反而後到？例（3）佛揭露梵志之語前後不一致，「將不違前語乎」意爲：恐怕與前語相違吧？

（四）「將」字句

（1）王聞婆羅門言，大用愁憂不樂，卻入齋室，思念此事。王有夫人名曰摩利，就到王所，問王意故：「何以愁憂不樂？妾身將有過於王耶？」（《增一阿含經》卷第五十一）

（2）梵志自念：「吾祭祀火，經爾許年，唐勞其功，損而無益。將是我身招此患苦？」（《出曜經》卷第二十二）

例（1）所言導致國王「愁憂不樂」的過錯，顯然是指已然的事實，故「將」不表將來，表測度。例（2）上文述一梵志在深山祭祀火神，歷一百年，未見福報，反被火燒傷手臂，所述也是已然的事實，故例中的「將」應是「恐怕」之義。

（五）「得無」句

（1）佛言：「婆羅門，今在我法中出家爲道，諸婆羅門得無嫌責汝耶？」答曰：「唯然。蒙佛大恩，出家修道，實自爲彼諸婆羅門所見嫌責。」（《長阿含經》卷第六）

（2）教化眾生，得無疲惓？（《妙法蓮華經·從地踴出品》）

（3）時諸群象咸皆來集，菩薩象王作是思惟：「彼諸象等，得無傷害於彼人乎？」作是念已，向獵師所語：「彼獵人，向我腹下，我覆護汝。……」（《大莊嚴論經》卷第十四）

兩晉譯經中帶語氣副詞的測度問句使用的特點有二：（1）「將無」句佔優勢，有27例，使用最多。三國時期「將非」多於「將無」，兩者之比是9：1；而此期「將無」多於「將非」，幾乎多出一倍，發展變化是很明顯的。這應與否定詞「無」逐漸替換「非」有關。（2）出現了「將不」的用例，這是東漢、三國兩個時期我們所調查的佛經中未見到的。

四、南北朝

南北朝時期，我們調查了16部譯經，情況如表4。

表 4

經　名	譯　者	卷數	得非	得無	得不	將	將非	將無	將不	其（其諸）	無乃	當不	當無	復非
彌沙塞部和醯五分律	劉宋・佛陀什等	30	0	1	0	0	0	25	2	0	0	6	0	0
楞伽阿跋多羅寶經	劉宋・求那跋陀羅	4	0	0	0	0	0	2	0	0	0	0	0	0
雜阿含經	劉宋・求那跋陀羅	50	1	12	3	0	0	3	4	0	0	0	0	0
大方廣寶篋經	劉宋・求那跋陀羅	3	0	0	0	0	0	0	3	0	0	0	0	0
善見律毗婆沙	南齊・僧伽跋陀羅	18	0	0	0	0	1	0	0	0	0	0	0	0
百喻經	南齊・求那毗地	4	0	0	0	0	0	0	0	0	0	0	0	0
文殊師利問經	梁・僧伽婆羅	2	0	0	0	0	0	0	0	0	0	0	0	0
寶雲經	梁・曼陀羅仙	7	0	0	0	0	0	0	0	0	0	0	0	0
勝天王般若波羅蜜經	陳・月婆首那	7	0	0	0	0	0	0	0	0	0	0	0	0
佛阿毗曇經出家相品	陳・眞諦	2	0	0	0	0	0	0	0	0	0	0	0	0
賢愚經	北魏・慧覺等	13	0	5	0	2	0	4	0	0	0	0	0	0
雜寶藏經	北魏・吉迦夜等	10	0	0	0	0	3	1	3	0	0	0	0	0
勝思惟梵天所問經	北魏・菩提流支	6	0	0	0	0	0	0	0	0	0	0	0	0
入楞伽經	北魏・菩提流支	10	0	0	0	0	0	1	0	0	0	0	0	0
無垢優婆夷問經	北魏・瞿曇般若流支	1	0	0	0	0	0	0	0	0	0	0	0	0
大悲經	北齊・那連提耶舍	5	0	0	0	0	0	0	0	0	0	0	0	0
合計		172	1	18	3	2	4	36	12	0	0	6	0	0

由表 4 可見，南北朝時期帶語氣副詞的測度問句有 8 種。

（一）「當不」句

（1）諸比丘聞已，便復強食，然猶不盡所供之半。眾僧食訖，貧人復作是念：「我強勸僧食，故當不得罪耶？」（《五分律》卷第七）

（2）有比丘足食已，諸比丘不知，復呼令食。彼比丘言：「我已食竟。」諸比丘便生疑：「我故當不犯波逸提耶？」（《五分律》卷第七）

（3）有諸比丘，將看病比丘到諸家，爲病比丘請食。恐病人失中，遣令速還。既發遣已，便生慚愧：「我故當不犯波逸提耶？」（《五分律》卷第九）

（4）復有一比丘無病，從羯磨學家取食。受已，心疑：「我故當不犯波羅提提舍尼耶？」持還與餘比丘。餘比丘食已，問言：「汝何故不食？」答言：「我無病從羯磨學家取此食，恐犯波羅提提舍尼。」（《五分律》卷第十）

例（1）說的是，一位窮人用當雇工所得備辦飲食供養僧人，眾僧在別家已吃飽，來到他家只吃很少一點，窮人頗不高興，要求眾僧將食物都帶走，眾僧過意不去，只好勉強再吃，於是窮人又覺得自己強勸僧人再吃，可能獲罪。這裡顯然不應是否定自己獲罪，而是測度自己會獲罪，是信大於疑，因此「當不」之「不」不是表否定的獨立的副詞，「當不」是一個整體，表測度，「該不會」之意。這裡的「故」應是「以故」、「是以」，即「由於這個緣故」的意思。例（2）的「波逸提」意譯爲「墮」，指犯了罪，墮地獄，受苦報。按佛家戒律，對已食者又叫他食犯波逸提罪，故這裡「我故當不犯波逸提耶」是說：我由於這個緣故恐怕犯了波逸提罪吧？例（3）同一話題且緊相連的上文是：「有諸比丘將諸比丘共至諸家，不能得食，生慚愧心，作是念：我將無犯波逸提耶？」彼用「將無」，此用「當不」，可證「當不」同「將無」，是表測度的語氣副詞。例（4）從答語「恐犯波羅提提舍尼」可知，「我故當不犯波羅提提舍尼耶」不是否定自己犯波羅提提舍尼罪，而是信大於疑，擔心、測度自己犯了此罪。

以上四例可證「當不」確可表測度，不過，「當不」的這種用法在我們所調查的漢魏六朝譯經中，僅見於此期《五分律》一書。

（二）「將無」句

（1）諸比丘見問言：「汝先好顏色，今何憔悴？將無不樂梵行犯惡罪

耶？」答言：「我犯惡罪，是故爾耳。」（《五分律》卷第一）

（2）阿濕波誓白佛言：「世尊，我先未病時，得身息樂正受多修習。我於今日不復能得入彼三昧。我作是思惟：將無退失是三昧耶？」（《雜阿含經》卷第三十七）

（3）淫女甚怪，問其婢言：「前日買花，用錢一種。往何以少，今何以多？將無前時相欺減乎？」（《賢愚經》卷第十三）

（4）大慧菩薩復白佛言：「世尊，如世尊說諸法不生，復言如幻。將無世尊前後所說自相違耶？以如來說一切諸法不如幻故。」（《入楞伽經》卷第四）

例（1）「將無」後復有否定副詞「不」，顯見「無」不表否定，而是前屬「將」構成一個整體，表測度。

（三）「將不」句

（1）有諸比丘先敷臥具竟，暫出。後來比丘不知，復敷臥具。先敷臥具比丘還，後敷臥具比丘便生疑：「我將不犯波逸提耶？」（《五分律》卷第六）

（2）文殊師利語波旬言：「汝諸比丘何不更食？」惡魔答言：「文殊師利，是諸比丘在地垂死，汝將不以毒食與耶？」（《大方廣寶篋經》卷中）

（3）王舍城中，有一長者，日日往至佛所。其婦生疑，而作念言：「將不與他私通，日日恒去？」（《雜寶藏經》卷第五）

例（1）同書同卷另一處有例：「有諸比丘，不知是麁罪，向未受具戒人說，後知，生疑：我將無犯波逸提？」（《五分律》卷第六）兩例類同，彼處用「將無」，此處用「將不」。

（四）「將非」句

（1）須那迦問言？：「何以持器仗而來？」諸人答言：「王宮中生兒，而夜叉尼伴奪取而食。君將非其伴耶？」須那迦答言：「我非夜叉尼伴，我等名爲沙門。」（《善見律毘婆沙》卷第二）

（2）婦復語夫：「我乳亦惕惕而動，將非我子有不祥事不？」（《雜寶藏經》卷第一）

（3）時聞子宮中舉聲大哭，王倍驚怖，謂太子死，問前走使女言：「是何哭聲？將非我子死耶？」（《雜寶藏經》卷第十）

（五）「將「字句

此期「將」字句僅《賢愚經》中有兩例：

（1）便令交會成爲夫婦。復經數日，婦恒晝去，冥乃來還。夫怪問之：「汝言與我共爲夫婦。晨去暮還，心不在此。將爲他志故使爾耶？」（《賢愚經》卷第九）

（2）於時大王，怪其間絕。即遣使者，往責所以。使者到已，宣王言令：「比年已來，人信俱斷。汝爲人臣，何以違常？將有異心，欲懷逆耶？」（《賢愚經》卷第十二）

例（1）是就「晨去暮還」的既有事實發問，故「將」不表將來，而是「該不會」之意。例（2）說的是「比年以來」的情況，「將」也不表將來，而是表測度。

（六）「得無」句

（1）出城門已，明相即滅，輒還闇冥。給孤獨長者心即恐怖，身毛爲豎：「得無爲人及非人、或奸狡人恐怖我耶？」即便欲還。（《雜阿含經》卷第二十二）

（2）佛告阿濕波誓：「汝莫變悔。」阿濕波誓白佛言：「世尊，我實有變悔。」佛告阿濕波誓：「汝得無破戒耶？」阿濕波誓白佛言：「世尊，我不破戒。」佛告阿濕波誓：「汝不破戒，何爲變悔？」（《雜阿含經》卷第三十七）

（3）婢至屏處，選好美者，自取食之，餘與比丘。大家覺婢顏色悅澤，有飲食相，問言：「汝得無污比丘食？」（《賢愚經》卷第四）

（七）「得不」句

（1）（尊者浮彌）以彼諸外道出家所問事，具白尊者舍利弗：「我作此答，得不謗毀世尊？……」（《雜阿含經》卷第十四）

（2）世尊，彼言沙門釋子應自爲受畜金銀寶物者，爲從佛聞，爲自出意說？作是語者，爲隨順法，爲不隨順？爲眞實說，爲虛妄說？如是說者，得不墮於呵責處耶？（《雜阿含經》卷第三十二）

關於例（1），《雜阿含經》中有5例「得無謗／毀謗／謗毀世尊耶？」如卷第三十四之例爲：「以向諸外道出家所說具白世尊：『世尊，我向答諸外道說，得無謗毀世尊耶？』」比照可知，此「得不」即彼「得無」。例（2）世尊的答語是「此則妄說，非眞實說，非是法說，非隨順說，墮呵責處。」由答語「墮呵責處」亦可知問語的「得不」是表測度。

（八）「得非」句

「得非」句僅1例：

（1）（波斯匿王）白佛言：「世尊，我聞世尊自記說成阿耨多羅三藐三菩提，諸人傳者，得非虛妄過長說耶？……」（《雜阿含經》卷第四十六）

南北朝譯經中帶語氣副詞的測度問句使用的特點有三：（1）仍以「將」系標記爲主，且「將無」仍佔優勢；（2）「將不」使用相對較多，亦超過了「將非」，而兩晉時是「將非」多於「將不」；（3）出現了「當不」的用例，這是本文所調查的前三期譯經中未見的。

上面我們分東漢、三國、兩晉、南北朝四個階段，調查分析了70部漢譯佛經中帶19種語氣副詞的測度問句，情況可總結爲表5。

表5

時　期	經數	卷數	得非	得無	得不	將	將非	將無	將不	其（其諸）	無乃	當不	當無	復非
東漢	28	47	0	7	0	1	1	1	0	1	0	0	1	0
三國	10	36	0	12	0	14	9	1	0	8	1	0	0	1
兩晉	16	244	0	12	0	4	14	27	5	0	0	0	0	0
南北朝	16	172	1	18	3	2	4	36	12	0	0	6	0	0
合計	70	499	1	49	3	21	28	65	17	9	1	6	1	1

下面我們來看看漢魏六朝時期中土文獻帶語氣副詞的測度問句的使用情況。

我們選擇漢魏六朝10部較有代表性的中土文獻，調查其中帶語氣副詞的測度問句。由於中土文獻中「其」非常多，窮盡檢索、判別工作量太大，而「庶（庶幾）」在上面調查的70部漢譯佛經中未有表測度的用例，因此我們捨棄了上述 19 種語氣副詞中的「其（其諸）」、「庶（庶幾）」，只涉及 17 種。情況總結爲表 6。

表 6

文獻	篇卷數	殆	或者	得非	得無	得毋	得不	將	將非	將無	將不	無乃	毋乃	當不	當無	復非
《淮南子》	21 篇	1	0	0	1	0	0	0	0	0	0	1	0	0	0	0
《史記》	130 卷	6	0	0	7	5	0	0	0	0	0	2	2	0	0	0
《論衡》	85 篇	3	2	0	1	0	0	0	0	0	0	1	3	0	0	0
《漢書》	120 卷	3	0	0	7	6	0	0	0	0	0	4	3	0	0	0
《三國志》	65 卷	5	0	0	9	0	0	1	0	0	0	4	0	0	0	0
《抱朴子》	70 卷	1	0	0	0	0	0	2	0	0	0	2	0	0	0	0
《後漢書》	120 卷	8	0	0	9	0	0	20	0	0	1	10	0	0	0	0
《世說新語》	36 篇	0	0	0	2	0	0	0	0	4	2	1	0	0	0	0
《洛陽伽藍記》	5 篇	0	0	0	1	0	0	0	0	0	0	0	0	0	0	0
《顏氏家訓》	20 篇	0	0	0	0	0	0	0	0	0	0	0	0	0	0	0
合計	672 卷（篇）	27	2	0	37	11	0	23	0	4	3	25	8	0	0	0

由表 6 可以看出，漢魏六朝 10 部較有代表性的中土文獻中帶語氣副詞的測度問句有 9 種。依次各舉 1 例如下：

（1）今卒睹夫子於是，子殆可與敖爲友乎？（《淮南子·道應訓》）

（2）晉爲盟主，其或者未之祀乎？（《論衡·死僞篇》）

（3）今秦，虎狼之國也，而君欲往，如有不得還，君得無爲土偶人所笑乎？（《史記·孟嘗君列傳》）

（4）單于曰：「此漢精兵，擊之不能下，日夜引吾南近塞，得毋有伏兵乎？」（《漢書·李廣列傳附李陵傳》）

（5）久旱傷麥，秋種未下，朕甚憂之。將殘吏未勝，獄多冤結，元元愁恨，感動天氣乎？（《後漢書·光武帝紀上》）

（6）太保居在正始中，不在能言之流。及與之言，理中清遠，將無以德掩其言？（《世說新語·德行》）

（7）殷仲堪當之荊州，王東亭問曰：「德以居全爲稱，仁以不害物爲

名。方今宰牧華夏，處殺戮之職，與本操將不乖乎？」（《世說新語・政事》）

（8）而欲舉未可之事，昭速禍患，無乃不可乎？（《後漢書・鄭興列傳》）

（9）儒書所載，權變非一。今以素故考之，毋乃失實乎？（《論衡・答佞篇》）

比較表 5 和表 6，我們對漢魏六朝漢譯佛經和中土文獻帶語氣副詞的測度問句可以獲得如下一些認識：

（1）這一時期帶語氣副詞的測度問句主要有「得」系、「將」系、「無」系（無乃、毋乃）三系，漢譯佛經和中土文獻都具有這三系，這說明，漢譯佛經測度問句的基本格局也是漢語實際的反映，沒有譯經者特殊創造的因素。

（2）在「得」系、「將」系、「無」系（無乃、毋乃）三系中，「得」系、「無」系始自先秦，「將」系始自漢代。比較漢魏六朝漢譯佛經和中土文獻，就使用次數而言，漢譯佛經「得」系 53 次，「將」系 131 次，「無」系 1 次；中土文獻「得」系 48 次，「將」系 30 次，「無」系 33 次，顯然，中土文獻較多襲用先秦的形式，而漢譯佛經則主要使用新興形式，顯示它具有較高的口語化程度。

（3）「殆」表測度也始於先秦，表 6 顯示中土文獻使用 27 次，而我們所調查的漢魏六朝 70 部漢譯佛經完全不用，這也是漢譯佛經口語化程度較高的表現之一。

（4）就整個漢魏六朝來說，帶語氣副詞的測度問句最具有標誌性的現象就是「將」系測度問句的產生和較大量的使用。我們調查過唐宋的禪宗語錄，情況是：「得」系、「無」系少用，「將」系不見，主要使用「莫」系（「莫」、「莫是」、「莫不」），與漢魏六朝的情況有很大的差異（另行撰文專題探討）。這樣看來，「將」系測度問句的活躍時期是漢魏六朝，換句話說，在測度問句方面，漢魏六朝是以「將」系爲標誌的時代，而彰顯這種標誌現象的主要是漢魏六朝的漢譯佛經。

參考文獻

1. 王海棻，2001，《古漢語疑問範疇詞典》，江蘇教育出版社。
2. 許理和〔荷蘭〕（E. Zürcher），1977／1984，最早的佛經譯文中的東漢口語成分，蔣紹愚譯，《語言學論叢》第十四輯，商務印書館，頁 197～225。

3. 許理和，1991／2001，關於初期漢譯佛經的新思考，顧滿林譯，《漢語史研究集刊》第四輯，巴蜀書社，頁 286～312。

4. 胡敕瑞，2002，《〈論衡〉與東漢佛典詞語比較研究》，巴蜀書社。

姚秦譯經正反問句研究

王玥雯

（武漢大學　文學院）

摘　要

姚秦譯經正反問句的構成方式在承襲前代的基礎上有所發展：副詞「寧」、「頗」進入正反問句，參與構造的「Adv＋VP＋不（＋PRT）」式佔有相當大的比重；新增加了「（Adv＋）VP＋PRT＋不」式，而這種形式的正反問句在後來的唐五代文獻，特別是禪宗語錄中時常可見。中古新生的「Adv＋Vp＋Neg」式問句是正處於向是非問句演化的正反問句，句末否定詞也同樣處於虛化的歷程中。

關鍵詞：譯經；姚秦；正反問句

「正反問句」又稱爲「反覆問句」，它並列正反兩個方面（否定和肯定形式），要求聽話人選擇回答。正反問句是漢語疑問句中最富特色的一類問句，也是學界關注最多的。本文選取姚秦譯經爲研究對象，希望能對這項研究有所促進。

一、姚秦譯經正反問句的構成方式

上古漢語中正反問句的構成，通常採用「VP＋Neg」式，即肯定的動謂形式表示「正」的部分，句末加上否定詞表示「反」的部分。否定詞往往由「否」、「不」、「未」充當。姚秦譯經裏的正反問句，主要有以下幾種構成：

（一）「VP＋Neg」式的正反問句

「VP＋Neg」式的正反問句沿自上古「VP＋Neg」格式，即肯定的動謂形式表示「正」的部分，句末加上否定詞表示「反」的部分。不過，姚秦譯經裏的否定詞幾乎全部由「不」充當，僅見 1 例由「無」充當。此種構成的正反問句共計例 711 例。例如：

（1）汝見是火無煙焰不？（《大莊嚴論經》，4／290c）

（2）是人具足大神力不？（《華道經》，16／137a）

（3）吾今欲以宿命智說過去佛事，汝欲聞不？（《長阿含經》，1／3c）

以上皆爲「Vp＋不」式。

（4）自我求道，彌歷年歲，不知爲有道果無耶？（《大智度論》，25／136b）

以上爲「Vp＋無」式。「無」充任句末否定詞，與前面的「有」形成對照。僅 1 例。

（二）「VP＋不＋PRT」式的正反問句

「VP＋不＋PRT」式的正反問句即在「VP＋不」式句末否定詞「不」的後面添加疑問語氣詞構成。劉子瑜（1998）對先秦《論語》、《孟子》、《左傳》、《莊子》、《荀子》、《韓非子》、《呂氏春秋》等文獻進行了考察，只在《孟子》中找到 3 例「VP＋Neg＋PRT」式用例。

姚秦譯經裏，此種構成的正反問句共計例 15 例。位於句末的疑問語氣詞可以是「耶」，也可以是「乎」，而以「耶」爲多。還有 1 例使用疑問語調詞「也」。例如：

（5）汝等見此最勝菩薩不乎？（《十住斷結經》，10／983c）

（6）汝所來處，豐有水谷、薪草不也？（《長阿含經》，1／45c）

（7）如是等是疑不耶？（《成實論》，32／315b）

（三）「Adv＋VP＋不」式的正反問句

「adv＋VP＋不」式的正反問句，即在「VP＋不」式的正反問句裏，加入了疑問副詞「頗」、「寧」等。關於此種句式的性質，學界有不同看法。各家意見雖有差異，但分歧關鍵在於對於發展演變中的語法現象的定性的「度」，採用的「度」的寬嚴不一，則結論自然也有所不同。關於此問題，後文將有詳述。在這裡我們姑且採用保守態度，將「adv＋VP＋不」式仍舊看作正反問句。

姚秦譯經裏，「adv＋VP＋不」式的正反問句共計 145 例。依據所加入的副詞，又可以分爲以下幾種：

1.「頗＋VP＋不」式

「頗」作爲副詞，可以表示疑問語氣。唐慧琳《一切經音義》：「頗，猶可也。」（大正藏，54／315b，420a）《集韻・過韻》：「頗，疑辭。」《晉書・謝安傳》：「（謝安）既到，（桓）溫甚喜，言生平，歡笑竟日。既出，溫問左右：『頗嘗見我有如此客不？』」北魏楊衒之《洛陽伽藍記・城南・菩提寺》：「上古以來，頗有此事否？」上述 2 句均是「頗」進入正反問句之例〔註 1〕。姚秦譯經裏此式用例也有不少。例如：

（8）汝頗曾見清身自苦高行之士，少欲知足如此人不？（《大莊嚴論經》，4／263c）

（9）此經甚深微妙，諸經中寶，世所稀有，頗有眾生，勤加精版進，修行此經，速得佛不？（《妙法蓮華經》，9／35b）

（10）是人於此五欲，頗有實受不？（《摩訶般若波羅蜜經》，8／221b）

2.「寧＋VP＋不」式

「寧」作副詞，和「頗」一樣，可以表示疑問，意義相當於「可」。姚秦譯經裏，「寧＋VP＋不」式構造的正反問句也很常見。例如：

（11）是長者等與諸子珍寶大車，寧有虛妄不？（《妙法蓮華經》，9／13a）

〔註 1〕例句引自《漢語大字典》「頗」字條。湖北辭書出版社 2004 年版。

（12） 今此會中，寧有菩薩，以此四事，得受記不？（《佛說首楞嚴三昧經》，15／639a）

（13） 是人得福，寧爲多不？（《華道經》，16／138b）

3.「寧＋可＋VP＋不」式

副詞「寧」和表「可以」、「可能」意義的「可」連用即構成「寧＋可＋VP＋不」式正反問句。例如：

（14） 我等欲一面覲舍利，及未闍維，寧可見不？（《長阿含經》，1／28c）

（15） 梵天言：寧可見不？（《思益梵天所問經》，15／42c）

（16） 我寧可得知人想生、人想滅不？（《長阿含經》，1／110c）

嚴格來說，「寧＋可＋VP＋不」式正反問句其實應該劃入「寧＋VP＋不」式正反問句。之所以於此單列出來，是因爲我們考慮到，在後來的近代漢語裏，「可」構成的「可 Vp」式正反問句是漢語正反問句發展中的一種重要形式；「可 Vp」式正反問句中的「可」和我們這裡談到的表「可以」、「可能」意義的「可」固然差異迥然，但二者之間似乎也並非毫無瓜葛。據遇笑容、曹廣順先生的研究，「可 VP」式問句最早見於隋代佛經〔註 2〕，他們給出的例句如下：

（17） 若有人執瞋毒蛇頭，既放捨已，復還欲捉，可有得不？（《佛本行集經》，3／762c）

以我們的語感，此句似乎還不能看作「可 VP」式正反問句，因爲句中的「可」似乎還帶有「可以」、「可能」的實在意義。而根據我們的考察，在姚秦譯經裏，類似這種結構的正反問句有不少。例如：

（18） 是諸世界，可得思惟校計知其數不？（《妙法蓮華經》，9／42b）

（19） 東方虛空，可思量不？（《金剛般若波羅蜜經》，8／749a）

（20） 然我首陀，其姓卑下，復爲賤役，於彼勝中求索出家，爲可得不？（《大莊嚴論經》，4／300a）

但是，遇笑容、曹廣順（2002）的研究，至少傳達了一個資訊，即「可 VP」式正反問句的形成或許和「可」表「可以」、「可能」義有所關聯。從語義上看，

〔註 2〕遇笑容、曹廣順：《中古漢語的「VP 不」式疑問句》，《紀念王力先生百年誕辰學術論文集》，商務印書館 2002 年版。

「可」由「許可」→「可以」→「可能」，而「可 VP」表達的是在「VP」和「不 VP」選擇一種情況，即「可能 VP（可能不 VP）」。

（四）「（Adv＋）VP＋PRT＋不」式的正反問句

「（Adv＋）VP＋PRT＋不」式的正反問句，即在句末否定詞「不」前加上語氣詞的形式。有學者指出，用在這裡的語氣詞有延緩語氣的作用（徐正考 1988，劉子瑜 1994）。不過，前賢多認爲這種形式的正反問句是唐五代時期出現的。而在我們所考察的姚秦譯經中，已見此式，時代當提前。

姚秦譯經裏進入這一形式的語氣詞爲「以」和「已」。「已」、「以」古音相同，且從用例看，語法作用也沒有區別，可以換用，當是同一詞的不同寫法。VP 前還可以加有副詞。姚秦譯經裏「（Adv＋）VP＋PRT＋不」式的正反問句共計 4 例。如下：

（21）汝家頗有經書以不？（《大莊嚴論經》，4／258c）

（22）如我所記，究羅帝者，實爾以不？（《長阿含經》，1／67c）

（23）汝頗從先宿耆舊大婆羅門，聞此種姓因緣已不？（《長阿含經》，1／83a）

（24）若有人遮言，勿爲說法，設用其言者，彼人聞法得果以不？（《長阿含經》，1／113c）

（五）「Adv＋VP ＋不＋PRT」式的正反問句

「Adv＋VP ＋不＋PRT」式的正反問句，即在「Adv＋VP ＋不」式的句末添加疑問語氣詞構成。其中，副詞可以爲「頗」、「寧」，語氣詞則可以爲「耶」、「乎」。姚秦譯經裏此式正反問句共計 5 例。如下：

（25）彼一處世間諸天，汝頗共坐起言語、精進修定不耶？（《長阿含經》，1／111c）

（26）汝頗見辯聰菩薩及餘菩薩不乎？（《十住斷結經》，10／1005c）

（27）彼人施意，寧能不乎？（《十住斷結經》，10／1058b）

（28）其福寧多不乎？（《十住斷結經》，10／1040b）

（29）是人所施，寧能不乎？（《十住斷結經》，10／1040b）

（六）「VP 不 VP」 式正反問句

此式僅見 3 例，如下：

（30）某求我女若姊妹，是人爲好不好？應與不應與？（《十誦律》，23／18a）

（31）某求我女姊妹，是人爲好不好？應與不應與？（《十誦律》，23／18b）

（32）我求某女，若姊妹好不好？能辦家事不？（《十誦律》，23／18b）

學界研究表明，「VPNegVP」式正反問句最早見於《睡虎地秦簡》，共32例（蔣紹愚、曹廣順 2005）。在先秦至六朝的中土文人作品中則不見使用，而在漢譯佛經中卻有用例。我們推測，出現這種情況可能與佛經文獻口語性強的特點有關。

二、姚秦譯經正反問句的時代特點

站在歷時的角度，比較姚秦譯經正反問句使用狀況與前後時段其他文獻的異同，可以揭示姚秦譯經正反問句的時代特點。我們的比較主要是以姚秦譯經與早期譯經、隋唐譯經進行比較，特別是在同經異譯本之間進行比較。由不同時代的經師翻譯的同經異譯本體現了各個時期的語言特色，爲語言研究者提供了可資比照的豐富材料。而且，同樣都是佛經文獻，可以排除文體特色造成的差異。

前面我們對姚秦譯經疑問句裏所有的正反問句進行了窮盡考察，下面我們來看看早期譯經里正反問句的構成情況。通過考察，我們發現，在本文考察範圍內的早期譯經正反問句，其構成可分爲以下幾種形式：

（一）「VP＋不」式

我們考察的早期譯經裏，「VP＋不」式的正反問句共計21例。例如：

（33）有力者能護響不？曰：不能也。（三國吳支謙《大明度無極經》，8／489a）

（34）譬若作絕妙殿舍，匠師意欲齊日月宮殿，於善業意能作不？（三國吳支謙《大明度無極經》，8／490c）

（35）復次拘翼，一閻浮提滿中眾生，盡教令得辟支佛道，其福多不？（西晉竺叔蘭、無叉羅《放光般若經》，8／56b）

（二）「VP＋無」式

「無」充當正反問句句末否定詞，前面的動詞往往由「有」充當，「無」與「有」形成相對。我們考察的早期譯經裏，「VP＋無」式的正反問句共計 4 例。例如：

（36）於須菩提意云何？幻與色有異無？幻與痛癢思想生死識有異無？（東漢支讖《道行般若經》，8／427a）

（37）天尊曰：闓士棄深明度取餘經，墮應儀緣一覺道中，有智無？對曰：不也。（三國吳支謙《大明度無極經》，8／490c）

（38）佛言：甫當來闓士得深法已，復棄去入應儀法中欲求佛，云何？有智無？對曰：不也。（三國吳支謙《大明度無極經》，8／490c）

（三）「VP＋不＋PRT」式

「VP＋不＋PRT」式，是在句末否定詞尾碼以語氣詞構成。我們考察的早期譯經裏，「VP＋不＋PRT」式的正反問句共計 7 例。其中句末使用語氣詞「耶」的僅 2 例，其餘全部使用「乎」。例如：

（39）佛言：空處可計盡不耶？（東漢支讖《道行般若經》，8／451a）

（40）菩薩在其邊住，因指示言：若見不耶？（東漢支讖《道行般若經》，8／455a）

（41）見若作應儀不乎？曰：不也，天中天。（三國吳支謙《大明度無極經》，8／496c）

（四）「Adv＋VP＋不」式

我們在考察的姚秦譯經時發現，「adv＋VP＋不」式的正反問句已在全部正反問句中佔據相當的比例。從早期譯經裏的情況來看，「adv＋VP＋不」式也已經爲數不少。此期進入這一格式的副詞主要是「寧」和「頗」，共計 10 例。例如：

（42）復次，一天下人皆令持十戒，置是四天下，復置小國中國二千三千大國土，如恒沙佛刹人民，皆令持十戒，其福寧多不？（三國吳支謙《大明度無極經》，8／485c）

（43）其福寧轉倍多不？（三國吳支謙《大明度無極經》，8／485c）

（44）般若波羅蜜頗說有作眾生者不？唯須菩提，無有也。（西晉竺叔蘭、無叉羅《放光般若經》，8／43a）

（45）於拘翼意云何？頗有眾生有生者有滅者不？答言：不也。（西晉竺叔蘭、無叉羅《放光般若經》，8／43a）

（五）「Adv＋VP ＋不＋PRT」式

「Adv＋VP ＋不＋PRT」式即在「Adv＋VP ＋不」式後再加上句末語氣詞。共計 7 例。其中僅 2 例使用語氣詞「耶」，其餘均使用「乎」。例如：

（46）譬若有大鳥，其身長八千里若二萬里，復無有翅，欲從忉利天上，自投來下，至閻浮利地上，未至，是鳥悔，欲中道還上忉利天上，寧能復還不耶？（東漢支讖《道行般若經》，8／453c）

（47）譬如淫泆之人，有所重愛端正女人，與共期會，是女人不得自在，失期不到，是人寧有意念之不耶？（東漢支讖《道行般若經》，8／456b）

（48）聲聞辟支佛寧有此念：吾等當行六波羅蜜，……度脫滅度無量無限不可計數眾生之類不乎？（西晉竺法護《光贊般若經》，8／152c）

（49）於意云何？寧可稱限得諸佛界邊際不乎？（西晉竺法護《正法華經》，9／88c）

我們將早期譯經里正反問句的以上五種形式與姚秦譯經相比較，可以發現：一方面，從大體上看，姚秦譯經正反問句形式體現了對早期譯經的承繼。不論是早期譯經，還是姚秦譯經，「VP＋不」式都是使用最多的形式。副詞「寧」、「頗」進入正反問句，參與構造的「Adv＋VP＋不（＋PRT）」式也佔有相當大的比重。另一方面，姚秦譯經裏的正反問句形式，比之早期譯經，也有一些差異。主要表現爲新增加了「（Adv＋）VP＋PRT＋不」式，而這種形式的正反問句在後來的唐五代文獻，特別是禪宗語錄中時常可見。在添加句末語氣詞的正反問句裏，早期譯經更多使用語氣詞「乎」，姚秦譯經則以使用「耶」爲多。

在我們所考察的隋唐譯經裏，正反疑問句數目很少，基本沿襲姚秦譯本，茲不贅述。

三、正反問句的發展和句末否定詞「不」的虛化

我們詳盡考察了姚秦譯經裏所有的正反問句的構成，通過考察可以得知，姚秦譯經裏的正反問句，比之上古時期，有所承繼，也有所發展。在各種形式之中，「VP＋不」式和「VP＋不＋PRT」式上古已有，「Adv＋Vp＋不」式則體現了新的時代特徵。疑問副詞的加入，給整個正反問句句法結構的發展帶來了新的面貌和深遠的影響。

關於「Adv＋Vp＋不」式問句的性質，學界有不同看法。劉堅等（1992）認爲，句中的否定詞具有稱代性，即「不」稱代「不 VP」，「耶」、「乎」表示疑問語氣。吳福祥（1997）則認爲，按照漢語的語義選擇原則，上述副詞不能進入「VPNeg」式正反問句的句法語義框架，句末的否定詞已經喪失稱代性否定的功能而虛化爲疑問語氣詞，句子性質也因此改變，由「VPNeg」式正反問句發展爲「F-VP」式（F：疑問副詞）正反問句。遇笑容、曹廣順（2002）認爲，中古時期，「VP 不」式疑問句句末否定詞已經在相當的程度上虛化了，許多「VP 不」式疑問句已經變性爲是非問句。這三派意見的分歧主要在於：(1)「Adv＋Vp＋不」式問句是正反疑問句還是非正反疑問句？劉堅等先生和吳福祥先生認爲是正反疑問句，遇笑容、曹廣順先生則認爲已經變性爲是非問句。(2)如果把「Adv＋Vp＋不」式問句看作正反問句，句中的副詞和句末的否定詞性質如何？劉堅等先生認爲進入此式的副詞表推度詢問語氣，句中的否定詞仍具有稱代性。吳福祥先生則認爲句末的否定詞已經虛化爲疑問語氣詞，整個句子結構「F-VP」式正反問句。

之所以產生這些分歧意見，關鍵在於對「Adv＋Vp＋不」式問句中的副詞和句末否定詞的定性的不同。在姚秦譯經裏，「Adv＋Vp＋不」式問句使用較爲頻繁，我們想結合對這些問句的考察作出一些討論。

姚秦譯經裏，進入「Adv＋Vp＋不」式正反問句框架的副詞主要是「寧」和「頗」兩個。我們首先來看看這兩個詞的性質和使用。

「寧」作爲語氣副詞，上古已有，表示的是反詰語氣。清王引之《經傳釋詞》卷六：「寧，猶豈也。」《詩・鄭風・子衿》：「縱我不往，子寧不嗣音？」《史記・陳涉世家》：「王侯將相，寧有種乎？」我們再補充幾個佛經裏的用例：

（50）已等心定意已行已作已有，寧當有瞋恚耶？無有是。（東漢安世高《長阿含十報法經》，1／236a）

（51）已慈心定意已行已作已有，寧當有殺意耶？無有是。（東漢安世高《長阿含十報法經》，1／236a）

上舉 2 例皆出自漢末安世高譯本。我們可以很清楚地看到，句中的「寧」承繼了上古的用法，表示「難道」的意思。但是在早期譯經裏，我們也可以看到「寧」用於疑問句卻不表反詰的用法。例如：

（52）王問裘夷：太子今有六萬婇女，伎樂供養，太子寧樂乎？答言：太子夙夜專精志道，不思欲樂。（東漢竺大力、康孟詳《修行本起經》，3／466b）

（53）阿難，爲家因緣守，若家因緣無有，已無有受，當何因緣有家？一切家因緣無有，寧有家不？寧有刀杖鬪諍語言上下欺侵若干兩舌多非一致弊惡法不？阿難言：不。（東漢安世高《佛說人本欲生經》，1／242c）

（54）我子寶稱，足跡趣此，瞿曇寧見？佛告長者：若子在斯，何憂不見。（東漢曇果、康孟詳《中本起經》，4／149b）

（55）使我爲王，老到病至若當死時，寧有代我受此厄者不？如無有代，胡可勿憂。（東漢竺大力、康孟詳《修行本起經》，3／469a）

（56）佛告迦葉：欲寄一宿，寧見容不？迦葉白佛：我梵志法，寢不同室，幸恕不愛。（東漢曇果、康孟詳《中本起經》，4／150b）

（57）寧可得從大道人神化稟受經戒，作沙門耶？（東漢曇果、康孟詳《中本起經》，4／151c）

從語義來看，這些例句中的「寧」都不表示反詰，而是帶有詢問的語氣，即說話人對某一命題已有大致猜想，要求聽話人給予證實。從使用來看，表推度詢問的「寧」可以用在是非問句裏，如例（52）、（57），也可以用在正反問句裏，如例（53）、（55）、（56），還可以單獨用來表示疑問語氣，如例（54）。

江藍生（2000）認爲，表推度詢問的「寧」是表反詰的「寧」引申發展而來。其引申的理據是：反詰是用疑問的形式表示否定，疑問是虛，否定爲實，當這種疑問形式不表示否定時，疑問就成了眞性的，這樣就由反詰引申爲推度。

江先生的論斷是從疑問程度高低的轉化來論述副詞「寧」的意義轉變。我們認爲，江先生此說頗有道理。「信」與「疑」是兩種互爲消長的因素，此增彼則減，此減彼則增，而測度正是處於二者之間。當「信」的程度逐漸降低而「疑」的程度相應上陞，反詰也就變成了推度。

江先生的觀點是從理論上推導了疑問語氣詞「寧」的形成。如果這種假設成立，那麼從邏輯上我們可以推導出另一個推論：表推度語氣的「寧」最早應該出現在是非問句中。這是因爲不同的疑問句類型是決定疑問程度的關鍵因素（邵敬敏等 2003），反詰問句是無疑而問，疑問程度爲 0。正反問句並列提出肯定、否定兩項，可能與不可能各占一半。是非問句則可用來表示懷疑和猜測，比起正反問句，在疑問程度上更接近反詰問句。下面我們來看語言事實。據我們對東漢佛經的考察，表推度疑問的「寧」已經可以同時用於是非問句和正反問句，先後莫辨。何亞南（2001）曾經提出 3 條東漢佛經以前「寧」用於是非問句的例證：

（58）今日羆倦甚，諸君寧憊邪？（《後漢書・傅俊傳》李賢注引《東觀漢記》）

（59）吾有仇在吳，子寧能爲吾報之乎？（《說苑・佚文輯》）

（60）嚴公寧視卿邪？（《東觀漢記》）

不過何先生認爲，這三句「或出自後代類書所引，或出自古注所引，難以作爲確證」，而在東漢佛經裏「寧」用於反覆問不僅數量多，而且用法成熟，因此他認爲「寧」用於是非問要晚於反覆問句。

對於何亞南（2001）的研究，劉開驊（2005）提出了不同意見。根據劉的調查研究，《史記》和《論衡》裏各有 1 例「寧」用於是非問句表推度疑問，如下：

（61）應侯固不快，及見之，又倨，應侯因讓之曰：「子嘗宣言欲代我相秦，寧有之乎？」對曰：「然。」（《史記・范睢蔡澤列傳》）

（62）挺先釣，爵後往。爵問挺曰：「釣寧得乎？」挺曰：「得。」（《論衡・驗符》）

劉文提出，《史記》中的用例是目前能看到的文獻中出現最早的表詢問意義的「寧」。劉文的研究成果證明了我們之前的推理，也證明了江藍生先生關於表詢問意義的「寧」來自表反詰的「寧」一說是可取的。

自東漢以降，漢譯佛經裏，「寧」字是非問句保持使用，「寧」字正反問句大量發展起來。「寧」表詢問意義逐漸成熟起來。例如：

（63）阿難白言：寧可遣王？佛言：不可。當與相見。（西晉白法祖《佛般泥洹經》，1／717b）

（64）王問：寧復有異是四事作沙門者不？（三國吳支謙《佛說賴吒和羅經》，1／871a）

（65）若有苦報業，彼業寧可因斷、因苦行，轉作樂報耶？彼答我言：不也。（東晉僧伽提婆《中阿含經》，1／443b）

（66）佛語諸比丘言：如此人被三百瘡，寧有完處大如棗葉無？諸比丘言：無有完處。佛語諸比丘：此人被三百瘡，寧毒痛不？諸比丘言：人被一瘡舉身皆痛，何況被三百瘡！（東晉竺曇無蘭《佛說泥犁經》，1／907b）

（67）此三品香，唯能隨風，不能逆風。寧有雅香隨風逆風者乎？佛告阿難：善哉善哉，誠如汝問，有香眞正隨風逆風。（東晉竺曇無蘭《佛說戒德香經》，2／507）

在我們考察的姚秦譯經裏，表詢問意義的「寧」只用於正反問句，未見用於是非問句例，可見「寧」字正反問句已經使用頻繁、後來居上了。不過，從以上東晉的例句來看，「寧」字是非問句仍然是保持使用的。

我們再來看前文提到的三派不同的觀點。首先看看吳福祥先生的意見，吳認爲，「寧」爲疑問副詞，其語義、功能同於反覆問句「可 VP」中的「可」，是句子疑問功能的負載者。也就是說，「寧＋Vp＋Neg」式問句和近代漢語裏的「可 VP」式正反問句是同質結構，而按照漢語的語義選擇規則，「寧」是不能進入「VP-neg」式反覆問句的句法語義框架的，「寧」一旦進入了，造成的就是句末否定詞虛化爲疑問語氣詞。吳先生的論斷雖然不無道理，但亦有令人生疑之處。我們主要有以下疑點：（1）據目前學界研究成果顯示，「可 VP」式正反問句萌芽於唐五代時期，其初期使用後面動詞比較單調，多爲「能」和「是」，而「可」字正反問句的大量出現是在元代以後（蔣紹愚、曹廣順 2005）。也就是說，「可」字正反問句的形成經歷了一個漫長的歷時過程。而「寧＋Vp＋Neg」式問句的形成較爲迅速，「寧」後的動詞也沒有任何限制。這二者能否看作同一性質？是否把「寧」進入正反問句看作是從是非問句中的使用直接擴展而來更爲自然？（2）不論是在早期譯經，還是在姚秦譯經裏，我們都看到這樣一種問句形式:「寧＋Vp＋Neg＋Prt」式，即在句末否定詞後再加上句末語氣詞形式，這種形式應當是從「Vp＋Neg＋Prt」式正反問句類推而來。我們也通過與中土文獻的對比發現，當中土文獻中的正反問句基本脫落句末語氣詞時，漢譯佛經裏還保留一定的使用。如果如吳先生所言，句末否定詞早已虛化爲語氣詞，就很難解釋「寧＋Vp＋Neg＋Prt」式在歷代譯經裏的長期使用。

我們再來看遇笑容、曹廣順的意見。他們認爲，中古時期的「Vp 不」式疑問句，有「Vp 不」和「AdvVp 不」兩種變體，句型中的「不」已經在相當的程度上虛化了，許多句子可能已經是是非疑問句，而不是反覆疑問句。到中古晚期，爲了避免「不」虛化造成的反覆疑問句和是非疑問句表達上的模糊，開始出現「Vp 不 Vp」和「AdvVp」兩種新的正反問句句型。我們認爲，這二位先生的意見，從歷時的角度闡述了漢語正反問句的發展過程，有理有據，頗爲可取。正如我們前文所述，「寧」由反詰義引申出了詢問義，一開始是用於是非問句。後來擴展進入到了正反問句，這樣漢語疑問句體系中則同時存在這樣的結構：「寧＋Vp＋Prt」和「寧＋Vp＋Neg」，句末否定詞與語氣詞處於同樣的結構同樣的位置。使用之初，由於句式的差異，這兩個結構傳達的疑問程度應該是有所差異的。試比較前文所舉的東漢譯經中的兩個句子：「太子寧樂乎？」和「欲寄一宿，寧見容不？」前一句是表詢問的是非問句，說話人預設的命題是「太子樂」，但不肯定，要求聽話人給予證實。後一句是正反問句，說話人希望能借宿，但要求聽話人在同意或不同意中選擇一個答覆。後一句的疑問程度高於前一句。但是二者之間的界線並非絕對，因爲疑問程度的差異雖然主要由疑問句型決定，也會受上下文語境等諸多因素的影響。在有的語境中，我們很難區分二者之間的差異。試比較下列句子：

（68）如優波離意之淨，以意淨意爲解，寧可復汙復使淨耶？（《維摩詰經》，14／523a）

（69）如優波離，以心相得解脱時，寧有垢不？（《維摩詰所說經》，14／541b）

這兩句出自不同時代的同經異譯本，雖然從理論上看，我們的確可以對二者的疑問程度做出區分，但不可否認，二者的界線的確不易分清。

那麼，我們是否就可以把此類問句看作是是非問句而把「不」歸爲虛化的疑問語氣詞呢？我們認爲，這樣切分又未免絕對。歷史語法的演變總是遵循著由量變到質變的漫長過程。雖然我們承認遇笑容、曹廣順先生提出的演化方向，但正如他們自己所言：「『不』的虛化，隨著詞義的改變，否定的意思沒有了，成了一個衹表示疑問的『虛詞』，這個新『不』在與『VP』結合時，也變成了一種新的結構關係，但這種新的結構關係（是非疑問句）和舊的結構關係（反覆疑問句）在語義上，卻是十分接近的，常常無法區分。」二位先生最後以「無法證明『不』沒有虛化」爲理由來證明「『不』可能已經在相當大的程度上虛化了」，應該說也的確是不得以而爲之。因此，在具體操作上，我們認爲，對於姚秦時代正處於發展演變過程中的「寧＋Vp＋Neg」式問句，我們仍是採取保守態度看作正反問句爲佳，這種處理也符合「寧＋Vp＋Neg」式問句和「寧＋Vp＋Neg＋Prt」式問句並存的語言事實。

「頗」進入「Adv＋Vp＋不」式問句的情況與「寧」類似。唐慧琳《一切經音義》：「頗，猶可也。」（大正藏，54／315b，420a）《集韻・過韻》：「頗，疑辭。」可知「頗」也是與「寧」一樣的疑問語氣副詞。據遇笑容、曹廣順的考察，「頗」主要使用在後漢以後，後漢譯經中，只在《中本起經》中看到「頗VP不」出現。我們繼而考察了《中本起經》，發現其中只有1例「頗VP不」用例，如下：

（70）問須達曰：今此都下，頗有神人可師宗者不？（東漢曇果、康孟詳《中本起經》）

而在後代譯經中，「頗」用例逐漸增多，用法上則和「寧」沒有什麼差別。

綜上所述，對於中古新生的「Adv＋Vp＋Neg」式問句，我們的看法是將其看作正處於向是非問句演化的正反問句，句末否定詞也同樣處於虛化的歷程中。雖然對這樣一種演化過程的最終完成我們無法給出確切的時間，但我們認爲，至少在時間上當與其他演化現象關聯、配合起來，如「Adv＋Vp＋Neg＋Prt」式問句句末語氣詞的脫落、「VpnegVp」式正反問句和「可Vp」式正反問句等新興正反問句的崛起。

參考文獻

1. 何亞南，2001，《〈三國志〉和裴注句法專題研究》，南京師範大學出版社。
2. 江藍生，2000，《近代漢語探源》，商務印書館。
3. 蔣紹愚、曹廣順，2005，《近代漢語語法史研究綜述》，商務印書館。
4. 劉堅、江藍生、白維國、曹廣順，1992，《近代漢語虛詞研究》，語文出版社。
5. 劉開驊，2005，表詢問意義的語氣副詞「豈」、「寧」及其來源，《廣西社會科學》第 10 期。
6. 劉子瑜，1994，敦煌變文中的選擇疑問式，《古漢語研究》第 4 期。
7. 劉子瑜，1998，漢語反覆問句的歷史發展，《古漢語語法論文集》，語文出版社。
8. 邵敬敏、任芝鍈、李家樹，2003，《漢語語法專題研究》，廣西師範大學出版社。
9. 吳福祥，1997，從「VP-neg」式反覆問句的分合談語氣詞「麼」的產生，《中國語文》第 1 期。
10. 徐正考，1988，唐五代選擇問系統初探，《吉林大學學報》第 2 期。
11. 遇笑容、曹廣順，2002，中古漢語的「VP 不」式疑問句，《紀念王力先生百年誕辰學術論文集》，商務印書館。

梵漢對勘《撰集百緣經》表示複數的第一、二人稱代詞——兼論漢譯本《撰集百緣經》的翻譯年代

陳秀蘭

（西南科技大學　文學院）

摘　要

《撰集百緣經》的第一人稱代詞有「我、我身、我自、我等、我等輩、吾、吾自」、第二人稱代詞有「汝、汝等、汝等輩、爾、卿、卿等」，在這些人稱代詞中，存在著單、複數混用的現象。比如：「我」可以表示單數，也可以表示複數；「汝」可以表示單數，也可以表示複數。本文將漢譯本《撰集百緣經》與其原典 avadānaśataka 進行對勘，發現：表示複數的第一人稱代詞「我」、「我等」、「我等輩」、「吾」對譯梵語第一人稱代詞的複數；表示複數的第二人稱代詞「汝」、「汝等」、「汝等輩」對譯梵語第二人稱代詞的複數、對譯梵語表示敬稱的第二人稱代詞 bhavat 的複數、對譯梵語動詞變位的第二人稱複數語尾。通過對具體的文獻用例的對勘和分析，我們認爲：漢譯本《撰集百緣經》的第一、二人稱代詞既區分單、複數形式，但又存在著單、複數混用的現象，並且有一些表示複數的雙音節、三音節等復音代詞的頻繁使用，這表明漢譯本《撰集百緣經》的翻譯年代應該不會晚至西元六世紀，這也表明由於佛經翻譯工作的進行而使得當時漢語中少見的使用複數代詞的情況得到大大的改觀。

關鍵詞：《撰集百緣經》；梵漢對勘；人稱代詞；翻譯年代

漢譯本《撰集百緣經》是三國支謙所譯，有十品，十卷。每品圍繞一個主題講述十個故事，一品爲一卷。第一是菩薩授記品，佛陀預言現世積累功德的婆羅門、婦女、窳惰子、商人、梵志、國王、長者、窮人未來能夠成佛。第二是報應受供養品，講述佛陀前生故事。第三是授記辟支佛品，佛陀預言供養佛陀的化生王子、小孩、船師、婢使等將來能夠成爲辟支佛。第四是出生菩薩品，是佛陀本生故事。第五是餓鬼品，講述一些男子、婦女由於慳貪不布施而墮入餓鬼行列受苦的故事。第六是諸天來下供養品，講述具有供養佛陀善業的毒蛇、鸚鵡、雁、水牛、月光兒、梵志、使者等再生天國的故事。第七是現化品，講述釋迦族男子獲得阿羅漢果的故事。第八是比丘尼品，講述各類婦女獲得阿羅漢果的故事。第九是聲聞品，講述各類品行高尚的人物獲得阿羅漢果的故事。第十是諸緣品，講述梨軍支比丘、長老比丘、兀手比丘、丑陋比丘等人物作惡得到惡報、後來修善而獲得阿羅漢的故事〔註1〕。

支謙翻譯《撰集百緣經》時的梵文原本面貌如何，目前已無從知曉。將漢譯本《撰集百緣經》與目前學術界通行的 J·S·Speyer 的校刊本（1906）*Avadānaśataka*（第五個故事已經遺失）對勘，有四個故事沒有相應的梵文原文〔註2〕，其餘九十五個故事都有相應的梵文原文。

本文依據 J·S·Speyer 的校刊本（1906）*Avadānaśataka*〔註3〕，將漢譯本《撰集百緣經》與之進行對勘。

一、漢譯本《撰集百緣經》表示複數的第一、二人稱代詞

《撰集百緣經》表示複數的第一、二人稱代詞有 8 個，使用了 199 次。它們是：我、我等、我等輩、吾、汝、汝等、汝等輩、卿等。

下表是《撰集百緣經》表示複數的第一、二人稱代詞的使用頻率和語法功能：

〔註1〕 參看郭良鋆（1988：21）。

〔註2〕 漢譯本第二十四個故事「老母善愛慳貪緣」、第三十個故事「劫賊惡奴緣」、第四十個故事「劫賊樓陀緣」、第八十個故事「盜賊人緣」等四個故事在梵文本中沒有找到相應的原文。

〔註3〕 avadānaśataka[Bibliotheca Buddhica III], edited by Dr.J.S.Speyer, Motilal Banarsidass Publishers Private Limited. Delhi, 1992.

功能 頻率 詞語	主語		賓語	定語	兼語	介詞短語
我	8		+	+	+	+
我等	34	+	+	+	+	
我等輩	6	+			+	
吾	2	+				
汝	60	+	+			+
汝等	80	+	+	+	+	+
汝等輩	3	+			+	
卿等	6	+	+		+	
合計	199					

小結：漢譯本《撰集百緣經》表示複數的代詞有 8 個，使用了 199 次。其中，單音節詞 3 個，使用了 70 次；雙音節詞 3 個，使用了 120 次；三音節詞 2 個，使用了 9 次。這表明用單音節詞表示複數的現象在漢譯本《撰集百緣經》中還是有一定的比重，占 35%。復音代詞 5 個（雙音節詞 3 個，三音節詞 2 個），使用頻率較高，占 65%。這種情況說明漢譯本《撰集百緣經》表示複數的第一、二人稱代詞既區分單、複數形式，但又不是很嚴格，存在著單、複數混用的現象。

二、梵漢對勘《撰集百緣經》表示複數的第一、二人稱代詞

（一）我

「我」在漢譯本《撰集百緣經》裏用作複數，有 8 例，其中，6 例有相應的梵文原典，它們對譯梵文第一人稱代詞複數語幹 asmad 的體格、屬格形式。如：

（1）時諸人等見是變已，歎未曾有，即便以身各各五體投地，因發誓願：「以此作倡伎樂善根功德，使我來世得成正覺，廣度眾生，如佛無異。」（卷三，4／216b〔註4〕）

〔註4〕 阿拉伯數字及英文字母分別表示引文在《大正新修大藏經》中的冊數、頁數、上中下欄。

它所對應的梵文原典是：

atha te goṣṭhikā labdhaprasādā cetanāṁ puṣṇanti|anena <u>vayaṁ</u> kuśalamūlena pratyekāṁ bodhiṁ sākṣātkuryāma iti||（I/P164〔註5〕）

vayam 是第一人稱代詞複數語幹 asmad 的體格形式，義爲「我們」。支謙譯爲「我」。

漢語今譯：當時，那些長者們產生敬信，發誓：「憑藉這個善根功德，我們眼前獲得獨覺菩提（辟支佛）。」

（2）時有同邑一百餘人作倡伎樂，齎持香花，供養彼塔，各發誓願：「以此供養善根功德，使我來世在所生處共爲兄弟。」（卷七，4／237b）

它所對應的梵文原典是：

yāvad goṣṭhikānāṁ śataṁ nirgatam |taṁ stūpaṁ dṛṣṭvā tathāgataguṇān anusmṛtya tais tatra stūpe ekapuruṣeṇa iva ekadehina iva ekātmana iva ekacittena iva ekātmabhāvena iva sarvair ekasamūhībhūtaiḥ prasannacittakaiḥ prītijātair ekātmanībhūtais tatra stūpe puṣpadhūpagandhamālyavilepanāni naivedyarasarasāgrabhojyāni sarvopahārāṇi ca upaḍhaukitāni dhvajavitānacchattrāṇi ca āropitāni|āropya ekasamūhībhūtvā ekasvareṇa stūtiṁ kṛtvā pradakṣiṇaśatasahasraṁ kṛtam|tatas taiḥ sarvair ekātmabhāvena ekacittakena praṇidhānaṁ kṛtam|anena kuśalamūlena <u>asmākaṁ</u> tathā iva ekātmajātā ekacittakāḥ samānadehāḥ samānācārāḥ samānadharmāḥ samānapuṇyāḥ samanirvāṇā bhavantu| iti tatra eva stūpe evaṁ bhaktiparāyaṇā nirvṛtāḥ ||（I/P377～378）

asmākam 是第一人稱代詞複數語幹 asmad 的屬格形式，義爲「我們的」。支謙譯爲「我」。

漢語今譯：當時，一百個長者出行，他們看見那個塔，憶念如來福德。所有人成爲一個整體，他們就像一個人一樣，一心一意產生歡喜心，在塔中用鮮花、香、香料、花環、膏藥、天食、飲料和食物供奉，設置幢幡、帳幔和傘蓋。設置之後，所有人成爲一個整體，用一個聲音稱讚，右繞百千匝。然後，他們所有人同心發誓：「憑藉這個善根功德，我們同樣出生，同樣思想，同樣身體，

〔註5〕　表示該引文在 avadānaśataka 中的冊數、頁數。

同樣威儀，同樣法要，同樣福德，同樣涅槃。」他們在那個塔裏，由於恭敬歸依而涅槃。

（二）我等

「我等」在漢譯本《撰集百緣經》裏有 34 例，其中，4 例有相應的梵文原典，它們對譯梵文第一人稱代詞複數語幹 asmad 的體格、屬格、具格和從格。如：

（3）時諸人等聞是語已，咸各同時稱南無佛陀：「唯願世尊大慈憐愍，覆蔭我等疾疫病苦。」（卷二，4／209c）

它所對應的梵文原典是：

atha nāḍakantheyā brāhmaṇagṛhapatayo bhagavantam āyācituṁ pravṛttāḥ | āgacchatu bhagavān asmād vyasanasaṁkaṭān mocanāya iti ||（I/P78）

asmād〔註 6〕（asmat）是第一人稱代詞複數語幹 asmad 的從格形式，義爲「我們」。支謙譯爲「我等」。

漢語今譯：當時，在那羅聚落的婆羅門長者們發起邀請：「世尊，到來吧！把我們從疾病痛苦中解脫出來。」

（4）我等宿世俱在於此王舍城中爲長者子。（卷五，4／224a-b）

它所對應的梵文原典是：

vayaṁ smo bhadanta mahāmaudgalyāyana rājagṛhe pañca śreṣiṭhiśatāny abhūvan |（I/P257）

vayam 是第一人稱代詞複數語幹 asmad 的體格形式，義爲「我們」。支謙譯爲「我等」。

漢語今譯：尊者大目乾連，我們以前是王舍城的五百長者。

（三）我等輩

「我等輩」在漢譯本《撰集百緣經》裏用作複數，有 6 例，其中，3 例有相應的梵文原典。這 3 例對譯梵文第一人稱代詞複數語幹 asmad 的體格、屬格形式。如：

（4）爾時目連乞食時到，著衣持鉢，入城乞食。於其門中値有五百

〔註 6〕 參看 BHSG：3.5.“ā for a”。

> 餓鬼從外來入，見是目連，心懷歡喜而白之曰：「唯願尊者慈哀憐愍，稱我名字語我家中所親眷屬言：『我等輩以不修善不好惠施，今受身形墮餓鬼中。』唯願尊者從我親里求索財物，用設餚饍，請佛及僧。若物少者，爲我勸化諸檀越等，令共設會，使我等輩脱餓鬼身。」爾時目連尋便許可。（卷五，4／224a）

它所對應的梵文原典是：

athāyuṣmānmaudgalyāyanaḥ pūrvāhne nivāsya pātracīvaram ādāya rājagṛhaṁ piṇḍāya prāvikṣat|tena te pretā dṛṣṭāḥ tairapi pretair āyuṣmānmahāmaudgalyāyanaḥ || tatas te ekasamūhena āyuṣmantaṁ mahāmaudgalyāyanam upasaṁkrāntāḥ | upasaṁkramya karuṇadīnavilambitair rakṣarair ekaraveṇa ūcuḥ |vayaṁ smo bhadanta mahāmaudgalyāyana rājagṛhe pañca śreṣiṭhiśatāny abhūvan|te vayaṁ matsariṇaḥ kuṭukuñcakā āgṛhītapariṣkārāḥ |svayaṁ tāvadasmābhir dānapradānāni na dattāni pareṣām api dānapradāneṣu dīyamāneṣu vighnāḥ kṛtā dakṣiṇīyāśca bahavaḥ pretavādena paribhāṣitāḥ pretopapannā iva yūyaṁ nityaṁ paragṛhebhyo bhaikṣamaṭatha |ete vayaṁ kālaṁ kṛtvā evaṁvidheṣu preteṣūpapannā iti bhadanta mahāmaudgalyāyana ye 'smākaṁ jñātayo rājagṛhe prativasanti teṣām asmākīnāṁ karmaplotiṁ nivedya chandakabhikṣaṇaṁ kṛtvā buddhapramukhaṁ bhikṣusaṇghaṁ bhojayitvā asmākaṁ nāmnā dakṣiṇādeśanāṁ kārayitvā ca asmākaṁ pretayoner mokṣaḥ syāditi ||adhivāsayati āyuṣmānmahāmaudgalyāyanaḥ pretānāṁ tūṣṇībhāvena||（I/P256-257）

vayam 是第一人稱代詞複數語幹 asmad 的體格形式，義爲「我們」。asmākam 是第一人稱代詞複數語幹 asmad 的屬格形式，義爲「我們的」。支謙全都譯爲「我等輩」。

漢語今譯：當時尊者大目乾連在早晨的時候，取了鉢盂和袈裟，進入王舍城乞食。那些餓鬼看見了尊者大目乾連，他們聚集在一起，前往尊者大目乾連那裡。到達之後，用充滿哀傷、痛苦而緩慢的言辭，異口同聲地説：「尊者大目乾連，我們以前是王舍城的五百長者，我們極爲慳貪，吝惜財物。我們自己不布施財物，還阻礙別人布施財物做供養，用許多餓鬼般的言辭咒罵：『你們就像托生餓鬼一樣，常常從白衣乞食。』我們命終時就以這種方式托生在餓鬼裏。

尊者大目乾連，我們的眾多親戚都住在王舍城，你把我們的業緣告訴他們，他們做樂施，喊著我們的名字供養佛和比丘僧，懺悔，或許我們能夠從餓鬼胞胎解脫出來。」尊者大目乾連對餓鬼們保持沉默。

（5）時五百放牛人聞佛語已，各相謂言：「彼惡水牛尚能見佛得生天上，況我等輩今者是人，云何不修諸善法耶？」（卷六，4／232b）

它所對應的梵文原典是：

tatas te mahiṣīpālāḥ paraṁ vismayaṁ āpannāḥ |āścaryaṁ yannāma ayaṁ tiryagyonigato bhūtvā bhagavantaṁ kalyāṇamitraṁ āsādya deveṣūpapannaḥ satyadarśanaṁ ca kṛtam | kathaṁ nāma vayaṁ manuṣyabhūtā viśeṣaṁ na adhigacchema iti ||（I/P334）

vayam 是第一人稱代詞複數語幹 asmad 的體格形式，義爲「我們」。支謙譯爲「我等輩」。

漢語今譯：當時，那些放牛人感到驚訝：「奇怪！這些是畜生，遇到世尊善知識，托生天界，看見眞諦。我們是人，爲什麼不能證得殊勝？」

（四）吾

「吾」在漢譯本《撰集百緣經》中有 2 例用作複數，其中，2 例都有相應的梵文原典，對譯梵文第一人稱代詞複數語幹 asmad 的體格、具格形式。如：

（6）爾時阿難見斯變已，前白佛言：「如此香雲，爲從何來？」佛告阿難：「南方有國，名曰金地。彼有長者，字曰滿賢，遙請於我及比丘僧，吾當往彼受其供養。」（卷一，4／203a）

它所對應的梵文原典是：

athāyuṣmānānandaḥ kṛtakaraputo bhagavantaṁ papraccha kuta idaṁ bhadanta nimantraṇamāyātamiti | bhagavānāha |dakṣiṇāgiriṣvānanda janapade sampūrṇo nāma brāhmaṇamahāśālaḥ prativasati | tatra asmābhirgantavyaṁ sajjībhavantu bhikṣava iti |（I/P2-3）

asmābhir 是第一人稱代詞複數語幹 asmad 的具格形式，義爲「我們」。支謙譯爲「吾」。

漢語今譯：當時尊者阿難合掌詢問佛：「世尊，此邀請從何處到來？」世尊說：「阿難，在南方的村子裏住著一個名叫滿賢的婆羅門長者。在那裡，他備辦了食物，我們應當前往。」

（7）爾時佛告放牛人言：「汝等今者莫大憂怖，彼水牛者，設來抵我，吾自知時。」（卷六，4／232a）

它所對應的梵文原典是：

bhagavānāha | alpotsukā bhavantu bhavanto vayamatra kālajñā bhaviṣyāma iti ||（I/P331）

vayam 是第一人稱代詞複數語幹 asmad 的體格形式，義爲「我們」。支謙譯爲「吾」。

漢語今譯：世尊說：「你們不要憂愁，我們知道時間。」

（五）汝

「汝」在漢譯本《撰集百緣經》裏用作複數，有 60 例，其中，16 例有相應的梵文原典，它們都是對譯梵文動詞√bhās 的第一人稱單數中間語態的將來時，可以譯爲「我將講述」。因爲前面的動詞皆用第二人稱複數命令語氣，因此，√bhās 所要面對的對象就是第二人稱複數，可以意譯爲「我將爲你們講述」。如：

（8）時諸比丘見是供養及渡於水，怪未曾有，前白佛言：「如來先世，宿殖何福，今者乃有如是自然供養及以渡水？」爾時世尊告諸比丘：「汝等諦聽，吾當爲汝分別解說。」（卷二，4／208b）

它所對應的梵文原典是：

bhikṣavo buddhapūjādarśanād āvarjitamanaso buddhaṁ bhagavantaṁ papracchuḥ | kutra imāni bhagavataḥ kuśalamūlāni kṛtāni iti ||bhagavān āha ||||icchatha bhikṣavaḥ śrotum||evaṁ bhadanta||tena hi bhikṣavaḥ śṛṇuta sādhu ca suṣṭhu ca manasi kuruta bhāṣiṣye ||（I/P65）

śṛṇuta 是√śru 的第二人複數命令語氣，可以譯爲「你們聽著」。kuruta 是√kṛ 的第二人複數命令語氣，可以譯爲「你們做」。suṣṭhu ca manasi kuruta 可以譯爲「好好思考」。bhāṣiṣye 是√bhāṣ 的第一人稱單數中間語態的將來時，可以譯爲「我將講述」。因爲前面的動詞皆用第二人稱複數命令語氣，因此，√bhāṣ 所要面對的對象就是第二人稱複數，可以意譯爲「我將爲你們講述」。支謙譯爲「吾當爲汝分別解說」。

漢語今譯：比丘們看見供養世尊，心裏誠服，詢問佛世尊：「世尊，做了什麼善業？」世尊說：「……比丘們，你們想聽嗎？」「是的，世尊。」「因此，比丘們，你們好好聽，好好思考，我將為你們講述。」

（9）佛告比丘：「非但今日為彼所罵，過去世時亦常惡罵，我恒忍受。」時諸比丘復白佛言：「願樂欲聞過去世時，敷演解說。」爾時世尊告諸比丘：「汝等諦聽，吾當為汝分別解說。」（卷四，4／221c～222a）

它所對應的梵文原典是：

bhagavānāha|kimatra bhikṣava āścaryaṁ yadidānīṁ tathāgato vigatarāgo vigatadveṣo vigatamohaḥ parimukto jātijarāvyādhimaraṇaśokaparidevaduḥkhadaurmanasyopāyāsebhyaḥ sarvajñaḥ sarvākārajñaḥ sarvajñānajñeyavaśiprāpto yat tu mayātīte ‘dhvani sarāgeṇa sadveṣeṇa samohena daharakavayasyavasthitena vadhāya parākrāntasya asyāntike naivaṁ cittaṁ dūṣitaṁ tacchṛṇuta sādhu ca suṣṭhu ca manasi kuruta bhāṣiṣye 'ham||（I/P177-178）

chrnuta（śrnuta）是√śru 的第二人複數命令語氣，可以譯為「你們聽著」。kuruta 是√kr 的第二人複數命令語氣，可以譯為「你們做」。susthu ca manasi kuruta 可以譯為「好好思考」。bhāsisye 是√bhās 的第一人稱單數中間語態的將來時，可以譯為「我將講述」。因為前面的動詞皆用第二人稱複數命令語氣，因此，√bhās 所要面對的對象就是第二人稱複數，可以意譯為「我將為你們講述」。支謙譯為「吾當為汝分別解說」。

漢語今譯：世尊說：「比丘們，奇怪嗎？現在如來已經離欲、離嗔、離癡，從生老病死憂悲苦愁苦惱中解脫出來，掌握一切智、一切種智、一切智智境界。然而在過去世時，我有欲、有嗔、有癡，沒有從生老病死憂悲苦愁苦惱中解脫出來，處於幼年時期，加害於我，而我沒有毀呰之心。你們好好聽，好好思考，我將為你們講述。」

（六）汝等

「汝等」在漢譯本《撰集百緣經》中有 80 例，其中，17 例有相應的梵文原典，它們或者對譯動詞的第二人稱複數命令語氣，或者對譯梵語第二人稱代詞敬稱 bhavat 的複數。如：

（10）爾時世尊告諸比丘：「汝等諦聽，吾當爲汝分別解說。」（卷二，4／209a）

它所對應的梵文原典是：

bhagavānāha||| |icchatha bhikṣavaḥ śrotum||evaṁ bhadanta ||tena hi bhikṣavaḥ <u>śṛṇuta</u> sādhu ca suṣṭhu ca manasi kuruta bhāṣiṣye ||（I/P69）

śrnuta 是√śru 的第二人複數命令語氣，可以譯爲「你們聽著」。支謙譯爲「汝等諦聽」。

漢語今譯：世尊說：「……比丘們，你們想聽嗎？」「是的，世尊。」「因此，比丘們，你們好好聽，好好思考，我將爲你們講述。」

（11）爾時佛告放牛人言：「汝等今者莫大憂怖，彼水牛者，設來抵我，吾自知時。」（卷六，4／232a）

它所對應的梵文原典是：

bhagavānāha | alpotsukā bhavantu <u>bhavanto</u> vayamatra kālajñā bhaviṣyāma iti ||（I/P331）

bhavanto（bhavantah）是第二人稱代詞敬稱 bhavat 的複數體格形式，義爲「你們」。支謙譯爲「汝等」。

漢語今譯：世尊說：「你們不要憂愁，我們知道時間。」

（七）汝等輩

「汝等輩」在漢譯本《撰集百緣經》用作複數，有 3 例，其中，1 例有相應的梵文原典，對譯梵語第二人稱代詞複數語幹 yusmad 的具格形式。如：

（12）於時目連語餓鬼言：「我今爲汝語諸親里，並相營佐，共設大會，時汝等輩咸皆自來，至於會所。」（卷五，4／224b）

它所對應的梵文原典是：

tata āyuṣmatā mahāmaudgalyāyanena teṣāṁ jñātigṛhebhyaśchandakabhikṣaṇaṁ kṛtvā buddhapramukho bhikṣusaṅghaḥ śvo bhaktenopanimantritaḥ pretānāṁ ca niveditaṁ śvo bhagavānsabhikṣusaṅgho bhaktenopanimantritaḥ tatra <u>yuṣmābhir</u>āgantavyamiti ||（I/P257）

yusmābhir 是第二人稱代詞複數語幹 yusmad 的具格形式，義爲「你們」。支謙譯爲「汝等輩」。

漢語今譯：當時尊者大目乾連在餓鬼的親屬們那裡做樂施之後，明天用食物邀請佛和比丘僧。尊者大目乾連告訴餓鬼們：「明天用食物邀請世尊和比丘僧，你們都應當到來。」

三、結　語

漢譯本《撰集百緣經》表示複數的第一、二人稱代詞有 8 個，使用了 199 次。其中，用「我」、「吾」、「汝」表示複數，使用了 70 次，占 35%，這表明漢譯本《撰集百緣經》用單數形式表示複數語義佔有一定的比例，存在著單、複數形式混用的現象。另外，在漢譯本《撰集百緣經》表示複數的代詞中，復音代詞有 5 個（雙音節詞 3 個：「我等」、「汝等」、「卿等」；三音節詞 2 個：「我等輩」、「汝等輩」)，使用頻率較高，129 次，占 65%，這說明漢譯本《撰集百緣經》表示複數的第一、二人稱代詞是區分單、複數形式的。也就是說，漢譯本《撰集百緣經》在表示複數的第一、二人稱代詞的使用上，既區分單、複數形式，但又不是很嚴格，存在著單、複數形式混用的現象。

從梵、漢本《撰集百緣經》表示複數的第一、二人稱代詞的對勘情況來看，表示複數的第一人稱代詞「我」、「我等」、「我等輩」、「吾」對譯梵語第一人稱代詞的複數；表示複數的第二人稱代詞「汝」、「汝等」、「汝等輩」對譯梵語第二人稱代詞的複數、對譯梵語表示敬稱的第二人稱代詞 bhavat 的複數、對譯梵語動詞變位的第二人稱複數語尾。

四、餘論：漢譯本《撰集百緣經》的翻譯年代

我們知道，在上古漢語中，漢語代詞的單、複數同形，如：「吾」、「我」既可以表示第一人稱代詞的單數，也可以表示第一人稱代詞的複數；「汝」、「爾」既可以表示第二人稱代詞的單數，也可以表示第二人稱代詞的複數。在魏晉南北朝時期的中土文獻中，「等」、「輩」、「曹」附於「我」、「汝」、「爾」之後較少見，其名詞性強、意義明確、形式不固定、使用頻率較低，學術界多數學者仍然不把「我等」、「我輩」、「我曹」、「汝等」、「汝輩」、「汝曹」等形式看作第一、二人稱代詞的複數形式〔註 7〕。據研究〔註 8〕，在魏晉南北朝時期的漢譯佛典中，

〔註 7〕 參看龍國富（2008）。

漢語人稱代詞的單、複數形式已經有所區別，到了《妙法蓮華經》時代，漢語的第一、二人稱代詞已經嚴格區分單、複數形式，也就是說漢語第一、二人稱代詞單、複數不同形的格局已經形成，並出現了固定的複數形式，佛經翻譯對於漢語複數代詞的發展起著重要的作用。

漢譯本《撰集百緣經》表示複數的第一、二人稱代詞既區分單、複數形式，但又不是嚴格地區分單、複數形式，存在著單、複數形式混用的現象，這從一個方面說明漢譯本《撰集百緣經》正處在漢語複數代詞發展的初始階段。由此，我們認爲：漢譯本《撰集百緣經》的翻譯年代應該是在西元三世紀左右，不應當晚至西元六世紀，也就是說不應當晚至《妙法蓮華經》的翻譯年代。

參考文獻

1. 季羨林，1985，《原始佛教的語言問題》，中國社會科學出版社。
2. 龍國富，2005，《〈法華經〉虛詞研究》，中國社會科學院博士後報告。
3. 龍國富，2008，從梵漢對勘看早期翻譯對譯經人稱代詞數的影響，《外語教學與研究》第 5 期，頁 218～223。
4. 斯坦茨勒（A.Stenzler）1996，《梵文基礎讀本》，季羨林譯，段晴、錢文忠續補，北京大學出版社。
5. 許理和（E.Zücher）1987，最早的佛經譯文中的東漢口語成分，蔣紹愚譯，《語言學論叢》（第十四輯）商務印書館，頁 197～225。
6. 朱慶之，1993，漢譯佛典語文中的原典影響初探，《中國語文》第 5 期，頁 379～385。
7. 朱冠明，2005，《中古漢譯佛典語法專題研究》，北京大學博士後報告。
8. 郭良鋆，1988，梵語佛教文學概述，《南亞研究》第 2 期。
9. Edgerton.F.　1953　*Buddhist Hybrid Sanskrit Grammar and Dictionary*，New Heaven：Yela University Press.

〔註 8〕 參看朱慶之（1993）、龍國富（2008）。

《洛陽伽藍記》的心理活動動詞

蕭　紅

（武漢大學　文學院）

《洛陽伽藍記》（以下簡稱《洛》）是北魏的一部重要語料，保留了相當多的口語成分。心理活動動詞是動詞中的一個小類，但使用頻率較高，具有較重要地位。本文擬探討《洛》中此類動詞的特點，包括新詞新義、用於各句式的情況、與其他詞語結合的能力、同義近義詞的區別、活用等情況。在判斷《洛》中動詞發展狀況時，我們以《辭源》、《漢語大字典》、《漢語大詞典》等辭書為參照對象，並與《論衡》、《搜神記》、《百喻經》、《世說新語》、《遊仙窟》等文獻進行比較（見附表）。

我們所說的心理活動動詞是指表達人的心理活動、複雜情感等動詞〔註1〕。《洛》中表達感情、心理活動的詞語非常豐富，我們可以按照其所表達的感情傾向和意義類型歸納為喜愛、哀愁、恨怒、愧悔、敬贊、驚疑、憐惜、恐懼、知覺、夢想等。其中尤以哀愁類詞語最為豐富，這可能與本書內容有關，作者本意就是想通過記載佛寺、國事的興衰表達自己的「黍離之悲」。

一、《洛》中各類心理活動動詞

（一）喜　愛

《洛》中不少動詞同時兼有喜悅和愛好義。表示喜悅的有「喜、快、樂、忻悕、懽」。「喜」僅 1 例，在句中作主語，即「喜怒不形於色。」（146，指例句在《洛》第 146 頁，下仿此。又，「喜」在《洛》中有兩種用法，另一是副詞，表示「經常」，如「夏喜暴雨」，是魏晉南北朝時期新出現的意義和用法，但與本文的討論無關。）在《洛》中，不及物動詞「快」活用作使動動詞，後直接帶賓語，1 例，即「快賊莽之心。」（38）「樂」表示「喜悅」的用例比它表示「愛好」的用例少，有 2 例，如：「年登俗樂」（162）。「忻悕」1 例，細緻刻畫出觀眾看雜技魔術時又是歡喜又是驚恐的那種複雜的心理活動，即「見之莫不忻悕」（154）。《漢語大詞典》只收錄了其近義詞「忻悚」（唐韓愈例）。到中古

〔註 1〕《洛》中有些動詞也表示類似的心理活動，但是因為它們用於人以外的動物或自然現象等，而我們所說「心理活動動詞」只限於人類，所以我們沒有把它們放在這裏討論，而是歸入「自然動詞」等類中。這些動詞有「驚怖、迷」等等。《洛》中動詞「驚怖」可用於人（3 例），也可用於獸（1 例）；動詞「迷」用於鳥類，「何候鳥之迷方」，義為「迷失（方向）」；「哀轉」的主語不是人或實物，即「笳聲哀轉」。

漢語裏，「懽」與行為動作動詞組合成詞或詞組使用的現象較常見，這從《漢語大詞典》所錄「懽笑、懽迎、懽服、懽聚」等最早書證出自漢代即可看出。《洛》中有「懽叫、懽舞」，「懽」不單獨充任謂語，也反映出時代的一個特點。

表示「愛好」時，如「悅、嗜、樂、愛、好、賞、愛尚、傾心、寵、幸」，除了「傾心」外，一般帶有賓語。其中一些動詞如「樂、愛、嗜、好」常連用，作為並列謂語出現，如「樂山愛水」(108)、「好勇嗜酒」(80)、「愛人好士」(176)、「好」或與反義詞「惡」連用，如「好生惡殺」(174)，這從一個側面反映出本書語言表達形式上的「四字格」傾向。在這幾個動詞中，「好」的用法相對來說更靈活些，使用頻率較高。它所帶的賓語可以是名詞、雙音動詞、動賓詞組；「好」的對象可以是人、實物、行為動作或某種抽象的理念；有時受副詞「唯、不」或助動詞「得」等修飾。「愛」的使用頻率比「好」低，對象範圍也較之略窄，可以是人、實物或某種抽象的理念、品格，但無行為動作，賓語一般是代詞「之」、名詞或名詞性詞組，有時受副詞「甚」修飾。「嗜」的對象限於飲食方面，如「酒、口味」，隱含有「上癮」的意味。「樂」的對象為實物或某種抽象的東西，如「山、雙聲語、中國土風」等等。《洛》中「悅」沒有表示喜悅的例子，只表示愛好，對象是美色或動聽的話語，有時出現在連動式中，與其他動詞帶一個共同賓語，賓語一般是代詞「之」，如「人見而悅近之」(160)。表示「愛好、賞識」義的「賞」出現在被動句式「為……所……」式中，如「遠為神仙所賞」(92)。雙音動詞「愛尚」、「傾心」都是中古時期出現的，使用頻率都不高。「愛尚」的賓語是名詞，對象是實物，如「文籍」。「傾心」的對象一般是人，《洛》中用於連動式，即「是以朝廷傾心送之」(158)。《洛》中動詞「幸」的意義和用法比《論衡》等中動詞「親、幸」窄，《論衡》中動詞「親、幸」通常表示地位尊貴的人對地位低的人的喜愛，《洛》中「幸」只表示君主寵愛嬪妃。《洛》中與「親、幸」意義和用法相似的是動詞「寵」，也沿用自上古漢語，在《洛》中較常見。

表示「思慕、嚮往」的動詞有「慕、歸仰」。其中，「慕」的行為者一般是在下者（地位、道德、學識等方面較低），對象是某種抽象的品德、理念、情況，如「義、風、清塵」等等。這裡需要說明的是，雖然「慕」的這種意義產生於先秦，但是「慕化、慕義」等詞都是西漢以後產生的。所帶賓語都是名詞或名詞性詞組，有時出現在兼語式（爲第二個動詞）或連動式（第一個動詞）中。表示「羡慕、貪慕」的有「慕、歎羡」，與「貪、圖」義相近。「慕」的對象有抽象的情況，如「慕勢」，在句中用作主語或定語；也有實物，如「王侯八珍」。「歎羡」的對象是具體的實物「財產」，即「卿之財產，應得抗衡。何爲歎羡，以至於此？（166）」（《漢語大詞典》舉唐白居易詩爲「歎羡」的最早書證，略晚。）

（二）敬　佩

《洛》中表示恭敬、敬佩、信服義的動詞有「欽、敬、重、器、服、歎服、歎伏、偏重、欽重、敬重、禮敬、信崇、崇奉」，都是及物動詞。「欽、敬、服、重」都是沿用自上古漢語的心理動詞，其賓語是代詞「之」、名詞或名詞性詞組，對象一般是人，有時是實物，有時是某種抽象的道德、品行甚至神秘的天命。其中，「欽、敬」意義相同，用法稍別。「欽」一般用於比較莊重、正式的場合，1 例，如「鄰國欽其模楷」（118）。「敬」出現場合似乎沒有那麼多限制，可以是莊重、正式的場合，1 例，詔書中「敬之哉」（100）；也可以是家庭內部、夫妻之間，1 例，「綜甚敬之（72，「之」代綜妻）」。「服」除了表示「敬佩」義外，隱含有「信服」意味，2 例，如「朝貴服其清廉」（166）。「歎服」、「歎伏」的意義與「服」相近，「伏」表示「佩服、信服」義，是中古漢語裏出現的新義。《洛》中例如「觀者忘疲，莫不歎服」（154）；「議者咸歎季明不避強禦，莫不歎伏焉」（100）。「信崇」表示對佛教的崇敬、信仰，1 例，《漢語大詞典》以此作爲最早書證，即「信崇三寶」（74）。「崇奉」的例子如「崇奉佛教」（210）。「重」有兩種意義，一種較早產生，表示「看重、重視」，如「重文藻」（144）；一是表示「尊敬、敬佩」義，是中古時期新出現的意義，如「北人安可不重？」（108，《漢語大詞典》此詞最早舉宋范仲淹詩例，惜晚。）由「重」組成的雙音動詞在《洛》中也不少，多是與同義近義詞構成並列式合成詞，如「欽重、敬重」，還有偏正式合成詞，如「偏重」。如「欽重北人，特異於常」（108）；「甚敬重之」（166）；「夫偏重者，愛昔先民之由樸由純」（90）。這些雙音動詞都是中古時期出現的。「器」表示「器重」，用於被動句「爲……所……式」，屬於名詞活用爲動詞，1 例，即「爲高祖所器」。此類動詞還有一個顯著特點是出現了一些與佛教有關的動詞如「禮敬」，2 例，如「是以道俗禮敬之（166）」。這些與佛教有關的心理動詞在同時期的《百喻經》、《世說新語》等書中也出現了，反映出鮮明的時代特色。

（三）哀　愁

《洛》中表示悲哀、痛苦、憂愁義的動詞有「悲、哀、憂、愁、痛、苦、悲慟、（含）悲、悲哀、哀慟、哀辛、哀戚、傷懷、心寒」。這類動詞中，除了「悲、哀、憂、悲哀」是沿用自上古漢語之外，其他動詞都是中古時期新出現的。從最初的意義來看，有聲無淚曰悲，「悲」強調比較外在化的痛苦，應與同樣強調公開、禮儀場合的「哭」聯繫密切。「哀」指「傷悼」，與「悲」相比，它更著意於內心的痛苦。在《洛》中「哀」表示「傷悼」或「憐愛」的兩種意義都有用例。不過我們認爲「哭、泣」到南北朝時期已經開始走向融合〔註 2〕，「悲、哀」的也逐漸趨同，如「悲哀之聲」、「悲泣」等用例就說

〔註 2〕何莫邪（1998）對《左傳》中「哭」、「泣」的用法作了窮盡性的考察，認爲「哭」與聲音密切相關，一般是禮儀性的行爲，行爲者一般是男性成人，嬰兒只有泣；「泣」與淚水密切相關，一般是表達個人的情感，行爲者一般是婦女和兒童。他的分析指出了兩個常見動詞的區別，很有説服力。到了《洛》中，這兩個動詞（含由其構成的雙音動詞）的出現頻率分別爲 2：6，「哭」與「泣」分別與聲音和淚水相關的意義分別仍然存在，如：群胡慟哭，聲振京師。（《城内・永寧寺》）/此像悲泣如初。（《城東・平等寺》）「哭」與「聲」相呼應；佛像是無聲的，只有流淚。不過我們也發現，在《洛》、《世説新語》等中，「哭、泣」的意義和用法已經開始模糊化，如行爲者不再嚴格區分男女長幼身份，「哭」可用於女性和兒童，如：太后哭曰：「養虎自齧，長虺成蛇！」（《洛・城東・平等寺》）/桓南郡年五歲。……玄應聲慟哭，酸感路人。（《世説新語・豪爽》）「泣」則男女老幼均可，如：泣請梁朝。（《城東・平等寺》）/所將江淮子弟五千人，莫不解甲相泣，握手成別。（同前）/見者莫不悲泣。（城内・昭儀尼寺）/因即悲泣。（卷四・追先寺）/胡人見之，莫不悲泣。（城北）二詞在禮儀性或是單純表達個人情感上的區別也開始模糊，「哭」可以表達個人情感，如《百喻經》中「啼泣」、「啼哭」並用，其「還來家中，啼哭懊惱」（《雇倩瓦師喻》）例中，「哭」即是一種個人情感的表達，而非公開場合的禮儀性行爲。「泣」也可以是禮儀性的，如《洛・城北》胡人看到太子把兒女施捨給婆羅門的畫像而悲泣。「哭」已與代表「泣」特徵的眼淚、鼻涕密切聯繫。如：人問之曰：「卿憑重桓乃爾，哭之狀其可見乎？」顧曰：「鼻如廣莫長風，眼如懸河決溜。」或曰：「聲如震雷破山，淚如傾河注海。」（《世説新語・言語》）這説明，在南北朝時期，「哭、泣」這兩個動詞之間的界限已經有模糊化的傾向，不過在特定場合，強調流淚或出聲的時候，「哭、泣」的分別還是比較清楚的。

明了這一點。到了《洛》中，「憂、悲」主要用作句子主語。「哀」用於連動式中，與後一動詞帶一共同賓語。除了「悲、哀、憂」是及物動詞外，其他動詞都是不及物動詞，不帶賓語，有時連用作並列謂語，如「延伯悲惜哀慟」（158）。「愁」作「懷」的賓語，「腸中不懷愁」（87）。（「懷」表示「心中存有」義，所帶賓語爲心理動詞或抽象的學識、道德等，是中古漢語中出現的意義和用法。在《洛》中常見，如「懷恨、懷愁、各懷二望、懷貪心、懷彼我、懷異慮、懷保定、內懷鄙吝、懷雅術」等等。）「痛」作主語，「痛齊鉗齒」。「苦」後帶賓語，屬於意動用法，表示「以爲苦」，是漢以後出現的意義和用法，《洛》中 1 例，即「吳人苦之」（72）。此類動詞一般是某人（或擬人化的佛像）對其他人、物、現象表達同情或憂傷之情。

（四）恨　怒

此類動詞包括四種：一種是表示「遺憾、後悔」義的動詞，有「恨、怨、悽恨、後悔、歎惋」。「恨」3 次，往往作兼語句式的第一個動詞，如「不恨我不見石崇，恨石崇不見我」（165）；帶連動式、動補結構作賓語，如「恨不能鑽地一出，醉此山門」（94）。「恨」表示「怨恨」義在先秦已有，表示「遺憾」是西漢以後出現的意義，在魏晉南北朝時期後者佔有優勢。《洛》中「恨」表示「怨恨」1 例，作賓語，如「生死無恨」（43）；與它同時期的《搜神記》、《世說新語》（張萬起 1993）等中，「恨」表示「遺憾」義的用例也都高於表示「怨恨」義的用例。動賓式合成詞「懷恨」中「恨」仍表示「遺憾」，1 例，即「懷恨出國門」（46）。「悽恨」表示悲傷遺憾的情感，1 例，即「後會難期，以爲悽恨！」（121）此例被《漢語大詞典》舉爲「悽恨」一詞的最早例證。東漢以後「悽」發展的一個特點即與其他心理動詞構成的聯合式合成詞增多，《洛》中情況符合這一趨勢。「後悔」作賓語，1 例，即「勿貽後悔」（38）。「歎惋」1 例，用於連動式，即「見之歎惋」（166）。由「歎」構成的雙音心理動詞在中古漢語裏迅速增多，如「歎服、歎伏、歎羨、歎惋、歎惜、歎賞」等都是此期新產生的，「歎息」表示「讚歎、歎美」義的用法也產生於此期。《洛》中由「歎」組成的心理活動動詞較常見，反映出時代特點。

一種是表示「怨恨」義的動詞，有「怨、嗟怨、怨望、仇忌」。「怨」作謂語，由於前面有「相」，後面不帶賓語，「死生相怨」（35）；作「告」的賓語，「豈直金版告怨，大鳥感德而已！」（98）」。「怨望、嗟怨、仇忌」是中古漢語裏產生的，其中「嗟怨」1例，不帶賓語，即「百姓嗟怨」（210）。「望」表示「怨恨」義是中古漢語裏出現的新義，它與「怨」構成聯合式合成詞，1例，即「皇宗怨望，入議者莫肯致言」（32）。「仇忌」1例，帶賓語，即「仇忌勳德」（98）。此例被《漢語大詞典》作爲「仇忌」的最早書證。

一種是表示厭惡的動詞，有「惡」。《洛》中動詞「厭」仍表示「滿足」義，我們歸入第9類，承擔「厭惡」義的動詞還是「惡」，是及物動詞，賓語是動詞、代詞「之」，與「好＋賓語」組成並列謂語或出現在連動式中。如「好生惡殺」（174）；「寺門無何都崩，天光見而惡之」（154）。

一種是表示憤怒意義的動詞，有「怒、忿、忿怒、瞋怒」。《洛》中「怒、忿」只表示「憤怒」義，不表示「怨恨」義，是不及物動詞，一般在句中作謂語，有時作定語、狀語或主語。「怒」有時出現在連動式中。雙音動詞「忿怒、瞋怒」都出現在《洛》第五卷宋雲、惠生出使西域的記載中，行爲者是「龍王」。「瞋怒」是中古漢語裏新出現的動詞，在內容與佛教關係密切的文獻中較常見。

（五）羞　愧

表示「愧對」的「慚、愧」意義和用法均相似，都是及物動詞，對象是人、話語、行爲等，賓語是名詞、代詞或名詞性詞組，「慚」3例，「愧」4例，有時作兼語式的第二動詞，如「使梁王愧兔園之游，陳思慚雀臺之讌」（144）。《洛》中「慚」沒有中古漢語新出現的「感謝」義的用例。表示「羞愧」的「愧」作賓語，即「赧然興愧」（99）。「恥」表示「羞愧、羞恥」，2例，不及物動詞，不帶賓語，有時出現在連動式中，如「皆恥不復食」（126）。「恥」帶賓語（代詞或動詞短語）時爲意動用法，2例，即「以……爲羞恥」，如「有識之士，咸共恥之」（88）；「寶夤恥與夷人同列」（131）。

（六）驚　疑

此類包括三種意義和用法的動詞：一種是表示懷疑義的動詞，有「疑、猜」，都是及物動詞。其中，「疑」的使用頻率較高，5例，有4例作兼語式的第一個動詞，如「人疑賣棺者貨涵發此言也」（137）。1例由「於」引進對象，「卿乃明白疑於必然」（38）。對象是人或物。「猜」的用例較少，1例，用於連動式中，對象是人，賓語是代詞，即「棄劍猜我」(38)。

一種是表示驚訝、驚慌義的動詞，有「怪、怪復、異、驚怖、驚魂、驚駭、動魄、愕然、惶懼、草草」。其中，「怪、異」意義相同，表示「訝異」。「怪」的使用頻率（8 例）比「異」(3 例）高，可用於疑問句，賓語是代詞、名詞等，如「陛下何怪也？」(102)；「汝南王聞而異之」(82)。附加式合成詞「怪復」由「怪＋尾碼『復』」構成，是中古新出現的雙音動詞。在《洛》中用於連動式，與後一動詞帶共同的賓語「之」，即「朱異怪復問之」(108)。「驚怖、驚魂、驚駭、動魄、愕然、惶懼、草草、不安」都是不及物動詞，多出現在連動式中。如「暢聞驚怖曰……」(136)；「驚駭未出」(34)；「嗣宗聞之動魄，叔夜聽此驚魂」(94)；「梁氏惶懼，捨宅以爲寺」(162)；「世隆等愕然」(102)；「二十日洛中草草，猶自不安」(34)。其中，「驚魂」、「動魄」爲了行文對仗而分用。「驚心動魄」是南北朝時期習語，「驚魂動魄」與之意義用法類似，應屬於成語在形成過程中、尚未穩固的表現。「驚魂、動魄」都是動賓式合成詞。「惶懼、愕然」是中古漢語裏出現的。

一種是表示迷惑義的動詞，有「惑、亂、迷」。「惑」是不及物動詞，帶賓語時屬於使動用法，對象也是人，即「帝聞而惡之，以爲惑眾」(61)。「迷、亂」的用例如「目亂精迷」(59)；「飲至一石，神不亂常」(109)。

（七）恐　怕

此類動詞包括兩種：一種是表示「擔心」的動詞，有「恐、懼、慮」。「恐」多用作兼語式的第一個動詞，3 例，如「恐人侵奪」(218)。帶偏正結構作賓語 1 例，「恐不吉反」(220)。「懼」受副詞「大」修飾，如「大懼崩淪」(98)。「慮」表示「顧慮、爲未來某事擔憂」，是中古漢語產生的新義，《洛》中 2 例，可用於兼語式，如「復慮大塔破壞」(218)。

一種是表示「害怕」的動詞，有「懼、畏、憚、駭、〔怖〕、顧」。除了「畏、憚」外，一般不帶賓語。「畏」的使用頻率較高，4 次，賓語是名詞、名詞性詞組或動詞性詞組，對象是自然現象、實物或行爲動作，隱含「敬服」義，即「涵性畏日，又畏水火及兵刃之屬」(136)；「不畏張弓拔刀，唯畏白墮春醪」(160)。「憚」在先秦的用例一般是「畏懼、畏難」義，表示「敬畏」義、與「畏」意義和用法相近是中古時期產生的。在《論衡》、《百喻經》等中「憚」的用例仍都表示「畏難」義，沒有表示「敬畏」的例子。而在《洛》中「憚」的用例卻反映出這種新義，其賓語是名詞性詞組，對象是人，即「莫不憚其進止」（166）。《洛》中「懼、駭」多參與構成合成詞，如我們歸入第 6 類的「惶懼、驚駭」等。它們作爲單音動詞的用例較少，各 1 例。「懼」用於連動式，即「岩懼而出之」（160）。「駭」本是不及物動詞，後帶賓語，屬於使動用法，即「駭人心目」（20）。「怖」在《洛》中沒有單獨使用的例子，都是參與構成合成詞，如前面的「驚怖、忻怖」。表示「顧忌、忌憚」的動詞有「顧」，2 例，都受否定副詞「不」修飾，賓語是動詞，如「朋淫於家，不顧譏笑」（106）。

（八）憐　惜

這一類動詞有「悲惜、痛惜」。是魏晉南北朝時期出現的及物動詞，對象爲人或物。如「朝野痛惜焉」（156）。「悲惜」的用例出現在連動式中，如「莫不悲惜，垂淚而去」（47）；或用於並列謂語，如「延伯悲惜哀慟」（158）。

（九）知　覺

一種是表示「知道、瞭解」義的動詞，有「知、曉、詳、識、領、解、通解、闇、習、審、味」。「知」的使用頻率較高，22 例，用法也很靈活，帶名詞、名詞性詞組或「所」字詞組作賓語，用於兼語式也較常見。可用於疑問句、被動句等。受多個副詞修飾，如「未、不、方、始」，組成的動賓式合成詞「知名」。「曉」的使用範圍比「知」窄得多，5 例，《洛》中主要用於對語音、語義、文字等的理解、懂得。如「不曉懷磚之義」（86）；「至中國，即曉魏言及隸書」（154）。「詳」表示「詳盡、深入地瞭解」，用例較少，3 例，用於後人對史書、古籍等的瞭解。如「及詳其史，天下之惡皆歸焉」（81）。「識」用於對人、物、文字、風俗等的「識別、瞭解」，6 例，如「七塔南石銘，云如來手書，胡字分明，於今可識焉」（224）；「荀濟人非許郭，不識東家」（88）。「領」表示「瞭解、領略」，側重於主旨、要義的領會，是中古新出現的意義，在《洛》中用例較少，1 例，即「莫不領其玄奧，忘其褊恡焉」（154）。「解」（3 例）、「通解」（1 例）與「曉」的相同點在於都可用於對語言文字的理解、懂得，如「解魏語人」（200）；「凡所聞見，莫不通解」（154）。「闇」通「諳」，表示「熟悉、熟知」，是中古漢語中新出現的動詞，《洛》中 1 例，與佛教修行有關，「貧道立身以來，唯好講經，實不闇誦」(76)。「習」也是表示「熟悉、熟知」義，1 例，「京師士眾未習軍旅，雖皆義勇，力不從心」(44)。「審」含有「仔細考察、分辨然後知道」的意味，如「則知巫山弗及，未審蓬萊如何」(92)；「非皮非綵，莫能審之」(189)。「味」含有「體會」之義，對象往往是抽象的道理、學說等等，是漢以後出現的意義和用法。《洛》中用於對佛典的理解、認識，受「深」修飾，如「我皇帝深味大乘」(210)。

一種是表示「思考、考慮」義的動詞，有「復、惟、慮、思、思量、圖、謀、貪、度、量」。「復」通「覆」，指「考求」，即「卿宜三復」。動詞「惟」的用例見於禪位詔書，1 例，書面色彩較重，即「自惟寡薄，本枝疏遠，豈宜仰異天情，俯乖民望？」(98)。「慮」作「懷」的賓語，1 例，即「人懷異慮」(35)。「思」表示「思考」義的用例如「下帷覃思」(115)。「思量」是中古漢語中出現的動詞，《洛》中 2 例，前面受「即自、乃」等修飾，賓語都較長，是多個句子。如「兆悟覺，即自思量：城陽祿位隆重，未聞清貧，常自入其家採掠，本無金銀，此夢或眞」(148)。「圖」、「謀」在《洛》中表示陰謀、謀劃，例如「陰圖釁逆」(42)；「謀魏社稷」(38)。「圖」還表示「謀求」，與「貪」意義相近，如「豈圖六合之富？」(36)；「義利是圖」(38)；不過「貪」的使用較「圖」靈活，可以作謂語，或定語（貪心），作謂語時所帶賓語是名詞性詞組、動詞性詞組，如「太后貪秉朝政」(30)；有時用於連動式中，如「貪貨殺徽」(148)。「度、量」表示「估計」，各 1 例，「不度德量力」(32)。

一種是表示「覺悟」義的動詞，有「覺、悟、寤」。「悟」表示「感悟、理解、領悟」，2 例，即「隨春秋之所悟」(92)；「悟無爲以明心」(90)。(《洛》「悟覺」之「悟」通「寤」，表示「睡醒」義，不在此列。)「寤」通「悟」，表示「覺悟、領悟」，1 例，「於是學徒始寤」(61)。「覺」受否定副詞「不、未」修飾，賓語是動詞性詞組或小句等。其中「不覺」3 例，「未覺」1 例，如「維那輓之，不覺皮連骨離」(209)；「天地未覺生此」(92)。

一種是表示「懷念、回憶」義的動詞，有「思、思憶、追思、憶、懷、眷、念」。「思」2 例，如「思山念水」(94)，「以時思之」(188)。「思」與「憶」構成聯合式合成詞，是中古漢語裏產生的，1 例，即「思憶本鄉」(108)。「追思」，1 例，即「太后追思騰罪」(50)。「憶」的使用頻率略高（4 例），用法也較靈活，賓語是名詞、代詞、名詞性詞組或小句。如「方寸兮何所憶？」(94)；「頗憶纏綿時」(124)；「肅憶父非理受禍」(124)。「懷」1 例，即「民懷奧主」(98)。「眷」1 例，「天眷明德」(98)。「念」1 例，與「思＋賓語」構成聯合謂語。

（十）想　望

表示「希望、打算」的動詞有「思、望」。其中，「思」3 例，賓語是動詞或小句，如「劍客思奮」(158)；「思與億兆同茲大慶」(100)。「望」1 例，即「況今奉未言之兒，以臨天下，而望升平，其可得乎？」(30)。

表示「想像、想到」的動詞有「思議、想見、想」。其中，「思議」1 例，即「佛事精妙，不可思議」(20)。此例被《辭源》作爲成語「不可思議」的最早例證；「思議」一詞在《漢語大詞典》的最早書證是北齊的，略晚。除了「思議」，表示「想像」的動補式合成詞「想見」也是中古時期新出現的動詞，1 例，即「經過者想見綠珠之容也」(61)。「想」表示「想像」，2 例，有時用於連動式，即「聽以目達心想」(92)；「雖梁王兔苑想之不如也」(166)。動詞「言」在《洛》中出現了一種新意義和用法，表示「想到」，1 例，即「昔來聞死苦，何言身自當？」(47)「不意」表示「沒想到」，2 例，賓語是小句，如「不意兆不由舟楫，憑流而渡」(44)。

表示「做夢」的「夢」意義和用法一直比較穩定，6 例，賓語常爲小句。

我們把表示「容忍、信任、滿足、遺忘、靜心、感動」等義的動詞放在這裡討論。

表示「忍耐、容忍」義的動詞有「忍」，一直比較穩定，有時受副詞「不」修飾，賓語是動詞，如「不忍空去」(43)。

表示「信任」的動詞有「信」，從先秦以來一直很穩定，基本沒有變化。「信」的對象是人、物、話語或宗教等，賓語是名詞、代詞、名詞性詞組，有時用於兼語式。如「不信佛法」(210)；「時人未之信」(80)；「時有婆羅門不信是糞」(218)；「莊帝信其眞患」(96)。

表示「滿足」義的動詞有「厭」，也是保留的舊有動詞，《洛》中 2 例，一例出現在檄文中；一例出現在君主對臣下的訓話中，而且訓話的語言比較典雅，還穿插典故，這些表明「厭」的書面語色彩較強。如「直以天未厭亂，故逢成濟之禍」(100)。

表示「遺忘」的動詞有「忘」,一直也比較穩定,《洛》中作謂語共 7 例,出現在連動式、并列謂語等中,有時用於疑問句,賓語是名詞、代詞、動詞、形容詞等,如「遊以忘歸」(90);「既見義忘家」(166);「卿忘我耶?」(160)「忘」作賓語 1 例,即「不以山水爲忘」(90)。

表示「安心、靜心、排除雜念」等義的動詞有「安、慰、攝心、息心」。「安」活用爲動詞,帶賓語「之」,即「吏民安之」(118)。「慰」與「安」意義和用法相似,即「得此驗,用慰私心」(220)。雙音動詞「攝心、息心」都是中古漢語中新出現的動詞。其中,「攝心」與佛教修行密切相關,1 例,「沙門之體,必須攝心守道,志在禪誦」(77);實是淨行息心之所也(181)。

「感」表示「感動」,2 例,即「豈直金版告怨,大鳥感德而已!」(98);「悲哀之聲,感於行路」(162)。

《洛》中關於心理活動動詞的詞類活用現象中,有的我們在前面有關類別中已談到了,還有一些意動詞,特別是表示「認爲……輕、小、卑微、不重要」等義,我們一併放在這裡討論:形容詞活用爲意動動詞,如「卑、小、賤、輕」;名詞活用爲意動動詞,如「糠粃、錙銖」。它們全部帶名詞或名詞性賓語。

二、小　結

從《洛》心理活動動詞的發展情況看來,不少動詞的穩定性很強,其意義和用法的發展一直比較平穩,如「好、樂、嗜、寵、快、喜、欽、敬、服、慕、望、謀、識、畏、懼、駭、惑、亂、異、怪、草草、猜、疑、慚、愧、怒、忿、恥、惡、悲、哀、憂、悲哀、怨、恨、信、忘、知、厭、安、慰、夢、忍、覺、意、思、憶、懷、眷、念、悟、寤、貪、圖、解、習、審」等等,其中以單音動詞居多。

中古漢語裏出現了不少新的心理活動動詞,其中以雙音動詞爲多,如「忻怖、禮敬、愛尚、傾心、悽恨、怨望、嗟怨、仇忌、瞋怒、悲惜、痛惜、怪復、惶懼、愕然、思議、想見、思量、思憶、愁、痛、苦、悲慟、哀慟、哀辛、哀戚、傷懷、心寒、歎服、歎伏、歎羨、歎惋、歎惜、歎賞、攝心、息心」等。還有新出現的成語「不可思議」。不少新出現的動詞顯示出中古時期東傳的佛教文化對中土文獻的影響,如《洛》「禮敬、瞋怒」等詞就是同時期的《百喻經》

等中常見的動詞。

不少原有動詞的意義和用法也有了新的發展，如「重」表示「尊敬」，「闇」表示「熟悉」，「領」表示「領略、瞭解」，「慮」表示「顧慮」，「憚」表示「敬畏」，「言」表示「想到」，「慕」擴大了組合範圍，如「慕化、慕義」等詞都是漢以後產生的，「味」表示「體會」是漢以後出現的新義，「恨」表示「遺憾」在魏晉南北朝時期佔優勢等。這些特點在《洛》中都有明顯表現。

《洛》心理動詞用於各句式以及和其他詞語結合能力的情況不一，其中，用於兼語式第一動詞的「恐、恨、解、想、疑」。用於連動式的「愛尙、慕、哀、怒、悲惜、想、貪、忘、懷恨、思、悟、悅、怪、懼、驚心、動魄、惡、恨、恥、驚駭、驚怖、攝心」。作並列謂語的「歡、樂、愛、嗜、好、哀慟、悲惜、覺、思、度、量、畏、輕、貴、賤、哀慟、樂、惡」。賓語方面，帶名詞、代詞、名詞性或代詞性賓語的動詞最多，帶名詞性賓語的有「解、忘、憶、思、追思、思憶、度、量、識、謀、曉、領、眷、感、習、想見、貪、圖、知、信、信崇、駭、畏、輕、小、糠粃、錙銖、美、怪、卑、貴、賤、崇奉、亂、夢、嗜、慕、樂、好、愛、服、重、欽、欽重、快、仇忌、愧、慚、惑、慰、味」。帶代詞性賓語的有「忘、憶、思、識、悅、審、知、安、信、苦、怪、痛惜、好、愛、重、禮敬、敬重、敬、惡、恥、慚、異、猜」。其次是帶動詞性賓語的動詞，有「覺、思、悟、闇、忍、貪、圖、知、畏、恐、懼、憚、夢、好、恥、厭」。常帶小句賓語的是「憶、覺、恨、不意、思、惟、審、知、信、恐、夢」。「思量」最特殊，帶多個句子作賓語。不帶賓語的有「傷懷、懷恨、思議、思量、寤、識、惶懼、榮辱、忻怖、嗟怨、哀慟、哀、悲惜、悲慟、樂、好、怒、忿怒、嗔怒、怨、怨望、恥、驚怖、驚駭、愕然、草草」，這裡面，不能帶賓語的動詞占多數；個別動詞本可帶賓語，但賓語承前省略了，如「思量、好」，或前面有「相」，如「怨」，或是受事主語，如「識」。補語方面，帶補語的只有「憶、好、恨」。所用句式方面，作被動句謂語的是「器、賞、知、禮敬」；作疑問句謂語的是「忘、憶、知、怪、重」，沒有作雙賓語式謂語的動詞。除了作謂語的主要功能外，作賓語的有「念、哀戚、愧、悲、恨、後悔」。作中心語的有「感、悲」。作定語的有「悲、悲哀、忿、息心」。作主語的有「（篤）信、喜、怒」。與「所」組成「所」字詞組的有「悟、識、知、美、好、異」，組成「者」字詞組的有「偏重、異」。用「於」引進對象的有「感、疑」。可見，《洛》心理動詞中，「知覺」類動詞用法最靈活，「哀愁」類動詞其次，「恨怒」、「恐懼」、「想望」類動詞又次，接下來是「喜愛」類，「驚疑」類、「敬佩」類、「愧悔」類、「相信」類、「容忍」類、「憐惜」類、其他類。

總之，《洛》中心理活動動詞與魏晉南北朝時期同類動詞發展的趨勢是一致的，具有鮮明的時代特點。

參考文獻

1. 《辭源》，商務印書館，1988 年。
2. 《漢語大字典》，四川辭書出版社、湖北辭書出版社，1992 年。
3. 《漢語大詞典》，漢語大詞典出版社，1994 年。
4. 何莫邪，1998，上古漢語「哭」「泣」辨，《第二屆國際古漢語語法研討會論文選編・古漢語語法論集》，語文出版社。

附錄一：引書目錄

1. 周祖謨《洛陽伽藍記校釋》，中華書局 1963 年。
2. 《搜神記・世説新語》，嶽麓書社 1989 年。
3. 黄暉《論衡校釋》，中華書局 1990 年。
4. 張萬起《世説新語詞典》，商務印書館 1993 年。
5. 周紹良《百喻經譯注》，中華書局 1993 年。
6. 《旌異記》，《古小説鉤沉》，齊魯書社 1997 年。
7. 《遊仙窟》，《唐宋傳奇集・附錄》，齊魯書社 1997 年。

附錄二：附　表

	論　衡	搜神記	百喻經	洛陽伽藍記	旌異記	遊仙窟
喜愛	說／喜／愛／愛好／親／幸／好／歡／慕／寵／貴／貴重／欣／歡喜／樂／歡忻／懽／快／重／愜／親愛／嗜／思慕／娛／娛快／悅／悅喜／悅懌／說喜／說豫／尊寵／美	好／豪／樂／喜悅／嘉／貴尚／喜／愛／悅／嗜／利／重／安／愛念／忻然／頤／恩愛／歡／快／慈憐／愛惜	樂／愛／歡喜／快／快樂／親愛／欣然／寵遇／歡娛／踴悅／喜踴／喜躍	悅／嗜／樂／愛／好／慕／愛尚／喜／快／懽／寵／幸／傾心／歎羨／忻怖		慕／樂／娛／愛／開懷／愜意／歡樂／憐／歡娛／得意／甘心／賞心／快

敬佩	謹敬／敬／敬慕／敬畏／重敬／尊重	敬服／敬／高／欽／雅重／尊	渴仰／恭敬／敬服	欽／敬／重／服／賞／偏重／欽重／敬重／禮敬／崇奉／歎服／歎伏	尊重／歸心／發心	傾仰
哀愁	哀／哀憐／哀痛／傷／憂心／惆悵／傷痛／患／悲／悲恨／悲傷／悲痛／愁／惆悵／愁然／煩亂／煩擾／煩憂／感慟／苦／惻痛／惻怛／悽愴／傷痛／傷心／失意／痛心／慟／痛苦／憂懼／憂／憂念／冤痛	哀驚／厭苦／患／憂戚／哀悼／嫌／憂感／悲感／悲喜／憂惱／冤痛／憂／愴然／哀苦／憂愁／憂懼／悲／悵然／含憂／哀毀／哀慟／介意／苦／哀／哀喜／悲苦／悲哀／悲傷／感傷／悲惋／痛感／悵恨／懊惋／痛／哀傷／悵惘／哀割	苦痛／患／苦惱／憂苦／懊惱／憂念／愁	悲／哀／憂／悲慟／悲哀／哀轉／哀慟／哀辛／哀戚／傷懷／心寒／苦		愁／傷心／悵怏／惻悵／傷／哀／悲／慘／淒／傷／不平／傷神
恨怒	憎／恨／惡／怨恨／忿／恚恨／怒／發怒／嫉／嫉妒／妒／讒嫉／嫉惡／憤／憤恨／忿恨／忿怒／恨恚／恨怨／懷恨／恚／恚怒／忌惡／惡／怨／怨恨／怨恚／怨苦／怨痛／慍恚／憎惡／憎怨	恨／怒／激怒／惡／妒忌／悵恨／震怒／忿恨／怨／憎／忿怨／矜	厭／瞋恚／怨責／尤嫉／嫌／疲厭／怨／煩惱／惱亂／忿／憎嫉／嫉惡／嫉妒／愁憂／愁悴／愁／惱／惡／瞋忿／毒恚／悔恨／恚恨	惡／怒／恨／忿／怨／忿怒／瞋怒／嗟怨／怨望／仇忌／懷恨／悽恨	厭離／懷忿	怨／嫌／忿／念／煩惱／恨／妒／惱／悵恨
愧悔	慚恚／恥／改悔／慚／慚愧／恥辱／感慚／悔／愧／媿／慊／羞／羞恥	恥／羞／中悔／慚感／慚／愧／辱／羞愧	悔／慚愧／恚悔／恥／羞／醜	後悔／慚／恥／愧	慚悔	羞／含羞／恥／慚／辱／愧
驚疑	怪／疑／疑惑／徨惑／狐疑／驚／驚駭／愕然／惑／惑蔽／惑亂／憒憒／昏亂／悖亂／煩亂／迷惑／迷亂／奇／異／意疑／愚惑／震驚	驚怪／驚／怪／疑／惑／驚恐／愕懼／驚惶／驚愕／惶懼／惶遽／誑惑／驚怖／亂／驚愓／驚駭／迷惑／異／驚喜／忙怕／驚遽／愕／驚惋／荒忙／驚懼／驚怖／驚悚／驚擾／訝	惑著／疑惑／惑／愚惑／怪／迷失／惑亂／誑惑／愕然／倒惑／驚怖／怖急／迷亂／怪／疑	疑／猜／惑／驚怖／驚魂／動魄／驚駭／愕然／惶懼／草草／不安／異／怪復／亂	疑／怪／驚亂／驚訝	疑／迷亂／驚／倡狂／迷惑／迷／惑／相怪／惶惑／心虛

憐惜	惻隱／矜／憫／閔／念／惜	哀惜／哀／悲惜／惜／憐／愍悼／哀愍／愍／憫	憐愍／祕惜	悲惜／痛惜／歎惋		吝惜／憐／憐愍／惜
恐懼	戒懼／恐／畏／懼／怵惕／憚／戒慎／駭／惶惑／惶恐／惶懼／悅惑／惑／惑蔽／惑亂／恐駭／恐懼／戒／怕／怯／畏懼／畏忌	恐／駭異／畏懼／懼／震恐／怖／恐動／畏／懼怕／怖懼／畏忌／恚／惶惋／憂恐／忿懊／恐怖／惶怖／怯弱／不安	情憚／憚／畏／惶怖／怖畏／畏懼／怖怯／怖／恐	恐／懼／慮／畏／憚／怖	駭懼／怯怕／憂懼／怖／驚異／恐	恐／畏／怕／辭憚／不辭
容忍	忍	耐／忍／容	忍／忍受	忍	忍	耐／忍／忍耐
知覺	知／思／謀／識／發覺／覺／曉／謀／夢／測／感／感動／解／警悟／覺悟／覺知／究／究達／慮／識別／思慮／思念／思索／思省／惟／悟／習／曉解／曉知／曉見／意識／意思／幽思／振感	知／感悟／通／志／悟／省／測／憶／識／忘／不意／知復／詳／識別／內省／懷道／心悟／解／曉／不覺／念／思惟／意悟／顧念／了悟／結念／感激／感徹	知／悟／解／念言／思念／了知／明達／思量／不顧／不覺／閑／思／慮／曉／達／識／思惟／感	知／曉／詳／悟／寤／識／領／解／通解／復／惟／習／思議／思憶／憶／闇／謀／審／以爲／言／追思／懷／眷／念／忘／感	測／憶／忘／	隱／覺／憶／照知／知／夢見／驚覺／相識／忘／識／測／謂言／不覺／憶念／慮／知道／解／審／存／關懷
想望	欲／欲望／冀／冀望／貪／念／計／計度／計畫／眷／料／料計／夢／夢見／謂／存想／幸冀	思（雨）／夢／欽想／思念／圖／貪／念／自分／夢見／意／慮／悲思／意欲／冀／以爲／謂	擬／望／冀望／計／貪／念／願樂／妄想／樂想／貪著／願／耽著／希心／想念／希望／意欲／以爲／謂	想見／想／夢／欲／擬／望／圖／貪	欲／望／希	欲／相思／想／望／承望／貪／擬／伏願／尋思／念／希
相信	信／自信／堅信／相信／信從／信向	信／趨信／相信	信服／信／服信	信	信	

東漢佛經中的「X＋是」

席　嘉

（武漢大學　文學院）

摘　要

東漢佛經中出現在「是」前面的副詞有三十多個，還有連詞、助動詞、動詞前置於「是」的用例，這些「X＋是」的「是」都是謂詞性的，但不一定都表示判斷；非判斷的「是」，基本語法意義是「肯定／強調」。本文以對東漢佛經中「X＋是」的系統考察爲基礎，通過對「是」演化前後的分佈狀況和語義關係的分析，認爲「是」表示強調和它做判斷詞一樣，是從指示代詞直接演化而來。

一、引　言

「是」是漢語中最基本的判斷詞，但語法功能又超出表判斷，根據學者們的意見，還有表示肯定、強調、作焦點標記等用法。石毓智、李納（2001）提出「指示代詞→判斷動詞→焦點標記」這樣一個演化過程；張誼生（2003）認爲「是」由判斷動詞演化爲焦點標記後，功能相當於表示強調的評注性副詞，以後又進一步演化爲副詞、連詞的後綴；董秀芳（2004）認爲「是」成爲詞內成分來源於判斷詞，也有可能經過作焦點標記階段；石毓智（2005）又提出「指示代詞→判斷詞→焦點標記→強調標記→對比標記」這樣一個「跨語言的發展鏈」。幾位學者的共同之處，一是均取王力先生提出的代詞來源說，二是都把「是」表判斷作爲其他幾種語法功能的來源。我們認爲，如果考察判斷詞「是」的來源，指示代詞說影響最大，我們也是完全同意的，但判斷詞「是」不一定就是相關語法功能最初的源頭。

洪誠（1957）談到：「就係詞的發展過程而論，並不是一開始就專爲聯繫主謂語而出現的，聯繫作用是在表現語氣作用之中形成的。純粹聯繫作用是在一個詞熟用之後肯定語氣輕化的結果。……『是』也如此。」洪先生認爲「是」表示「肯定語氣」先於表判斷，並且對「是」演化爲係詞產生了影響。郭錫良（2005：132）談到：「從句法結構來說，係詞『是』是由表復指的指示代詞演化來的，這是這一語法演變事實的基本方面；而從辭彙意義上來說，它是受了形容詞『是』的影響，這是促使它由指示代詞轉變成係詞的又一因素。」郭先生也認爲「是」演化爲判斷詞與肯定義有關，因爲形容詞「是」的基本詞彙意義是表示確認或肯定。孫錫信（1992：304）認爲：「『是』……既有體詞功能，也有謂詞功能，當兩種功能都朝著同一方向發展，即都表示「是認」某種事實時，係詞「是」就應運而生了。」孫先生所謂的「是認」，應當是能夠兼容肯定和判斷的一種表述方式。幾位先生對「是」演化的解釋雖然有差異，但有個共同點：「是」有表示「肯定」的意義，這一意義是在其演化過程中形成的。我們認爲，幾位先生討論的主旨都是判斷詞「是」的產生過程，因此只涉及「是」表肯定與表判斷的關係。如果把考察範圍擴大一些，可以發現由代詞「是」演化而來的不僅有判斷詞，還有其他相關用法，這些用法也都與「肯定」有關。

戰國末到漢代是代詞「是」演化的初期，這一時期「是」作判斷詞的典型用例在俗世典籍中不多，但東漢時期翻譯的佛經材料中不僅已經出現了一批「副詞＋是」，而且還有助動詞、動詞、連詞前置於「是」的用例，而這幾類詞往往被作爲判斷「是」性質的形式標誌。本文「X＋是」的「X」就是指這些前置於「是」的非主語成分。本文擬在描寫東漢佛經中「X＋是」句法語義關係的基礎上，結合對代詞「是」演化過程的歷時考察，分析「是」相關非判斷用法的性質及其來源〔註1〕。

二、「X＋是」中「X」的類型

（一）單音節副詞

1. 語氣副詞

東漢佛經的 X 數量最多的是作語氣副詞，有：「則，即，乃，必，便，眞，實，自，定，正，審」等，以表示肯定、確認語氣爲主，如：

（1）慕魄即曰：「我則是太子慕魄也。」（安世高《佛説太子慕魄經》）

（2）般若波羅蜜即是本無。（支婁迦讖《道行般若經》卷五）

（3）佛自説宿命因緣偈曰：「我先名淨眼，乃是博戲人。」（康孟詳《佛説興起行經》卷上）

（4）知此小枝定是藥王。（安世高《佛説奈女耆婆經》）

（5）王實是此蕫子也。（安世高《佛説奈女耆婆經》）

（6）近前高座上老翁正是文殊師利。（支婁迦讖《雜譬喻經》）

（7）佛語王曰：「吾眞是佛，世不虛傳。」（曇果共康孟詳《中本起經》卷下）

「則」有副詞和連詞兩種用法，「則是」先秦典籍中已常見，但其中的「則」多作連詞，後面的「是」爲代詞。漢代佛經中「則是」的「則」均爲副詞用法。

2. 範圍副詞

主要有：「皆，同，悉，畢，俱，直，齊，但，敢」等，其中表示概括範圍的如：

〔註1〕本文的東漢佛經材料選自《中華大藏經》，包括安世高譯經 55 部，支婁迦讖譯經 11 部，支曜譯經 5 部，康孟詳 2 部，竺大力共康孟詳 1 部，曇果共康孟詳 1 部，安玄 1 部，嚴佛調 1 部，安玄共嚴佛調 1 部，迦葉摩騰共法蘭 1 部。共計 79 部。

（8）爲佛作比丘者，皆是我子孫。（支婁迦讖《佛說無量清淨平等覺經》卷三）

（9）血氣擾擾，悉是蛇蠆之毒。（安世高《佛說㮈女耆婆經》）

表示限制範圍的如：

（10）護喜用見此髡頭道人爲？直是髡頭人耳，何有道哉？（康孟詳《佛說興起行經》卷下）

（11）㮈女但是淫女，日日將從五百淫弟子，行作不軌。佛何爲舍我而應其請？（安世高《佛說㮈女耆婆經》）

3. 頻次、時間副詞

主要有：「亦，本、故」，如：

（12）色亦是我身。（安世高《陰持入經》卷下）

（13）何如爲意？意無處處，意無形形，意本是形法。（支婁迦讖《道行般若經》卷一）

（14）於具戒者，故是在家，是名下出家。（安世高《大比丘三千威儀》卷上）

4. 否定副詞

有「非，不」，如：

（15）設問我者，我當違反彼說，此間非是己事。（康孟詳《佛說興起行經》卷下）

（16）文殊師利化作一人，與父母俱行。父母言：「是故正道，可從是行。」其子言：「非是正道。」如是至再三，與父母共諍。（支婁迦讖《佛說阿闍世王經》卷下）

（17）爲不是大祐人者，是以若欲往詣佛師友者。（安玄《法鏡經》）

（二）雙音節副詞

有少量雙音節副詞前置於「是」的用法，我們檢得的有：「得無，將無，亦復，亦自，便卻」，如：

（18）得無是白淨王子悉達者乎？（曇果共康孟詳《中本起經》卷上）

（19）若見大陂池水，便言是水將無是大海，於須菩提意云何？（支婁迦讖《道行般若經》卷四）

（20） 正使如沙門被服，亦復是賊無異也。於菩薩有德人中，亦復是賊也。（支婁迦讖道行般若經）卷七）

「得無」、「將無」表示揣測語氣，「亦復」表示頻次。

（三）助動詞、動詞

偶見助動詞前置於「是」，主要有「當，可」，如：

（21） 菩薩當是學成。（支婁迦讖《道行般若經）卷一）

（22） 若意不亂，亦可是一切敏不異道者，是爲忍辱度無極行。（安玄《法鏡經》）

何亞南（2004）提出「是」字判斷句發展成熟的三個層級標誌，將「受助動詞修飾」作爲第三級，說:「從助動詞的語法功能來說,它一般只用來修飾動詞。……『是』成爲判斷詞後，早期也不受助動詞的修飾，只有當它作爲判斷詞的性質高度成熟，以至於人們把它視同動詞而不再把它與指示代詞聯繫在一起以後，它才能受助動詞的修飾。」我們同意以上意見。但何先生認爲「是」受助動詞修飾西晉中後期出現，而佛經材料可以證明，這一語言現象至遲東漢後期已經出現。

也有動詞前置於「是」的用例，如：

（23） 我是王子，奈女所生，今年八歲，始知是大王種類。（安世高《佛說奈女祇域因緣經》）

（24） 阿闍世者亦以衣服珍寶莊嚴，譬若是天子從上來下，雖入泥犁……無有苦痛。（支婁迦讖《佛說阿闍世王經》卷下）

（四）連詞

連詞前置於「是」也不罕見，有「若，雖，設，如，或，且，爲」，如：

（25） 若是男兒，當以還我。若是女兒，便以與汝。（安世高《佛說奈女耆婆經》）

（26） 設是菩薩心，無有與等者。（支婁迦讖《道行般若經》卷一）

（27） 佛告王曰：「一切諸法，皆爲緣對所壞。我身雖是金剛，非木槍能壞，宿對所壞。」（康孟詳《佛說興起行經》卷上）

（28） 宿聞耆婆之名，故遠迎之，冀必有益。且是小兒，知無他奸。（安世高《佛說奈女耆婆經》）

（29）不知是罪非罪，或是佛法罪非世界罪，或世界罪非佛法罪，或亦佛法罪亦世界罪，或非佛法罪非世界罪。（安世高《大比丘三千威儀》卷上）

例句（25）～（29）的連詞分別表示假設、讓步、遞進和選擇關係。

以上對東漢佛經「X＋是」中 X 語法語義的考察可以發現，一些被學者們作爲「是」演化爲判斷動詞重要標誌的語言現象，東漢後期已經出現，包括：（1）副詞前置於「是」。東漢佛經可以前置的副詞有三十餘個，包括否定副詞「不」、「非」，還有一些雙音節副詞（參見汪維輝 1998）。（2）助動詞前置於「是」。雖不常見，但已出現。還偶見動詞前置於「是」。（3）連詞前置於「是」。數量不多，但包括了假設、讓步、遞進和選擇四類。

從總體上看，東漢佛經中「是」作代詞的使用頻率仍遠高於作判斷詞，因此這一時期「是」作判斷詞尚未發展成熟，但佛經材料至少說明，東漢後期是一個「是」由代詞向判斷詞演化的重要過渡期。

三、幾類相關的「X＋是」句

東漢佛經中「X＋是」的前置成分一般是句子的主語，可以是 NP、VP 或小句，可以省略或隱含，一般不能決定「是」的語法功能，因此本文不作專門討論。「X＋是」的後置成分也可以是 NP、VP 或小句。當後置成分爲 NP 時，一般作判斷句的表語，上節例句多爲這類用法，本節也不再舉例。然而，當後置成分爲 VP 或小句時，它們與「是」之間可以出現多種句法語義關係，這些關係不一定都能用「表判斷」來涵蓋。

（一）「X＋是」的後置成分為原因

（30）身服法衣，亦是法衣之神爲十方之神故。（安玄《法鏡經》）

（31）子非父母所致，皆是前世持戒完具，乃得作人。（曇果共康孟詳《中本起經》卷上）

（32）王自射之，箭還向己，後射輒還。王時大懅，惶怖解焉，而問之曰：「汝有何術，乃致是耶？」夫人對曰：「唯事如來，歸命三尊，朝奉佛齋，過中不餐，加行八事，飾不近身。必是世尊哀顧若茲！」（曇果共康孟詳《中本起經》卷下）

例（30）「亦是」後面的小句「法衣之神爲十方之神」有中心語「故」，這個小句作「故」的定語，它與「身服法衣」之間的因果關係主要由「故」的詞語意義表示。例（31）「皆是」後面的小句「前世持戒完具」沒有中心語「故」，但同樣表示原因，它的結果是後句「乃得作人」。例（32）說的是夫人專心禮佛，出現箭射不入的神跡，「必是」後面的「世尊哀顧」是產生這一神跡的原因。「是」用於因果句一直延續的現代漢語，如《現代漢語八百詞》（1980：437）有「是」表示原因、目的詞條，劉月華等（1983：428）有「是」表示說明、解釋一項，均例舉了「是」的同類用法。

（二）「X＋是」的後置成分為「所」字或準「所」字結構

（33）明旦燃之，火了不燃，怪而白師。師曰：「必是佛所爲耳。」（曇果共康孟詳《中本起經》卷上）

（34）其法不是憋魔及魔天之所滅，亦不是天中天弟子所滅。（支婁迦讖《阿閦佛國經》卷下）

「所」字結構一般相當於NP，但例（33）、（34）這類「所」字結構出現在「是」後面的用法，有別於一般「是＋NP」，而更接近於現代漢語中的「是……的」、「不是……的」格式。如「必是佛所爲」當釋爲「必是佛做的」，「不是憋魔及魔天之所滅」當釋爲「不是憋魔及魔天滅的」，這類格式重在表示肯定（或否定）、強調而不是判斷。劉月華等（1983：488～489）認爲使用這類「是＋小句＋的」格式意在強調施事者，說：「當一件事已在過去完成，而我們要著重指出做這件事的人是誰時，就可以用這種句式。這種『是……的』句『是……的』中間是主謂短語，主謂短語裏的謂語一般是不帶賓語的動詞，全句的主語在意義上就是這個動詞的受事。」對照例（33）這類句式，除了古代漢語的「所」字結構變成現代漢語的「的」字結構外，句義與這一解釋完全吻合。而例（34）如果去掉「不」，也適用這一解釋，加上「不」則可認爲是對施事者的否定性強調。

（35）如是等薩和薩，及三千大國土中薩和薩，悉起是七寶塔，皆是伎樂供養。（支婁迦讖《道行般若經》卷二）

（36）此人殺鹿相，非是道士殺。（康孟詳《佛説興起行經》卷上）

例（35）、（36）沒有用「所」字，但可以認爲是「皆是伎樂所供養」、「非是道士所殺」的省略形式，「是」、「非是」表示的同樣是對施事者的肯定（否定）和強調。

（三）「X＋是」的「是」可以省略

（37）迦屍拘薩羅人民，亦是敗壞有變異。（安世高《佛說婆羅門子命終愛念不離經》）

（38）佛身行口言心念，當與智慧俱是爲本。（支婁迦讖《佛說內藏百寶經》）

（39）道德弟子，以見慧者，以從慧者受教誡，亦從慧者分別解，便是如有知。（安世高《佛說一切流攝守因經》）

以上例句中的「是」都是可以省略的。若省略了「是」，就成爲普通的主謂句，副詞「亦」、「俱」、「便」都可分析爲修飾句子的謂語。

（四）「X＋是」強調後置句的主語

（40）佛放光明……敢是佛界中，悉皆照明。（支婁迦讖《佛說兜沙經》）〔註 2〕

（41）凡是本生因緣，不可依也。（東漢失譯《大方便佛報恩經》卷六）

以上例句中「X 是」用在句首，前面的主語不是省略或隱含，而是本來就沒有，因此是無法補出的。此外，例（32）「必是世尊哀顧若茲」也沒有主語，這句話可釋爲「一定是世尊哀顧，才能如此」，「茲」可以理解爲邏輯上的主語，但它已經出現在小句後面，不能再加在「必是」的前面。

由於有 X 前置這一語法標誌，本節例句中「X＋是」的「是」都是謂詞性的，顯然已脫離作代詞的源義，但它們的語法功能和意義是否都可以納入表示判斷呢？我們認爲，儘管學者們對判斷句的定義不盡相同，但謂詞性「是」的語法功能畢竟不能都用表判斷來概括，與其爲了適應對「是」的解釋而調整判斷句的定義，不如重新審視「是」的語法功能。從這一角度考慮，本節所舉「X是」的用例，至少其中一部分，已經超出判斷句的範圍。

四、對「是」相關用法的歷時考察和思考

非判斷的「是」有兩種最可能的演化途徑：一種是直接由指示代詞演化而

〔註 2〕例（40）「敢」是副詞，義爲「凡」（見汪維輝 1998）。

來，另一種是連續演化，即由代詞變成判斷詞後，進一步演化出其他用法。我們認爲，東漢佛經中非判斷的「是」，至少例（30）—（39）的幾類用法，是直接由指示代詞演化而來的。首先，從例句使用的時代來看，東漢時期「是」表示判斷的語法功能也還處在形成過程中，很難想像這一時期就發生各種進一步的演化。其次，從「是」演化前後的分佈狀況來看，先秦作指示代詞的「是」，後面的成分可以是 VP、NP，也可以是小句，如：

（42）不許楚言，是棄宋也。（《左傳・僖公二十八年》）

（43）今人臣多立其私智以法爲非者，是邪以智。（《韓非子・飾邪》）

（44）雖晉人伐齊，楚必救之，是齊、楚同我也。（《左傳・成西元年》）

（45）吾不先告子，是吾罪也。（《左傳・定公十三年》）

（46）無父無君，是禽獸也。（《孟子・滕文公下》）

以上例句中的「是」都是指示代詞，但後面跟的成分不同，例（42）、（43）的「是」後面是 VP，例（44）後面是小句，例（45）、（46）後面是 NP。

這就產生了一個問題：「是」演化爲判斷詞，到底是在 VP、NP 和小句這幾種形式上同時發生的，還是只限於 NP？我們注意到，以往的研究中所舉「是」作判斷動詞的早期用例大多爲名詞性表語句，如郭錫良（2005）整理歸納出西漢及以前「是」表示判斷的 22 例，均爲「是＋NP」句，這不一定能反映「是」最初發生演化時的全貌。雖然漢代判斷句中「是＋NP」的使用比例有所增長（如在東漢佛經中「X＋是」後爲 NP 的約占四分之三），但這並不能排除「是」在 VP 和小句前面也能發生演化，因爲當 VP 或小句具有指稱意義時，其句法功能往往相當於 NP，而這種情況在漢語中自先秦以降就相當普遍，例如，VP 或小句做句子的主語時，一般都是話題，具有指稱意義，而這種用法自先秦至漢魏六朝，也就是「是」發生演化的時期，並沒有什麼變化。因此我們認爲，代詞「是」的演化是在 NP、VP 和小句前同時發生的。之所以學者們所舉「是」作判斷詞的早期用例多爲「是＋NP」句，是因爲確定一種新語法功能的出現，多要選取典型的、尤其是有形式標記的例證。但也有一些在「是」演化初期就出現的、具有形式標記的「是＋VP／小句」的例子。湖北睡虎地出土的秦簡《日書》，據考古學家研究，成書年代大約是西元前 3 世紀中期，其中有「是＋NP」的判斷句，如：「是是丘鬼」（《睡甲・詰》），但也有不少「是」後面爲 VP 或小句的，大致有兩種情況：

（47） 一室人皆毋氣以息，不能童（動）作，是狀神在其室。（《睡甲・詰》）

（48） 鬼恒從男女，見它人而去，是神蟲僞爲人。（《睡甲・詰》）

（49） 一宅中毋故室人皆疫，多瞢（夢）米（寐）死，是是勻（孕）鬼貍（埋）焉。（《睡甲・詰》）

（50） 鬼恒召人出宮，是是遽鬼毋所居。（《睡甲・詰》）

例（47）、（48）的「是」單用，還可分析爲指示代詞；例（49）、（50）的第一個「是」是指示代詞，第二個「是」顯然已完成演化，是個謂詞性成分。據鍾如雄（2002）統計，《日書》中「是」作「判斷詞」（按：包括以上兩類用法）共 40 例，其中後面爲 VP 或小句的有 23 例。可見「是」的演化並不僅限於後面是 NP 的句子。

例（47）～（50）還有一個共同的特點：「是」前面的內容都是一個完整的小句或句子，後面的內容是前句的解釋或原因推斷，與例（30）～（32）表原因的用法接近。秦簡《日書》是具有一定口語特點的民間占卜書，這類「是」解釋現象、推斷原因的用例較多或許與文體有關。但這類用法不僅見於《日書》，也不僅見於佛經，漢代俗世文獻中也有，如：

（51） 鷹之擊鳩雀，鴞之啄鵠雁，未必鷹鴞生於南方，而鳩雀鵠雁產於西方也，自是筋力勇怯相勝服也。（《論衡・物勢》）

（52） 儒書言：「楚熊渠子出，見寢石，以爲伏虎，將弓射之，矢沒其衛。」或曰：「養由基見寢石，以爲兕也，射之，矢飲羽。」或言「李廣。」便是熊渠、養由基、李廣主名不審，無實也。（《論衡・儒增》）

例（51）、（52）的「是」受副詞修飾，是謂詞性的。「則是」、「便是」後面的「筋力勇怯相勝服」、「熊渠、養由基、李廣主名不審」也是對前面一段內容的現象解釋或原因推斷。

「是」解釋現象、推斷原因的用法，在它還是代詞時已經出現，如：

（53） 夫環而攻之，必有得天時者矣；然而不勝者，是天時不如地利也。城非不高也，池非不深也，兵革非不堅利也，米粟非不多

也，委而去之，是地利不如人和也。(《孟子．公孫丑上》)

（54）譬之越人安越，楚人安楚，君子安雅，是非知能材性然也，是注錯習俗之節異也。(《荀子．榮辱》)

例（53）的「是天時不如地利也」、「是地利不如人和也」，例（54）的「是非知能材性然也」、「是注錯習俗之節異也」，「是」都是復指前文的一段話，而其後置內容，是對這段話提到的現象之所以發生的解釋或原因推斷。「是」從例（53）、（54）的代詞用法，通過例（47）～（50）這樣的過渡，產生例（51）、（52）以及例（30）～（32）這些表示原因而非代詞的用法，應當是說得通的。

最後，從「是」演化前後的語義聯繫來看，我們在本文開頭已經談到，洪誠、郭錫良、孫錫信等先生都已經直接或間接地談到了表「肯定」在「是」由代詞演化爲判斷詞過程中的作用。《馬氏文通》（1983：26）認爲，「是」作「決詞」（按：表示判斷）在「起詞」和「表詞」之間的作用是「表決斷口氣也」和「表起詞之爲何耳」，後一句說的是表示判斷的功能，而前一句的意思當爲表示肯定的語氣。我們認爲，「文通」的這一定義不僅是對判斷詞「是」語法意義的準確表述，而且也有利於進一步理解判斷詞「是」和相關用法之間的內在聯繫。呂叔湘（1979：81）在討論「是字句」時談到：「能不能把『是』字的用法一元化呢？好像沒有什麼不可以。『是』字的基本作用是表示肯定：聯繫，判斷，強調，都無非是肯定，不過輕點兒重點兒罷了。在名詞謂語句裏，因爲用『是』字爲常，不用是例外，它的肯定作用就不顯著，好像只有聯繫的作用；在非名詞謂語句裏，因爲一般不用『是』字，『是』字的肯定作用就比較突出。但是『是』字的肯定作用的強弱是漸變的，不是頓變的，跟不同句式的相關也衹是相對的，不是絕對的。」呂先生的意見給我們兩點啓示：（1）肯定和判斷的功能是相通的；（2）肯定不等於判斷，它的外延要大於判斷。

綜上所述，我們認爲，「是」作指示代詞在特定語境中產生的肯定語氣，是其能夠來到演化起點的主要原因之一。當代詞「是」完成演化後，主要語法功能的確是「表判斷」，但其用法又不限於表判斷，它的非判斷用法大致可以概括爲「強調」。

參考文獻

1. 董秀芳，2004，「是」的進一步語法化：由虛詞到詞內成分，《當代語言學》第 1 期。
2. 馮勝利著、汪維輝譯，2003，古漢語判斷句中的係詞，《古漢語研究》第 1 期。
3. 郭錫良，2005，《漢語史論集（增補本）》，商務印書館。
4. 何亞南，2004，試論有判斷詞句產生的原因及發展的層級性，《古漢語研究》第 3 期。
5. 洪誠，1957，論南北朝以前漢語中的係詞，《語言研究》第 2 期。
6. 劉月華、潘文娛、故韡，1983，《實用現代漢語語法》，外語教學與研究出版社。
7. 呂叔湘，1979，《漢語語法分析問題》，商務印書館。
8. 呂叔湘主編，1980，《現代漢語八百詞》，商務印書館。
9. 馬建忠，1983，《馬氏文通》，商務印書館。
10. 石毓智、李訥，2001，《漢語語法化的歷程》，北京大學出版社。
11. 石毓智，2005，論判斷、焦點、強調與對比之關係——「是」的語法功能和使用條件，《語言研究》第 4 期。
12. 孫錫信，1992，《漢語歷史語法要略》，復旦大學出版社。
13. 汪維輝，1998，係詞「是」發展成熟的時代，《中國語文》第 2 期。
14. 張誼生，2003，「副＋是」的歷時演化和共時變異，《語言科學》第 3 期。
15. 鍾如雄，2002，秦簡《日書》中的判斷詞「是」，《西南民族學院學報（哲社版）》第 2 期。

《傳心法要》多重構詞探究*

周碧香

（臺中教育大學　語文教育學系）

摘　要

漢語詞彙複音化的進程，是漢語詞彙結構性的改變、演化；大抵始自先秦，東漢開始快速成長，至唐代以複音節為主的詞彙系統已建立完成，到近代漢語又得到進一步的發展。構詞法與複音詞的種類、數量密切相關。雙音化之後的漢語詞彙體系擁有龐大的複音詞，勢必促進構詞法的演變，這是一體的兩面。筆者重新思考譯經對漢語詞彙構成的影響，在豐富漢語複音詞的數量、促成詞彙雙音化之餘，對漢語構詞法的影響如何？面對佛典語言在大於或等於雙音節的詞彙之上，如何展現構詞上的特點呢？

本文著重觀察晚唐禪籍《傳心法要》、《宛陵錄》詞彙內部結構，藉由分析詞語，探索其構詞的特殊性，嘗試以「多重構詞」表示經由一種以上構詞法構成的詞彙，包括了合璧詞、含音譯詞成分的各類詞語、意譯和佛教名相、禪宗常用詞語。「多重構詞」能注重詞素的來源、著眼於不同構詞法在不同層次運作而構成的詞語，能充分表現漢語詞彙的強韌度。經由梳理、描寫，期能凸顯佛經語言構詞的豐富性與精緻化。

關鍵詞：《傳心法要》；《宛陵錄》；多重構詞；佛經語言；晚唐禪籍

---

* 基金項目：國科會專題研究計畫「《傳心法要》詞彙研究」（NSC 98-2410-H-142 -011-）

The Research on the multi-level of *Chuan Xin Fa Yao*（傳心法要）

Chou, Pi-Hsiang

Abstract

The process of disyllabic evolution of Chinese vocabulary is the structural change and evolution of it. It started growing fast from the Qin（秦）Dynasty and the Eastern Han（漢）Dynasty. Then the vocabulary system based on disyllable was established in the Tang（唐）Dynasty. However, the Chinese language has been further developed in the modern time. Both kinds and quantities of word building system and disyllable are closely related. In the system of Chinese vocabulary after disyllabic evolution, there are a huge amount of disyllables which encourage the evolution of the word building system. This is the two sides of the same coin. The researcher reconsidered the effect of the translated texts on Chinese vocabulary. In other words, how did the translated texts influence the word building system of Chinese language, except it increased the amount of Chinese disyllable and facilitate the disyllabic evolution of Chinese vocabulary? How did it represent the characteristics of the word building system when facing the Buddhist language which was more than or the same as two-syllable words?This research is focused on observing the interior structure of the vocabulary of *Chuan Xin Fa Yao*（傳心法要）

and *Wan Ling Lu*(宛陵錄), the Zen literature of the late Tang(唐)Dynasty. Through analyzing the words, it explored the specialty of the word building, tried to make 「multi-level」 as a way of representing the vocabulary composed of more than one word building system, including combined words, different kinds of words, translation, Buddhist terminology which contain transliteration, and common-used Zen words. Expecting to highlight the abundance and exquisiteness of the word building of the language of the Buddhist texts, the multi-level emphasized the source of a morpheme and paid attention to the words made of different word building systems working on different levels.

Key words: *Chuan Xin Fa Yao*（傳心法要）; *Wan Ling Lu*（宛陵錄）; Multi-level; Buddhist words；Zen literature; Disyllabic evolution

一、緒　論

（一）問題梳理

浩如煙海的漢譯佛典是佛教珍貴的遺產，囊括著佛陀的教示、歷代無數高僧的智慧結晶；它更是漢語研究的寶山，眾多學者投注畢生精力於其間，進而成為一門獨立的學科——「佛經語言學」，其學科目的在於弄清楚古代佛教經典裡的語言現象（竺家寧 2005：13）。對於佛經語言的研究，除了針對若干現象的微觀描寫之外，學者更從宏觀角度觀察佛教對漢語詞彙發展的影響，尤其著重於詞彙雙音化的問題；近年來逐漸深入，從本質上考量了佛典語言的來源，學者提出「佛教混合漢語」（朱慶之 2003a），標注了佛典語言的特殊性，這是令人雀躍的成果。

複音詞的種類、數量與構詞法是息息相關，是一體的兩面。佛教語詞促成了詞彙雙音化，漢語詞彙系統擁有龐大數量的複音詞之後，勢必促進構詞法的演變。關於佛教詞語對漢語構詞法的影響，朱慶之（2000）提出「仿譯」造詞法，論及仿譯中的重疊詞、自由構詞詞素、簡稱詞等與構詞相涉的問題；較全面的研究有梁曉虹（1994）《佛教詞語的構造與漢語詞彙的發展》、顏洽茂（1997）《佛教語言闡釋——中古佛經詞彙研究》二書。

梁曉虹提及佛教詞語對漢語構詞法影響，包括偏正式名列榜首、聯合式繼續發展；動賓式、補充式、主謂式逐漸發達；附加式自有特色；綜合式已具規模，佛教詞語促進漢語構詞法的全面發展（1994：158-167）。

顏洽茂討論譯經複音詞結構模式（129-158），針對五種句法式複音詞語義構成討論（159-179）；說明語詞的省縮（182-193）。總而論之，由譯經詞彙表明了漢語的造詞法已由語音造詞轉向結構造詞。顏氏認為：

> 相當數量的複音詞不再通過詞組凝固而是直接運用句法式造詞法構成詞。……與漢語詞彙複音化相「配套」，譯經中複音詞造詞法得到了進一步的發展和完善。它表現為：鞏固了先秦、兩漢的並列、偏正式句法構詞模式，發展了動賓、動補、主謂、附綴式造詞法，特別是在靈活運用各種造詞手段基礎上形成的綜合式造詞法，顯示了漢語造詞法向更高級、更成熟發展的趨勢。（顏洽茂 1997：267）

兩位學者探究佛教詞語對漢語詞彙構詞法的影響，均提到「綜合式構詞法」。然而「綜合式構詞法」與多音節詞數量有著依存關係，多音節詞向來被認定爲近代漢語詞彙發展的重要標誌；但是六朝佛典語言已見此式，足以令人振奮。對此梁氏說明爲：

> 因爲概念的繁奧，梵漢對譯之不易，複合的佛教詞語突破雙音節的限制，產生了許多三音節、四音節，乃至更長音節者。我們用綜合式構詞法來考察多音節佛教詞語，概括有十三種類別，實際上還可分出更多的。完全可以看出，現代漢語裡的綜合式構詞法已在多音節佛教詞語的構成上得以體現。（梁曉虹 1994：166）

如是說明了「綜合式構詞法」產生的背景，更將其視爲漢語（構）造詞法成熟的標誌。

禪宗語言的多音節詞語十分豐富，筆者在閱讀、分析禪宗詞彙時，面對多音節詞，若是複合詞，以現代漢語綜合式構詞法來歸類、解釋多音節的詞彙，確實是合宜的；但是如「河沙劫」之類的詞，若以「綜合式」歸之，似乎忽略了佛典語言的特殊性。況且，「綜合式」構詞法乃針對多音節詞，無法統攝「佛法」、「歷劫」之類的雙音節詞，這類詞的詞素與複合詞的詞素性質並不相類，其所代表的意義亦大於詞素的字義。對於這類大於或等於雙音節的詞彙，應該如何妥善處理、並正視其間的差異呢？

筆者幾經反覆思索、蒐羅閱讀學術專著，揣度於結構分析時，是否應該深入探究其詞素的來源，以體現其豐富性與韌度呢？分析時如何展現於佛典詞彙構詞的特點呢？姑妄將這類詞以「多重構詞」名之，注重詞素的來源、著眼於不同構詞法在不同層次的運作，期能藉此凸顯佛典語言構詞上的豐富與精緻。

（二）晚唐禪宗語錄的價值

禪宗脫胎於佛教，衍化爲一種全新的、不同於佛教、不同於印度禪的「宗教」，展現出新格局、新風貌的中國式佛教。在語言使用上，禪宗刻意的追求口語，強烈地要求「直指本心」、「不立文字」，將語言視爲「指月」的手指，甚至打破語言文字的藩籬。總之，力求口語化、生活化是禪宗語言的特質。當然，仍有一些非口語、或不太像口語的詞彙，或源自於漢譯佛典的詞語，或源於禪師們的發明，均屬其「行話」之列；行話與口語構成了禪宗語言主體。禪宗成爲中國佛教文化的代表，禪宗語錄乃佛典語言的一員、近代漢語的代表語料，記錄著漢語詞彙雙音化後的發展。晚唐禪宗典籍是近代漢語初期的重要語料，兼具宗教史及詞彙史的雙重意義。

晚唐五代是佛教重新調整的時代，中唐會昌法難重創佛教，卻促使禪宗脫胎換骨；在有形、無形的情勢，使得佛教快速地禪宗化、禪宗地域化（杜繼文、魏道儒 1993：288-289）。至此，禪宗承擔起佛教在精神層面的功能，滿足社會的需要，進而向歷史的巔峰邁進，聚徒立說、宗派紛呈，呈顯百花齊放的現象。禪宗歷經緘默靜坐、不立文字、農禪兼行、寓禪於作等各種變化，此時必須適應行腳天下，接應四方的新形勢，創造行禪的新形式，即爲「參禪」和「應機」（杜繼文、魏道儒 1993：314-315）。「參禪」本指參究禪的奧秘，與訪師、問道同義，有時只是行腳僧尋找吃住的口實；「應機」，指對來訪者的身分、動機、水平、臨時言行等具體情況的觀察，給予相當而不失本宗的酬答。根據語錄所見，禪師們的語言是極具魅力的、是吸引人的，誠如日本學者入矢義高所言：

> 在唐代的禪中，幾乎沒有宋代以後所出現的（山頭林立的）宗派主義傾向；而且那時的禪，也還沒有來自國家權力的挾制，更絲毫沒有對政治體制趨炎附勢的事情。故禪家能夠自由的、直率的表述自己的信仰并付諸行動。作爲記載他們言行的唐代語錄，比起宋代以後的禪語錄來，個性色彩就鮮明得多，而且具有一種潑辣的風格。那時的各位禪師所說的話，即使是一言一語，也都是只有他自己纔能說出來的，表現著他的整個人格。（入矢義高 1994：4）

這些特點在唐代禪宗典籍裡俯拾皆是，禪師們著重隨機、隨緣式接引學人、或機鋒相對的禪辯，都是足以激奮人心的。

這麼活潑生動、口語化的語言，自然受到學者們的青睞，馬伯樂（1944）、高名凱（1948）將唐代禪家語錄譽爲「最早的白話文」；或將禪宗語錄與敦煌俗文學，並列爲晚唐五代的兩批重要的口語文獻（于谷 1995：103）；蔣紹愚（1994：18）將禪宗語錄譽之爲「爲特定目的而作的口語實錄」。「它豐富了漢語詞彙，展現了唐宋時期漢語詞彙的概貌，這些有助於我們構建近代漢語詞彙系統理論。」（張美蘭 1998：13）如是，肯定、支持禪宗文獻語言在觀察漢語演進歷史上的價值。

然而，早期語錄以口頭傳播爲主，記錄者並非禪師本人，而是學人、弟子們以「備忘錄」的形式記載下來，加上行腳風氣，僧侶間的往來、機鋒，舉說話題，不同禪師們的詮釋、見解，又再流傳……這些話語在各個叢林之間傳抄、討論。流傳的自由，對於版本、成書時間的確定，有著實質上的困難，阻障礙著晚唐禪籍語言的研究工作。

晚唐的禪宗典籍之中，最是幸運的，莫過於黃檗禪師的《傳心法要》及《宛陵錄》。首先，黃檗禪師是臨濟宗的祖師爺，門下有義玄這位得意弟子，使得日後禪流皆是其徒子徒孫。再者，成書年間（857）明確、出自裴休之手，較無早期語錄流傳、妄添的問題；再加上爲裴氏的文學、禪學修爲，他「細心地再現了黃蘗對精審論旨的闡述，且能夠在用筆上保持適度，不刻意追求修辭的整飾，而盡可能傳達出說法者的語氣特徵。可以說，這是一篇無可指瑕的記錄。」（入矢義高 1994：6）

本文以晚唐的《傳心法要》、《宛陵錄》爲語料〔註1〕，逐一篩選由不同構詞法共同構成的詞彙，觀察其多重構詞的情形，分析並描述之。

二、《傳心法要》多重構詞分析

「多重構詞」指一個複音詞經由不同構詞法作用而成者，包括合璧詞、含音譯詞成分的詞語、佛教名相及禪宗常用詞語。分類及用例說明如下：

（一）合璧詞

由音譯和意譯共同構成一個詞稱爲「梵漢合璧詞」（梁曉虹 2001：293），簡稱爲「合璧詞」。筆者捨卻「寶塔」之類的結構（周碧香 2009：301），將合璧詞劃分爲兩種基本類型：半音半意型、音意融合型；《宛陵錄》尚有結合兩類而構成者，姑且稱爲「綜合型」。還有加上節縮構詞的合璧詞，獨立爲「節縮式」說明之。

1. 半音半意型

半音半意型指原詞部分音譯、部分意譯組合而成新詞。

〔註1〕本文採用于谷（1995：134）的廣義說法，將《宛陵錄》納入《傳心法要》之中。

（1）師云。性無同異。若約三乘教。即說有佛性有眾生性。遂有三乘因果。即有同異。若約佛乘及祖師相傳。即不說如是事。唯有一心。(《宛陵錄》〔0384c27〕)

佛乘，梵語 buddha-yāna，又作菩薩乘、大乘、如來乘。此係相對於聲聞、緣覺二乘，而指菩薩乘；蓋菩薩乃居於「眞實成佛」之出發點以求佛道，故稱爲佛乘。(《佛光大辭典》，頁 2644）乘，梵語 yāna，音譯爲衍那，有乘物、運載、運度等意。指能乘載眾生，運至彼岸者，亦即指佛陀之教法。(《佛光大辭典》，頁 4021）

（2）故經云。實無少法可得。名爲阿耨菩提。若也會得此意。方知佛道魔道俱錯。(《傳心法要》〔0383b14〕)

「道」乃梵語 bodhi 之意譯，與「佛」構成新詞。

（3）所以佛身無爲不墮諸數。權以虛空爲喻。圓同太虛無欠無餘。等閒無事莫強辯他境。辯著便成識。(《宛陵錄》〔0385a04〕)

梵 buddhakāya，證得無上正覺之佛陀身體也，就中有法身化身等之別，總名爲佛身（《佛學大辭典》，頁 582)。迦耶 Kāya，譯曰身、積集（《佛學大辭典》，頁 818)。佛陀，取「佛」代表之，再與意譯「身」結合成一個新詞。

（4）師云。菩提無所得。爾今但發無所得心。決定不得一法。即菩提心。菩提無住處。是故無有得者。(《宛陵錄》〔0385b16〕)

菩提心，梵語 bodhi-citta，即求無上菩提之心。菩提心爲一切諸佛之種子，淨法長養之良田，若發起此心勤行精進，當得速成無上菩提。(《佛光大辭典》，頁 5200）菩提爲 bodhi 的音譯、citta 意譯爲「心」。

以上是前音譯、後意譯結合的用例。

（5）諸佛菩薩與一切蠢動含靈。同此大涅槃性。性即是心。心即是佛。佛即是法。一念離眞皆爲妄想。(《傳心法要》〔0380c21〕)

梵語 mahā-parinirvāna，音譯作摩訶般涅槃那，略稱涅槃，爲佛完全解脫之境地（《佛光大辭典》，頁 5405)。故摩訶意譯爲「大」、般涅槃那則節縮爲「涅槃」，構成此詞。

（6）學般若人不見有一法可得。絕意三乘。唯一眞實。不可證得。謂我能證能得。皆增上慢人。(《傳心法要》〔0381b17〕)

增上慢，言我得增上之法而起慢心也，如未得聖道、謂爲已得是也，七慢之一。（《佛學大辭典》，頁 1304）梵語 abhi-māna，即對於教理或修行境地尚未有所得、有所悟，卻起高傲自大之心。增上，adhipati，增勝上進之意，亦即加強力量以助長進展作用，令事物更形強大。māna，比較自己與他人之高低、勝劣、好惡等，而生起輕蔑他人之自恃之心，稱爲慢；亦即輕蔑、自負之意。（《佛光大辭典》，頁 5965）故「增上」爲意譯、「慢」爲 māna 的音譯，二者結合爲「增上慢」。

以上二例爲前意譯、後音譯的合璧詞。

2. 音意融合型

此小類乃同一個原詞，先分別音譯、意譯後，再組合成一個詞語。

（7）阿難問迦葉云。世尊傳金襴外別傳何物。迦葉召阿難。阿難應諾。迦葉云。倒却門前刹竿著。此便是祖師之標榜也。（《傳心法要》〔0383c19〕）

刹是梵語 lakṣatā 之略譯，全稱刺瑟胝，意謂標誌、記號，指旗桿或塔之心柱。一般稱寺院謂寺刹、梵刹、金刹或名刹等，蓋佛堂前自古有建幡竿（即刹）之風，故得此名。僧人對語時，稱對方之寺爲寶刹（《佛光大辭典》，頁 3731）。先音譯爲「刹」，再以「竿」標明之，故爲合璧詞；這個「刹」也就引申成爲指稱寺廟的「刹」〔註 2〕。據慧琳《一切經音義》卷二十考，「刹」爲「𠝗」字略訛所成，故亦爲新造字（梁曉虹 1994：26）。

（8）平日只學口頭三昧。說禪說道。喝佛罵祖。到遮裏都用不著。平日只管瞞人。爭知道今日自瞞了也。阿鼻地獄中決定放爾不得。（《宛陵錄》〔0387a11〕）

阿鼻地獄爲八熱地獄之一。阿鼻，梵名 avīci，又作阿毘地獄、阿鼻旨地獄，意譯無間地獄。（《佛光大辭典》，頁 3669）地獄，梵語 naraka，音譯作捺落迦、

〔註 2〕梁曉虹（1994：26）認爲「刹　梵文『ksetra』譯作『掣多羅』、『差多羅』、『紇差怛羅』，通行『刹多羅』，省作『刹』。」並採用丁福保「刹即塔字」的觀點認爲「塔用以安放舍利，而一般的寺廟前有長竿之上用金銅造寶珠焰形，用以安舍利，故此竿謂之「刹竿」。由此引申，佛寺也可稱「刹」。」但是由《佛光大辭典》可以得知此作爲寺廟用的「刹」字，是刹竿 lakṣatā 由引申而來，但並非由刹土 Kṣetra 略譯而來，雖然二者都用「刹」來翻譯，但梵文不同，應分辨之。

那落迦、奈落、泥梨耶、泥梨。(《佛光大辭典》，頁 2311)

3. 綜合式

此爲上述兩類的綜合體，見「摩訶大迦葉」一詞。

(9) 師云。十方諸佛出世。秖共説一心法。所以佛密付與摩訶大迦葉。(《宛陵錄》〔0385b16〕)

大迦葉爲佛陀十大弟子之一，付法藏第一祖，梵名 mahā-kāśyapa。mahā，音譯摩訶；意譯爲大，乃多、勝、妙之意；kāśyapa，作迦葉波、迦攝波，略稱爲迦葉(《佛光大辭典》，頁 3969)。mahā 音譯「摩訶」、意譯「大」共同並列爲音意融合型，「迦葉」是 kāśyapa 的音譯，「大迦葉」是前意譯、後音譯的半音半意型；故「摩訶大迦葉」爲綜合式的合璧詞。

4. 節縮式

在構成合璧詞之後，透過節縮方式，構成一個音節較少的詞語。

(10) 僧問趙州。狗子還有佛性也無。(《宛陵錄》〔0387a11〕)

佛性，梵語 buddha-gotra，佛陀之本性，或指成佛之可能性、因性、種子、佛之菩提之本來性質。(《佛學大辭典》，頁 2633) 梵語 gotra，意譯爲覺性，即佛及聲聞、緣覺、菩薩等三乘人各具有可能證得菩提之本性(《佛光大辭典》，頁 5870)。buddha-gotra 經過音譯和意譯合璧爲「佛陀覺性」，再經要字節縮，各取一字，構成「佛性」一詞。

(二) 含音譯的多重構詞

此類詞語的特點在於含有音譯的成分。依詞素間的關係可概分爲各類。

1. 並列式

音譯成分與漢語成分並列於一詞之中。

(11) 悟佛祖之機。便不被天下老和尚舌頭瞞。便會開大口。達摩西來無風起浪。世尊拈花一場敗缺。(《宛陵錄》〔0387a11〕)

佛祖指佛與祖師。禪宗以佛即祖師，祖師即古佛，兩者並無差別(《佛光大辭典》，頁 2652)。

2. 偏正式

就表面結構來看，詞彙內部存在著修飾關係，包括漢語成分修飾音譯成分、音譯成分修飾漢語成分、音譯成分修飾音譯成分三小類。

（12） 師謂休曰。諸佛與一切眾生。唯是一心。更無別法。（《傳心法要》〔0379c18〕）

（13） 修六度萬行欲求成佛。即是次第。無始已來無次第佛。但悟一心。更無少法可得。此即眞佛。（《傳心法要》〔0379c18〕）

（14） 佛唯直下頓了自心。本來是佛。無一法可得。無一行可修。此是無上道。此是眞如佛。（《傳心法要》〔0380c21〕）

（15） 任爾三秪劫修。亦秪得箇報化佛。與爾本源眞性佛有何交涉。（《宛陵錄》〔0385b16〕）

（16） 我於然燈佛所無有少法可得。佛即與我授記。明知一切眾生本是菩提。不應更得菩提。（《宛陵錄》〔0385b16〕）

（17） 秪是不起諸見。無一法可得。不被法障。透脱三界凡聖境域。始得名爲出世佛。（《宛陵錄》〔0384c01〕）

以上八個例詞都是由漢語成分修飾音譯的「佛」：例（12）由代詞「諸」修飾之、例（13）由形容詞「眞」擔任修飾語；例（14）「眞如佛」、例（15）「眞性佛」，都是偏正結構修飾「佛」；例（16）「然燈佛」、例（17）「出世佛」均由動賓結構修飾「佛」；例（13）「次第佛」，「次第」爲並列結構修飾「佛」；例（15）「報化佛」，乃指以報身及化身出現之佛（《廣說佛教語大辭典》，頁 1174）。就結構而言，是「報身」、「化身」二詞各取一字，共同修飾「佛」。

（18） 佛法俱無。名之爲僧。喚作無爲僧。亦名一體三寶。（《宛陵錄》〔0385a04〕）

Samgha 音譯爲「僧伽」，略稱爲「僧」，接受偏正式「無爲」的修飾。意指無成就之僧、無能之僧（《廣說佛教語大辭典》，頁 1230）。

（19） 觀音當大慈。勢至當大智。維摩者淨名也。淨者性也。名者相也。性相不異。故號淨名。諸大菩薩所表者人皆有之。不離一心悟之即是。（《傳心法要》〔0379c18〕）

梵語 bodhi-sattva，音譯作「菩提薩埵」，略稱爲「菩薩」（《佛光大辭典》，頁 5209）。「大」修飾節譯詞「菩薩」，構成「大菩薩」指深行之菩薩（《佛光大辭典》，頁 865）。

此類有些是描寫時間的詞語，由漢語成分修飾「劫」而成。梵語 kalpa，音譯「劫波」，節稱爲「劫」，佛經裡指稱不可計算之長大年月，爲極大時限之時間單位（《佛光大辭典》，頁 2811）。《傳法心要》實際用例如下：

（20）世人聞道。諸佛皆傳心法。將謂心上別有一法可證可取。遂將心覓法。不知心即是法法即是心。不可將心更求於心。歷千萬劫終無得日。不如當下無心。便是本法。（《傳心法要》〔0379c18〕）

數字聯合的「千萬」修飾「劫」。

（21）所以云。佛眞法身猶若虛空。不用別求。有求皆苦。設使恒沙劫行六度萬行得佛菩提。亦非究竟。（《宛陵錄》〔0384b01〕）

（22）若觀佛作清淨光明解脱之相。觀眾生作垢濁暗昧生死之相。作此解者歷河沙劫終不得菩提。（《傳心法要》〔0379c18〕）

恒河沙，梵語 gangā－nad－vālukā，即恆河之沙。恆河沙粒至細，其量無法計算。諸經中凡形容無法計算之數，多以「恆河沙」一詞爲喻（《佛光大辭典》，頁 3813）。「恒河沙」縮略爲「恒沙」、「河沙」，再修飾「劫」。

（23）凡夫不趣道。唯恣六情乃行六道。學道人一念計生死即落魔道。一念起諸見即落外道。（《傳心法要》〔0381b17〕）

魔，一般認爲是魔羅 Māra 之略（《佛學大辭典》，頁 1466），顧滿林認爲魔即 Māra 最初的音譯形式〔註 3〕；「魔」修飾「道」，「魔道」指稱指惡魔之行爲，或惡魔之世界（《佛光大辭典》，頁 6888）。

（24）又云。秖如箇癡狗相似。見物動處便吠。風吹草木也不別。又云。我此禪宗從上相承已來。不曾教人求知求解。（《傳心法要》〔0382b28〕）

以禪那爲示，故名爲禪宗（《佛學大辭典》，頁 1392）。禪，爲禪那 Dhyāna 的節譯詞，修飾「宗」而成。

（25）沙門果者。息慮而成不從學得。汝如今將心求心。傍他家舍秖擬學取。有甚麼得時。（《傳心法要》〔0382b28〕）

〔註 3〕顧滿林（2006：147-148）引東漢譯品裡「魔」的用例，發現偈頌中用「魔與官屬」、「魔官屬」而無一「魔羅官屬」，散句中用「魔官屬」，同樣證明東漢譯經中 Māra 音譯一開始就作「魔」，而不是「魔羅」。Māra 在漢譯佛典中最初的音譯形式就是「魔」。

沙門，爲梵語 Śrmana，爲出家者之總稱（《佛光大辭典》，頁 2972）。沙門果，指出家的功德、修行完成的境地。(《廣說佛教語大辭典》，頁 625)，由「沙門」修飾「果」構成之。

（26）師云。身心不起。是名第一牢強精進。纔起心向外求者。名爲歌利王愛游獵去。(《宛陵錄》〔0386a18〕)

佛陀於過去世爲忍辱仙人時，此王惡逆無道，一日，率宮人出遊，遇忍辱仙人於樹下坐禪，隨侍女見之，捨歌利王而至忍辱仙人處聽法，王見之生惡心，遂割截仙人之肢體。(《佛光大辭典》，頁 5820)「歌利王」是先將梵名 Kaliṅgarāja，音譯爲「歌利」後加「王」以表示身份而成「歌利王」。

（27）達摩西來無風起浪。世尊拈花一場敗缺。到這裏說甚麼閻羅老子千聖尚不柰爾何。不信道。直有遮般奇特。爲甚如此。事怕有心人。(《宛陵錄》〔0387a11〕)

閻羅，即閻摩羅之略，閻魔王也（《廣說佛教語大辭典》，頁 1581）。閻魔王，梵名 Yama-rāja，爲鬼世界之始祖，冥界之總司，地獄之主神（《佛光大辭典》，頁 6340）。將閻魔尊崇爲老子、冥界之王（《廣說佛教語大辭典》，頁 1580）。「閻羅」修飾派生詞「老子」而成「閻羅老子」。

（28）設使恒沙劫行六度萬行得佛菩提。亦非究竟。何以故。爲屬因緣造作故。因緣若盡還歸無常。(《宛陵錄》〔0384b01〕)

佛菩提，指佛陀本性(《廣說佛教語大辭典》，頁 572)。梵語 buddha 音譯爲「佛」，修飾音譯 bodhi「菩提」。

3. 動賓式

（29）學道人多於教法上悟。不於心法上悟。雖歷劫修行。終不是本佛。(《傳心法要》〔0381c13〕)

（30）佛與眾生更無別異。但是眾生著相外求。求之轉失。使佛覓佛。將心捉心。窮劫盡形終不能得。不知息念忘慮佛自現前。此心即是佛。佛即是眾生。(《傳心法要》〔0379c18〕)

劫，梵語 kalpa 之節譯。「歷劫」謂經過劫數，形容長遠之時間(《佛光大辭典》，頁 6254)。「窮」爲動詞「盡」，「窮劫」意謂時間長遠至劫盡也（《廣說佛教語大辭典》，頁 1519）。

（31）云。道是何物。汝欲修行。問諸方宗師相承參禪學道如何。(《傳心法要》〔0382b10〕)

（32）平日只學口頭三昧。說禪說道。喝佛罵祖。到遮裏都用不著。平日只管瞞人。爭知道今日自瞞了也。(《宛陵錄》〔0387a11〕)

參禪乃參入禪道之意。指於師家之下坐禪修行，引申爲於禪定中參究眞理（《佛光大辭典》，頁 4397）。說禪，指說示禪、舉揚禪（《廣說佛教語大辭典》，頁 1475），二詞皆以「禪」爲受詞。

（33）此心明淨。猶如虛空無一點相貌。舉心動念即乖法體。即爲著相。無始已來無著相佛。修六度萬行欲求成佛。即是次第。(《傳心法要》〔0379c18〕)

（34）師云。問從何來。覺從何起。語默動靜一切聲色。盡是佛事。何處覓佛。不可更頭上安頭嘴上加嘴。但莫生異見。(《宛陵錄》〔0385b16〕)

「覓佛」、「成佛」都是以音譯成分「佛」爲目標的動詞。

4. 節縮式

（35）何不與我心心同虛空去。如枯木石頭去。如塞灰死火去。方有少分相應。若不如是。他日盡被閻老子拷爾在。(《傳心法要》〔0383b14〕)

音譯「閻羅」修飾派生詞「老子」，成爲「閻羅老子」，再以要字節縮法將，縮略爲「閻老子」。

（36）恒河沙者。佛說是沙。諸佛菩薩釋梵諸天步履而過。沙亦不喜。牛羊蟲蟻踐踏而行。沙亦不怒。珍寶馨香沙亦不貪。糞尿臭穢沙亦不惡。(《傳心法要》〔0379c18〕)

釋梵，帝釋與梵天也（《佛學大辭典》，頁 1460）。帝釋，忉利天之主也，居須彌山之頂喜見城，統領他之三十二天。梵名 Śakra devānām indra，譯爲釋迦提桓因陀羅，略云釋提桓因（《佛學大辭典》，頁 788）。梵天，色界之初禪天也。此天離欲界之婬欲，寂靜清淨，故云梵天（《佛學大辭典》，頁 934）。「帝釋」乃由「釋迦提桓因陀羅」節譯，再加上表示身分的「帝」，成爲「帝釋」；再與「梵天」各取一字，並列節縮而成「釋梵」。

（37）但不了自心。於聲教上起解。或因神通。或因瑞相。言語運動。聞有菩提涅槃三僧秖劫修成佛道。皆屬聲聞道。謂之聲聞。(《傳心法要》〔0380c21〕)

（38）爾今聞發菩提心。將謂一箇心學取佛去。唯擬作佛。任爾三秖劫修。亦秖得箇報化佛。與爾本源眞性佛有何交涉。(《宛陵錄》〔0385b16〕)

（39）本佛上實無一物。虛通寂靜明。妙安樂而已。深自悟入。直下便是。圓滿具足更無所欠。縱使三秖精進修行歷諸地位。及一念證時。秖證元來。(《傳心法要》〔0379c18〕)

《傳心法要》、《宛陵錄》兩部經典的「祇」字皆作「秖」字。「三僧秖劫」、「三秖劫」、「三秖」，是三阿僧祇劫之略（《佛學大辭典》，頁 159、174；《廣說佛教語大辭典》，頁 112）。三阿僧祇劫，爲菩薩修行成滿至於佛果所須經歷之時間，又作三大阿僧祇劫。(《佛光大辭典》，頁 577）阿僧祇劫 Asamkhyeyakalpa 者，譯言無數長時，菩薩之階位有五十位，以之區別爲三期之無數長時：十信十住十行十迴向之四十位，爲第一阿僧祇劫；十地之中，自初地至第七地，爲第二阿僧祇劫；自八地至十地爲第三阿僧祇劫；第十地卒，即佛果也。劫有大中小三者，故曰三大阿僧祇劫（《佛學大辭典》，頁 728）。故先以音譯譯爲「阿僧祇劫」，再以數字節縮法統稱「第一阿僧祇劫、第二阿僧祇劫、第三阿僧祇劫」爲「三大阿僧祇劫」、再由「三大阿僧祇劫」，最後以要字節縮法，成了「三僧祇劫」、「三祇劫」、「三祇」。這三個詞是兼具總合了音譯、要字節縮與數字節縮三種構詞法而成。

（三）意譯、名相者

此處指稱源於意譯或佛教名相者。

（40）問六祖不會經書。何得傳衣爲祖。秀上座是五百人首座。爲教授師。講得三十二本經論。云何不傳衣。(《傳心法要》〔0383c19〕)

「教授」與「師」並列構詞；「教授」聯合式複合詞。「教授」譯自 Ācārya，音稱阿闍梨、阿祇利，意譯曰教授，指軌範正行，可矯正弟子行爲，爲其軌則師範高僧之敬稱（《佛學大辭典》，頁 735）。

（41）故曰。報化非眞佛。亦非說法者。所言同是一精明分爲六和合。一精明者。一心也。（《傳心法要》〔0381c13〕）

數詞「一」修飾「精明」。「精明」爲聯合結構。一精明，指人人本具之自性清淨心。「精明」乃形容其明澄絶妙。（《佛學大辭典》，頁 77）

（42）這個法若爲道我從善知識言下領得。會也悟也這個慈悲。若爲汝起心動念學得他見解。不是自悟本心。究竟無益。（《宛陵錄》〔0386a11〕）

「善」修飾並列結構的「知識」。善知識，譯自梵語 kalyānamitra，指正直而有德行，能教導正道之人（《佛光大辭典》，頁 4884）。

（43）心性不異。即性即心。心不異性。名之爲祖。所以云。認得心性時。可說不思議。（《宛陵錄》〔0384b15〕）

否定副詞「不」修飾並列動詞「思議」，成爲名詞的「不可思議」。梵語 a-cintya。指不可思慮、言說之境界，用以形容諸佛菩薩覺悟之境地，與智慧、神通力之奧妙（《佛光大辭典》，頁 962）。

（44）境上作解暫爲中下根人說即得。若欲親證皆不可作如此見解。盡是境法有沒處沒於有地。但於一切法不作有無見。即見法也。（《傳心法要》〔0380c21〕）

「有無」共同修飾「見」，「有無」內部爲並列結構。有者常見，執有我有法之邪見也，無者斷見，執無我無法之邪見也，即反對之徧見也（《佛學大辭典》，頁 511）。

（45）不漏心相名爲無漏智。不作人天業。不作地獄業。不起一切心。諸緣盡不生。即此身心是自由人。（《宛陵錄》〔0386b02〕）

漏，爲漏泄之意，乃煩惱之異名。貪、瞋等煩惱，日夜由眼、耳等六根門漏泄不止，故稱爲漏。又漏有漏落之意，煩惱能令人落入於三惡道，故稱漏（《佛光大辭經》，頁 5128）。無漏智，梵語 anāsrava-jñāna，指證見眞理，遠離一切煩惱過非之智慧（《佛光大辭典》，頁 5130）。故「無漏智」爲意譯詞，動賓結構「無漏」修飾「智」，構成偏正式複合詞。

（46）我王庫內無如是刀。從前所有一切解處。盡須併却。令空更無分別。即是空如來藏。如來藏者。更無纖塵可有。即是破有法

王出現世間。(《傳心法要》〔0382b28〕)

佛以無礙智之善巧方便，破有情萬有實有之執著，令諸眾生出離三界，了脫生死，故稱破有法王（《佛光大辭典》，頁 4233)。法王，梵語 dharma-rāja，是佛之尊稱（《佛光大辭典》，頁 3339)。有，指三有或二十五有；破有，即破三界之生死（《佛光大辭典》，頁 4233)。故此詞第一層以「破有」修飾「法王」;「破有」爲動賓式結構、「法王」爲偏正式結構。

(47) 我於阿耨菩提實無所得。恐人不信故引五眼所見五語所言。眞實不虛是第一義諦。(《傳心法要》〔0379c18〕)

梵語 paramārtha-satya，即最殊勝之第一眞理，總括其名，即指深妙無上之眞理，爲諸法中之第一，故稱第一義諦（《佛光大辭典》，頁 4760)。以派生詞「第一」做爲中心語「義諦」的修飾語。

(48) 故如來云。我於阿耨菩提實無所得。若有所得。然燈佛則不與我授記。(《傳心法要》〔0379c18〕)

(49) 本無所有亦無所得。無依無住。無能無所。不動妄念便證菩提。(《傳心法要》〔0379c18〕)

「所得」、」所有」皆爲詞頭所～派生的名詞，與動詞「有」、「無」，構成動賓結構，用以表示佛家名相。無所得、無所有，皆出自梵語 aprāptitva。謂體悟無相之眞理，內心無所執著，無所分別（《佛光大辭典》，頁 5093)。有所得，梵語 prāpti，爲「無所得」之對稱，即無法體悟絕對平等、無二無別之眞理，而有所執取；亦即分別有無、一異、是非等之二相，而有取捨之念，稱爲有所得。若離開有、無等相對之觀念，而體悟空之眞理，則稱爲無所得（《佛光大辭典》，頁 2433)。

(50) 今付無法時。法法何曾法。若會此意。方名出家兒。方好修行。若不信云何明上座走來大庾嶺頭尋六祖。(《傳心法要》〔0383c19〕)

出家，梵語 pravrajyā，指出離家庭生活，專心修沙門之淨行（《佛光大辭典》，頁 1558)。原爲動賓結構，再加上詞尾~兒，表示出家修行的人。

(51) 經云。菩薩有意生身是也。忽若未會無心。著相而作者。皆屬魔業。乃至作淨土佛事。並皆成業。乃名佛障。(《宛陵錄》〔0386b02〕)

意生身，梵語 mano-maya-kāya，非父母所生之身體，乃初地以上之菩薩爲濟度眾生，依「意」所化生之身（《佛光大辭典》，頁 5445）。第一層是「意生」修飾「身」，表示其特殊性；「意生」爲主謂結構。

（52）大千沙界海中漚。一切聖賢如電拂。一切不如心眞實法身。（《傳心法要》〔0383b14〕）

「沙界」意謂恆河沙之世界，即指無量無數之佛世界（《佛光大辭典》，頁 2974）。「恆河沙」爲意譯詞，節縮爲「沙」，修飾「界」而構成此例詞。

（53）學般若人不見有一法可得。絕意三乘。唯一眞實。不可證得。謂我能證能得。皆增上慢人。法華會上拂衣而去者。皆斯徒也。（《傳心法要》〔0381b17〕）

法華會，乃講讚法華經之法會也。「法華經」爲「妙法蓮華經」之略名（《佛學大辭典》，頁 705）。故此詞先以要字節縮法將「妙法蓮華經」節縮爲「法華」、將「法會」節縮的「會」，構成「法華會」一詞。

（54）是法平等。無有高下。是名菩提。即此本源清淨心。與眾生諸佛世界山河。有相無相遍十方界。一切平等無彼我相。（《傳心法要》〔0379c18〕）

梵語 daśadiśa vii，指東、西、南、北、東南、西南、東北、西北、上、下。佛教主張十方有無數世界及淨土，稱爲十方世界（《佛光大辭典》，頁 402）。先以數字節縮法構成「十方世界」，再以要字節縮而成「十方界」一詞。

（四）禪宗常用的詞語

此類指運用於禪籍裡的語詞，且其概念未源於譯經者。以下以派生詞及四音節詞爲例。

（55）爾也須自去做箇轉變始得。若是箇丈夫漢。看箇公案。（《宛陵錄》〔0387a11〕）

「丈夫」爲偏正複合詞，加上「漢」構成派生詞。這種「~漢」構成的詞彙，於禪宗語錄裡，作爲詈稱、賤稱（張美蘭 1998：120），表示尚未進入悟境的禪生（張美蘭 1998：123）。

（56）勸爾兄弟家。趁色力康健時。討取個分曉處。不被人瞞底一段大事。遮些關棙子。甚是容易。（《宛陵錄》〔0387a11〕）

兄弟，爲同門修行僧的親暱稱呼（《廣說佛教語大辭典》，頁 333）。「兄弟」爲並列複合詞，～家是表示身分的名詞詞尾，「兄弟家」有統稱代詞的作用。「關棙子」，以聯合式結構「關棙」，加上詞尾~子而成。此詞爲禪林用語，指參悟奧祕玄機之要訣（《佛光大辭典》，頁 6712）。

（57）有一般閑神野鬼。纔見人有些少病。便與他人說。爾只放下著。及至他有病。又却理會不下。手忙脚亂。爭柰爾肉如利刀碎割做。主宰不得。（《宛陵錄》〔0387a11〕）

「手忙腳亂」表層是聯合結構；「手忙」、「腳亂」都是主謂結構。

（58）權立道名。不可守名而生解。故云。得魚忘筌。身心自然達道識心。（《傳心法要》〔0382b28〕）

「得魚」、「忘筌」這兩個動賓結構並列構成新詞、表示新義。原出於《莊子‧外物》：「筌者所以在魚，得魚而忘筌；蹄者所以在兔，得兔而忘蹄；言者所以在意，得意而忘言。」比喻既已成功即忘其憑藉，已達成目的，即捨棄工具、方法。禪宗，皆認爲最高深之道理絶非言語所可傳示，故主張以心證道，離絕言詮（《佛光大辭典》，頁 4554）。

（59）平日只學口頭三昧。說禪說道。喝佛罵祖。到遮裏都用不著。平日只管瞞人。爭知道今日自瞞了也。（《宛陵錄》〔0387a11〕）

此例兩個動賓式複合詞「喝佛」、「罵祖」，並列而構成聯合結構。喝，爲動詞「叱責」。

（60）萬般事須是閑時辦得下。忙時得用。多少省力。休待臨渴掘井。做手脚不辦。（《宛陵錄》〔0387a11〕）

「臨渴掘井」用以表示爲時已晚。介賓結構「臨渴」做狀語，點出動詞「掘井」的時間；「掘井」是動賓式複合詞。

（61）此法即心。心外無法。此心即法。法外無心。心自無心。亦無無心者。將心無心。心却成有。默契而已。絕諸思議。故曰言語道斷心行處滅。此心是本源清淨。佛人皆有之。（《傳心法要》〔0379c18〕）

言語道斷心行處滅，究竟之眞理，言語之道斷而不可言說。心念之處滅而不可思念也。心行者心念之異名，心者遷流於剎那，皆云心行（《佛學大辭典》，頁

552)。「言語道斷」爲主謂式結構，「言語」爲主語、「道斷」是謂語；「言語」爲聯合複合詞、「道斷」爲補充式複合詞。「心行處滅」亦爲主謂結構，主語「心行處」、謂語「滅」；「心行處」爲偏正式結構「心行」修飾「處」；「心行」爲主謂結構。

（62） 六祖云。如是。到此之時方知祖師西來直指人心見性成佛不在言說。(《傳心法要》〔0383c19〕)

所謂直指人心，即無須向外界尋求，而直觀自心、自性；所謂見性成佛，即無須分析思慮，而透徹覺知自身具有之佛性，即達佛之境界。此語與「不立文字，教外別傳」皆爲禪宗表徹悟境界之用語(《佛光大辭典》，頁 3458)。「直指本心」第一層爲動賓結構；主要動詞「指」受狀語「直」修飾；賓語「本心」爲偏正式複合詞。「見性成佛」，兩個動詞「見性」、「成佛」彼此有著因果關係，故爲動補結構；「見性」、「成佛」都是動賓式複合詞。

以上分析、說明《傳心法要》、《宛陵錄》多重構詞的用例。

三、結論

筆者關注佛教詞語對漢語構詞法的影響，以禪宗語言爲觀察對象，選取晚唐禪籍《傳心法要》、《宛陵錄》爲語料，篩選經由不同構詞法共同構成的詞語，並著手分析構詞層次。本文認爲進行佛典語言詞彙分析時，應該兼及思考詞素的來源，嘗試將多種構詞法構成者以「多重構詞」名之，藉此凸出佛典語言構詞的特性。經由分析，歸納《傳心法要》的「多重構詞」的特點如下：

首先，著重詞彙結構的層次性，逐層解析、注意不同層面構詞法的作用。「佛性」一詞，則是先合璧、再節縮；「報化佛」，首先「佛陀」的節譯爲「佛」，再者「報身」和「化身」並列節縮爲「報化」，再修飾「佛」而成新詞。

其次，描寫詞素來源，追溯詞素的來源，分析其形成的程序步驟。不單以表面結構分析之，而深入探究、分析這些詞素的構成。如梵語 kalpa，音譯爲「劫波」，節譯爲「劫」，再構成「累劫」、「歷劫」、「千萬劫」等詞語。

其三，充分表現詞彙的強韌性，從詞彙音節數來看，從單音節到雙音節、從雙音節到多音節，擴充了音節數，顯示現近代漢語時多音節詞的發展，如：「兄弟」加上詞尾~家，成爲帶有統稱意義的「兄弟家」。另外，尚能藉由節縮法，或者是音譯成分的單獨構詞，使得多音節變爲雙音節者，如：「三大阿僧秖劫」

可成爲「三僧秖劫」、「三秖劫」、「三秖」。近代漢語詞彙走向多音節化，甚至由多音節又走回雙音化，如是充分展現出詞彙的強韌度。

從著重結構層次性、追溯詞素來源、展現韌性三方面來看，本文認爲「多重構詞」一詞，更能表現佛典語言詞彙構成的深層與強韌、豐富與精緻，藉此探知漢譯佛典對漢語詞彙體系的影響。筆者以個人粗略的看法就教方家，尚望指正。

參考文獻

1. 陳蘭香，1999，〈佛教詞語中的比喻造詞及其美質〉，《修辭學習》第 5 期，頁 14-15。
2. 丁福保，1984，《佛學大辭典》，北京：文物出版社。
3. 道本，2001，《黃檗禪學思想述論》，大樹：佛光山文教基金會出版。
4. 杜繼文、魏道儒，1993，《中國禪宗通史》，蘇州：江蘇古籍出版社。
5. 佛光大藏經編修委員會，1988，《佛光大辭典》，大樹：佛光山文教基金會。
6. 佛光山大藏經編委會，2005，《禪藏》，大樹：佛光山文教基金會。
7. 高名凱，1948，〈唐代禪家語錄所見的語法成分〉，《高名凱語言學論文集》，北京：商務印書館，頁 135-163。
8. 顧滿林，2006，《漢文佛典用語專題研究》，成都：四川大學道教與宗教文化研究所博士學位論文。
9. 蔣紹愚，1994，《近代漢語研究概況》，北京：北京大學出版社。
10. 李淼，1994，《中國禪宗大全》，高雄：麗文文化出版社。
11. 李仕春、艾紅娟，2009，〈從複音詞數據看中古佛教類語料構詞法的發展〉，《西南交通大學學報》第 4 期，頁 10-14。
12. 梁曉虹，1985，《漢魏六朝佛經意譯詞研究》，南京：南京師範大學中文系碩士學位論文。
13. 梁曉虹，1991a，〈漢譯佛經中的「比喻造詞」〉，《暨南學報》（哲學社會科學）第 2 期，頁 119-122、136。
14. 梁曉虹，1991b，〈漢魏六朝譯經對漢語詞彙雙音化的影響〉，《南京師大學報》第 2 期，頁 73-78。
15. 梁曉虹，1994，《佛教詞語的構造與漢語詞彙的發展》，北京：北京語言學院出版社。
16. 梁曉虹，2001，《佛教與漢語詞彙》，大樹：佛光文化。
17. 駱曉平，1990，〈魏晉六朝漢語詞彙雙音化傾向三題〉，《古漢語研究》第 4 期，頁 1-11、94。
18. 馬伯樂撰、馮承鈞譯，1944，〈晚唐幾種語錄中的白話〉，《中國學報》第 1 期，頁 73-91。

19. 入矢義高，1994，〈禪宗語錄的語言與文體〉，《俗語言研究》創刊號，頁 4-8。
20. 蘇新春，2003，〈當代漢語外來單音語素的形成與提取〉，《中國語文》第 6 期，頁 549-558。
21. 顏洽茂，1997，《佛教語言闡釋——中古佛經詞彙研究》，杭州：杭州大學出版社。
22. 于谷，1995，《禪宗語言和文獻》，南昌：江西人民出版社。
23. 張美蘭，1998，《禪宗語言概論》，台北：五南圖書出版社。
24. 〔日〕中村元原著、林光明編譯，2009，《廣説佛教語大辭典》，台北：嘉豐出版社。
25. 中華電子佛典協會，2010 「CBETA 電子佛典集成」，台北：中華電子佛典協會。
26. 周碧香，2009，〈從《祖堂集》談佛典詞彙的漢化〉，《漢譯佛典語法研究學術研討會暨第四屆漢文佛典語言學學術研討會論文匯編》，頁 284-303。
27. 朱慶之，1992a，〈試論佛典翻譯對中古漢語詞彙發展的若干影響〉，《中國語文》第 4 期，頁 297-303。
28. 朱慶之，1992b，《佛典與中古漢語詞彙研究》，台北：文津出版社。
29. 朱慶之，2000，〈佛經翻譯中的仿譯及其對漢語詞匯的影響〉，《中古近代漢語研究》第 1 期，頁 247-262。
30. 朱慶之，2003a，〈論佛教對古代漢語詞彙發展演變的影響（上）〉，《普門學報》第 15 期，頁 1-41。
31. 朱慶之，2003b，〈論佛教對古代漢語詞彙發展演變的影響（下）〉，《普門學報》第 16 期，頁 1-35。
32. 朱慶之編，2009，《佛教漢語研究》，北京：商務印書館。
33. 竺家寧，1998，〈認識佛經的一條新途徑——談談「佛經語言學」〉，《香光莊嚴》第 55 期，頁 6-13。
34. 竺家寧，1999，《漢語詞彙學》，台北：五南圖書出版社。
35. 竺家寧，2005，《佛經語言初探》，台北：橡樹林文化出版社。
36. 竺家寧，2006，〈佛經語言研究綜述——詞彙篇〉，《佛教圖書館刊》第 44 期，頁 66-86。

六朝佛典和本土傳世文獻中受事話題句比較研究*

袁健惠

（煙臺大學　中文系；北京大學　中文系 國學院）

摘　要

以六朝時期的三部佛典和兩部本土傳世文獻爲考察對象，在窮盡考察語料中所見受事話題句的類型及其句法特徵的基礎上，把譯經中受事話題句的使用情況跟與之同時期的本土傳世文獻中受事話題句的使用情況加以對比，細緻地描寫了受事話題句在六朝時期的整體面貌。

關鍵詞：受事話題句；類型；句法特徵；比較

* 本研究受國家社科青年基金（專案號 11CYY041）和山東省教育廳人文社科基金專案（專案號：J11WD27）資助，謹致謝忱。

一、六朝本土傳世文獻中受事話題句類型及其句法分析

六朝時期我們所考察的本土文獻是《世說新語》和《顏氏家訓》。兩部文獻中受事話題句共出現 95 例，《世說新語》和《顏氏家訓》中的用例分別是 53、42，根據謂語動詞是否出現前附或後附成分分爲兩種類型：

（一）受事話題＋光杆謂語動詞〔註 1〕

（1）權潸然對曰：「亡伯令問夙彰，而無有繼嗣；雖名播天聽，然胤絕聖世。」（《世說新語．言語》）

此類受事話題句出現 1 例，見於《世說新語》，約佔用例總數的 1.1%。充當受事的是體詞性成分，在結構上是光杆名詞。

從動詞及其前後成分的使用情況來看，所涉及的動詞有 1 個。受事直接出現在動詞之前，動詞之後補語。如例（1），受事是「名」，它直接用在動詞「播」之前，動詞之後不出現補語。

（二）謂語動詞出現前附成分或後附成分

此類受事話題句出現 92 例，根據所出現的成分是前附成分還是後附成分分爲兩類：

1. 受事話題（＋主語）＋狀語＋謂語動詞 / 動詞短語

此類受事話題句出現 75 例，約佔用例總數的 78.9%。根據充當狀語的成分在詞類上的差異，分爲五類：

A. 受事（＋主語）＋副詞＋動詞 / 動詞短語

此類受事話題句出現 16 例。《世說新語》、《顏氏家訓》中的用例分別是 12、3。根據副詞辭彙意義的不同，分爲三類：

① 受事＋否定副詞＋動詞。如：

（2）法暢曰：「廉者不求，貪者不與，故得在耳。」（《世說新語．言語》）

此類受事話題句出現 9 例。《世說新語》、《顏氏家訓》中的用例分別是 7、2。充當受事的有體詞性和謂詞性兩種成分，其用例分別是 8、1。按照結構的

〔註 1〕本文的受事話題簡稱「受事」，施事主語簡稱「主語」，謂語動詞簡稱「動詞」。

不同，體詞性成分分爲「者」字結構和一般定中結構兩類，二者的用例分別是2、6，謂詞性受事在結構上都是聯合結構。

從動詞及其前附成分的使用情況來看，所涉及的動詞有8個。動詞之前出現的由否定副詞充當的狀語，所涉及的否定副詞是「不」、「未」。如例（2），受事是「廉者」、「貪者」，動詞「求」和「與」之前出現由否定副詞「不」充當的狀語。

② 受事＋範圍副詞＋動詞短語。如：

（3）王丞相拜揚州，賓客數百人並加霑接，人人有悅色。（《世說新語·政事》）

此類受事話題句出現1例。見於《世說新語》。充當受事的是體詞性成分，其在結構上是一般定中結構。

從動詞及其前附成分的使用情況來看，所涉及的動詞有1個。動詞之前出現由範圍副詞充當的狀語，所涉及的範圍副詞是「並」。

③ 受事＋時間副詞＋動詞／動詞短語。如：

（4）此道人每輒摧屈。（世說新語·文學）

（5）吾時月不見黃叔度，則鄙吝之心已復生矣。（《世說新語·德行》）

（6）己之府奧，早已傾瀉而見；殷陳勢浩汗，眾源未可得測。（《世說新語·賞譽》）

此類受事話題句出現4例。《世說新語》、《顏氏家訓》中的用例分別是3、1。充當受事的都是體詞性成分，在結構上都是一般定中結構。

從動詞及其前附成分的使用情況來看，所涉及的動詞或動詞短語有4個：摧屈、生、鎖閉、傾瀉而見。動詞或動詞短語之前出現由時間副詞充當的狀語，所涉及的時間副詞是「早已」、「復」、「輒」、「終身」。

④ 受事＋語氣副詞＋動詞。如：

（7）桓公問桓子野：「謝安石料萬石必敗，何以不諫？」（《世說新語·方正》）

此類受事話題句出現1例，見於《世說新語》。充當受事的是體詞性成分，在結構上是光杆名詞。

從動詞及其前附成分的使用情況來看，所涉及的動詞有1個。動詞之前出現由語氣副詞充當的狀語，所涉及的語氣副詞是「必」。

2. 受事＋名詞＋動詞

（8）李答曰：「北門之歎，久已上聞；窮猿奔林，豈暇擇木？」（《世說新語・言語》）

此類受事話題句出現 2 例，約佔用例總數的 2.1%。見於《世說新語》。充當受事的都是體詞性成分，按照結構的不同分別光杆名詞和一般定中結構兩類，其用例各爲 1。

從動詞及其前附成分的使用情況來看，所涉及的動詞有 2 個。動詞之前出現由名詞充當的狀語〔註 2〕。如例（8），受事是「北門之歎」，動詞「聞」之前出現由方位名詞「上」充當的狀語。

3. 受事＋形容詞＋動詞

（9）李元禮嘗歎荀淑、鍾皓曰：「荀君清識難尚，鍾君至德可師。」（《世說新語・德行》）

此類受事話題句出現 1 例，約佔用例總數的 1.1%。見於《世說新語》。充當受事的是體詞性成分，在結構上是光杆名詞。

從動詞及其前附成分的使用情況來看，所涉及的動詞有 1 個。動詞之前出現由形容詞充當的狀語，所涉及的形容詞是「難」。

4. 受事＋介詞短語＋動詞

（10）謝中郎在壽春敗，臨奔走，猶求玉帖鐙。（《世說新語・規箴》）

此類受事話題句出現 1 例，約佔用例總數的 1.1%，見於《世說新語》。充當受事的是體詞性成分，在結構上是光杆人名。

從動詞及其前附成分的使用情況來看，所涉及的動詞有 1 個。動詞之前出現由介詞短語充當的狀語，所涉及的介詞是「在」。

5. 受事＋能願動詞＋動詞

（11）簡文云：「不知便可登峰造極不？然陶練之功，尚不可誣。」（《世說新語・文學》）

此類受事話題句出現 56 例，約佔用例總數的 58.9%。《世說新語》、《顏氏家訓》中的用例分別是 29、27。充當受事的有體詞性和謂詞性兩種成分。前者

〔註 2〕充當狀語的名詞分爲方位名詞和處所名詞兩類，其用例各爲 1。

47 例，後者 9 例。按照結構的不同體詞性受事分爲光杆名詞、「者」字結構、一般定中結構和聯合結構四類，其用例依次是 8、6、28、5。謂詞性受事分爲光杆動詞、聯合結構和主謂結構三類，其用例依次是 3、5、1。

從動詞及其前附成分的使用情況來看，所涉及的動詞有 41 個。動詞之前出現由能願動詞充當的狀語，所涉及的能願動詞是「可」、「足」、「能」。如例（11），受事是「陶練之功」，動詞「誣」之前出現由能願動詞「可」充當的狀語。

（三）受事話題（＋狀語）＋謂語動詞＋後附成分

此類受事話題句出現 17 例，按照後附成分的不同，分爲兩類：

1. 受事話題（＋狀語）＋謂語動詞＋賓語

此類受事話題句中，充當賓語成分的都是代詞「之」。如：

（12） 共叔之死，母實爲之。（《顏氏家訓・教子》）

（13） 親友來餟酹者，一皆拒之。（《顏氏家訓・終制》）

此類受事話題句出現 12 例。《世說新語》、《顏氏家訓》中的用例分別是 1、11。受事全部由體詞性成分充當。按照結構的不同，分爲「者」字結構、一般定中結構和聯合結構三類，其用例依次是 5、9、1。

從動詞及其前後成分的使用情況來看，所涉及的動詞有 12 個。動詞之前出現狀語的有 9 例，充當狀語的是副詞、介詞短語或能願動詞；不出現狀語的有 3 例。動詞之後出現由代詞「之」充當的賓語。

從主語隱現的情況來看，主語出現的有 2 例，所出現的主語位於受事和動詞之間。如例（12），受事是「共叔之死」，動詞「爲」之前出現由語氣副詞充當的狀語，其後出現由代詞「之」充當的賓語，主語「母」位於受事和動詞之間。主語隱含的有 10 例，如例（13），受事是「親友來餟酹者」，動詞「拒」之前出現範圍副詞「一」、「皆」，其後出現由代詞「之」充當的賓語，受事和動詞之間不出現動作的發出者。

2. 受事（＋狀語）＋動詞（＋之）＋補語

此類受事話題句出現 5 例，根據充當補語的成分在詞類上的差異，分爲兩類：

A. 受事＋動詞＋之＋名詞短語。如：

（14）紛紜之議，裁之聖鑒。（《世說新語・言語》）

此類受事話題句出現 1 例。見於《世說新語》。受事由體詞性成分充當，在結構上是一般定中結構。

從動詞及其前後成分的使用情況來看，所涉及的動詞有 1。受事直接出現在動詞之前，動詞之後除了由代詞「之」充當的賓語之外，還出現由名詞短語充當的補語。如例（14），受事「紛紜之議」直接用在動詞「裁」之前，動詞之後出現由「之」充當的賓語以及由名詞短語「聖鑒」充當的補語。

B. 受事（＋狀語）＋動詞（＋之）＋介詞短語

此類受事話題句出現 4 例，根據動詞之前是否狀語成分，分爲兩類：

① 受事＋動詞＋之＋介詞短語。如：

（15）元方曰：「老父在太丘，強者綏之以德，弱者撫之以仁，恣其所安，久而益敬。」（《世說新語・政事》）

此類受事話題句出現 2 例。見於《世說新語》。充當受事的是體詞性成分，在結構上都是「者」字結構。

從動詞及其前後成分的使用情況來看，所涉及的動詞有 2 個。受事直接出現在動詞之前，動詞之後除了由「之」充當的賓語之外，還出現由介詞短語充當的補語。如例（15），受事「強者」、「弱者」直接用在動詞「裁」之前，動詞之後除了出現賓語「之」之外，還出現由介詞短語「以德」、「以仁」充當的補語。

② 受事＋狀語＋動詞＋介詞短語。如：

（16）夜光之珠，不必出於孟津之河；盈握之璧，不必採於崑崙之山。（《世說新語・言語》）

此類受事話題句出現 2 例，見於《世說新語》。充當受事的都是體詞性成分，在結構上都是一般定中結構。

從動詞及其前後成分的使用情況來看，所涉及的動詞有 2 個。動詞之前出現由語氣副詞充當的狀語，所涉及的語氣副詞是「必」。動詞之後出現由介詞短語充當的補語。如例（16），受事是「夜光之珠」和「盈握之璧」，動詞「出」和「採」之後分別出現由介詞短語「於孟津之河」和「於崑崙之山」充當的補語。

（四）受事＋連詞＋動詞

（17）上智不教而成，下愚雖教無益，中庸之人，不教不知也。（《顏氏家訓・教子》）

此類受事話題句出現 2 例，見於《顏氏家訓》。約佔用例總數的 1.1%。充當受事的是謂詞性成分，在結構上都是狀中結構。 從動詞及其前後成分的使用情況來看，所涉及的動詞有 2 個。動詞之前出現連詞「雖」，動詞之後不出現其他成分。

二、六朝佛典受事話題句類型及其句法分析

六朝佛典中的受事話題句共出現 316 例，《賢愚經》、《雜寶藏經》、《百喻經》中的用例依次是 156、105、55，根據謂語動詞是否出現前附或後附成分分爲兩類：

（一）光杆謂語

此類受事話題句出現 28 例，根據謂語在結構構成方面的不同，分爲兩類：

1. 受事話題（＋施事主語）＋光杆謂語動詞。如：

（18）小者二百人挽，中者三百人挽，大者五百人挽。（《賢愚經》）

（19）昔有二人，共種甘蔗，而作誓言：「種好者賞；其不好者，當重罰之。」（《百喻經》）

此類受事話題句出現 27 例，約佔用例總數的 8.5%。《賢愚經》、《雜寶藏經》、《百喻經》中的用例分別是 12、10、5。充當受事的有體詞性和謂詞性兩種成分。前者 18 例，後者 9 例。按照結構的不同，體詞性受事分爲光杆名詞、「者」字結構、一般定中結構和聯合結構四類，其用例依次是 3、6、7、2。謂詞性受事分爲聯合結構和狀中結構兩類，其用例依次是 1、8。

從動詞及其前後成分的使用情況來看，所涉及的動詞有 16 個。受事直接出現在動詞之前，動詞之後不出現補語。

從主語的隱現情況來看，主語出現的有 13 例，所出現的主語位於受事和謂語動詞之間。如例（18），受事「小者」、「中者」、「大者」與動詞「挽」之間出現動作的發出者「二百人」、「三百人」、「四百人」。主語隱含的有 14 例，如例（19），受事「種好者」之間用在動詞「賞」之前，它與動詞之間不出現動作的

發出者。

2. 受事＋動詞短語〔註3〕。如：

（20）金銀七寶、車馬輦輿、園田六畜，稱意而與。(《賢愚經》)

此類受事話題句出現1例，約佔用例總數的0.3%。見於《百喻經》。受事直接出現在動詞短語之前，充當受事的是體詞性成分，在結構上是聯合結構。從謂語的構成情況來看，它由並列結構的動詞短語構成。

（二）謂語動詞出現前附成分或後附成分

此類受事話題句出現288例，根據所出現的成分是前附成分還是後附成分分爲兩類：

1. 受事話題（＋施事主語）＋狀語＋謂語動詞

此類受事話題句出現238例，約佔用例總數的75.3%。根據充當狀語的成分在詞類上的差異，分爲五類：

A. 受事（＋主語）＋副詞＋動詞

此類受事話題句出現85例。約占全部用例總數的26.9%。《賢愚經》、《雜寶藏經》、《百喻經》中的用例依次是31、29、25。充當受事的有體詞性成分和謂詞性成分兩類。前者78例，後者7例。根據副詞辭彙意義的不同，分爲三小類：

① 受事＋否定副詞＋動詞／動詞短語。如：

（21）貪欲之心，永不復生。(《賢愚經》)

此類受事話題句出現35例。《賢愚經》、《雜寶藏經》、《百喻經》中的用例依次是22、9、4。充當受事的有體詞性和謂詞性兩種成分。前者31例，後者4例。按照結構的不同，體詞性受事分爲光杆名詞、「者」字結構和一般定中結構三類，其用例依次是 14、1、16。謂詞性受事分爲述賓結構、狀中結構和主謂結構三類，其用例依次是1、2、1。

從動詞及其前附成分的使用情況來看，所涉及的動詞有32個。動詞之前出現由否定副詞充當的狀語，所涉及的否定副詞是「不」、「勿」。

〔註3〕這裏的動詞短語指的是由在結構上是並列、兼語結構的動詞組合或由「而」字連接的狀中結構，不包括動詞前由副詞、名詞、形容詞、介詞短語、能願動詞充當的狀語或動詞之後出現賓語或補語的結構。

② 受事（＋主語）＋範圍副詞＋動詞。如：

（22） 沙門諸果，我悉備辦。(《賢愚經》)

（23） 如彼獼猴，失其一豆，一切都棄。(《百喻經》)

此類受事話題句出現 33 例。《賢愚經》、《雜寶藏經》、《百喻經》中的用例依次是 9、5、19。充當受事的有體詞性和謂詞性兩種成分。前者 32 例，後者 1 例。按照結構的不同，體詞性受事分爲光杆名詞、一般定中結構和聯合結構三類，其用例依次是 12、13、7。謂詞性受事在結構上是聯合結構。

從動詞及其前附成分的使用情況來看，所涉及的動詞有 19 個。動詞之前出現由範圍副詞充當的狀語，所涉及的範圍副詞是「悉」、「皆」、「備」、「具」、「都」、「盡」、「共」〔註 4〕。

從主語的隱現情況來看，主語有出現的和隱含兩種情況，前者 2 例，所出現的主語位於受事和動詞之間。如例（22），受事「沙門諸果」和動詞「辦」之間出現動作的發出者「我」。後者 33 例，如例（23），受事「一切」和動詞「棄」之間不出現動作的發出者。

③ 受事＋時間副詞＋動詞。如：

（24） 疑網即除。(《雜寶藏經》)

（25） 汝今喜□、倉卒之相即時現驗（《百喻經》)

此類受事話題句出現 16 例。見於《雜寶藏經》和《百喻經》，其用例分別是 14、2。充當受事的有體詞性和謂詞性兩種成分。前者 15 例，後者 1 例。按照結構的不同，體詞性受事分爲光杆名詞和一般定中結構兩類，其用例分別是 2、13。謂詞性受事在結構上是聯合結構。

從動詞及其前附成分的使用情況來看，所涉及的動詞有 6 個。動詞之前出現由時間副詞充當的狀語，所涉及的時間副詞是「已」、「既」、「即時」、「即」、「常」。

④ 受事＋疑問副詞＋動詞。如：

（26） 如此賢人，實無過罪，云何拘繫？（《雜寶藏經》)

〔註 4〕由範圍副詞充當狀語的次類中，有些用例的動詞之前還出現了兩個或三個範圍副詞連用的情況。如：「一切所須，悉皆供給（賢愚經）」；「端正婦女入其意者，皆悉淩辱（賢愚經）」。

此類受事話題句出現 1 例。見於《雜寶藏經》。充當受事的是體詞性成分，在結構上都是一般定中結構從動詞及其前後成分的使用情況來看，所涉及的動詞有 1 個。動詞之前出現由語氣副詞充當的狀語，所涉及的語氣副詞是「云何」。

B. 受事＋名詞＋動詞。如：

（27）一切所有，皆中半分。(《百喻經》)

（28）珍琦勝物，皆稅奪取。(《百喻經》)

此類受事話題句出現 2 例，見於《百喻經》。約佔用例總數的 0.6%。充當受事的是體詞性成分，按照結構的不同，分爲一般定中結構和聯合結構兩類，其用例各爲 1。從動詞及其前附成分的使用情況來看，所涉及的動詞有 2 個。動詞之前出現由範圍副詞充當的狀語，所涉及的範圍副詞是「皆」。

C. 受事＋形容詞＋動詞。如：

（29）魔王妒皮易得（《賢愚經》）

此類受事話題句出現 41 例，約佔用例總數的 13%。《賢愚經》、《雜寶藏經》和《百喻經》中的用例分別是 34、5、1。充當受事的有體詞性和謂詞性兩種成分。前者 31 例，後者 10 例。按照結構的不同，體詞性受事分爲光杆名詞、「者」字結構、一般定中結構和聯合結構四類，其用例依次是 13、1、16、1。謂詞性受事分爲光杆動詞、聯合結構、述賓結構和主謂結構四類，其用例依次是 1、3、1、5。

從動詞及其前附成分的使用情況來看，所涉及的動詞有 25 個。動詞之前出現由形容詞充當的狀語，所涉及的形容詞有「易」、「難」、「吉」、「微」、「重」。

D. 受事＋介詞短語＋動詞。如：

（30）一切由行得。(《雜寶藏經》)

此類受事話題句出現 6 例，約佔用例總數的 1.9%。《賢愚經》、《雜寶藏經》和《百喻經》中的用例分別是 1、3、2。充當受事的全部是體詞性成分。按照結構的不同，分爲光杆名詞、一般定中結構和聯合結構三類，其用例依次是 1、3、2。

從動詞及其前附成分的使用情況來看，所涉及的動詞有 6 個。動詞之前出現由介詞短語充當的狀語，所涉及的介詞是「從」、「由」、「於」。

E. 受事（＋主語）＋能願動詞＋動詞。如：

（31） 貪欲愼毒，皆得消除。(《賢愚經》)

（32） 如是殷勤，志不可奪。(《賢愚經》)

（33） 如此大惡曠野鬼神，佛能降伏。(《雜寶藏經》)

（34） 遠來之物，不得自看。(《雜寶藏經》)。

此類受事話題句出現 103 例，約佔用例總數的 32.6%。《賢愚經》、《雜寶藏經》、《百喻經》中的用例依次是 60、39、4。充當受事的有體詞性和謂詞性兩種成分，前者 77 例，後者 26 例。體詞性受事按結構分爲光杆名詞、「者」字結構、「所」字結構、一般定中結構和聯合結構五類，其用例依次是 14、6、17、36、4。謂詞性受事按其結構分爲光杆動詞、聯合結構、述賓結構和主謂結構四類，其用例依次是 7、11、2、6。

從動詞及其前附成分的使用情況來看，所涉及的動詞有 59 個。動詞之前出現由能願動詞充當的狀語，所涉及的能願動詞是「可」、「應」、「能」、「得」、「當」、「敢」、「宜」、「足」、「願」。除了主語之外，能願動詞與動詞之間都不再插入其他成分。能願動詞之前不出現其他狀語成分的有 18 例，其前出現其他狀語成分的有 85 例。充當狀語的是副詞、形容詞或介賓短語。

從主語的隱現情況來看，主語出現的有 2 例。所出現的主語有位於受事和動詞之間和位於能願動詞和謂語動詞之間兩種情況。前者如例（33），主語「佛」出現在受事「如此大惡曠野鬼神」和動詞「降伏」之間。後者如例（34），主語「自」出現在能願動詞和動詞之間。主語隱含的有 101 例，如例（31），受事「貪欲愼毒」與動詞「消除」之間不出現動作的發出者。

（三）受事話題（＋狀語）＋謂語動詞＋後附成分

此類受事話題句出現 50 例，按照後附成分的不同，分爲兩類：

1. 受事話題（＋狀語）＋謂語動詞＋賓語

此類受事話題句出現 24 例，約佔用例總數的 7.6%。根據充當賓語的成分在詞類上的差異，分爲兩類：

A. 受事＋動詞＋名詞。如：

（35） 此缽與惡生王。(《雜寶藏經》)

此類受事話題句出現 3 例。見於《雜寶藏經》和《百喻經》，其用例分別是

1、2。充當受事的是體詞性成分，按照結構的不同，分爲光杆名詞、「者」字結構和一般定中結構三類，其用例各爲 1。

從動詞及其前後成分的使用情況來看，所涉及的動詞有 2 個：與 2、策使。受事直接出現在動詞之前，動詞之後出現由名詞充當的賓語。如例（35），受事「此缽」直接出現在動詞「與」之前，動詞之後出現專有指人名詞「惡生王」充當的賓語。

B. 受事（＋主語）（＋狀語）＋動詞＋代詞

此類話題句出現 21 例，根據充當賓語的代詞的不同，分爲兩類。

① 受事（＋主語）（＋狀語）＋動詞＋之。如：

（36）然此雉者，不宜便食，應先試之。（《雜寶藏經》）

（37）若欲得王意者，王之形相，汝當傚之。（《百喻經》）

此類受事話題句出現 19 例。《賢愚經》、《雜寶藏經》、《百喻經》中的用例依次是 10、5、4。充當受事的有體詞性和謂詞性兩種成分。前者 16 例，後者 3 例。按照結構的不同，體詞性受事分爲光杆名詞、「者」字結構和一般定中結構三類，其用例依次是 2、5 和 9。謂詞性受事分爲聯合結構和主謂結構兩類，其用例分別是 1 和 2。

從動詞及其前後成分的使用情況來看，所涉及的動詞有 13 個。動詞之前出現由副詞、能願動詞、名詞或形容詞充當的狀語〔註 5〕。動詞之後出現的由回指代詞「之」充當的賓語。

從主語隱現的情況來看，主語出現的用例爲 9。所出現的主語位於受事和動詞之間。如例（37），謂語動詞「效」之前出現由代詞「汝」充當的主語。主語隱含的有 10 例。如例（36），受事「此雉者」和謂語動詞「試」之間不出現動作的發出者。

② 受事＋狀語＋動詞＋汝。

此類受事話題句出現 2 例。根據充當狀語的成分詞類屬性的不同，分爲兩

〔註 5〕出現形容詞的有 1 例，所涉及的形容詞是「重」；出現副詞的有 5 例，所涉及的副詞分別是範圍副詞「悉」、「皆」和時間副詞「先」，二者的用例分別是 3 和 2。名詞和代詞用在動詞前用例分別是 2 和 8。所出現的名詞是「今日」，它用在動詞前作狀語表示動作發生的時間

類：

a. 受事＋範圍副詞＋動詞＋汝。如：

（38） 一切經藏，悉付囑汝。（《賢愚經》）

此類受事話題句出現 1 例。見於《賢愚經》。充當受事的是體詞性成分，在結構上是一般定中結構。從動詞及其前後成分的使用情況來看，所涉及的動詞有 1 個。動詞「語」之前出現由能願動詞「不得」充當的狀語，其後出現由人稱代詞「汝」充當的間接賓語。

b. 受事＋能願動詞＋動詞＋汝。如：

（39） 男子之事不得語汝。（《雜寶藏經》）

此類受事話題句出現 1 例。見於《雜寶藏經》。充當受事的是體詞性成分，在結構上是一般定中結構。從動詞及其前後成分的使用情況來看，所涉及的動詞有 1 個。動詞「語」之前出現由能願動詞「不得」充當的狀語，其後出現由人稱代詞「汝」充當的間接賓語。

C. 受事（＋主語）（＋狀語）＋動詞＋補語

此類受事話題句出現 26 例，約佔用例總數的 8.2%。根據充當補語的成分在詞類上的差異分爲四類：

受事＋狀語＋動詞＋名詞。如：

（40） 呼嗟之音，周聞天下。（《雜寶藏經》）

此類受事話題句出現 2 例。見於《雜寶藏經》。充當受事的是體詞性成分，在結構上都是一般定中結構。

從動詞及其前後成分的使用情況來看，所涉及的動詞有 2 個：聞、著。動詞之前出現由範圍副詞充當的狀語，其後出現由名詞充當的補語。如例（176），受事是「呼嗟之音」，動詞「聞」之前出現範圍副詞「周」，其後出現由處所名詞「天下」充當的補語。

D. 受事（＋主語）（＋狀語）＋動詞＋動詞

此類受事話題句出現 18 例，根據是否出現狀語成分在分爲兩類：

① 受事（＋主語）＋動詞＋動詞。如:

（41） 被鎮打已，情甚懊惱，即入王田胡麻地中，蹋踐胡麻，苗稼摧折。（《雜寶藏經》）

（42） 未得一豆，先所捨者雞鴨食盡。(《百喻經》)

此類受事話題句出現 9 例。見於《雜寶藏經》和《百喻經》，其用例分別是 6、3。充當受事的是體詞性成分，按照結構的不同，分爲光杆名詞、「者」字結構、一般定中結構和聯合結構四類，其用例依次是 2、2、1、4。

從動詞及其前後成分的使用情況來看，所涉及的動詞有 7 個。動詞之前不出現狀語，動詞之後出現由動詞充當的補語。

從主語的隱現情況來看，主語出現的有 1 例，所出現的主語位於受事和動詞之間。如例（42），受事是「先所舍者」與動詞「食」之間出現動作的發出者「雞鴨」。動詞之後出現由動詞「盡」充當的補語。主語隱含的有 8 例，如例（41），受事「苗稼」直接用在動詞「摧」之前，動詞之後出現由動詞「折」充當的補語，受事與謂語動詞之間不出現動作的發出者。

② 受事（＋主語）＋狀語＋動詞＋動詞

此類受事話題句出現 9 例。根據充當狀語的成分在詞類上的差異，分爲兩類：

a. 受事（＋主語）＋副詞＋動詞＋動詞

（43） 事不獲已，當殺於母。(《賢愚經》)

（44） 汝今所應作者，皆已作竟。(《賢愚經》)

（45） 一切所有，賊盡持去。(《百喻經》)

此類受事話題句出現 6 例。見於《賢愚經》、《雜寶藏經》和《百喻經》，其用例分別是 4、1、1。充當受事的都是體詞性成分。按照結構的不同，分爲光杆名詞和一般定中結構兩類，其用例分別是 2、4。

從動詞及其前後成分的使用情況來看，所涉及的動詞有 5 個。動詞之前出現由否定副詞、範圍副詞或語氣副詞充當的狀語，其用例分別是 2、3、1。動詞之後出現由動詞充當的補語。

從主語的隱現情況來看，主語出現和隱含的用例分別是 1、5。所出現的主語位於受事和動詞之間，如例（45），動詞「持」之後出現由趨向動詞「去」充當的補語，主語「賊」出現在受事和動詞之間。主語隱含的如例（44），受事「汝今所應作者」與動詞「作」之間不出現動作的發出者。

b. 受事（＋主語）＋能願動詞＋動詞＋動詞

（46）夫人食已，病得除愈。（《賢愚經》）

（47）好甜美者，汝當買來。（《百喻經》）

此類受事話題句出現 3 例。見於《賢愚經》和《百喻經》，其用例分別是 1、2。充當受事的都是體詞性成分，按照結構的不同分爲光杆動詞和「者」字結構兩類，二者的用例分別是 2、1。從動詞及其前後成分的使用情況來看，所涉及的動詞有 3 個。動詞之前出現由能願動詞充當的狀語，動詞之後出現由動詞充當的補語〔註 6〕。

從主語的隱現情況來看，主語出現的有 1 例，所出現的主語位於受事和動詞之間。如例（47），動詞「買」之前出現由能願動詞「當」充當的狀語，其後出現由趨向動詞「來」充當的補語。主語「汝」位於受事「好甜美者」和動詞「買」之間。

③ 受事＋狀語＋動詞＋介詞短語

（48）諸商人物，皆入於賊。（《雜寶藏經》）

此類受事話題句出現 1 例。見於《雜寶藏經》。充當受事的是體詞性成分，在結構上是一般定中結構。從動詞及其前後成分的使用情況來看，所涉及的動詞有 1 個。動詞之前出現由範圍副詞充當的狀語，所涉及的範圍副詞是「皆」，動詞之後出現由介詞短語充當的補語。

④ 受事（＋狀語）＋動詞＋數量短語

此類受事話題句出現 5 例。根據充當狀語的成分在詞類上的差異，分爲兩類：

a. 受事＋動詞＋數量短語。如：

（49）現所有物，破作二分。（《百喻經》）

此類受事話題句出現 3 例。見於《百喻經》。充當受事的都是體詞性成分，按照結構的不同，分爲光杆名詞和一般定中結構兩類，其用例分別是 2、1。

從動詞及其前後成分的使用情況來看，所涉及的動詞有 1 個：破作。動詞之前不出現狀語成分，動詞之後出現由數量短語充當的補語。

〔註 6〕動詞補語按照意義的不同分爲趨向補語和結果補語兩類，其用例分別是 1、2。

b. 受事＋名詞＋動詞＋數量短語。如：

（50）衣裳中割作二分（《百喻經》）

（51）盤、瓶亦復中破作二分。(《百喻經》)

此類受事話題句出現 2 例。見於《百喻經》。充當受事的都是體詞性成分，在結構上都是聯合結構。從動詞及其前後成分的使用情況來看，所涉及的動詞有 2 個：割作、破作。動詞之前出現由名詞充當的狀語〔註 7〕，其後出現由名詞充當的補語。如例（50），受事是「衣裳」，動詞「割作」之前出現由方位名詞「中」充當的狀語，其後出現由數量短語「二分」充當的補語。

三、六朝佛典和本土傳世文獻中受事話題句之比較

六朝時期我們所考察的兩類不同性質文獻中，受事話題句的在類型用例、受事話題、謂語和主語的結構構成方面表現出一定的差異：

首先，從基本類型來看，兩類文獻基本一致。其差異主要表現在次類的增減以及相同次類用例比例的增減方面。前者表現「受事＋主語＋動詞」、「受事＋動詞＋名詞」、「受事（＋主語）＋動詞＋動詞」、「受事＋動詞」數量短語「、「受事＋動詞短語」、「受事＋否定副詞＋動詞＋動詞」、「受事＋範圍副詞＋動詞＋名詞」、「受事＋範圍副詞＋動詞＋動詞」、「受事＋範圍副詞＋動詞＋介詞短語」、「受事＋時間副詞＋動詞＋動詞」、「受事＋語氣副詞＋動詞＋動詞」、「受事＋疑問副詞＋動詞」、「受事＋名詞＋動詞＋數量短語」、「受事＋主語＋能願動詞＋動詞」、「受事（＋主語）＋能願動詞＋動詞＋動詞」、「受事＋能願動詞＋動詞＋汝」16 個次類僅見於佛典。「受事＋時間副詞＋動詞短語」、「受事＋語氣副詞＋動詞」、「受事＋語氣副詞＋動詞＋介詞短語」、「受事＋連詞＋動詞」4 個次類僅見於本土文獻。後者表現爲「受事＋副詞＋動詞」、「受事＋形容詞＋動詞」、「受事＋介詞短語＋動詞」、「受事（＋主語）（＋狀語）＋動詞＋補語」4 個次類在佛典中所佔比例高於本土文獻，增幅依次是 11.1%、10.9%、0.5%、6.1%。「受事＋動詞」、「受事＋名詞＋動詞」、「受事（＋主語）＋能願動詞＋動詞」、「受事（＋主語）（＋狀語）＋動詞＋賓語」4 個次類在佛典中所佔比例低於本土文獻，降幅依次是 7.4%、1.5%、26.3%、6.1%。在「受事（＋主語）

〔註 7〕充當狀語的都是方位名詞。

＋副詞＋動詞」的次類中，「受事＋否定副詞＋動詞」、「受事＋時間副詞＋動詞」2 個次類在佛典所佔比例低於本土文獻，降幅分別是 11.7%、4.7%。次類「受事＋範圍副詞＋動詞」的用例在佛典中所佔的比例高於本土文獻，增幅是 32.9%。在「受事（＋主語）（＋狀語）＋動詞＋賓語」的次類中，由代詞充當賓語的用例在佛典中所佔比例低於本土傳世文獻，二者的差幅約爲 9.8%。在「受事（＋主語）（＋狀語）＋動詞＋補語」的不同次類中，本土傳世文獻只出現由介詞短語充當補語的用例，佛典中充當補語的有名詞、動詞、介詞短語三種詞類。

其次，在受事話題的構成方面，兩種不同性質文獻中的受事都分別由體詞性和謂詞性兩種成分構成，但二者在用例比例方面存在差異。佛典中，二者用例數分別是 260 和 56，分別約占總數的 82.3%和 17.7%，本土傳世文獻中，二者的用例數分別是 84 和 11，分別約占總數的 88.4%和 11.6%；由此可以看出，在共時平面內，體詞性受事在用例比例上都遠遠高於謂詞性受事。相比較而言，佛典中體詞性受事所佔比例低於本土傳世文獻，謂詞性受事所佔比例與之相反。

從體詞性受事的內部結構來看，兩種不同性質文獻中的體詞性受事都以偏正結構爲優勢結構，其次是光杆名詞。在體詞性受事的用例中，由光杆名詞、偏正結構、聯合結構充當的受事所佔用例總數的比例依次分別約爲 21.5%和 13.7% 、53.5%和 67.4%、7.3%和 7.4%。佛典中光杆名詞充當的體詞性受事高於本土文獻，偏正結構、聯合結構的受事與之相反。從謂詞性受事的內部結構來看，佛典中謂詞性受事在結構上分爲 5 類，光杆動詞、聯合結構、述賓結構、狀中結構、主謂結構所佔的比例分別依次是 2.5%、5.7%、3.8%、0.9%、4.7%，本土文獻中謂詞性受事在結構上分爲 4 類，光杆動詞、聯合結構、狀中結構、主謂結構所佔的比例依次是 3.2%、6.3%、1.1%、1.1%。光杆動詞、聯合、狀中結構的謂受事在佛典中所佔比例低於本土文獻，主謂結構的受事所佔比例高於本土文獻。述賓結構的受事僅見於六朝佛典。

在謂語的構成方面，兩種性質文獻中的謂語可以是光杆謂語，也可以帶前附或後附兩種成分。後者中，帶前附成分的用例所佔的比例分別約爲 74.7%和 78.9%；帶後附成分的用例所佔的比例分別約爲 15.8%和 16.9%。從前附成分的使用情況來看，佛典和傳世文獻中充當狀語的成分在用例上的多寡序列分別是能願動詞、副詞、形容詞、介詞短語、名詞和能願動詞、副詞、名詞、形容詞、介詞短語。

從後附成分的使用情況來看，兩類文獻中，動詞後出現賓語的用例所佔的比例分別約爲 7.6%和 15.8%；補語所佔的比例分別約爲 8.2%和 1.1%。總起來說，在共時平面，謂語動詞出現前附成分的用例在佛典中所佔的比例低於本土文獻，後附成分所佔比例與之相反。在充當前附或後附成分的詞類內部，不同詞類的分佈也存在差異。在充當前附成分的詞類中，由副詞、形容詞、介詞短語充當的狀語在佛典中所佔比例高於本土文獻；由名詞和能願動詞充當的狀語的用例與之相反。

從主語的結構構成情況來看，兩種不同性質文獻中，主語出現的用例分別是 29、2。佛典中充當主語的都有專有名詞、代詞、普通名詞三類，其用例分別是 1、16、12。本土傳世文獻中，充當主語的只有普通名詞一類，其用例是 2。在共時平面上，兩類文獻中充當主語的成分在結構上都是以簡單形式爲主，但有所變化。前者分爲分爲光杆名詞（代詞）、「者」字結構、一般定中結構、聯合結構四類。後者都是光杆名詞。從詞類屬性來看，兩類文獻之間也存在差異。佛典中，充當主語的優勢詞類是代詞，其次是普通名詞、專有名詞用例最少。本土文獻中，充當主語的都是普通名詞。

四、結　語

在漢語史上，佛典語言一般被認爲是一種混合性質的語言。其與同時期的本土傳世文獻相比表現出一定的差異。把受事話題句的研究同時納入到佛典和本土傳世文獻兩類性質不同的文獻中作對比性地考察，一方面可以使我們對受事話題句在這兩類不同性質的文獻中的句式特點有更清晰的認識；另一方面也可以使我們更爲全面地掌握受事話題句在六朝這一共時系統中的基本面貌。

參考文獻

1. 蔣紹愚，2001，《世說新語》、《齊民要術》、《洛陽伽藍記》、《賢愚經》、《百喻經》中的「已」、「竟」、「訖」、「畢」，《語言研究》第 1 期。
2. 蔣紹愚，2004，受事主語句的發展與使役句到被動句的演變，《意義和形式——古漢語語法論文集》，Lincom Studies in Asian Linguistic 3.

3. 許理和（E. Zürcher）著、蔣紹愚譯，1987，《最早的佛經譯文中的東漢口語成分》，《語言學論叢》第十四輯，北京大學出版社。
4. 姚振武，1999，上古漢語受事主語句系統，《中國語文》第 1 期。
5. 張赬，2005，晚唐五代的受事前置句，《語言科學》第 2 期。
6. 朱冠明，2009，中古佛典與漢語受事主語句的發展-兼談佛經翻譯影響漢語語法的模式，《漢譯佛典語法研究國際學術研討會暨第四屆漢文佛典語言國際研討會論文集》（寧波）。

《法華經音訓》與漢字異體字研究*

梁曉虹

（南山大學　日本）

* 基金項目：日本學術振興會（JSPS）基盤研究（C）22520477, 2012 年度科研費以及 2012 年度南山大學パッヘ研究獎勵金Ⅰ－A－２

一、日本所存《法華經》音義与心空之《法華經音訓》

佛經音義作爲一種闡釋佛經語言的訓釋文體，其「辨音釋義」之特性，以及直接佐助學人閱讀佛典的作用，使其不僅隨漢文佛典一併「輸出」，而且在當時漢字、漢文通行的日本，作爲中華文化東傳的重要媒介，得到了更多的重視。隨著佛教在日本的發展和深入，日本僧人中不乏熱衷解讀佛經（尤其是各派之宗經）的學問僧，他們不僅熱心抄寫傳播來自中國的佛經音義，而且還將其作爲「治經」工具，在中國所傳音義書的基礎上編撰了一批爲己所用的新佛經音義，故日本現存佛經音義資料非常豐富。這些基本爲單經音義。這是因爲類似玄應、慧琳之「眾經」、「一切經」音義書，從其性質與體式來看，受到某些限定，不如一般字書與韻書那麼方便，然單經音義，因專爲某經而編撰，針對性強，加之多注文簡單，行段整齊，有小型專書辭典之特性，故深受各派僧眾歡迎。一般認爲自天平年間後半起，於感寶、勝寶、寶字、神護之間〔註1〕，學僧們曾經極爲熱衷於撰述佛書音義，儘管傳承至今者罕見，但根據歷史記載，專家考證，確實是「存在過」。在這些佛經音義中，尤以《法華經》、《大般若經》、《淨土經》三部經之音義爲多。故有學者認爲在書寫日本佛經音義史時，應有類似「大般若經音義史」、「淨土三部經音義史」、「法華經音義史」之類別〔註2〕。而於此中，數量最多，流傳最廣，又莫過於《法華經》之音義。

（一）日本所存之《法華經》音義

1.《法華經》在日本

《妙法蓮華經》很早就傳到日本，自從聖德太子以來就深受尊信仰崇，影響廣大。奈良朝時期，聖武天皇曾詔命諸國各寫十部《法華經》（天平十二年6月）。元正天皇駕崩，爲祈冥福亦曾命書寫千部妙經（天平二十年七月）。又因《法華經》中《提婆達多品》與《勸持品》皆言女人亦可成佛，故將各地國分尼寺稱之爲「法華滅罪寺」。進入平安朝以後，伴隨依《法華經》立宗之天台宗的傳入，《法華經》更爲廣傳弘播，出現受万人崇敬讀誦之盛況，平安朝也就成

〔註1〕日本天平感寶元年，又爲天平勝寶元年，爲公元749年；天平寶字元年爲公元757年；天平神護元年爲公元765年。

〔註2〕岡田希雄《至德三年版心空〈法華經音訓〉解說》。貴重圖書影本刊行會，昭和六年（1931）5月。

爲《法華經》文化之代表時代，甚至有「一天下皆以《法華經》爲旨，不翫之輩，更人而非人」之說〔註3〕。此後的眞言宗和日蓮宗亦皆奉此經爲主要經典。故而，在日本爲數眾多的佛教經典中，讀者眾多，流傳久長，影響深廣者，自當爲《法華經》。

2.《法華經》音義在日本

正因《法華經》對日本佛教的特殊影響，故自奈良時代起就出現了很多關於《法華經》的注釋和解說，其中特別是以字句訓詁爲中心而編撰的音義類也爲數不少。江戶時代天台宗僧人宗淵（1786～1859）曾在其《法華經考異》下中載有《妙經字音義書目》，後岡田希雄曾在此基礎上考證收集，將書目刊於《至德三年版心空法華經音訓解說》〔註4〕一文。築島裕在其《法華經音義について》〔註5〕一文中又有添續並詳加考釋。本文以下所引爲岡田所舉由日僧所撰《法華經》音義之書目，藉此以示日本《法華經》音義研究之史貌〔註6〕。

《法華字釋》　撰者不明，奈良朝

《法華音義》二卷　元興寺信行撰

《法華玄贊音義》　元興寺信行撰

《法華音韻》四卷　傳教大師撰

《法華訓釋記》二卷　室生寺修圓撰

《法華經音義》二卷　元興寺平備撰

《法華經釋文》三卷　興福寺松室仲算撰

《法華音釋》三卷　仲算撰（或與上之《法華經釋文》爲同物）

《法華經單字》一卷　保延二年三月實俊寫

《法華經音義》　高野山常喜院心覺養和元年撰

《法華經音義》　高野山正智院道範撰（嘉吉二年八月廿五日寫本，東大國語研究室有影印本）

〔註3〕參考岡田希雄《至德三年版心空〈法華經音訓〉解說》。

〔註4〕以下簡稱《解說》。

〔註5〕載山田忠雄編《本邦辭書史論叢》。三省堂，昭和42年（1967）初版。

〔註6〕二人皆亦述及中國僧人所撰有關《法華經》之音義，本文僅引日僧所撰者。又岡田《解說》有些還附有簡單批註說明，本文援引時，根據內容有省略。

《法花字釋》一卷

《法華讀音》　叡山成乘房義源法印撰（末尾載有法華讀頌相承，其中有「乾元三年三月傳授云〻」之註。

《法華音義》　貞和二年抄本，黑川春村所引

《讀經口傳明鏡集》　能譽撰（年代不詳，或爲鎌倉時期之物）

《法華經音義》二卷　洛東元應寺沙門心空（自貞治四年至應安三年）撰（有永和四年寫本、永正九年寫本、天文十五年寫本、尊譽寫本、慶安二年刊本等。）

《隨訓抄》　圓兄撰，永和年間成。

《法華經音訓》一卷　河北善法住持心空撰，至德三年二月刊。

《法花音義》　桂川地藏記之朱記所引。

《法華經篇音義》　卷末有「長祿四年七月十三日書重弘」。

《法華音訓》　篇立式

《法華三大部音義》四卷（承應二年刊）

《天台六十卷音義》（與《法華三大部音義》同）

《難字記》（同上）

《法花音義》　「日我いろは字」所引。

《法華經文字聲類音訓篇集》三卷　快倫撰

《法華經音義》三卷（上快倫之物）

《法華經廿八品讀クセ》一卷　寫本

《法華經音義》一卷　篇立式。

《法華隨音句》二卷　心性院日遠（身延山二十二世）撰，元和六年六日晦日成，寛永廿年五月刊（亦云《法音句》）。

《法華譯和尋跡抄》三卷　日遠撰，元和七年仲夏成，寛永十九年刊。

《法華音義》一卷，又二卷　日遠撰。

《法華經音義》二卷　日遠撰（蓋《法華隨音句》）

《法華經音義》一卷　撰者記年不載，篇立式，承應二年刊，寛永九年版刊。

《觀音經音義》　刊本。元祿五年書籍目錄所載。

《妙法蓮華經音註》　元祿五年東叡山淩雲院僧正慈海校本冠註。

《妙經改字》二卷　日相撰，元祿九年成。

《法華經音義補闕》五卷　日相撰，元祿十一年成，刊本，東大國語研究室本。

《妙法蓮華經誦讀音義》一卷　撰者記年不載，元祿十二年刊。

《法華初心略音義》　日答撰，元文元年成。

《法華經篇立音義》一卷　寬保二年寫，撰者記年不詳，篇立式。

《妙法蓮華經字引》　小冊畵引，刊本。

《妙法蓮華開結三經文字改正》

《法華經音義》上下二卷合折本一帖　刊本，著者時代皆不載。

《法華經音義改正》　日贍（本圀寺四十三世）撰，天保五年頂妙寺刊。

《安樂行品吳漢兩音》　天保十年刊。

《安樂行品吳漢音裏書》　天保十年刊。

《法華經山家本裏書折本二帖》　宗淵撰，天保十一年刊。

《法華經考異》二卷　宗淵撰，天保十一年刊。

《法華經音辨訛》一卷　沙門覺順撰，天保十五年秋刻。

《法華字形音義》　宗淵撰。

《異譯法華考異》　同上。

《觀音經形音義》　同上。

《觀音經考異》　同上。

《開結經考異》　同上。

《法華懺法並列時音釋》　同上。

以上我們轉引岡田希雄八十年前的研究成果，乃爲證明《法華經》及其音義著作在日本曾廣爲流傳之史實。水谷眞成也曾蒐集各種文獻屬於「法華部」的音義書目共有七十二種。而築島裕則在《法華經音義について》一文中指出東西古今的「《法華經》音義」有八十三種。其中有的現已不存，僅有書名被記錄流傳；有的則雖已爲佚書，但因部分內容被其他古籍徵引，尚能窺其一斑；當然也有流傳至今，而且作爲實物完好保存的珍貴資料。我們要想強調的是：即使有佚存不明者，抑或同書異名者，抑或因所藏之處不同而異者，但仍可充分說明日本歷史上《法華經》之音義書，其數量和種類皆極爲豐富之史實。被稱作爲佛典特殊辭書的「法華經音義」，正是伴隨著古老的《法華經》的普及而被創作的。

（二）關於心空之《法華經音訓》

1. 關於心空其人

關於「心空」，其傳記不明，《佛家人名辭書》亦不見記載。然現存著有「心空」之名的《法華經》著作，有以下三種：

《法華經音義》　自貞治四年至應安三年

《法華經音訓》　至德三年十二月

《倭點法華經》　嘉慶元年十二月

《法華經音訓》之傳本有東洋文庫藏本與仁和寺藏本以及秋葉義之舊藏本等。這些皆爲稍晚於原刻本之覆刻本。其原刻本藏於高野山寶龜院。爲研究方便，東洋文庫本曾於昭和二年（1927）由貴重圖書影本刊行會複製刊行，附有岡田希雄之《解說》。本文所用正爲此本〔註7〕。

根據此書卷首內題「法華經音訓」（其下寫有舊藏者之寺院名，可辦認爲是莊嚴寺）下一行有「善法住持沙門心空撰」之字樣，撰者心空應爲僧人。〔註8〕另外，《倭點法華經》一書於其跋文之末也記有「善法住持沙門心空校定」之字樣。而撰寫《法華經文字聲類音訓篇集》（三卷）之快倫也言及「貞治之頃心空云人在，本是當山住侶後在都城爲國師」。而心空另一著作《倭點法華經》有「空華道人」所寫跋文。「空華道人」即日本南北朝時期「五山文學」著名代表之一的義堂周信。此跋文寫於「嘉慶初元丁卯佛成道日」。嘉慶元年（1386）又爲至德四年，而《法華經音訓》刊於至德三年，僅早其一年，又同爲佛成道日，故心空與義堂周信應爲摯友。另外，《法華經音訓》與《倭點法華經》之跋末皆出現「約齋道儉」之名〔註9〕，可見他與心空一起爲《法華經》的通俗化做出了很

〔註7〕本文所用爲哈佛燕京圖書館所藏本。

〔註8〕又此書之末跋文之尾也有「佛成道日河北善法精舍住持心空謹誌」字樣。

〔註9〕《法華經音訓》爲「左京兆通儀大夫約齋道儉化淨財命公刊行」；《倭點法華經》是「約齋居士道儉募緣刊行」。川瀨一馬還指出：約齋還曾助緣刊行了《密庵和尚語錄〉等。（川瀨一馬《增訂古辭書の研究》第377頁。雄松堂，昭和61年（1986）再版）

多努力。《倭點法華經》之跋文是義堂周信應約齋道儉之請而寫，故岡山希雄認爲兩人或爲禪徒〔註 10〕。

2.《法華經音訓》之體例內容

此本扉頁之半有手捧「妙法華經」之牌飛搖之童子畫。扉畫右下方有舊藏者之藏書印，而緊接扉畫則是卷首內題「法華經音訓」。其下寫有舊藏者的寺院名，可辦認爲是莊嚴寺。下一行有「善法住持沙門心空撰」字樣。而另起一行，則爲「音訓」本文之始。本文終後附有兩頁「經中吳漢同聲字除入聲」以及四行「兩音字」。最後爲所寫自跋。跋後另有「四聲點圖」，其下爲簡單說明。

《法華經音訓》本文內容：按照經文各品順序（自《序品》至《勸發品》〔註 11〕）摘出《法華經》二十八品中「單字一千六百，複字二百八十三」，除極少漢文註以外，主要以片假名加以音訓。字（或詞）右旁爲音，其下爲訓，且標出四聲，四聲用圈點（ o ）表示，濁音時用二圈點。《經中吳漢同聲字除入聲》僅標聲點。《兩音字》則用片假名於漢字左右旁標示兩音。

《法華經音訓》應是爲日本信徒研讀《法華經》而編寫之音義。基本用假名加以音注之體式，已與我們傳統意義上的音義著作，如玄應《眾經音義》、慧琳《一切經音義》等完全不同，屬於眞正的日本式（或亦可稱之爲「和式」）音義書。當然，如前所述，此乃心空與約齋爲推動《法華經》之普及，即爲一般信徒能誦讀經文而作，故基本只注漢字音，簡釋字義，不注出典，亦不似傳統音義般詳考細辨。〔註 12〕然而，作爲日本鎌倉時期曾經頗爲流傳的《法華經》音義之一種，其在日本國語史研究上價值毋庸置言。〔註 13〕而且儘管屬於完全

〔註 10〕岡田希雄《解說》後附有《正誤》表，其中也考證心空與義堂關係確非一般。另外，根據《山城名勝志》所引《薩戒記應永八年閏正月六日》有「善法寺長老眞空上人入滅」條，岡田判斷「眞空」或爲「心空」之誤，然他本（滋野井家舊藏本）《薩戒記》中無此年之條目。《佛教大年表》「皇紀 2061 年」條有「潤正月眞空寂」之記載，然心空之名不見索引。

〔註 11〕但最後的《勸發品》僅存兩行六字。

〔註 12〕故也有學者認爲此書以及心空的《法華經音義》應不屬於「音義」類，而歸之爲「法華經音」爲妥。

〔註 13〕儘管同時期快倫有「貞治之比，心空云人在……彼所撰集音義有兩本盡精微，然尚專於和音不備於韻切，故清濁易迷，聲韻叵辨」之批評，然仍作爲鐮倉時期《法華經》音義之重要一種，屢爲學者所引。

「和風化」之音義書，但在漢語史研究上也有其一定價值，其中重要的一方面是作爲海外漢字發展研究之資料。本文即爲此所作嘗試。

二、《法華經音訓》與漢字異體字研究

《法華經音訓》作爲一本基本和風化的單經音義，不難看出著者編纂此書之主要目的有二：其一，爲信眾能準確誦讀《法華經》，故用片假名標示字音；其二，爲信眾能正確識讀當時所傳《法華經》中之異體字。岡田希雄已在其《解說》中指出此音義中不僅大量記錄了類似：

鬚	須同	夷	[illegible]同和俗
亂	乱同	肴	餚同
最	㝡同	號	号同
豫	預同	麁	麤同
體	躰	軆同俗作体非	

有關異體字字形的內容，還有當時所傳各本《法華經》文字之異同：

妓	伎異	玻	瓈玉ノ名異作頗梨
逕	異作徑	玫	瑰瑰或作瓌
慼	蹙異本	蜿〔註14〕	踠異本
滴	渧異本	椎	槌異本〔註15〕

這對《法華經》經本文字、日本鎌倉時期漢字異體字以及漢字在海外傳播及發展皆有一定之價值。

（一）《法華經音訓》所出異體字類型

關於《法華經音訓》之異體字，島田友啓專爲此書編撰並發行的《法華經音訓漢字索引》〔註16〕中已有記載。然因作爲索引，其目的主要爲方便實際使

〔註14〕下注「蜿轉。」

〔註15〕以上例引自岡田希雄《解說》。

〔註16〕印刷：紀峰社。昭和40年（1965）8月發行。另外，島田友啓尚編撰併發行《法華經音訓假名索引》。本索引將至德三年版心空所撰《法華經音訓》所標出的漢字按《康熙字典》順序加以排列編纂。

用，故尚未展開進一步研究。經過筆者調查，《法華經音訓》所出異體字類型，主要有以下三種形式：

第一：一對一。即於正體字（或稱之爲通用字）之後標出一個異體，用「同」或「與某同」等形式：

001	妙	玅	同	002	万	萬	同	003	無	无	同
004	惱	惱	同	005	訶	呵	同〔註17〕	006	耶	邪	同
007	旃	旜	同	008	陁	陀	同	009	所	所	同
010	屬	属	同	011	亦	亦	同	012	於	扵	同
013	藐	邈	同	014	辯	[illegible]	同	015	殖	植	同
016	稱	秤	同	017	歎	嘆	同	018	以	㠯	同
019	善	譱	同	020	慧	惠	同	021	世	卋	同
022	光	灮	同	023	尒	爾	同	024	香	薌	同
025	明	朙	同	026	和	咊	同	027	鉢	盋	同
028	乾	乹	同	029	騫	[illegible]	同	030	禮	礼	同
031	面	靣	同	032	繞	遶	同	033	處	処	同
034	曼	曼	同	035	沙	砂	同	036	夷	夷	同
037	小	[illegible]	同	038	眉	眉	同	039	照	炤	同
040	遍	徧	同	041	槃	盤	同	042	决	決	同
043	莊	荘	同	044	惡	悪	同	045	喻	諭	同
046	眞	真	同	047	剛	㓻	同	048	珍	珎	同
049	楯	盾	同	050	蓋	蓋	同	051	鬚	須	同
052	默	嘿	同	053	甞	嘗	同	054	眠	瞑	同
055	慢	慢	同	056	亂	乱	同	057	歲	歳	同
058	肴	餚	同	059	饍	膳	同	060	直	直	同
061	果	菓	同	062	著	箸	同	063	廟	庿	同
064	高	髙	同	065	旛	幡	同	066	幔	幔	同
067	卽	即	同	068	號	号	同	069	來	来	同
070	遠	逺	同	071	最	冣	同	072	倦	勌	同

〔註17〕「同」字下注「又笑聲」。

073	歸	帰	同	074	怖	悑	同	075	繼	継	同
076	脫	脱	同	077	遊	遊	同	078	斷	断	同
079	要	腰	同	080	昔	㫺	同	081	豫	預	同
082	穩	㥯	同	083	輩	輩	同	084	罪	辠	同
085	况	況	同	086	妬	妒	同	087	尠	鮮	同
088	終	殄	同	089	備	俻	同	090	邪	耶	同
091	沈	沉	同	092	檻	槛	同	093	甎	塼	同
094	雕	彫	同	095	鈆	鉛	同	096	漆	柒	同
097	畫	畵	同〔註18〕	098	舉	擧	同	099	低	伍	同
100	沒	殁	同	101	泰	太	同	102	還	還	同
103	豐	豊	同	104	縄	繩	同	105	傍	旁	同
106	秊	季	同	107	几	机	同	108	愍	慜	同
109	肯	肎	同	110	㸦	互	同	111	競	竸	同
112	麁	麤	同	113	弊	獘	同	114	觸	单	同
115	坼	墌	同	116	虵	蛇	同	117	貍	狸	同
118	嚼	嗺	同	119	撮	撮	同	120	腳	脚	同
121	瘦	痩	同	122	喚	嚾	同	123	竝	並	同
124	煙	烟	同	125	鮮	尠	同	126	暫	蹔	同
127	凡	凢	同	128	黧	黎	同	129	擲	擿	同
130	陋	陋〔註19〕	同	131	抄	鈔	同	132	陋	陋	同〔註20〕
133	瞋	嗔	同	134	友	叐	同	135	整	整	同
136	袒	襢	同	137	幸	秊	同	138	牀	床	同
139	糞	糞	同	140	器	噐	同	141	盆〔註21〕	瓫	同
142	麪	麵	同	143	塩	鹽	同	144	勅	敕	同
145	恪	愘	同	146	瘡	創	同	147	注	註	同

〔註18〕「同」後有「又音或。」

〔註19〕後添補。

〔註20〕「陋」字左下有添筆「陃同」。

〔註21〕「盆」字下有「盆盎。」

148	踈	疎	同	149	殺	煞	同	150	庵	菴	同
151	涼	凉	同	152	攬	擥	同	153	抹	粖	同
154	減	减	同	155	納	衲	同	156	昇	升	同
157	郭〔註22〕	郭	同	158	卻	却	同	159	冀	冀	同
160	濕	濕	同	161	寞	嗼	同	162	涌	湧	同
163	隣	鄰	同	164	齎	賷	同	165	關	関	同
166	吼	吽	同	167	腦	腦	同	168	靈	霊	同
169	雞	鷄	同	170	漁	魰	同	171	捕	搏	同
172	乞	气	同	173	懶	嬾	同	174	惰	憜	同
175	勲	勳	同	176	閇	閉	同	177	皺	皺	同
178	喪	丧	同	179	踈	疏	同	180	澀	澁	同
181	胗	肣	同	182	牙	牙	同	183	圓	圜	同
184	窂	牢	同	185	瓶	缾	同	186	收	収	同
187	船	舩	同	188	叔	尗	同	189	段	叚	同
190	杻	杽	同	191	鏁	鎖	同	192	啇〔註23〕	商	同
193	咒	詛	同	194	陣	陳	俗通用	195	祢〔註24〕	禰	同
196	隸	隷	同	197	咩	哶	同	198	桑	桒	同
199	褢	裔	同	200	柅	抳	同	201	犂	犁	同
202	墀	墀	同	203	頞	齃	同	204	醯	醘	同
205	玫	瑰	玉之名。瑰或作瓌								

共有205組〔註25〕。當然，並非所錄字（或詞）一定是正字或通行字，如004之「惱」與「惱」同爲「惱」〔註26〕之異體，且皆爲「惱」之訛俗字。而從

〔註22〕「郭」字下有「城郭。」

〔註23〕此字下半部漫漶不清。

〔註24〕下注「父廟。」

〔註25〕此爲筆者手工所統計，或有偏差。下同。

〔註26〕而「惱」之本字又爲「嫍」。《康熙字典・心部》：「《說文》有所恨也。本作㛴。从女，……今作惱。」

俗字所成觀點看，後者「惱」字似更有理據。又如 137 的「幸」與「㚔」，前「幸」為「幸」之俗字，乃「幸」連筆省寫所致。而後之「㚔」，《康熙字典・干部》與《亅部》皆注為「古文幸」。甚至還有相當一部分恰好相反，其後之字（或詞）纔是正字或通行字，如 143 之「塩」與「鹽」，《玉篇》、《字鑑》、《字彙》及《康熙字典》等，皆言「塩」為「鹽」之俗字。又如 176 之「閇」與「閉」，《康熙字典・門部》：「閉，《說文》闔門也。从門才，才所以距門也。會意，亦象形。俗从下，非。」但總的來說，心空所用《法華經》之版本，仍以正字（通行字）為多。

第二：一正對數異。即於正體字（或稱之為通用字）之後標出兩個獲兩個以上異體，主要用「並同上」等表示：

001 華　蕐　花 同

002 勢　埶　㔟 並同上

003 讚　賛　賛　𧬫 並同上

004 護　濩　頀 並同上

005 耎　輭　軟 並同上

006 迴　廻　回　囬 並同上

007 肉　肉　肉　月　宍 並同上

008 體　躰　軆　同俗作体

009 服　服　舡 並同上

010 笑　笑　咲　唉 並同上

011 仙　僊　僊 並同上

012 宜　宜　宜 並同上

013 礙　硋　閡　导 並同上

014 辭　辞　辭 並同上

015 野　壄　埜 並同上

016 鐵　鐵　銕 並同上

017 草　屮　艸　卄 並同上

018 墻　牆　廧 並同上

019 頹　隤　墤 並同上

020 帀　迊　匝 並同上
021 狹　狎　陜 並同上
022 鵶　鴟　雅 並同上
023 咀　嚼　嗺 同
024 荼　槎　茶 並同上
025 裸　羸　倮　躶 並同上
026 灾　災　烖　扻 並同上
027 猪　豬　睹 並同上
028 汙　污　洿 並同上
029 飧　飡　湌 並同上
030 暖　煖　暝 並同上
031 內　宂 同　閙 異本　更 同
032 橐　槖　袟　帙 並同上
033 軀　龜　亀 並同上

共33組。當然，此亦如上，並非第一個字（或詞）定爲正字（或通行字），實際是根據心空所用《法華經》版本而定。

第三，直接標出異本不同字形。多用「異」或「異本」形式：

001 妓 伎 異　　002 齜 喍 異本
003 餑 焞 異本　　004 躭 耽 異本
005 嚬 顰 異本　　006 慼 蹙 異本
007 蜿〔註27〕 踠 異本　　008 啖 吶 異本
009 癵 攣 異本　　010 俞 逾 異本
011 跉竮 伶俜 異本　　012 掩 揜 異本
013 滴 渧 異本　　014 辨 辦 異本
015 谽 豁 異本　　016 椎 槌 異本
017 逕 異作徑　　018 罰 伐 異本
019 爐 鑪 異本　　020 扁 匾 膈 胼 異本
021 漚 歐 異本　　022 玻 瓈 異作頗梨

〔註27〕 下注「蜿轉」。

共22組。大多所標出的心空所謂「異本」之字形爲異體字，然亦有「異本」所出字爲正體字者，如：002「齜喍　異本」條。此乃釋《法華經・譬喻品》:「由是群狗，……鬪諍齰掣，啀喍嘷吠，其舍恐怖」句中之「喍」字〔註28〕。《集韻》:「鉏佳切，音柴。」中古有叠韻詞「啀喍」，也作「喍啀」，犬鬬貌。《玉篇・口部》:「喍，啀喍也。」《集韻・佳韻》:「喍，喍啀，犬鬬貌。」因爲叠韻詞，故字形不定，還可作「崖柴」、「啀喍」等。根據《集韻》，「齜」字亦可讀「鋤佳切」，「仕音柴」，故「啀喍」也有作「啀齜」者，如《法華經・譬喻品》中此條，《大正新修大藏經》下有注：「喍＝齜【宋】【元】【明】【宮】」故可見心空所見《法華經》版本應與【宋】【元】【明】【宮】同。然「齜」字，據段注本《說文・齒部》:「齒相齘也。一曰開口見齒之皃。从齒，此聲。讀若柴。」由此「喍」應爲「啀喍」或「喍啀」之通行字，而「齜」乃其異體。

（二）《法華經音訓》異體字考察

以上三大類共260組，可視之爲日本鎌倉時期所傳《法華經》之「異體字一覽表」，呈現出當時《法華經》用字之實貌。推而廣之，也可作爲同一時期漢字異體字之縮影而展開研究。

關於「異體字」，學界至今尚未有統一定義。特別是日本，有關「異體字」的定義範圍則更爲寬泛，但一般來說，是將現在所認定的楷書，即主要按以《康熙字典》等標出的字體以及當用漢字表〔註29〕所頒佈的字體作爲「正字」，除此以外的古字、本字、俗字、譌字等皆被認爲是異體字。這實際與《辭海》及《漢語大詞典》大致相當。如《漢語大詞典》解釋「異體字」:「音同義同而形體不同的字。即俗體、古體、或體之類。如『嘆』、『歎』等。」當然《法華經音訓》遠早於《康熙字典》和「當用漢字表」，雖難以用這種標準來加以判定，但尊《說文》等傳統字書爲正體，而將其他視爲異體應是基本原則。江戶時代著名曆算家中根元珪曾撰《異體字辨》，貝原篤信爲其作序曰「中根元珪…夙有志於自學，常恨世人不認古字而卻爲奇異而廢卻之，於是根據乎《說文》，綜橫乎諸家，探索傳記所載之古字，選錄其要用者，分門拆類，釐爲二卷，爲異體字辨。……

〔註28〕此字前條爲「啀」字。可知作者將「啀喍」分釋。

〔註29〕昭和24年（1949）4月公佈。

辨正俗，覈古今，分同異，昭得失……可謂自學一助也」。這實際與我們傳統意義上的「正字」觀點也基本相同，即以儒家經典爲主的以歷代官方字書收錄爲基本對象。《說文》恰好符合這兩個條件：既是儒學，又是古字，且編纂有條理，故成爲「正字」之祖。儘管《法華經音訓》之作者心空與約齋居士應該說並非字學專家，衹是爲推廣普及《法華經》如實地摘出了當時《法華經》中的不同字體，但還是體現了這種觀點。通過以上所列三大類共 260 組的「異體字一覽表」，我們應該已可得出此結論。

另外，以上「一覽表」也顯示出：作爲鎌倉時期刊刻本，《法華經音訓》已不似早期古寫本資料之漢字字體般呈現隋唐古風，無論正體還是所謂異體，現在大部分皆已可用電腦輸入，而且不難辨認其正異關係。但作爲篇幅短小精悍之單經音義，又爲普及《法華經》而爲眾多信徒所實用，在《法華經》盛行的時代產生，還是呈現出《法華經》經本文用字之史貌與特徵，可作爲考察漢字傳入日本後發展變化之縮影而引起關注。本文並不擬針對此本異體字內容加以全面展開，而僅就以下兩方面特徵加以考察。

第一：古字。將隸定或楷化後之字形作爲正體，與此相呼應之古字爲異體。如上舉第一類中：

009 服　𦨈　𦨇 並同上

以上三字，「服」爲通用字，「𦨈」乃本字，「𦨇」是古字。《說文·舟部》：「𦨈，用也。一曰車右騑，所以舟旋。从舟𠬝聲。𦨇，古文服从人。」《康熙字典·舟部》：「𦨈，《說文》服本字。」慧琳《一切經音義》卷九十四「𦨈餌」條下曰：「上音伏，字書正服字。」

019 善　譱 同

「譱」爲古文殘存。金文中「善」字作「譱」。大徐本《說文·誩部》：「譱，吉也。从誩从羊。此與義、美同意。常衍切。善，篆文譱从言。」後世又隸省成「善」字，且爲正字。《康熙字典·口部》「善」字條：「〔古文〕譱善[illegible]譱。」《字彙·言部》亦云：「譱，古善字。」

022 光　灮 同

《說文·炎部》：「炎，火光上也。从重火。」又《火部》：「灮，明也。从火在人上，光明意也。」「从火在人上」，下從古文人作儿，故隸定作「灮」。

隸楷筆勢稍變為几，篆亦訛作「光」。以上「光」正與此同。而「光」是隸變字。《干祿字書》：「光炛，上通下正。」「炛」雖為本字、正字，但黃征認為：今正字廢棄已久，謂之俗字亦可。〔註30〕

038 眉　𥄉 同

《說文解字・眉部》：「𥄉，目上毛也。从目，象眉之形，上象頟理也。凡眉之屬皆从眉。武悲切。」篆文「𥄉」字後楷定通作「眉」。《玉篇・目部》：「𥄉，…目上毛。眉，今𥄉字。」《五經文字・目部》曰：「𥄉眉：忙悲反。上《說文》，下經典相承隸省。」蓋「𥄉」為小篆之直接楷化。「𥄉」即「𥄉」，源於《說文》篆體。

114 觸　𧢻 同

《說文・角部》：「觸，抵也。从角蜀聲。尺玉切。」《玉篇・角部》：「觸，……𧣾，同上。𧢻，古文。」《康熙字典・角部》：「觸，〔古文〕𧢻。」《漢語大字典・角部》「𧢻」下引（晉書）何超音義：「𧢻，古文觸字。」。作為古文的「𧢻」字，應該非常活躍，碑別字與敦煌俗字皆見〔註31〕，不贅。

134 友　𠬪 同

《說文・又部》：「𠬪，同志為友。从二又。相交友也。」後篆文「𠬪」楷化作「𠬪」。《玉篇・又部》：「𠬪，於九切，朋友。今作友。」《五經文字・又部》：「𠬪，友，上《說文》，从二，又相交。下經典相承隸省。」《增廣字學舉隅・卷二・古文字略》：「𠬪，古友字。」

又如第二類中：

015 野　壄　埜 並同上

《說文・里部》：「野，郊外也。从里予聲。壄，古文野从里省，从林。」段注：「亦作埜。」後楷定通作「野」。《康熙字典・里部》：「野，〔古文〕埜、壄。」《玉篇・土部》收「壄」，《林部》錄「埜」，皆注：「古文野。」

026 灾　𤆎　烖　扷 並同上

以上一組為「災」之異體字。然根據此《法華經音訓》，可見現在所謂簡體

〔註30〕參見《敦煌俗字典》第139頁「光」字條。

〔註31〕參考《廣碑別字・二十劃・觸字》。潘重規《敦煌俗字譜・角部・觸字》。又黃征《敦煌俗字典》第60頁。

「灾」已爲當時通行字。這一組其實皆爲古文殘留。大徐本《說文·火部》:「烖，天火曰烖。从火𢦏聲。祖才切。灾，或从宀火。災，籒文从巛。𤆍，古文从才。」「灾」乃古文或體，籒文「災」字，上爲巛，而此本「[illegible]」之下部因「火」、「大」形近而訛，故亦爲古文。「烖」源於《說文》小篆「烖」。「𤆍」則爲古文殘存。

此類例不少，不贅舉。這說明在當時通行的《法華經》中，還存在相當一部分的所謂「古字」，其來源不一。然「古字」定義較爲困難，範圍頗爲寬泛。我們只能泛將見於《說文》中之古字和《康熙字典》中所言及古字歸於此類，亦即秦以前所殘留之某些字體。而同一古文字形因爲傳承演變，由於隸定和楷化等不同方式，從而出現了兩個以上的不同形體，此即爲我們以上所舉之例。而因爲與其相對應的「今字」的通行，「古字」雖存，但已多不被人識，故需錄出辨示〔註32〕。

第二，俗字。俗字與異體字的概念也多有混淆，我們在此並不專門討論這一問題。我們衹是將「俗字」看作漢字使用過程中，文字變化的一種動態現象，而具體落實到《法華經》記錄同一語詞時所呈現出的靜態的文字現象，我們可以將俗字看作是「異體字」。《法華經音訓》中三大類共260組異體字，大部分屬於俗字。如第一類中的021「世」與「丗」、036「夷」與「[illegible]」、110「[illegible]」與「互」等；第二類中的007「肉」與「[illegible]、[illegible]、月、宍」、008「體」與「躰、軆、体」等；第三類中018「罰」與「[illegible]」等。各種「俗化」軌跡與現象並不相同，值得探討。如第一類：

031 面　靣 同

《說文·面部》:「面，顏前也。从百，象人面形。」這本是一個象形字，隸定後作「面」。但是後來又出現俗字「靣」。《字彙·口部》:「靣，面本字。隸作面，俗作靣，非。」又《字彙·面部》也指出:「俗从口作靣，非。」

此類較爲簡單，字書也多有指出，可見實際使用非常廣泛。也有較爲複雜者，如第二類中的：

010 笑　𥬇　咲　[illegible] 並同上

此條中，心空是將「笑」作爲通行字，其他三形作爲異體字處理的。實際上，「笑」之本義與本字難以確定。大徐本《說文·竹部》:「笑，此字本闕。私

〔註32〕正如《字彙·卷首·从古》所指出:「古人六書，各有取義，遞傳於後，漸失其眞。」

妙切〖注〗臣鉉等案：孫愐《唐韻》引《說文》云：『喜也。从竹从犬。』而不述其義。今俗皆从犬。又案：李陽冰刊定《說文》从竹从夭義云：竹得風，其體夭屈如人之笑。未知其審。」「笑」字有兩說：即「竹」是從「犬」還是從「夭」？徐鉉等未能確定。段玉裁則認爲從「犬」爲正：「……考孫愐《唐韻序》云『仍篆隸石經勒存正體，幸不譏煩。』蓋《唐韻》每字皆勒《說文》篆體。此字之從竹犬，孫親見其然，是以唐人無不從犬作者。……《玉篇・竹部》亦作笑，《廣韻》因《唐韻》之舊，亦作笑。……自唐玄度《九經字樣》始先笑後笑……《集韻》、《類篇》乃有笑無笑，宋以後經籍無笑字矣。」根據段說，唐以前爲「笑」，是根據唐本《說文》。唐玄度《九經字樣》之「笑」從楊承慶《字統》，段玉裁認爲這是「蓋楊氏求从犬之故不得，是用改夭形聲。唐氏從之」。其他字書等也多見，如《字林》：笑，喜也。字從竹，犬聲。」慧琳在其《一切經音義》卷三十六「蚩笑」條引《字林》：「笑，喜也。字從竹犬聲。竹爲樂器，君子樂而後笑也。」此釋也還是勉強〔註33〕。但我們應該承認，「宋以後經籍無笑字」，心空所見《法華經》，「笑」已爲通行字，故其他三個可以視爲異體字。

因爲「笑」的流行，故一般多將段玉裁所認定爲正字的「笑」歸爲俗字，因此「⿰口笑」（⿰口笑）作爲其累增分化之俗字，並不難理解。

「咲」也是「笑」之俗字，然多作「咲」。此本衹是將「关」字上兩點寫成「八」字形，這在手書中多見。而「咲」字，《干祿字書》、《龍龕手鏡》等俗字書皆收。不贅。日本奈良時代撰著的《新譯華嚴經音義私記》音釋經第十三卷「戲笑」下字：「下從笑聲也。有作咲者，俗字也。」可見「咲」字在日本也已用時不短。

除此，還有古字與俗字混雜，同爲異體字者。如第二類中：

007 肉　肉　肉　月　宍　並同上

此條共五字形。《說文・肉部》：「肉，胾肉。象形。」篆文「肉」，漢隸或作「肉」。後之通行字「肉」乃「肉」之隸書之變〔註34〕。上條中第四個字形「月」，《玉篇・肉部》：「月」同「肉」。《正字通・肉部》：「月，肉字偏旁之文，本作

〔註33〕宋曾慥《高齋漫錄》：「東坡聞荊公《字說》新成，戲曰：『以竹鞭馬爲篤，以竹鞭犬有何可笑？』

〔註34〕參考張湧泉《敦煌俗字研究》第470頁「肉」字條。

肉，石經改作月，中二畫連左右，與日月之月異。」而最後之「宍」，實乃傳世「肉」字古文。《正字通・肉部》云：「肉，《古樂苑》載《吳越春秋》古孝子彈歌曰：斷竹，續竹；飛土，逐宍。从宀从六，或古籀之訛，諸書不收，惟孫愐收之，以爲俗作宍，顏元孫《干祿字書》亦云宍，俗肉字。」「肉」本爲象形字，「宍」蓋即由「肉」形而訛變。《康熙字典・宀部》：「《集韻》肉古作宍。《通雅》本作宎。」

至於第二與第三之「肉」與「肉」，後之「肉」與「肉」一樣，同爲「肉」之隸書之變所成俗字，《干祿字書・入聲》，「肉、宍，上俗下正。」而「肉」也爲俗字，《玉篇・肉部》字頭作「肉」。《佛教難字大字典・肉部》「肉」字下有「肉」。《宋元以來俗字譜》亦引此形，不贅。

017 草　屮　艸　廾 並同上

大徐本《說文・艸部》：「艸，百芔也。从二屮，凡艸之屬皆从艸。倉老切。」《六書正譌・去聲・皓韻》亦云：「艸，艸，采早切。百芔也。從二屮，古文作屮，《史記》、《漢書》皆作屮，俗用草，非。」但實際上，「屮」是另一個字，《說文・屮部》：「屮，艸木初生也。象丨出形，有枝莖也。古文或以爲艸字。讀若徹。」所以「屮」「艸」本不同字，古文假借「屮」以爲「艸」字，「屮」遂爲「艸」之異體。而現今通行字「草」本乃「皁」之本字。徐鉉注《說文》：「草，今俗以此爲艸木之艸，別作皁字，爲黑色之皁。案：櫟實可以染帛，爲黑色，故曰草。通用爲草棧字。今俗書皁或从白从十，或从白从七，皆無意義，無以下筆。自保切。」「草」雖然取代了「艸」字的全部用法，但「艸」字卻不具備「草」的某些用法。而「廾」，根據段注本《說文・廾部》：「廾，竦手也。从𠂇又。𢪏，揚雄說：廾從兩手。」按「廾」從𠂇又兩手，故字楷定後原當作「廾」，今用「廾」省體「廾」爲楷書正字，則「廾」當爲「廾」之異體。「廾」與「艸」雖音讀，意義皆不同，難以成異體，但我們可以看作是以前書手抄寫經書時將「艸」略寫而成之結果。此形一直保留在寫經中，故也就成爲《法華經》異體字之一。

儘管已是鎌倉時代刊本，無論從異體字，或是從俗字等不同角度看，似並無太多難解之處，但還是有些值得引起我們進一步注意的內容。如第一類中：

177 內　究同　閙異本　更同

此條本身實際跨於我們所歸納的第一與第三之間，爲研究方便，我們將其歸爲第一類。查檢《法華經·從地踊出品第十五》有「捨大眾憒閙，不樂多所說」之句，而上正出於《踊出品》。又此條上已有「憒」字音訓，可知此條四字爲「閙」字音訓。

「丙」作爲首字列出，作爲「閙」之俗字，已見敦煌等資料，如《敦煌俗字譜·鬥部·閙字》作「丙」。《敦煌俗字典》「閙」下收丙。「閙」之俗字成似「丙」字形，黃征認爲：乃「市下著人，所謂『市人爲閙』之訛」〔註 35〕。兩部奈良時期由日本僧人撰寫的《新華嚴經音義》與《新譯華嚴經音義私記》中有「内」與「市」即與此同。此本之「丙」即屬此類。而第四個「吏」，字形又爲「市下著人」之「夾」之訛寫。《慧琳音義》卷十一釋《大寶積經》卷第二「憒夾」條下釋：「……下尼効反。《集訓》云：多人擾檽也。《韻英》云：擾雜也。《說文》從市，從人，作夾。會意字也。閙，俗字也。或有作丙，書寫人錯誤，不成字也。」考「夾」字與「閙」皆不見於《說文》。慧琳所謂「《說文》從市從人作夾」，是其用當時俗傳本《說文》之說。根據此說，「閙」字應爲「夾」之俗字。《說文》「閙」字徐鉉歸入鬥部「新附字」，又說「從市鬥」，則徐鉉之說或從俗。「閙」字作爲後起字而同行，以上第三之「閙」即此。

根據此本，「宂」應爲「丙」之異體，然此字形至今尚未有對應資料可證。「閙」之俗形頗爲複雜，陳五雲先生曾統計《可洪音義》中「閙」字，指出作爲「字頭」就共有 243 處，就字形看，有「鬧」、「閙」、「丙」、「市」、「夾」、「閙」、「吏」、「吏」等〔註 36〕，然皆不能與「宂」字相連。另外，筆者曾考察《新譯華嚴經音義私記》中，發現有「閙」另一字形「夬」亦未能找到對應資料。儘管我們可籠統解釋其爲「閙」之錯訛，但作爲求實之科學研究仍需有更多材料加以證實才可下結論，而這也正是《新譯華嚴經音義私記》與《法華經音訓》此類古寫本或古刊本作爲研究資料之價值所在。

三、結　論

1. 日本奈良朝以降因爲《法華經》的普及與興盛而推動並興起了《法華經》

〔註 35〕參考黃征《敦煌俗字典》第 287 頁。

〔註 36〕本文在寫作過程中，曾與陳五雲先生交流，此材料即爲其所賜教。

研究之高潮，其中又突出地表現爲多位日僧熱情編撰爲己所用之《法華經》音義，本文通過援引岡田希雄有關《法華經》音義書目，揭示了日本歷史上《法華經》音義曾經興旺之史實。

2. 《法華經音訓》已基本爲「和風化」之單經音義。心空等人編撰此書主要目的是爲廣大信徒能辨音識字，爲普及推廣《法華經》之流傳，故衹是簡單標音，列出不同字形，但卻如實地記錄和呈現了當時《法華經》之用字史貌。本文所整理歸納出的三大類，可以看作是當時所傳《法華經》之異體字一覽表，甚至也可以看作是佛經文字對日本漢字文化產生影響之「個案」或縮影。

3. 對「異體字」，學界至今未有統一定義，本文從把文字記錄語詞作爲分別界限之角度來認識，同說語詞，用不同字形記錄，該組字形便互爲异體字。《法華經音訓》中三大類近約260組異體字，其文字字形頗爲複雜，本文雖並未全面展開，衹是從「古字」和「俗字」兩方面作了簡單分析，但仍從一個側面對日本鎌倉時期所傳《法華經》之異體字進行了探討，其中現象與結論對漢字異體字，特別是漢字在海外的變化与發展有一定的參考價值。

主要參考書目

1. 心空，《法華經音訓》（至德三年版），貴重圖書影本刊行會影印，昭和六年（1931）。
2. 岡田希雄，《至德三年版心空〈法華經音訓〉解說》，貴重圖書影本刊行會，時間同上。
3. 島田友啓編撰併發行，《法華經音訓漢字索引》，紀峰社。昭和40年（1965）。
4. 築島裕，《法華經音義について》，山田忠雄編《本邦辭書史論叢》，三省堂，昭和42年（1967）初版。
5. 築島裕，《古代の文字》，中田祝夫編《講座國語史》第2卷《音韻史・文字史》。昭和47年（1972）。
6. 川瀨一馬，《增訂古辭書の研究》，雄松堂，昭和61年（1986）再版。
7. 張湧泉，《敦煌俗字研究》，上海教育出版社，1996年。
8. 黃征編，《敦煌俗字典》，上海教育出版社，2005年。
9. 《漢典》網絡版。zdic net
10. 中華民國教育部國語推行委員會編，《異體字字典》，http://dict variants moe edu tw/

附錄一：扉頁之半、卷首內題與正文之始

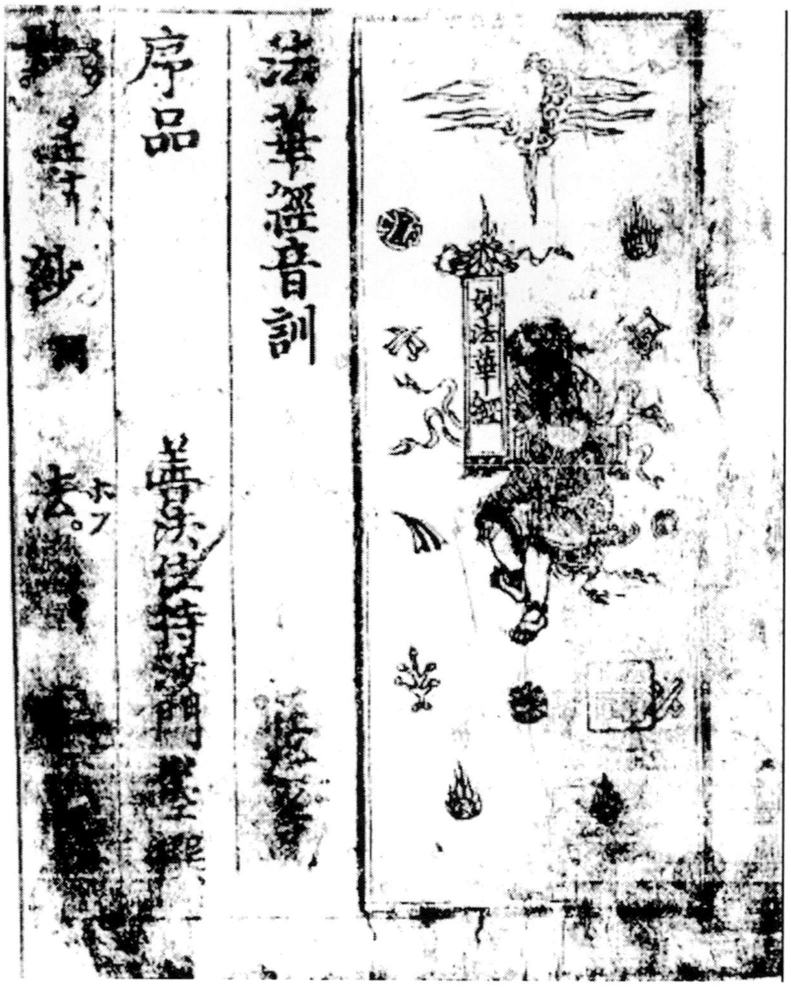

附錄二：經中吳漢同聲字除入聲

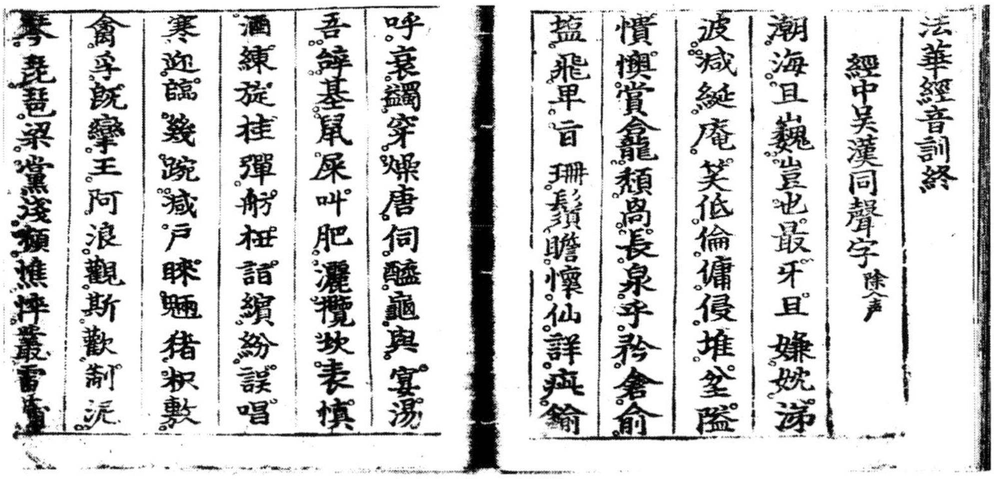

附錄三：兩音字、自跋

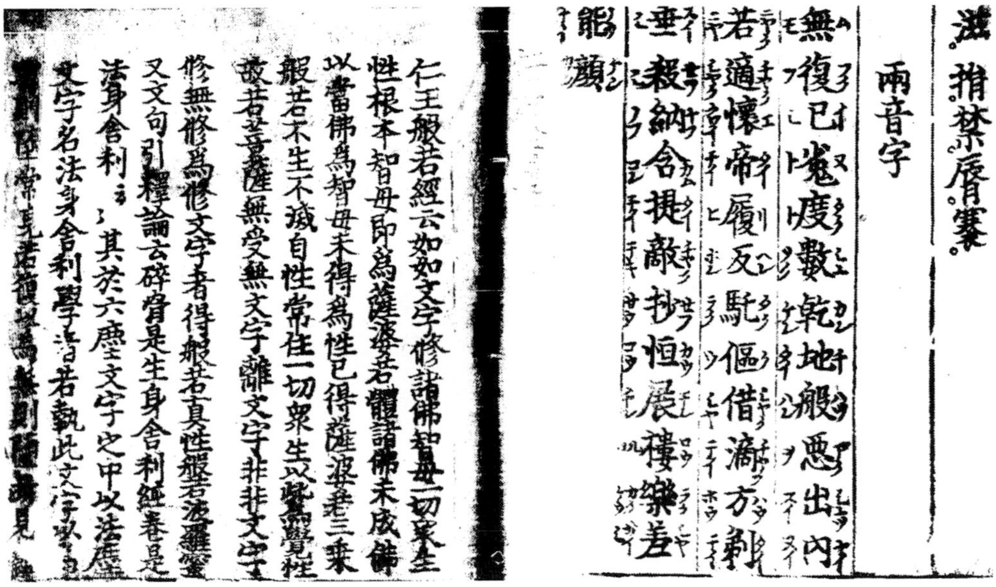

Acknowledgements

A part of this work is supported by「Japan Society for the Promotion of Science, Grant-in Aid for Scientific Research （C）, 22520477, 2010」 and「2010 Nanzan University Pache Research Subsidy Ⅰ－A－2」

正字兼異體字生成過程研究
——以《藏經音義隨函錄》收錄字爲分析對象*

李圭甲[1]，金殷嬉[2]

（延世大學　1. 中文系；2. 人文學研究院）

* 基金項目：the National Research Foundation of Korea（NRF）Grant funded by the Korean Government（MEST）（NRF-2010-361-A00018）

一、緒　論

所有的漢字，當只有一個字形、字音和字義時，才便於人們認識並使用它。但是實際情況並不盡如此。從甲骨文時期開始，就已經不是一個漢字只有一個字形，而是根據不同情況而有幾個各不相同的字形。這種現象經過金文一直持續到楷書階段。到了隋唐的鼎盛時期，面對文字的這一種複雜現象，人們試圖努力通過統一字形來追求文字使用上的方便。但事實上，字形的統一在經過了漫長的歲月後仍未能完全得到實現。到了近代，爲實現字形統一進行了正規的、大規模的工作，隨之在正式文檔以及私人筆記中也開始使用相對統一的字形。

一般來說，在使用漢字正字的現代社會裏，昔日的文獻，特別是手抄本文獻使用了大量與當今使用的正字不同的異體字。這樣對主要學習並使用正字的人們來說，閱讀古籍會遇到很多困難。爲了解決這些困難，不少字典一併收錄了這些異體字，但仍然無法收全。研究異體字研究的目的在於闡明正字是什麼，但這一過程中的困難之一便是正字兼異體字的存在。

正字兼異體字是指一個字形它本身是正字，同時又是其他漢字的異體字。如「炤」字，它本身既是正字，同時又作爲「昭」的異體字使用。在這種情況下，「炤」便是正字兼異體字。這與一個漢字同時是兩個字的異體字的情況一樣，正字兼異體字可以用一個字形來表示兩個互不相同的字音和字義。因此在某些文獻中，想要對此進行正確的辨認並不是一件容易的事情。尤其是正字兼異體字，因爲它的字形本身和某一正字的構形完全一致，因此任何人都會輕而易舉地把它看作正字。問題是當作正字看待時，並不能使上下文得到緊密的銜接。

爲了解決類似的問題，應該進行正字兼異體字的研究工作，而且考釋每個漢字的異體字所對應的正字並加以整理也變得十分必要。本文首先考察正字兼異體字的生成類型，按照不同的類型找出其異體字的具體實例，明示各個異體字所對應的正字，並考察這些異體字的生成過程。爲便於資料的收集，本文的考察對象只限於收錄大量異體字的《高麗大藏經》中的《藏經音義隨函錄》所收錄的異體字。

二、正字兼異體字的生成類型

正字兼異體字是指一個字形既是有著特定字音和字義的正字，同時也是與此音義不同的其他字的異體字。比如，惚是「惚」字，呼骨切，字義爲「妙不測貌」；同時它又是「惱」的異體字，奴皓切，字義爲「怨恨」〔註1〕。

類似這樣的正字兼異體字是如何生成的？《藏經音義隨函錄》(以下簡稱《隨函錄》) 裏收錄的正字兼異體字的生成類型大致可以分爲如下兩種。一種是偏旁被替換或增減；另一種是因手抄謬誤累積形成。下面對這兩種類型作一簡單的考察〔註2〕。

第一，合體字的偏旁被替換或增減的情況，其中以偏旁替換的情況居多，偏旁增減相對較少。偏旁替換的典型例子是科（料）和 緂（毯）。一般來說，正字的偏旁之所以能被替換是因爲偏旁之間的意義相通或者音相近。但其中也存在字義或字音互不相通而被替換的情況，如票（栗）、治（冶）、枤（初）、析（折）等。這些字的偏旁之所以被替換，實際是因手抄時的謬誤累積後，變爲與此相似的字形。結果，這樣被替換成其他偏旁的，就好像一開始偏旁就被替換生成了一樣。

第二，獨體字的訛變情況，主要因手抄時的謬誤所生成，如巠（巫）、首（酋）、夘（卯）、四（皿）等。它們本來的正字各爲巫、酋、卯、皿，在書寫過程中，由於筆劃形狀、組合方式以及筆劃數發生變化，從原來的形體變成與已有的某一正字同形的字。它們完全失去了原來形體，變爲另一個正字形體。

三、正字兼異體字的生成過程例釋

如上所述，正字兼異體字生成過程大致有合體字的偏旁替換、獨體字的訛變這兩種情況。下面依據其類型，舉一些例子，解釋各異體字的生成過程。

（一）合體字的偏旁替換

合體字中隨著偏旁被替換而形成的正字兼異體字，根據偏旁被替換的原因

〔註1〕與此不同，還有一個字形有著不同的字音和字義，一個異體字形有兩個正字的情況。比如說最是勖的異體字，又是最的異體字。

〔註2〕《隨函錄》異體字的生成原因，詳細內容參看李圭甲（2002）。

可以分成兩大類：一類是用意義相通的另一個字替換義符或是用字音相近的另一個字替換聲符，這是典型的異體字形成方式。一類是與字的音義無關，衹是手抄時的謬誤累積以後字形發生變化，部分偏旁變爲另一個偏旁。下面分別考察這兩種情況。

1. 因意通或音近而替換偏旁

（1）科（科，35.550.26.1.5）〔註3〕—料

「科」字，從字形上看，是表示「條目」的「科」字，但在《隨函錄》中，它出現在「科簡」這一詞中。書中把「科」字釋爲「力條反，正作料」，依解釋，它是「料」的異體字。「科」是料的異體字，同時本身也作爲正字，這是把「料」的偏旁「米」換成「禾」而形成的。

偏旁「米」和「禾」之所以可通用，是因爲米和禾都表示糧食作物。異體字中這兩個偏旁通用的情況並不少見，如穅〔註4〕、稉〔註5〕、穤〔註6〕、糧〔註7〕等。它們的正字分別是糠、粳、糯、糧，其義符都是「米」，這些字的異體字被替換爲禾。此外，與「米」意義相關而可以替換的偏旁，除了「禾」以外還有「食」。例如，「糖」的異體字是餹〔註8〕，「粒」的異體字是飠立〔註9〕。其中，「粒—飠立」連偏旁的位置都發生了變化。它們都歸屬於正字偏旁「米」被「食」所替換的類型。

（2）餧（餧，35.81.14.1.2）—餒

「餧」出現在《隨函錄》中「飢餧」這一詞，書中說明「奴罪反，正作餒」。從字形上看，餧是「餧」字，字音爲「於僞切」，字義爲「喂飼」。但據《隨函錄》的注解及「飢餧」這一詞的意思看，「飢餧」的「餧」用作「餒」，是「餒」

〔註3〕本文所舉例的每個字的左旁是《隨函錄》所收的異體字，右旁是正字。括弧中的數字是依序標《高麗大藏經》影印本的「卷碼、頁碼」和《隨函錄》的「冊碼、欄次、行數」，上、中、下欄，以1、2、3表示。

〔註4〕《玉篇・米部・穅字》。參見《異體字字典・米部》A03071「糠」。

〔註5〕《集韻・平聲・庚韻》。參見《異體字字典・米部》A03063「粳」。

〔註6〕《字鑑・去聲・遇韻》。參見《異體字字典・米部》A03078「糯」。

〔註7〕《字彙補・裏部》。參見《異體字字典・米部》A03077「糧」。

〔註8〕《集韻・平聲・唐韻》。參見《異體字字典・米部》A03070「糖」。

〔註9〕《玉篇零卷・食部・飠立字》。參見《異體字字典・米部》A03058「粒」。

的異體字。

大徐本《說文》未收「餒」字，只收「餧」，說解爲「饑也。從食委聲。一曰魚敗曰餧。奴罪切。」（《五卷·食部》）段玉裁把「餧」字改爲「從食妥聲」的「餒」，說明爲「各本篆作餧，解作委聲，非也，今正。……餒爲餧餉俗字，許艸部作萎。一曰魚敗曰餒。《論語》『魚餒而肉敗。』《釋器》曰『肉謂之敗，魚謂之餒。』按魚爛自中，亦饑義之引申也。」《玉篇》:「餧，飼也。」《說文解字注·一卷·艸部》「萎，食牛也」下注:「於僞切。十六部。今字作餧。」

在文獻中，「餧飼」之「餧」與「飢餒」之「餒」通用。「委」聲（於詭切）與「妥」聲（他果切）相通〔註 10〕，且字形相似，從「委」之字往往可換偏旁從「妥」，如「挼」、「捼」都是「挪」的異體字〔註 11〕。「餧」是「餒」的聲符「妥」被替換成「委」而形成的異體字。

2. 因手抄謬誤累積所形成的偏旁替換

（1）⿰食豈（饐，34.646.1.3.1）—鎧

「⿰食豈」出現在《隨函錄》的「德⿰食豈」一詞裏。書中釋爲「苦改反，甲，別名也」。從字形看，⿰食豈字音爲「五困切」，字義爲「相謁而食麥」，當是「饐」字。但據《隨函錄》的解釋，⿰食豈實際在此處用爲「鎧」的異體字。因此「德⿰食豈」應讀作「德鎧」。「德鎧」意味著「功德之鎧甲」，是佛典中的常見詞。

「⿰食豈」是「鎧」的偏旁「金」被「食」所代替而形成的異體字。「金」和「食」在音義上毫無關係，從楷書的字形看，字形的類似度也並不是很高。「金」之所以被「食」替換，主要因爲在手抄過程中，由於訛誤慢慢變形而成。

「金」變爲「食」的過程可以通過「金」的字體變化和從「金」的異體字進行考察。小篆「金」寫作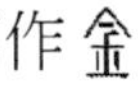，後來小篆字形的部分線條略有變化，出現了〔註 12〕、〔註 13〕、〔註 14〕、〔註 15〕等幾個異體字。在這些異體字中，最

〔註 10〕參看高亨纂著、董治安整理《古字通假會典》第 508、509 頁，齊魯書社，1989 年。

〔註 11〕見中國《第一批異體字整理表》。

〔註 12〕《偏類碑別字·金部·金字》。參見《異體字字典·金部》A04261「金」。

〔註 13〕《碑別字新編·八畫·金字》。參見《異體字字典·金部》A04261「金」。

〔註 14〕《古文四聲韻·平聲·侵韻》。參見《異體字字典·金部》A04261「金」。

〔註 15〕《古文四聲韻·平聲·侵韻》。參見《異體字字典·金部》A04261「金」。

後一個字𩙿，下部的「幺」形省略爲「厶」形，可以變成𩙿。這種情況可在從金之字的異體字中得以驗證，如「釗」的異體字𩛂〔註16〕、「欽」的異體字𩚬〔註17〕。偏旁「𩙿」的形體與「食」相似。而且「金」的小篆「金」在隸變過程中，也寫作金〔註18〕，這個字形也與「食」的形體相似。通過這些字形變化，「金」書寫爲「食」的過程可以推測爲金（小篆「金」）→金→金→金→𩙿→𩙿→食。

偏旁「金」用「食」替換的例子還有「鑠」〔註19〕的異體字「䊨」〔註20〕、「銀」的異體字「飷」〔註21〕等，其中飷（餛）也是正字兼異體字。

（2）輊（輊，34.640.1.3.9）—輕

「輊」出現在《隨函錄》的「輊微」一詞裏，它釋爲「詰盈反，又音致悟」。從字形看，它是字音爲「知義切」，字義爲「大車前重而傾斜」的「輊」〔註22〕字。但據《隨函錄》的解釋和「輊微」這一詞的意義，輊在此處應爲「輕」的異體字，「輊微」一詞應讀作「輕微」。輊其本身既是正字同時也是「輕」的異體字。

「輕」寫作輊，是因爲偏旁「巠」被替換成「至」。通過「巠」和「輕」的異體字以及字體變化，我們可以知道這種變形是在手抄書寫過程中形成的。

「巠」也寫作𢀖、坙、至。〔註23〕「巠」中的「巛」寫成「𭕄」，則與𢀖相同，若𢀖中的「𭕄」的中間豎劃與「工」連寫，則爲坙。「巠」的異體字𢀖、坙可分別從「輕」的異體字軽〔註24〕和輊〔註25〕中看出。坙中的「丷」快速連寫，中間豎劃短寫，則與「至」同形。「巠」的簡化字「圣」採用了快速連

〔註16〕《古文四聲韻・平聲・宵韻》。參見《異體字字典・金部》A04264「釗」。

〔註17〕《偏類碑別字・欠部・欽字》。參見《異體字字典・金部》A02058「欽」。

〔註18〕參見《書法字典》「金」（馬王堆帛書）。（http：//www.shufazidian.com/）

〔註19〕《說文・卷十四・金部》：「鑠（鑠），銷金也。從金樂聲。」

〔註20〕《龍龕手鑑・食部》，《中華字海・食部》。參見《異體字字典・金部》A04362「鑠」。

〔註21〕《隨函錄》（35.530.26.2.13）。

〔註22〕《龍龕手鑑・車部》：「輊，車前重也。」參見《異體字字典・金部》A04075「輊」。

〔註23〕《四聲篇海・工部》。參見《異體字字典・巛部》C03026「巠」。

〔註24〕《隸辨・平聲・清韻・軽字》。參見《異體字字典・車部》A04078「輕」。

〔註25〕《隸辨・平聲・清韻・輊字》。參見《異體字字典・車部》A04078「輕」。

寫巠上半部筆劃的行書。這種筆法在「輕」的行書輊、輊，「經」的行書経、経中也可以看到。

綜上所述，「輕」的異體字輊是在手抄過程中，偏旁「巠」變爲「至」而形成的，其過程可以推測爲「巠→𡉚→坙→〔坴〕→至」。偏旁「巠」寫作「至」，這一現象在以「巠」作偏旁的其他字的異體字中常見，如「經」的異體字絰〔註 26〕、「徑」的異體字逕〔註 27〕、「勁」的異體字刭〔註 28〕、「涇」的異體字洷〔註 29〕等。

（3）票（票，35.242.19.3.13）—栗

「票」出現在《隨函錄》「佛票」這一詞語中。從字形上看，票是「票」〔註 30〕字，本身表示「搖動」之意，且音爲「方昭切」。但《隨函錄》解釋爲「力日反，正作栗」，據此解釋，可知該詞中的「票」是「栗」的異體字。「栗」有「栗子樹」之意，且音爲「力質切」。

將「栗」寫成「票」是因「木」和「示」字形相似，在抄寫過程中混用的結果。將偏旁「木」寫成「示」主要出現在漢字的上下結構中，偏旁「木」位於下方時，常被寫成「朩」，如簡化字的条（條）等。「木」字左右兩側的「丿」「㇏」分離豎筆劃而成「朩」，「朩」中央的豎筆劃上端分離又變成示。其抄寫過程可推爲「木→朩→示」。

如此，由於「木」和「示」字形相似，所以將「栗」寫成了「票」，使得本身是正字的「票」變成了「栗」的異體字。在各種異體字中，由於與「木」字的字形相似，「示」、「禾」、「扌」等字經常通用〔註 31〕。

〔註 26〕《偏類碑別字・糸部・經字》。參見《異體字字典・糸部》A03124「經」。

〔註 27〕《偏類碑別字・彳部・徑字》。參見《異體字字典・彳部》A01289「徑」。

〔註 28〕《佛教難字字典・力部》。參見《異體字字典・力部》A00391「勁」。

〔註 29〕《偏類碑別字・水部・涇字》。參見《異體字字典・水部》A02202「涇」。

〔註 30〕用以表示「火飛」的「票」，本字爲「㶾」，收錄在《說文解字》中。(《說文・卷十・火部》:「㶾，火飛也。從火。」) 根據《字彙》，「票」原來是表示「搖晃」的字 (《字彙・示部》:「票，批招切，音飄，搖動也。」)，「㶾」另外收錄 (《字彙・火部》:「㶾，批招切，音飄，火飛也。」)。「票」和「㶾」本是同音異義的兩個字，但在隸變過程中，「㶾」變成「票」，合併爲一個字。通過「票」的異體字，可推其變化過程爲「㶾→㶾→𤇾→票」。(參見《異體字字典・示部》)

〔註 31〕參照金愛英、李圭甲（2009）。由於字形類似，「木」、「示」、「禾」、「米」的偏

作爲一個字的偏旁，「木」和「示」通用還可見於「柔—柔」、「條—絛」、「栽—裁」、「梁—涞」、「禁—禁」、「榮—祭」等異體字中。

（4）**杒**（杒，35.494.25.3.13）—初

「**杒**」在《隨函錄》中出現在「**杒**煮」這一詞語中，且被解釋爲「楚魚反，正作初」。雖然**杒**在這裡是「初」的異體字，但**杒**本身是「杒」字，音爲「都勞切」，表示「木心」。有的「杒」或音爲「莫卜切」，表示「桑樹」之意〔註32〕。在《說文・卷四・衣部》中，「初」的篆文爲𧘇〔註33〕，隸變作「初」。「初」之所以寫作「**杒**」，是因偏旁「衤」和「木」字形相似，且在抄寫過程中筆劃省略、連筆書寫而造成。以下試結合從「衤」之字的異體字情況分析「衤→木」的轉寫過程。根據「初」的異體字𥘵〔註34〕，「祺」的異體字禖〔註35〕，我們可推知「衤」有時會省略筆劃而成「礻」或**ネ**，**ネ**的起筆與中央的豎筆劃連筆寫時，就變成「木」的形態。因此，偏旁「衤」寫成「木」的轉寫過程是「衤→礻→〔**ネ**〕→木」。同例還有「褐」的異體字楬〔註36〕。

以上我們分析了由於字形相似，導致在抄寫過程中被相似的偏旁代替而生成正字兼異體字的過程。

《隨函錄》中正字兼異體字現象除上述「金—食、巠—至、木—示、示—木、衤—木」等部件混用以外，還有「扌—木、冫—氵、巾—忄、見—頁」等混用現象。例如「扌」被「木」代替，生成了「折」的異體字**析**（析，35.507.25.1.3）；「木」被「扌」代替，生成了「楥」的異體字**援**（援，35.509.25.2.14）；「冫」被「氵」代替，生成了「冶」的異體字**治**（治，35.377.22.1.11）；「巾」被「心」代替，生成了「帷」的異體字**惟**（惟，

旁通用的例可在「稟」的異體字稟、禀、禀看到。（參見《異體字字典・火部》A02935「稟」）

〔註32〕在《龍龕手鑑・木部》中說「杒，音刀，木心也。」，而在《玉篇》中「杒」被分別收錄在刀部和木部中，在刀部中爲「杒，刀勞切，木名。」，在木部中爲「杒，莫鹿切，杒桑也。」參見《異體字字典・木部》C05004「杒」。

〔註33〕《說文・卷四・衣部》：「初，始也。從刀從衣。裁衣之始也。」

〔註34〕《碑別字新編・七畫》。《異體字字典・木部》A03709「初」。

〔註35〕《隸辨・平聲・之韻・禖字》。參見《異體字字典・示部》A02897「祺」。

〔註36〕《偏類碑別字・衣部・褐字》。參見《異體字字典・衣部》A03743「褐」。

35.612.28.1.1）；「見」被「頁」代替，生成了「規」的異體字頍（頍，34.932.9.1.9）。

除此之外，還有兩個偏旁形體不相似，衹是在書寫過程中由於筆形謬誤累積，結果導致看上去是一個偏旁代替另一個偏旁的類型。如下：

（5）渥（渥，35.161.16.1.7）—泥

「渥」從字形看是表示「沾潤」的「渥」，但《隨函錄》中解釋爲「埿」，「汙渥，下奴計反，正作埿」。根據「汙渥」，我們可知「埿」並非用作動詞義「塗抹」，而應看作表示名詞義「泥土」的「泥」的異體字。

渥是「泥」的異體字，其本身也是正字。「泥」被抄寫成渥，這一過程可通過「泥」的異體字進行考察。「泥」有泟〔註 37〕、𡋯〔註 38〕、埿〔註 39〕、㴝〔註 40〕、𣿰〔註 41〕等諸多異體字。其中，泟是由「泥」的構件「匕」變成「工」所致，𡋯則是構件「氵（水）」被「土」代替形成，且由左右結構變爲上下結構。這兩個異體字都是由「泥」變形形成的。其他異體字則通過增加偏旁形成。如埿是由「泥」累增構件「土」而成，㴝、𣿰是在此基礎上的異寫：㴝比埿多一點，𣿰則由㴝的構件「匕」變成「工」而成。「泥」的異體字渥的形成，則是因爲𣿰中的構件𡋯與「屋」的字形相似所致。因此，「泥」被抄寫成渥的過程可推爲：「泥→泟→𡋯→埿→㴝→𣿰→渥」。經過這種字形變化，渥自身的形態既是正字「渥」，同時也是「泥」的異體字。

（6）澀（澀，35.224.18.1.1）—澀

「澀」出現在《隨函錄》「澀滑」這一詞語中。從字形看，是表示「水流疾速」之意的「澀」字。《隨函錄》注音爲「所立反」，可知澀並不是「澀」字。根據「澀滑」中澀的字音（所立反）和詞義，澀應是「澀」的異體字，「澀滑」應該讀成「澀滑」。其中，「澀」表示「不光滑」，而「滑」表示「光溜」，組詞模式和「內外」「多少」「出入」等一樣，由兩個意義相反的語素構成。因此，澀既是正字「澀」，同時也是「澀」的異體字。

〔註 37〕《碑別字新編・八畫》。參見《異體字字典・水部》A02161「泥」。

〔註 38〕《集韻・平聲・齊韻》。參見《異體字字典・水部》A02161「泥」。

〔註 39〕《廣韻・平聲・齊韻》。參見《異體字字典・水部》A02161「泥」。

〔註 40〕《廣碑別字・八畫・泥字》。參見《異體字字典・水部》A02161「泥」。

〔註 41〕《廣碑別字・八畫・泥字》。參見《異體字字典・水部》A02161「泥」。

「澀」寫成淴，表面看字形相差較大，但我們可借助「澀」的相關異體字考察字形演變過程。「澀」的異體字有「澁〔註42〕、⿱勿止〔註43〕、⿰氵⿱刅心〔註44〕、⿰氵⿱刅心〔註45〕」等。「澀」的字形是由「水」和「歰」結合生成。其中，歰的字形本由兩個表「人腳」的「止」上下相顧組成，表示「防滑」義；後來位於上端的「止」變形爲「刃」，最後變成了歰。歰上端的刅有時會變成「勿」形，例如省略偏旁「水」的「澀」的異體字⿱勿止。歰下端的「止」有時會變成「心」形，異體字中將「止」寫成「心」是常見現象之一。例如「澀」的異體字⿰氵⿱刅心和⿰氵⿱刅心。

綜上分析，「澀」的異體字「淴」實際是由「澀」的右偏旁歰變成「忽」形成的。具體過程可推爲「歰→⿱勿止→⿱勿心→忽」。

（二）獨體字的訛變

（1）子（子，35.475.25.2.8）—兮

子出現在《隨函錄》「詵詵子」一詞中，且將「子」釋爲「下音兮，正作兮」。根據這種注解可知，「子」本身爲正字，同時也可以用作「兮」的異體字。此處「子」並非用作「兒子」之意，而是用作語氣詞「兮」，所以應將「詵詵子」讀成「詵詵兮」。「詵詵兮」還出現在《詩經・周南・螽斯》中，表示「很多的樣子」〔註46〕。

「兮」抄寫成「子」的過程，可借助「兮」的相關異體字和行書筆法考察。「兮」在抄寫過程中，上位部件「八」有時會寫成「丷」，例如「兮」的異體字兮〔註47〕、兮〔註48〕。「丷」可因連筆寫法，寫成「ㄣ」形，例如行書「兮」〔註49〕。「兮」的下位部件「丂」，在書寫過程中，折筆劃寫成豎筆劃，變形爲

〔註42〕《龍龕手鑒・水部》：「正，色入反。澀，不滑也。」參見《異體字字典・水部》A02360「澀」。

〔註43〕《龍龕手鑒・止部》。參見《異體字字典・水部》A02360「澀」。

〔註44〕《四聲篇海・水部》。參見《異體字字典・水部》A02360「澀」。

〔註45〕《干祿字書・入聲》。參見《異體字字典・水部》A02360「澀」。

〔註46〕《詩經・國風・周南・螽斯》：「螽斯羽，詵詵兮。」《傳》：「眾多也。又和集貌。」

〔註47〕《隸辨・平聲・齊韻・兮字》。參見《異體字字典・八部》A00287「兮」。

〔註48〕《碑別字新編・四畫・兮字》。參見《異體字字典・八部》A00287「兮」。

〔註49〕參見《書法字典》「兮」。（http：//www.shufazidian.com/）

「丁」形。這樣，「兮」抄寫成「子」的過程就可推爲：「兮→兮→兮→兮→子」。

（2）首（首，35.494.25.1.3）—酋

「首」出現在《隨函錄》「首矛」一詞中。單看字形，會將其讀成表示「頭」的「首」字。不過，根據《隨函錄》的注解「首矛，上疾由反，正作酋」，可知這裡的「首」是「酋」的異體字。所以「首矛」應讀爲「酋矛」，表示古代的一種兵器。

「首」和「酋」字形類似，成爲「酋」的異體字的可能性很大。同樣，我們可借助「酋」的異體字來考察「酋」被抄寫成首的過程。「酋」的異體字酋〔註50〕，和「首」上端是同一形態。雖然下部構件「酉」與「自」有微妙的差異，但從整體上看，兩個字形很相似。而且，「首」有異體字酋〔註51〕，與「酋」的異體字酋形態完全一致。由此可知，酋既是「酋」的異體字也是「首」的異體字。

根據《隨函錄》的注解，首與「酋」讀音相同，「疾由反」，字形也和「酋」相似，我們可以肯定地說首是「酋」的異體字。

（3）互（互，35.504.25.2.14）—氐

「互」出現在《隨函錄》「互宿」一詞中，注音爲「丁兮，丁禮二反」。此處「互」並不是「相互」的「互」，而是「氐」的異體字。〔註52〕「互宿」應讀成「氐宿」。「氐宿」是二十八宿之一的東方蒼龍七宿中的第三宿，也叫做「天根」。「互」本身既是正字，也是「氐」的異體字。

「氐」由「氏」與「一」構成。小篆作「𠫑」〔註53〕，隸變寫作「氐」〔註54〕。在抄寫過程中由於筆劃和筆劃迅速連接，「氐」可寫成「互」形，如「氐」的草書「𠄠」〔註55〕。具體過程應是：「氐」的第一、二筆可像フ一樣連成一

〔註50〕《偏類碑別字・酉部》。參見《異體字字典・酉部》A04226「酋」。

〔註51〕《金石文字辨異・上聲・有韻・首字》。參見《異體字字典・首部》A04615「首」。

〔註52〕《干祿字書・平聲》中「互」形的「互」被收錄爲「氐」的異體字。參見《異體字字典・氏部》A02110「氐」。

〔註53〕《說文・12篇・氏部》：「氐，至也。從氏下箸一。一，地也。」

〔註54〕參見《書法字典》「氐」（《曹全碑》）。（http：//www.shufazidian.com/）

〔註55〕參見《書法字典》「氐」（王羲之）。（http：//www.shufazidian.com/）

個筆劃，第二筆劃「ㄴ」的末端部分寫成「乛」，同時第三筆「橫」和末筆「㇏」可連成一畫寫成「丿」形，最後便形成了「互」。《隨函錄》(35.724.30.2.8)「邱山（邸山)」中的「邸」有對應的異體字「邱」，也可進一步證實「氐」可寫成「互」。

四、結　論

綜上所述，我們考察分析了《藏經音義隨函錄》出現的正字兼異體字現象。總體來說，根據字形結構，可將異體字分爲合體字和獨體字。正字兼異體字大多是因偏旁被代替而形成的合體異體字。根據生成原因，這些異體字大致可分爲以下兩種：(1) 因意義相通或字音相近的偏旁替換生成的異體字、(2) 由於書寫謬誤累積形成，最終偏旁發生替換的異體字。與字的音義無關，祇是因字形謬誤導致偏旁發生變化的字中，在謬誤一般化以後，會出現有意形相似字替換偏旁的現象。獨體異體字是在書寫過程中因訛變而形成的。有些獨體異體字本來是合體字，但因書寫謬誤累積，變爲與另一個獨體字字形相同的字。

正字兼異體字，由於它的字形本身和某一正字的構形完全一致，所以很容易把它當作正字解釋。這樣就會影響對文獻內容的理解，所以我們應該進行正字兼異體字的整理工作。

參考文獻

1. 許慎撰、徐鉉校定，1963／2004，《說文解字》，中華書局。
2. 許慎撰、段玉裁注，1981／1988，《說文解字注》，上海古籍出版社。
3. 金愛英、李圭甲，2009，《敦煌本〈六祖壇經〉俗字例考察》，《中國語文學論集》第 58 號。
4. 金愛英、李圭甲，2002，《藏經音義隨函錄的標題字字形淺探》，《中國語文學論集》第 19 號。
5. 中華民國教育部國語推行委員會編，《異體字字典》，http://dict.variants. moe.edu.tw/
6. 《書法字典》，http://www.shufazidian.com/

梵文根本字玄應譯音傳本考

尉遲治平

（華中科技大學　國學研究院）

梵文有根本字和圓明字輪兩種字母表，是梵漢對音研究的重要資料，其中根本字字母表按照梵文發音部位、發音方法排次，秩序井然，尤其爲學者所重視。

梵文根本字字母表散見於佛經中，檢閱不易。古代日本僧人曾經輯錄漢唐各家之說，但鮮爲國人所知。民國時，泰縣繆篆有《悉曇字母表》，附在《字平等性語平等性集解》之後，這應該是現代中國學者輯錄梵文字母表的最早著作。繆篆字子才，是章太炎的弟子，與袁祖成、洪鈺侯並稱海陵三才子。《悉曇字母表》現在已經很難見到，其內容不得而詳。

1931 年，羅常培先生在繆篆《悉曇字母表》的基礎上加以增訂，改成四十九根本字和圓明字輪四十二字兩個諸經譯文異同表，附在《梵文顎音五母的藏漢對音研究》文末，收錄根本字譯文十六種，圓明字輪譯文十二種（羅常培 1931：275 後插頁）。羅常培的字母表後來還有三個印本，一是 1963 年中華書局出版的《羅常培語言學論文選集》（羅常培 1963：64 後插頁），一是 2004 年商務印書館出版的《羅常培語言學論文集》（羅常培 2004：附表三、四），再就是 2008 年山東教育出版社出版的《羅常培文集》（羅常培 2008：172～183），後兩種是簡體字本。李榮在 1952 年出版的《切韻音系》和 1956 年的修訂本裏轉載了這兩個表，並略有補正（李榮 1952、1956：164 插頁）。這些可以稱作輯表本，根據李榮的著錄，底本應該是日本《大正新脩大藏經》。除了簡繁體的差異外，輯表本各個印本之間文字基本相同。

輯表本匯錄群經，檢梵文一音而眾說畢見，便於對勘比較，是學者進行梵漢對音研究最常使用的材料。但是這種體制將譯文分繫梵文字母之下，打散原文，使人難以把握全局，同時原本中那些無法歸於某一字母下的文字就會被刪略，有時會導致對全文的誤解，所以利用輯表本進行研究，必須覆核原本。

2006 年，我們在《論梵文「五五字」譯音和唐代漢語聲調》一文中，就曾利用過唐代佛經中梵文「五五字」譯音的材料。所謂「五五字」，是指梵文根本字中「體文」（輔音）「舌根聲 k、舌齒聲 c[tɕ]、上咢聲 ṭ[ʈ]、舌頭聲 t、唇吻聲 p」五組聲母。五聲是五個不同的發音部位，每聲又各有不送氣清音、送氣清音、不送氣濁音、送氣濁音、鼻音五字，故稱「五五字」。輯表本所列唐代根本字譯文共九種，其中義淨《南海寄歸內法傳》實際上是日本高楠順次郎英譯本「敘論」所引「悉曇章」，根據我們觀察，應該是從日釋安然《悉曇藏》卷二「十二音」和卷五「定正翻」兩節中輯出，並非《寄歸傳》原本；《悉曇字母釋義》作者爲日釋空海，兩種都出自日本悉曇著作，所以我們沒有用。另外七種唐土佛經中，地婆訶羅《方廣大莊嚴經・示書品》、善無畏共一行《大毘盧遮那成佛成變加持經・百字成就持誦品》、不空《瑜伽金剛頂經・釋字母品》、不空《文殊問經・字母品》、智廣《悉曇字記》、慧琳《一切經音義・大般涅槃經音義・次辯文字功德及出生次第》六種對音體例分明，彼此對應關係嚴整，適於作爲學術研究的材料，我們從中抽繹出唐代漢語的聲調系統。但是，玄應《一切經音義・大般涅槃經・文字品》譯音情況特別，無條例可循，我們沒有使用，文章中說留作另文討論（尉遲治平 2006：1）。

玄應《一切經音義》版本複雜，從來源看，可以分爲雕版刷印本、日本古寫本、敦煌和吐魯番寫卷三類，各種版本內容往往有很多差異。我們搜集了玄應《一切經音義・大般涅槃經・文字品》（下文簡稱《文字品》）的各種版本進行比勘，得出一個校本，作爲進一步展開研究的基礎。這個文本根據《玄應音義》整理而來，我們稱爲「音義本」。

根據我們觀察，僅就《文字品》而言，寫本多訛俗字，反語一般只出上下字；高麗藏本和金藏廣勝寺本文字與之相近，反語全部補足「反」字；磧砂藏、永樂南、北藏和莊炘儒刻本幾種彼此相近，用字規範，但反語卻仍與寫本相同無「反」字，僅永樂北藏偶爾改加「切」字。徐時儀在《敦煌寫本〈玄應音義〉考補》一文中指出，《玄應音義》大致可分爲高麗藏和磧砂藏兩大系列。二者的不同早在敦煌寫本中已存在。敦煌文獻中無磧砂藏卷五所脫二十一部經的寫本可能是開寶藏初刻本所據之祖本，後成爲磧砂藏本一系；有磧砂藏卷五所脫二十一部經的寫本是契丹藏所據之祖本，後成爲高麗藏本一系（徐時儀 2005）。其觀察和分類與我們一致。

下面音義本是徐時儀《一切經音義三種校本合刊》校定的玄應《文字品》（徐時儀 2008：42）。文本行款格式一依徐時儀校本，只將豎排改爲橫排；此本以高麗藏本爲底本，並參校各種傳本（徐時儀 2008 凡例：1），但實際上多根據磧砂藏校改，凡這種情況本文另加括號標明高麗藏用字。原書注釋標註「徐註」，我們的校語加「案」作標誌。磧砂藏沒有反語後的「反」字，在此一總說明，不再一一出校。梵文四十七根本字間的頓號，徐時儀原書或有或缺，本文一律補齊，也不再出校。本文的校釋標序號置於《文字品》後。

文字品

字者，文字之揔名。梵云惡（悪。徐註：磧爲「羅刹羅」。(一)）刹（剎）羅，譯言無（无）異流轉，或言無盡，無盡是字，字在紙墨，可得不滅，藉此不滅以譬（辟）常住，凡有四十七字，爲一切字本（夲）。其十四字如言，三十三字如是，合之以成諸字，即名滿字。滿者，善義，以譬（辟）常住。半者，惡（悪）義，以譬（辟）煩惱（惱）。雖因半字，〔爲字〕（徐註：麗無，據磧補。）根本（夲），得成滿字，乃是正字。凡夫無（无）始，皆由無明，得成常住，乃是眞實，故字之爲義，可以譬（辟）道。《大涅槃（案：高麗藏字爲左「月」右「杲」）經》其義如此。案西域悉曇章本（夲）是婆羅賀磨天所作，自古迄今更無異書，但點畫之間（閒）微有不同耳。悉曇，此云成就。論中悉檀者亦悉曇也，以隨別義轉音名爲悉檀。婆羅賀磨天者，此云淨天。舊言梵天，訛略也。

字音十四字

褭（烏可反）、阿、壹、伊、塢（烏古反）、烏、理（重）、釐（力之反）、黳（案：高麗藏字下半「黑」外有「厂」。）（烏奚反）、藹、汙（烏故反）、奥、闇、噁（案：高麗藏字右作「悪」。磧砂藏無「闇噁」二字，當據刪。(二)）。　此十四字以爲音，一一聲中皆兩兩字同，長短爲異，皆前聲短，後聲長。

菴、惡（悪）此二字是前惡（悪）、阿兩字之餘音，若（着）不餘音則不盡一切字，故復取二字，以窮文字。

比聲二十五字

迦、呿、伽、恒（其柯反）、俄（魚賀反）　舌根聲。凡五字中第（苐）四字與第（苐）二（案：磧砂藏作「三」，當據正。(三)）字同而輕重微異。

遮（重）、車、闍、膳（時柯反）、若（耳賀反）　舌齒聲。

吒（重）、咃（丑加反）、荼、組（佇賈反）、拏　上咢聲。

多、他、陀（陁）、馱（徒柯反）、那（奴賀反）　舌頭聲。

波、頗、婆、婆（去）、摩（莫介（案：磧砂藏作「个」，當據正。(四)）反）脣（唇）吻聲。

蛇（虵）（重）、羅（磧砂藏作「邏」。(五)）（盧舸反）、羅（李舸反）、縛、

奢、沙、娑、呵　　此八字超聲。[六]

校　釋

（一）惡刹羅，梵文 Aksara 的譯名。唐普光《俱舍論記》卷第五：「梵云惡刹羅，唐言字，是不流轉義，謂不隨方流轉改易。」又譯作「噁刹囉」或「阿刹羅」。唐一行《大毘盧遮那成佛經疏》卷第三：「又字輪者，梵音云噁刹囉輪。噁刹羅是不動義。」又卷第十七：「然字者，梵有二音。一名阿刹羅也，是根本字也。二者哩比鞞（Lipi），是增加字也。」又譯作「惡察那」或「惡刹那」。唐窺基《成唯識論述記》卷第二末：「惡察那是字，無改轉義。」日釋湛叡《大方廣佛華嚴經疏演義鈔》第四上「纂釋中」：「次惡察那等者，第二會字。雖文即是字。或云字，梵語惡刹那；或云文，梵語便善那（vyañjana）也。」又譯作「阿叉羅」。日曇寂《大日經住心品疏私記》卷第四：「按便善那者，與阿叉羅同。」又譯作「阿乞史囉」。 唐禮言《梵語雜名》：「字，阿乞史（二合）囉。」案：梵文字母 𑖎𑖿𑖬 kṣa 有三種讀法：[kʂ]、[tʂʰ] 和 [ktʂʰ]。「阿乞史（二合）囉」是第一種讀法，用二合音「乞史」按字母讀 [kʂ]；「阿刹羅」、「阿叉羅」是第二種讀法，用初母字「刹」、「叉」對譯 [tʂʰ]；「惡刹羅」、「噁刹囉」、「惡刹那」和「惡察那」是第三種讀法，用初母字「刹」或「察」對譯 [tʂʰ]，用鐸韻字「惡」的入聲韻尾對譯（a）k。「噁」，《廣韻》烏路切，是暮韻字，《集韻》另有屋郭切，是鐸韻字，按梵漢對音的常例，「噁」就是「惡」另加「口」旁。磧砂藏「羅刹羅」是不明梵文，涉常見之「羅刹」而誤改。

（二）「褁a、阿 ā、壹 i、伊 ī、塢 u、烏 ū、理 ṛ、釐 ṝ、黳 e、藹 ai、汙 o、奧 au」字數正合「字音十四字」。「闇 𑖀𑖽 aṃ」是用大空點 ◌̇ 表示的「隨韻」ṃ（anusvāra），「𑖀𑖾 噁 aḥ」是用涅槃點◌: 表示的「止聲」ḥ（visarga），即下文「菴、惡」二字，並非字音。當據磧砂藏刪「闇噁」二字。

（三）比聲二十五字即「五五字」，第三字是不送氣濁音，第四字是送氣濁音，而漢語只有一套全濁音，譯經師常用漢語的同一個全濁字對譯梵文第三字和第四字，另加標誌予以區別。玄應所說「凡五字中第四字與第三字同而輕重微異」就是這種體例。具體情況可以參見下文關於玄應《文字品》悉曇本的討論。高麗藏「二」爲「三」之形誤，應據磧砂藏改正。

（四）梵文字母單讀時，要加上元音 a，所以譯經師對音時一般選用漢語果攝或假攝字。「介」是蟹攝字，當爲箇韻字「个」之形誤，應據磧砂藏改正。

（五）超聲八字第二字是 𑖨 r，第三字是 𑖩 l，漢語中有邊音（來母字）無顫音，譯經師對音時一般用來母字「羅」對譯 l，用「羅」加偏旁作爲標識（「邏」或「囉」等）對譯 r，以示區別。高麗藏同用「羅」，未予區別，不合常例。參見下文《文字品》悉曇本。

（六）從「蛇」至「此八字超聲」一段文字，徐時儀書低格與「迦」、「遮」、「吒」、「多」、「波」同等。案：「超聲」應與「字音」、「比聲」同等，文本應該頂格。

從上面《文字品》文本來看，高麗本錯訛太多，實在不宜作爲校勘研讀之依據。徐時儀的校本與其說是以高麗藏爲底本，實不如說是以磧砂藏爲底本。徐時儀在《玄應〈一切經音義〉寫卷考》一文中指出，寫卷與磧砂藏本用字相同較少，而多與麗藏本相同。大體而言，寫卷和麗藏本多用俗字，磧砂藏本用字則已趨於規範，多爲今通用的繁體字。可考察唐代正字運動前後的用字狀況（徐時儀 2009）。他的觀察與上揭玄應《文字品》反映的情況相符。但上文我們已經指出，寫本反語只有上下字，不出「反」字，根據反語格式看，可以判斷高麗藏對底本有所改動，磧砂藏反倒保留了底本原貌。因此，磧砂藏用字規範，並不一定就是在唐代正字運動中改動了底本，很可能磧砂藏所源出的唐代寫本就是一種用字規範、校勘精良的本子。不能因爲現在常見的唐五代民間寫本觸眼皆是訛俗字，就認爲這是唐人用字的常態。從秦始皇「書同文」以降，中國歷代都有正字運動，隋唐時「字樣學」就很盛行。而且那時佛經翻譯「譯場經館，設官分職」，組織日備，制度完善，其中設「正字」一員，「字學玄應曾當是職」（宋贊寧《宋高僧傳》卷三《譯經篇・論》）。可見玄應撰述對於用字正誤是非常講究的，《一切經音義》中就有不少內容是專門辨正文字的。因此，我們推測唐代玄應《一切經音義》應該有規範的正式的寫本，後來演化爲磧砂藏一系佛書。

音義本與輯表本相關文字基本相同，但與音義本比較，輯表本只錄根本字譯文及其反切，遺漏信息太多，如果不覆檢佛經原本，徑直用來進行研究，其結論難免會出現失誤。

但是，即使是這個經過整理的校訂本，我們在進行研究時，仍然發現這段文本問題很多。梵文「五五字」是一個十分規整的結構：

	第一字	第二字	第三字	第四字	第五字
舌根聲	क k	ख kh	ग g	घ gh	ङ ṅ
舌齒聲	च c	छ ch	ज j	झ jh	ञ ñ
上咢聲	ट ṭ	ठ ṭh	ड ḍ	ढ ḍh	ण ṇ
舌頭聲	त t	थ th	द d	ध dh	न ṇ
唇吻聲	प p	फ ph	ब b	भ bh	म m

表格從上到下，每列發音方法相同，從左到右，每行發音部位相同，列是行的集合，行是列的集合，這是典型的關係數據庫二維化數據表的結構。上文所述唐代七種根本字譯經，除了玄應《文字品》，其他六種的用字都排次有序，對應嚴整，符合關係型數據表的結構，唯獨玄應《文字品》的用字與這個結構不合。再者，根據我們研究，唐代「五五字」譯文每列用字不僅發音方法相同，而且聲調也相同，可以分爲兩派：

五五字	第一字	第二字	第三字	第四字	第五字	漢語聲調
調　子	˥55	˥55	˥55	Λ15	˥55	調値
智廣派	上聲輕	上聲輕	上聲輕	上聲重	上聲輕	調類
不空派	上聲	上聲	上聲	去聲重	上聲	

地婆訶羅屬於智廣一派，善無畏共一行、慧琳屬於不空一派，每派諸經用字各異，但調類相同，兩派用字調類不同，但調値相同。這樣，各家各持方言依經讀字，發音聽起來都是同樣的，反映梵文「五五字」具有固定的誦讀調子（尉遲治平，2006）。但是玄應《文字品》用字雜亂，沒有分明的條例可循。

另外，玄應《文字品》存在諸多難以解釋的內容，令人生疑。

第一，「菴、惡」二字下說：「此二字是前惡、阿兩字之餘音」，這是說𑖀𑖽 aṃ、𑖀𑖾ah 分別是𑖀 a、𑖁ā 兩字之餘音，但前文字音 a、ā 兩字的譯文是「褁、阿」，並非「惡、阿」，前後不符。

第二，比聲下說：「凡五字中第四字與第三字同而輕重微異。」「五五字」中只有唇吻聲「婆、婆（去）」相符，其他各聲第四字與第三字都不相同。

第三，文中說「凡有四十七字，爲一切字本。其十四字如言，三十三字如是，合之以成諸字，即名滿字。」但所列字母，比聲二十五字，加超聲八字，即「三十三字」，再加上字音十四字，已足「四十七字」之數。但文中所列字母另外還有「菴、惡」二字，實際上有四十九字。數字明顯不符。

因此，我們認爲今傳漢文佛經中所見玄應《文字品》疑點頗多，根本字譯文可能已經後人竄改，以致不能與文中的說解相合。

2011 年，我們發表了《梵文「五五字」譯音和玄應音的聲調》和《「秦人去聲似上」和玄應音、慧琳音的聲調系統》兩篇文章，指出玄應《文字品》除了音義本外，還存在一種悉曇本，玄應《文字品》之原本應該近於悉曇本（尉遲治平、朱煒 2011：73～74；尉遲治平 2011：73～76）。因爲篇幅所限，兩篇文章沒有充分展開討論，並且由於文章論旨的關係，文中所揭之《文字品》只有「五五字」部分，沒有涉及其他內容。本文就此問題，對玄應《文字品》悉曇本和音義本的異同及其性質展開全面的討論。

所謂「悉曇本」，指日本佛經悉曇著作中引述的玄應《文字品》，來自悉曇部，而音義本來自漢文大藏經事匯部。

下引悉曇本採自日安然《悉曇藏》卷五「母字翻音・定正翻」，參校以《悉曇藏・母字翻音・定正翻》「飛鳥寺信行《涅槃經音義》」和日淨嚴《悉曇三密鈔》卷二「明對注者・初明五句字對注者」所引的玄應《文字品》。文中悉曇字是佛經原有的，拉丁字母轉寫爲筆者所加。

玄應《涅槃音義》云

𑖀 a　短阿（惡音，應烏可反。應類此也。）、𑖁 ā　長阿（平聲）、𑖂 i　短伊（億音）、𑖃 ī　長伊（平聲）、𑖄 u　短憂（郁音）、𑖅 ū　長優（平聲）　已上六字，前短後長。已下六字，前長後短。

𑖊 e　哩（烏雞反。長也）、𑖋 ai　野（上聲。短也。案：「野」字原脫，據信行補。）、𑖌 o　烏（長也。平聲）、𑖍 au　炮（短聲。烏早反）、𑖀𑖽 aṃ　菴（長也。平聲）、𑖀𑖾 ah　痾（短也。上聲）

毘聲二十五字

𑖎 k　迦、𑖏 kh　佉、𑖐 g　伽（並平重音）、𑖑 gh　伽（去聲）、𑖒 ṅ　俄（魚賀反）　已上舌根聲。

𑖓 c　遮、𑖔 ch　車、𑖕 j　闍（並平）、𑖖 jh　闍（去聲）、𑖗 ñ　若（耳夜反。）　已上舌齒聲（案：「舌」字原脫，據信行補。）。

ṭ 咤、ṭh 侘、ḍ 茶（並平）、ḍh 茶（去聲）、ṇ 拏（去聲）已上上齶聲（案：原脫一「上」字，據信行補。）。

t 多、th 他、d 陀（並平）、dh 陀（去聲）、n 那（奴賀反） 已上舌頭聲

p 波、ph 頗、b 婆（並平）、bh 婆（去聲）、m 摩（莫鴟反） 已上脣吻聲。每五十字中第四與第三字同，輕重微異也[一]。

超聲八字

y 耶（北經作虵）、r 囉（盧舸反）、l 羅（李舸反）、v 嚩（平聲）、ś 奢、ṣ 沙（「沙」二字原脫，據信行補。）、s 娑、h 呵（此短聲）。

羅（南經註來家反。北經作茶。遠云矩）。合五十字。[二]

校 釋

（一）「每五十字」中「十」字應爲衍字或「句」字之誤。此句淨嚴作「每句五字中第三第四雖同，輕重異也。」

（二）據「合五十字」，應缺 ṛ、ṝ、ḷ、ḹ 四字，可能因爲不是根本字沒有列入。待考。

上文說過古代日本僧人曾經輯錄梵文根本字諸經譯文，《悉曇藏》就是其中最重要的一種。這些著作的性質與輯表本相近，玄應《文字品》只有梵文字母及其譯文，沒有前面關於「字母品」的大段文字。但就這個文本觀察，已經可以看出悉曇本和音義本大不相同，文意貫通，無齟齬之處，前後怡然理順，上述音義本的諸多疑點並不存在。

悉曇本「五五字」譯文甚具條理，第一、二、三字的聲調是平聲重，第四、五字是去聲，同時第三字與第四字用同一個漢字，與說解相符若契。這種格局就是上面我們說的關係型數據表的結構，可以與唐代其他六種「五五字」譯文構成嚴整的對應關係，在智廣派、不空派之外別成一派，但三派反映出來的梵文「五五字」誦讀調子是一樣的。因此，悉曇本應該反映了玄應《文字品》原本的面貌。我們在《梵文「五五字」譯音和玄應音的聲調》和《「秦人去聲似上」和玄應音、慧琳音的聲調系統》兩篇文章中有詳細討論（尉遲治平、朱煒 2011：73～74；尉遲治平 2011：73～76），可以參看，本文不再重述。

安然是慈覺大師圓仁的高足，又口受寶月、宗叡、難陀、空海四音，圓仁、空海、宗睿都是平安朝入唐八大家中人，他們的傳授淵源有自，可以信賴。《悉曇藏》成於元慶中（877～884，唐僖宗乾符四年——中和四年），去玄應未遠，其中所載《文字品》應該近於玄應原本。音義本則進行了大幅度的修改。音義本和悉曇本的差異，除了上面指出的比聲「五五字」部分外，還包括以下幾點。

一，悉曇本四十六個根本字都列出梵文悉曇字，音義本全部刪去，對音所用漢字也進行了更換。

二，字音部分，悉曇本是十二音，前六字前短後長，後六字前長後短。音義本是十四音，皆兩兩前聲短後聲長。

三，超聲後悉曇本有重字「□羅」，音義本無。

以上的比較反映出悉曇本和音義本是兩個根本不同的系統，對梵文語音的分析是兩種完全不同的框架。信行《涅槃經音義》在「□羅」後說：「玄應師脫此第九字，云八字超聲者，未詳何意。」這是從悉曇本的角度對音義本的批評，可見兩個系統杆格不合，彼此竟至無法溝通，如果使用音義本來研究玄應《一切經音義》的語音系統，不免會南轅而北轍。

在後世的流傳過程中，悉曇本重辨音，為專門之學，一般僧眾傳抄佛經重在弘法，對悉曇之學不太關心，也不甚了然，那些稀奇古怪的悉曇字母既看不懂，也難書寫，所以多採用音義本，悉曇本也就逐漸失傳。幸虧音義本對原本刪改未盡，留下一些痕跡，例如注文「凡五字中第四字與第三字同」就是，讓我們今天還可以依循這些蛛絲馬蹟，根據悉曇本探求玄應《文字品》的原貌。

綜上所述，玄應《一切經音義・大般涅槃經・文字品》有不同的傳本，日安然《悉曇藏・母字翻音・定正翻》記錄的文字近於玄應《文字品》原本。今傳漢文大藏經中的各種不同的版本，對原本有刪改，已經面目全非。今人輯錄的《四十九根本字諸經譯文異同表》基於《大正新脩大藏經》，可供比較諸經譯文時參考，但使用時必須覆查原本佛經。

參考文獻

1. 李榮，1952，《切韻音系》，語言學專刊第 4 種，中國科學院。
2. 李榮，1956，《切韻音系》，科學出版社。
3. 羅常培，1931，梵文顎音五母藏漢對音研究，《歷史語言研究所集刊》3 本 2 分：

263～275 頁。

4. 羅常培，1963，梵文顎音五母藏漢對音研究，《羅常培語言學論文選集》，中華書局：54～64 頁。
5. 羅常培，2004，梵文顎音五母藏漢對音研究，《羅常培語言學論文集》，商務印書館：70～84 頁。
6. 羅常培，2008，梵文顎音五母藏漢對音研究，《羅常培文集》，山東教育出版社，第 7 卷：155～183 頁。
7. 徐時儀，2005，敦煌寫本《玄應音義》考補，《敦煌研究》第 1 期：30～41 頁。
8. 徐時儀，2008，一切經音義三種校本合刊，上海古籍出版社。
9. 徐時儀，2009，玄應《一切經音義》寫卷考，《文獻》第 1 期：95～102 頁。
10. 尉遲治平，2006，論梵文「五五字」譯音和唐代漢語聲調，《語言學探索——竺家寧先生六秩壽慶論文集》，臺北國家圖書館：1～4 頁。
11. 尉遲治平，2011 「秦人去聲似上」和玄應音、慧琳音的聲調系統，《基於本體特色的漢語研究——慶祝薛鳳生教授八十華誕文集》，中國社會科學出版社：65～77 頁。
12. 尉遲治平、朱煒，2011，梵文「五五字」譯音和玄應音的聲調，《語言研究》第 2 期：70～75 頁。

關於《金光明最勝王經》卷尾反切音注與譯場列位名單的一點考察——以日藏西國寺本、西大寺本與敦煌本比較爲中心

李　香

（暨南大學　外國語學院）

一、前　言

十卷本《金光明最勝王經》是唐代高僧義淨於武周長安三年（公元 703 年）所譯，譯出後廣爲流傳。据統計，敦煌文獻中載有該經的寫卷約有三千件，其中有四百多件附有經音（張涌泉、李玲玲 2006、2008）。經音分爲兩類，一類是散見於經文中的反切音注，這些經音在傳世文本中多有保留；另一類是見於卷尾的反切音注，是對每卷經文難字的集中注音，有部分還涉及到對字形的說明，這類音注在傳世文本中鮮有發現，亦罕有研究。民國二十五年（1936），許國霖據北平圖書館所藏敦煌寫本中的卷尾音注，輯成《金光明最勝王經音義》，收於《敦煌雜錄》一書中。而目前輯錄最完備的是張涌泉、李玲玲兩位先生的《金光明最勝王經音》（收入《敦煌經部文獻合集》第 11 冊），搜集了四百多個寫本的音注材料，並參考《大正藏》和慧琳《一切經音義》，對兩類經音進行了校錄和相關研究。

此外，敦煌諸本中有三件寫卷載有一份譯場列位名單，亦爲後世文獻所未見，但目前對其的研究多著重於所列譯經僧人的活動及僧寺制度等方面（方廣錩、許培玲 1996）。

另一方面，《金光明最勝王經》在譯出不久後即傳入日本，備受推崇，奈良時代（710～794）時，和《法華經》、《仁王般若經》合稱「護國三部經」。聖武天皇（701～756）在位時，曾抄寫此經頒賜全國，並於天平十三年（741）在各地建立國分寺，命名爲「金光明四天王護國之寺」，每座寺院中建寶塔以安置《金光明最勝王經》（《續日本紀》卷 14）。原藏於廣島西國寺的十卷本《紫紙金字金光明最勝王經》抄本（現藏於奈良國立博物館）（以下簡稱「西國寺本」）即被認爲是當時的「國分寺經」，據正倉院文書記載，應當完成於天平十八年（746）〔註 1〕。另外，奈良西大寺藏十卷本《金光明最勝王經》抄本（以下簡稱「西大寺本」），據其每卷卷尾的「願文」，可知其抄寫於天平寶字六年（762）。這兩個抄本都保存完整，且抄寫時間距離義淨譯出該經的 703 年只隔數十年，對研究義淨原經具有重要的參考價值。

這兩個抄本每卷卷尾亦附有反切音注（第四卷無），西國寺本卷一、卷十和西大寺本卷一在卷尾音注後附有譯場列位名單，與敦煌諸本中的卷尾反切和譯

〔註 1〕據「正倉院文書數據庫」檢索：http://somoda.media.osaka-cu.ac.jp/index.php

場名單大體相同。本文將考察日藏兩本與敦煌本的卷尾反切和譯場名單的異同情況，並就卷尾音注作者問題進行探討。

二、西國寺本、西大寺本卷尾反切音注

西國寺本、西大寺本的抄寫格式基本完全一致，卷尾反切音注接在每卷尾題「金光明最勝王經卷第（苐）几」之後，形式爲字頭單行大字，注文雙行小字，音注無「反」字〔註2〕。這一體例與敦煌諸本相同〔註3〕。

下面，分卷介紹西國寺本、西大寺本《金光明最勝王經》卷尾反切音注。各卷字頭及注文請參看附錄1（原文爲豎寫，今一律改作橫排）。

（一）卷第一

共有 16 個字頭，皆附反切，「駃」「慱」「荼」三字下分別有「從史」「從十」「從示」的字體說明。字頭的字體及反切大致與敦煌諸本相同。第十二字「𡎺」，西國寺本作「𩿧」，其「鳥」旁當爲承上字「鶡」而誤。第十三字，下部部件作「朿」。

（二）卷第二

共有 7 個字頭，皆附反切。字頭的字體及反切大致與敦煌諸本相同，最後一字「罥」字反切作「古懸」，敦煌諸本多作「古縣」，斯 4391、北 1571 與日藏兩本相同。

（三）卷第三

共有 3 個字頭，皆附反切。字頭的字體及反切大致與敦煌諸本相同。

（四）卷第四

本卷末無反切音注。敦煌諸本有字頭「枳」字，注文「姜里，從木」。

（五）卷第五

共有 4 個字頭，皆附反切。字頭的字體及反切大致與敦煌諸本相同。

〔註2〕據春日政治（1985）「研究篇」介紹，宅太藏氏所藏的紫紙金字金光明最勝王經卷二的反切有「反」字。

〔註3〕敦煌諸本中亦偶見反切有「反」字者，如斯 1622、斯 6558、斯 6691、北 1493、北 1820、北 1858、北 1885 等。

（六）卷第六

共有 19 個字頭，皆附反切，「敵」下有字體說明。字頭的字體及反切大致與敦煌諸本相同。首字右半部作「互」。第二字兩本皆作「敝」，是「敵」字形誤，敦煌諸本中亦多有誤作「敝」者。第三字左半部作「商」，字體說明均作「從父」，敦煌諸本多作「從文」，「父」當係「文」字之誤。第七字西大寺本左半部作「木」。第十四字「拏」的反切，西大寺本爲「奴伽」，西國寺本和敦煌諸本同，作「奴加」。案「拏」字《廣韻》音「女加切」，玄應音「女加反」「女家反」「奴加反」，都是假攝痲韻音；而「伽」字《廣韻》在果攝歌韻。西大寺本「伽」當是「加」字之誤。第 16 字西大寺本無口旁，右下部部件爲「月羊凡」，西國寺本有口旁，敦煌諸本亦多有口旁，右半部分做「臘」。

（七）卷第七

共有 11 個字頭，皆附反切。字頭的字體及反切大致與敦煌諸本相同。第三字反切下字西大寺本作「庾」，當係「庚」字之誤，西國寺本與敦煌諸本皆作「庚」。第四字字頭西大寺本作「陵」，西國寺本與敦煌諸本皆有草頭。第五字反切上字西大寺本作「栗」，西國寺本作「粟」，「栗」爲「粟」字之形誤。末字字頭兩本右半部均作「巳」，反切下字亦作「巳」。

（八）卷第八

共有 2 個字頭，皆附反切。字頭的字體及反切大致與敦煌諸本相同。第二字西大寺本作「杜」，西國寺本作「拄」。

（九）卷第九

共有 9 個字頭，皆附反切。字頭的字體及反切大致與敦煌諸本相同。

（十）卷第十

共有 8 個字頭，皆附反切。字頭的字體及反切大致與敦煌諸本相同。最末兩字字頭爲「捫」和「鯁」。據張湧泉、李玲玲（2006、2008）研究，敦煌諸本此處分爲兩個系統，系統一字頭作「哽」及「抆」，系統二同日藏兩本。

由以上比較可知，除卷四及少數字形差異外，西國寺本、西大寺本卷尾反切與敦煌諸本幾乎完全相同，兩者應當源於相同的祖本。西大寺本的字體訛誤較西國寺本爲多，可能和抄寫者爲個人、而西國寺本爲官方抄寫的「國分寺經」

有關。

三、西國寺本、西大寺本與敦煌本譯場列位名單

西國寺本譯場列位名單在卷一和卷十末尾，兩份名單的內容、字體和格式完全一樣；西大寺本在卷一末尾，除首句「大周長安三年歲次癸卯十月己未朔四日壬戌三藏法師義淨奉　制於長安西明寺新譯并綴文正字」分作兩行、而西國寺本作三行之外，其餘格式一致；所列譯經僧名與身份也幾乎完全一致，只有西大寺本「上坐」西國寺本作「上座」，西國寺本「仁亮」西大寺本作「仁高」（參見附錄 2、3）。

敦煌本中有斯 523 卷八、北 1751（雨 39）卷五的卷尾、斯 6033《長安三年義淨譯經題記》載有該名單（參見附錄 4、5、6），後者殘缺，前兩者均完整，其內容與日藏兩本大體相同，差異處如下：

斯 523：第 2 行爲「義淨奉　制長安西明寺新譯并綴文正字」，缺「於」字。第 4 行作「婆羅門利末多」，缺「尸」字。第 9 行作「伏禮證義」，其餘諸本皆作「伏禮證文」。第 11 行作「清禪寺主德感證義」，其餘諸本皆作「清禪寺寺主德感證義」。第 12 行作「翻經紗門大周兩寺仁亮證義」，「紗」爲「沙」之誤，「兩」爲「西」之誤；「仁亮」與西國寺本、北 1751 同，西大寺本作「仁高」。第 5、10、13 行之僧職均作「上坐」，同于西大寺本。第 18 行「明曉」後多「請轉」二字。最末多出一行「經沙門龍興寺法海勘記」。另外，該名單中「年」「月」「正」「證」「授」諸字均使用武周新字。

北 1751：第 1 行「三藏」作「玄藏」。第 2 行「奉制」之間無空格。第 5、13 行之僧職作「上坐」，同于西大寺本和斯 523；而第 10 行作「上座」，同于西國寺本。第 12 行作「大周西寺仁亮證義」，與西國寺本、斯 523 同。第 16 行作「大福先都維那慈訓證義」，「大福先」之後缺「寺」字。缺「翻經沙門大福先寺勝莊證義」一句。最末多出一行「轉經沙門北庭龍興寺都維舡（那）法海」一句，其後空兩行，另起一行有「弘建勘定」四字。

由上可以看出，這四份譯場列位名單幾乎完全相同，只在文字及字形上稍有差異。

《開元釋教錄》卷 9「金光明最勝王經十卷」條記載其譯出時間和譯經僧爲：「長安三年十月四日於西明寺譯畢沙門波崙惠表筆受」；而同卷「沙門釋義

淨」條下提到：

> 即以久視元年庚子至長安三年癸卯。於東都福先寺及西京西明寺。譯金光明最勝王。能斷金剛般若。……已上二十部一百一十五卷。北印度沙門阿儞眞那證梵文義。沙門波崙復禮慧表智積等筆受證文。沙門法寶法藏德感成莊神英仁亮大儀慈訓等證義。

譯出時間「長安三年（癸卯）十月四日」與斯 523 等譯場列位所載譯經年月日「長安三年歲次癸卯十月己未朔四日壬戌」完全一致。參與譯經的僧眾，《開元錄》與譯場列位互見的有「寶思惟（阿儞眞那）」〔註 4〕、「波崙」、「復（伏）禮〔註5〕」、「惠（慧）表〔註6〕」、「法寶」、「法藏」、「德感」、「勝（成）莊〔註7〕」、「神英」、「仁亮」、「大儀」、「慈訓」，且任職亦完全一致，兩者可互爲佐證。

而在譯場列位中出現、不見於《開元錄》上述兩條的「尸利末多」、「弘景」、「法明」、「明曉」之名亦見於《示所犯者瑜伽法鏡經》譯場列位、《佛說

〔註 4〕《開元錄》卷 9：「沙門阿儞眞那。唐云寶思惟。」

〔註 5〕「復禮」與「伏禮」當係同一人。《開元錄》卷 9「沙門釋復禮。……少出家住興善寺」，「方廣大莊嚴經十二卷。……沙門復禮筆受」，「沙門地婆訶羅。……譯大乘顯識經等一十八部。……復禮等綴文筆受」，「沙門提雲般若。……總出經論六部。……沙門復禮等綴文」，「沙門實叉難陀。……前後總譯一十九部。……沙門復禮等綴文」，與譯場列位中的「大興善寺伏禮證文」所屬寺院相同，譯經活動中擔任的職務也大體相似。

〔註 6〕「惠表」與「慧表」應係同一人。《開元錄》卷 9「金光明最勝王經十卷」「取因假設論一卷」「根本說一切有部毗奈耶五十卷」皆作「惠表筆受」，而同卷「沙門釋義淨」條下參與上述三部經書翻譯、擔任筆受的則作「慧表」；另唐中宗李顯《大唐中興三藏聖教序》中提到「（義淨）後至大福先寺，與天竺三藏寶思末多及授記寺主惠表沙門勝莊慈訓等譯根本部律」，「授記寺主」之名，今本《中華藏》（底本爲麗藏本）、《全唐文》作「惠表」，而斯 1177 則作「慧表」。

〔註 7〕「成莊」，《開元錄》諸本有異文，《大正藏》作「成莊」，而校注中提到，其他各本均作「勝莊」，《宋高僧傳》「義淨傳」亦作「勝莊」；且《開元錄》「義淨」條下又有「又於大福先寺譯勝光天子香王菩薩一切功德莊嚴王等經上四部六卷。……沙門勝莊利貞等證義。……又至景龍四年庚戌。於大薦福寺譯。浴像功德。……已上二十部八十八卷。……沙門文綱慧沼利貞勝莊愛同思恒等證義」，皆作「勝莊」。《宋高僧傳》「法寶傳」附「勝莊」，稱「長安三年於福先寺京西明寺。預義淨譯場。寶與法藏勝莊等證義。」由以上可知，該僧名當以「勝莊」爲是。

一切功德莊嚴王經》譯場列位、《金光明最勝王經玄樞》、《大唐中興三藏聖教序》〔註 8〕、《開元錄》「沙門提雲般若」條、「沙門實叉難陀」條、「婆羅門李無諂」條、《大周刊定眾經目錄》等文獻。前三人皆爲當時的譯經僧。尸利末多，曾主持《示所犯者瑜伽法鏡經》譯場〔註 9〕；弘景，《宋高僧傳》本傳作「恒景」〔註 10〕，曾參與提雲般若、實叉難陀、義淨神龍元年（705）《佛說一切功德莊嚴王經》等譯場；法明參與過提雲般若譯場。弘景與法明在譯場中擔任職務都是「證義」或「證文」，與斯 523 等所附《金光明最勝王經》譯場列位職務一致。明曉，爲新羅僧，《開元錄》記載李無諂於聖曆三年（700）譯《不空羂索陀羅尼經》即是應明曉之請〔註 11〕，與斯 523 等譯場列位中稱明曉爲「請翻經沙門」正相一致。

通過與傳世文獻的對比，可以確認這份譯場列位所載人員就是長安三年參與義淨《金光明最勝王經》譯場的譯經僧眾。

義淨主持翻譯的佛經，在傳世文獻中附有譯場列位的，有神龍元年（705）譯出的《佛說一切功德莊嚴王經》、景龍四年（710）譯出的《根本說一切有部尼陀那目得迦》、《根本說一切有部毗奈耶尼陀那目得迦攝頌》、《根本說一切有部略毗奈耶雜事攝頌》、《成唯識寶生論》等。而斯 523 等所附的《金光明最勝王經》譯場列位，在格式上與上述諸經的譯場列位大致相同。

由以上兩點，我們可以斷定，這份名單應當爲義淨原本所有，非後來者追加。

〔註 8〕唐中宗李顯《大唐中興三藏聖教序》中提到「（義淨）後至大福先寺，與天竺三藏寶思末多及授記寺主惠表沙門勝莊慈訓等譯根本部律」，「天竺三藏寶思末多」當是「寶思惟尸利末多」之省。

〔註 9〕今本《大正藏》及敦煌寫卷斯 2423《示所犯者瑜伽法鏡經》譯場列位均作「室利末多」，《金光明最勝王經玄樞》、《辨顯密二教論懸鏡抄》作「尸利末多」。

〔註 10〕《宋高僧傳》作「恒景」或爲避宋宣祖趙弘殷之諱，《佛說一切功德莊嚴王經》譯場列位、《大周刊定眾經目錄》、《開元錄》、《唐大薦福寺故寺主翻經大德法藏和尚傳》、《佛祖統紀》等均作「弘景」。

〔註 11〕《開元錄》卷 9：「婆羅門李無諂。……於天后代聖曆三年庚子三月。有新羅國僧明曉。遠覲唐化將欲旋途。於總持門先所留意。遂懇勤固請譯此眞言。使彼邊維同聞祕教。遂於佛授記寺翻經院。爲譯不空羂索陀羅尼經一部。」

四、關於斯523所依據底本抄寫時間的推測

日藏兩本的抄寫年代分別爲746年和762年，距離義淨譯經的703年非常接近。敦煌兩本的具體抄寫時間雖不可考，但根據兩件寫卷的一些特徵，可以考察其所依據的底本的年代信息。

日藏兩本的譯場名單與敦煌兩本的最大差異在於後者多出的「龍興寺法海」，對其敘述，斯523作「請轉經沙門龍興寺法海勘記」，北1751作「轉經沙門北庭龍興寺都維那法海」。這兩處的「法海」應指同一人，即慧超在《往五天竺國傳》中提到的龍興寺主法海：

> 開元十五年十一月上旬。至安西。於時節度大使趙君。且於安西。有兩所漢僧住持。行大乘法。不食肉也。大雲寺主秀行善能講說。先是。京中七寶臺寺僧。大雲寺都維那名義超。善解律藏。舊是京中莊嚴寺僧也。大雲寺上座。名明惲。大有行業。亦是京中僧。此等僧。大好住持甚有道心。樂崇功德。龍興寺主。名法海。雖是漢兒生安西。學識人風。不殊華夏。

方廣錩、許培玲（1996）據北1751認爲法海「曾到長安參學，長安三年（703），曾以北庭龍興寺都維那的身份參與義淨譯場」。筆者認爲，現存文獻尚不能說明法海曾參與義淨譯場。

首先，日藏兩本譯場列位共出現三處（西國寺本卷一、卷十，西大寺本卷一），三份名單都止於明曉，無法海之名。

其次，法海的身份與其他諸僧迥異。四件寫卷共五份名單中的譯經僧人，自寶思惟至慈訓，均稱之爲「翻經沙門」，明曉爲「請翻經沙門」，而法海在斯523和北1751中分別被稱爲「請轉經沙門」和「轉經沙門」，身份明顯不同。保存在傳世文獻中的義淨譯場列位，參與譯經的僧眾一律稱之爲「翻經沙門」或「翻經婆羅門」，未出現被稱爲「轉經沙門」者。而據《佛光大辭典》，「轉經」即讀誦經典，與「諷經」同。法海在敦煌兩本中均被稱爲「轉經沙門」，是說明他是《金光明最勝王經》的誦讀者而非翻譯者。

第三，斯523關於法海敘述文字的排列方式與其他諸僧不同。自寶思惟至明曉，每人均是單列一行，而法海則是「請轉」二字接在第18行「請翻經沙門天宮寺明曉」之後，「經沙門龍興寺法海勘記」另起一行。

第四，斯 523 作「請轉經沙門龍興寺法海勘記」，是說明法海曾對《金光明最勝王經》的寫本進行過校勘工作。

從以上四點來看，法海可能並未參與長安譯經，而是在安西校勘寫卷、讀誦經文，斯 523 或斯 523 所依據的底本應當就是法海「勘記」過的本子〔註 12〕。同樣，北 1751 的勘定（抄寫）者弘建所依據的底本也是「法海勘記」的本子，故因襲法海之名將其列於名單末尾。

北 1751 稱法海爲「北庭龍興寺都維那」，說明法海「勘記」該底本時的身份爲都維那，而慧超於開元十五年（727）所見之法海已爲龍興寺寺主。按照常理，應當是先任都維那而後昇任寺主，則可以推測法海「勘記」該底本的時間下限當在 727 年之前。

斯 523 中有一個值得注意的地方是武周新字的使用。在經文和卷尾題記中，涉及到改字的有「臣地國年人日聖授天星月正證」13 字，其中「臣地國年人聖授星月正證」11 字全部改寫，「天」字只有 1 處改寫，其餘全部使用本字，「日」字則一律作本字。而改寫的 11 字中，除「星」字作「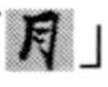」和「」、其寫法與傳世字形不同之外，其餘 10 字的寫法都較爲規範，只有「證」字的異體較多（參看附錄 7）。

武周新字的通行始於載初元年（689），神龍元年（705）正月中宗復位后，二月下令「郊庙、社稷、陵寢、百官、旗幟、服色、文字皆如永淳以前故事」（《資治通鑑》卷第 208），即廢除了新字。此後雖有使用，但已不如武周時期普遍和嚴格。

斯 523「天」「日」兩字沒有改寫，說明其抄寫時間應當在 705 年之後。但是上述兩字之外的其餘新字一律改寫，像「地國人正證」等字出現次數甚多而無一使用本字，且除「星」字外字形都很規範，表明其依據的底本應當是全部使用武周新字的，即該底本的抄寫時間應當在 705 年 2 月之前。

綜上所述，斯 523 的抄寫時間雖不可考，但可以推測其所依據的底本應當出現在 705 年 2 月之前，較抄寫於 746 年和 762 年的日藏西國寺本和西大寺本，更爲接近義淨譯出經本的 703 年。

〔註 12〕斯 523 有「法海勘記」的字樣，但不能據此斷定其抄寫者即爲法海，也有可能是其他寫手依據法海「勘記」過的本子進行抄寫。

五、關於《金光明最勝王經》卷尾反切作者的推測

通過上文的比較可知，日藏兩本的卷尾音注、譯場列位和敦煌諸本大同小異。同時，日藏兩本的抄寫時間分別爲 746 年和 762 年，斯 523 所依據底本的出現時間應在 705 年 2 月之前，這三個時間都非常接近義淨譯出經本的 703 年。因此，以上文本對於了解義淨譯場、整理《金光明最勝王經音》定本以及推測經音產生年代及作者等問題具有非常重要的價值。

對於《金光明最勝王經》中的兩類經音，張湧泉、李玲玲（2006、2008）認爲「散見於經文中的隨文標注的切音……可能出於譯經者自注」，也就是說是義淨本人或者義淨譯場中人所注；而卷尾的反切音注，則認爲「大約是後來的研讀者施加的」。筆者贊同前者，而對於後者有不同看法。

首先，從抄寫年代來看，斯 523 所依據底本及日藏兩本的抄寫時間都很早，應當非常接近原本的面貌。

其次，從譯場列位名單所處的順序來看，日藏兩本、斯 523、北 1751、斯 6033 的排列次序完全一致，都是放在卷尾反切音注之後。上文已討論過，這份名單爲原本所有，非後來者追加。那麼按照一般的抄寫次序，緊接在經文之後、譯場列位之前的反切音注也應當是譯經者自身施加。

由以上兩點，筆者認爲，卷尾反切爲「後來的研讀者施加的」可能性並不大，他很可能和經文內的音注一樣，是義淨本人或者義淨譯場中人所加。

【附記】本稿在寫作過程中，曾蒙儲泰松教授、陶家駿博士、李建強博士賜予寶貴意見，謹致感謝。

參考文獻

1. 春日政治，1985，《春日政治著作集別卷，西大寺本金光明最勝王経古点の国語學的研究》，勉誠社。
2. 〔新羅〕崔致遠，《唐大薦福寺故寺主翻經大德法藏和尚傳》，《大正新修大藏經》第 50 卷，No.2054。
3. 方廣錩、許培玲，1996，敦煌遺書中的佛教文獻及其價值，《西域研究》第 1 期。
4. 黃永武主編，1984，《敦煌寶藏》，新文豐出版公司。
5. 〔唐〕慧超著、張毅箋釋，2000，《往五天竺國傳箋釋》，中華書局。
6. 〔日〕濟暹，《辨顯密二教論懸鏡抄》，《大正新修大藏經》第 77 卷，No.2434。
7. 〔唐〕李顯，1983／1986，《大唐中興三藏聖教序》，〔清〕董誥等編《全唐文》，

中華書局／中華大藏經編輯局編《中華大藏經》第 16 冊，中華書局。

8.〔唐〕明佺等撰，《大周刊定眾經目錄》，《大正新修大藏經》第 55 卷，No.2153。

9.〔唐〕室利末多譯，《示所犯者瑜伽法鏡經》，《大正新修大藏經》第 85 卷，No.2896。

10.〔宋〕司馬光編，2007，《資治通鑑》，中華書局。

11. 星雲監修、慈怡主編，2000，《佛光大辭典》，北京圖書館出版社據臺灣佛光山出版社 1989 年 6 月第五版影印。

12. 許國霖，1935，《敦煌雜錄》，黃永武主編《敦煌叢刊初集（十）》，新文豐出版公司。

13.〔唐〕玄應，1984，《一切經音義》，《古辭書音義集成》，汲古書院。

14.〔唐〕義淨譯，《成唯識寶生論》，《大正新修大藏經》第 31 卷，No.1591。

15.〔唐〕義淨譯，《佛說一切功德莊嚴王經》，《大正新修大藏經》第 21 卷，No.1374。

16.〔唐〕義淨譯，《根本說一切有部毗奈耶尼陀那目得迦攝頌》，《大正新修大藏經》第 24 卷，No.1456。

17.〔唐〕義淨譯，《根本說一切有部略毗奈耶雜事攝頌》，《大正新修大藏經》第 24 卷，No.1457。

18.〔唐〕義淨譯，《根本說一切有部尼陀那目得迦》，《大正新修大藏經》第 24 卷，No.1452。

19.〔日〕宇治谷孟譯，1992，《續日本紀》，講談社。

20.〔日〕願曉等集，《金光明最勝王經玄樞》，《大正新修大藏經》第 56 卷，No.2196。

21.〔宋〕贊寧撰、范祥雍點校，1987，《宋高僧傳》，中華書局。

22. 張湧泉、李玲玲，2006，敦煌本《金光明最勝王經音》研究，《敦煌研究》第 6 期。

23. 張湧泉、李玲玲，2008，《金光明最勝王經音》，張湧泉編著《敦煌經部文獻合集》第 11 冊，中華書局。

24.〔宋〕志磐，《佛祖統紀》，《大正新修大藏經》第 49 卷，No.2035。

25.〔唐〕智昇，《開元釋教錄》，《大正新修大藏經》第 55 卷，No.2154。

26. 周祖謨編，1960，《廣韻校本》，中華書局。

27. 大正新修大藏經文本數據庫檢索：http://21dzk.l.u-tokyo.ac.jp/SAT/ddb-sat2. php

28. 國際敦煌項目：絲綢之路在綫：http://idp.nlc.gov.cn/

29. 奈良國立博物館收藏品數據庫「國寶，金光明最勝王經卷第一~十（國分寺經）」：http://www.narahaku.go.jp/collection/759～0.html

30. 正倉院文書數據庫檢索：http://somoda.media.osaka-cu.ac.jp/index.php

附錄一：西國寺本、西大寺本《金光明最勝王經》卷尾反切音注

（以西大寺本爲主，西國寺本字形有相異者在括號內標出）

金光明最勝王經卷第一

溼 失入	瞖 燕兮	駃 所吏 從史	愽 補各 從十	瘂 厄下
蜹 而稅	醫 燕計	鵤 即遙	鷯 了蕭	鵂 許尤
鶹 力求	堨（鶡）偈竭	觜 即委	憊 蒲拜	
荼 宅加 從示	蛭 之日			

金光明最勝王經卷第（苐）二

礦 古猛	鍊 蓮見	鎔 欲鍾	渟 大丁	桴 覆于
鎖 穌果	罥 古懸			

金光明最勝王經卷第（苐）三

闠 胡對	穆 莫六	暨 其器

金光明最勝王經卷第（苐）五

弈 盈益	齅 許救	窒 丁結	稔 任甚

金光明最勝王經卷第（苐）六

胝 陟尸	敞 昌兩	敵 亭歷 從父	整 征郢
殿 田見	蝕 乘力	椋（掠）良灼	讒 士咸
窶 劬矩	麼 摩可	颯 穌合	薜 薄閇
撦 車者	拏 奴伽（加）	窣 孫骨	臘（蠟）盧盍
呬 虛致	鞔 末般	叡 以芮	

金光明最勝王經卷苐七

頦 多可	澀 色立	蝱 麦庚（庚）	陵（薐）力徵
鬚 粟（粟）俞	謎 迷計	攞 羅可	葺 侵入
蠶 作含	叱 瞋失	杞 欺巳	

金光明最勝王經卷第（**苐**）八

擮（**擮**）陟履　　杜（拄）誅主

金光明最勝王經卷苐九

耄 毛報　　痰 徒甘　　癊 於禁　　玃 俱縛　　枳 居尔

弭 弥氏　　媲 普詣　　睇 啼計　　梢 所交

金光明最勝王經卷第（**苐**）十

憩 去例　　航 胡郎　　鶵 仕于　　擒 巨今　　**鋌** **廷**頂

瘠 情昔　　捫 胡本　　鯁 庚杏

附錄二：西國寺本《金光明最勝王經》譯場列位名單

大周長安三年歲次癸卯十月己未朔四日壬戌

三藏法師義淨奉　制於長安西明寺新譯并

綴文正字

翻經沙門婆羅門三藏寶思惟證梵義

翻經沙門婆羅門尸利末多讀梵文

翻經沙門七寶臺上座法寶證義

翻經沙門荊州玉泉寺弘景證義

翻經沙門大福先寺寺主法明證義

翻經沙門崇先寺神英證義

翻經沙門大興善寺伏禮證文

翻經沙門大福先寺上座波崙筆受

翻經沙門清禪寺寺主德感證義

翻經沙門大周西寺仁亮證義

翻經沙門大惣持寺上座大儀證義

翻經沙門大周西寺寺主法藏證義

翻經沙門佛授記寺都維那惠表筆受

翻經沙門大福先寺勝莊證義

翻經沙門大福先寺都維那慈訓證義

請翻經沙門天宮寺明曉

附錄三：西大寺本《金光明最勝王經》譯場列位名單

大周長安三年歲次癸卯十月己未朔四日壬戌　　三藏法師

義淨奉　制於長安西明寺新譯并綴文正字

翻經沙門婆羅門三藏寶思惟證梵義

翻經沙門婆羅門尸利末多讀梵文

翻經沙門七寶臺上坐法寶證義

翻經沙門荊州玉泉寺弘景證義

翻經沙門大福先寺寺主法明證義

翻經沙門崇先寺神英證義

翻經沙門大興善寺伏禮證文

翻經沙門大福先寺上坐波崙筆受

翻經沙門清禪寺寺主德感證義

翻經沙門大周西寺仁高證義

翻經沙門大惣持寺上坐大儀證義

翻經沙門大周西寺寺主法藏證義

翻經沙門佛授記寺都維那惠表筆受

翻經沙門大福先寺勝莊證義

翻經沙門大福先寺都維那慈訓證義

請翻經沙門天宮寺明曉

附錄四：斯 523《金光明最勝王經卷第八》譯場列位名單

大周長安三𠡦歲次癸卯十𠥱己未朔四日壬戌三藏法師

義淨奉　制長安西明寺新譯并綴文𠙺字

翻經沙門婆羅門三藏寶思惟𤯔梵義

翻經沙門婆羅門利末多讀梵文

翻經沙門七寶臺上坐法寶𤯔義

翻經沙門荊州玉泉寺弘景證義

翻經沙門大福先寺寺主法明證義

翻經沙門崇先寺神英證義

翻經沙門大興善寺伏禮證義

翻經沙門大福先寺上坐波崙筆受

翻經沙門清禪寺主德感證義

翻經紗門大周兩寺仁亮證義

翻經沙門大揔持寺上坐大儀證義

翻經沙門大周西寺寺主法藏證義

翻經沙門佛授記寺都維那惠表筆受

翻經沙門大福先寺勝莊證義

翻經沙門大福先寺都維那慈訓證義

請翻經沙門天宮寺明曉請轉

經沙門龍興寺法海勘記

附錄五：北 1751（雨 39）《金光明最勝王經卷第五》譯場列位名單

大周長安三年歲次癸卯十月己未朔四日壬戌玄藏法師義淨

奉制於長安西明寺新譯并綴文正字

　　翻經沙門婆羅門三藏寶思惟證梵義

　　翻經沙門婆羅門尸利末多讀梵文

　　翻經沙門七寶臺上坐法寶證義

翻經沙門荊州玉泉寺弘景證義

翻經沙門大福先寺寺主法明證義

翻經沙門崇先寺神英證義

翻經沙門大興善寺伏禮證文

翻經沙門大福先寺上座波崙筆受

翻經沙門清禪寺寺主德感證義

翻經沙門大周西寺仁亮證義

翻經沙門大揔持寺上坐大儀證義

翻經沙門大周西寺寺主法藏證義
翻經沙門佛授記寺都維那惠表筆受
翻經沙門大福先都維那慈訓證義
請翻經沙門天宮寺明曉
轉經沙門北庭龍興寺都維舡法海

弘建勘定

附錄六：斯 6033《長安三年義淨譯經題記》譯場列位名單

長安三年歲次癸卯十（缺）
法師義淨奉　制於（缺）
翻經沙門婆羅門三藏（缺）
翻經沙門婆羅門尸（缺）

附錄七：斯 523 中的武周新字

本字	改　字	本字	改　字
臣	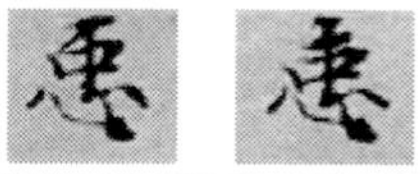	授	
地		天	
國		星	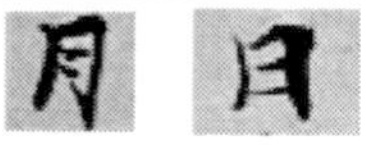
年		月	
人		正	
聖		證	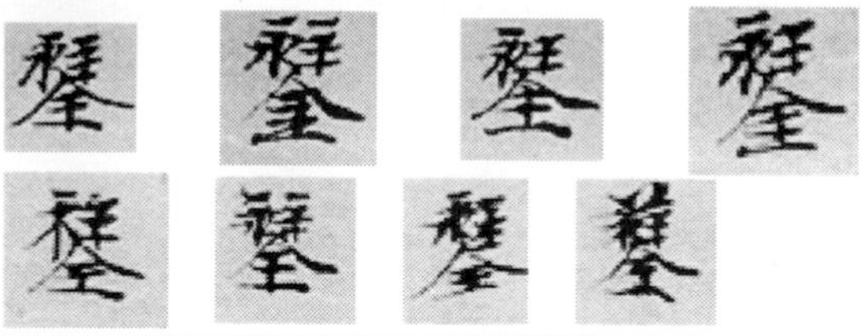

可洪《新集藏經音義隨函錄》中的「說文」*

黃仁瑄

（華中科技大學　中國語言研究所　國學院漢語史研究中心）

摘　要

可洪音義標識「說文」的材料凡 249 例。它們或指示文字出處，或標注文字音讀，或比較文字異同，或辨析文字結構，或詮釋文字意義。可洪音義所謂「說文」兼指許慎《說文解字》、玄應音義、經書音義和其他音義等著作。梳理這些材料，無論是對可洪音義及其引書問題的研究，還是對《說文》和其他音義著作的研究，都有積極的意義。

關鍵字：可洪音義；說文；《說文解字》；玄應音義；經書音義

* 基金項目：國家社會科學基金項目「唐五代佛典音義語料庫建設」（08BYY048）；華中科技大學自主創新基金文科前沿探索項目「玄應《大唐眾經音義》校注」（2011WB012）

Shuowen（說文）Qouted in *the Sound and Meaning of the Tripitaka Newly Compiled*（新集藏經音義隨函錄）by Kehong（可洪）

HUANG Ren-xuan

（Institute of Chinese Linguistics, Research Center for Chinese Language History of National Affairs Research Institute, Huazhong University of Science and Technology, Wuhan Hubei 430074, China）

Abstract

There are 249 materials labeled *Shuowen*（說文）in *the Sound and Meaning of the Tripitaka Newly Compiled*（新集藏經音義隨函錄）by Kehong（可洪）. Their functions were showing the source of a character, marking the pronunciation of a character, comparing the difference between two characters, differentiating a character and explainning a character. The materials labeled *Shuowen*（說文）of Kehong（可洪）, s book included as follows: （1）*Shuo Wei Jie Zi*（說文解字）compiled by Xu Shen（許慎）; （2）*the Sound and Meaning of the Tripitaka Compiled by Xuanying*（玄應）; （3）the sound and meaning of some sutras; and （4）the other sound and meaning of books. To clean these materials up could contribute positivie significance to the research for whether *Kehong Yinyi*（可洪音義）and its quoted books or *Shuo Wei Jie Zi*（說文解字）and other books of sound and meaning.

Key words: *the Sound and Meaning of the Tripitaka Newly Compiled*（新集藏經音義隨函錄）by Kehong（可洪）; *Shuo Wei Jie Zi*（說文解字）; *the Sound and Meaning of the Tripitaka Compiled* by Xuanying（玄應）

服務於音義文字的需要，可洪《新集藏經音義隨函錄》（下稱可洪音義）徵引了包括《說文》在內的大量典籍。可洪音義標識「說文」的材料凡 249 例〔註1〕，它們或指示文字的出處，例如：

（1）癘疾　上郎太反。與癩字同也。見《說文》也。又音例，非。（《續高僧傳》卷第十七，27，60p0480c〔註2〕）

或標注文字的音讀，例如：

（2）拯濟　上之庱反。救也，助也。《說文》云：「取蒸字上聲。」（《陁羅尼雜集》卷第一，23，60p0284b）

或比較文字的異同，例如：

（3）癩病　上《說文》作癘，同。音賴。（《大般若經》第二會，1，59p0558c）

或辨析文字的結構，例如：

（4）歨弭　上蒲故反。正作步也。《說文》云：「從止下少。」從少者，訛也。下弥尔反，少他割反。（《根本薩婆多部律攝》卷第九，17，60p0067c）

或詮釋文字的意義，例如：

（5）誶通　上雖醉反。言也。《詩》云：「歌以誶止。」《說文》云：「讓也。」《國語》曰：「吴王誶申胥。」又：蘇内、自律二反。告也。（《集沙門不應拜俗等事》卷第一《序》，26，60p0426c）

案：引《說文》釋「誶」有「讓」義。

可洪音義所謂「說文」並不都跟許慎《說文解字》有關。大略說來，可洪音義標識「說文」的材料可以分爲兩類：一是許慎《說文解字》，或稱《說文》類；一是他書或經書之音義文字，或稱「音義」類。合理梳理這些材料，無論是對可洪音義及其引書問題的研究，還是對《說文》和其他音義著作的研究，都有積極的意義。

〔註1〕一例即語料庫中的一條記錄。每條記錄包括字目和釋文兩個部份。有的記錄存在多次引用同一文獻的情況，我們都以一例計。

〔註2〕括弧中文字表示字目的出處，阿拉伯數字「27」表示可洪音義的卷次，「p」前數字指中華書局版《中華大藏經》的冊數，「p」後數字指頁碼，a、b、c 分別表示上、中、下欄；下同。引文文字原則上仍其舊，僅對個別文字做了規範化處理。

一、《說文》類

可洪音義 249 例「說文」材料中，《說文》類材料有 147 例（其中有 1 例引釋 2 字），約佔全部《說文》材料的 59%。由於其音義書的性質，前述种种功用中，除標注音讀外，其他四种功用《說文》類材料都有或多或少的反映。

（一）指示文字出處

此類材料凡 10 例計 11 字：苽（艸部），昔（日部），鹹（鹵部），竭（立部），瓨（瓦部），逿（辵部），⿰黍卑（黍部），癘（疒部），偋（人部），丠（丘部），卝（石部）。其行文標識是：見《說文》，出《說文》。例如：

（1）若苽　古花反。出《說文》。（《十誦律》卷第四十三，15，59p1124c）

（2）癘疾　上郎太反。与癩字同也。見《說文》也。又音例，非。（《續高僧傳》卷第十七《習禪卷》三有一十人，27，60p0480c）

案：「苽」見《說文・艸部》：「苽，雕苽。一名蔣。从艸，瓜聲。」（中華書局影印之陈昌治刻本，下稱今本，頁 21 下）「癘」見《說文・疒部》：「癘，惡疾也。从疒，蠆省聲。」（頁 155 上）

（二）比較文字異同

此類材料凡 49 例計 39 字：蒜、苽、莧（艸部）、嚳（告部），遯、逿（辵部），詘（言部），⿰鬲曾（鬲部），鷊（鳥部），敫（放部），剫（刀部），槖（木部），昭（日部。案：為「佋」之借字。人部），稱（禾部），要（臼部），躳（呂部），囈（案：今本作「寱」。㝱部），癘（疒部），屛（尸部），頪（頁部），崵（山部），炰（案：今本作「炮」。火部），黕（黑部），汻（水部），乙（乙部），聝（耳部），拏、敽（手部），戠（戈部），⿰虫鬲（虫部），酢（酉部），尊（酋部），宇（宀部），剃（髟部），卝（石部），麢（鹿部），竭（立部），⿰女鬲（女部），蝦（虫部）。其行文標識是：《說文》作，《說文》或作，《說文》即作，《說文》亦作，《說文》又作，《說文》並作，《說文》中作，《說文》與 X 字（略）同，《說文》。例如：

（3）食跔　桑乱反。葷菜也。《說文》作蒜。（《大集須彌藏經》卷下，3，59p0639a）

（4）殘酷　苦沃反。虐也，暴急也。《說文》作嚳也。（《集古今佛道論衡》卷丁，26，60p0419c）

案：「蒜」見《說文・艸部》：「蒜，葷菜。从艸，祘聲。」（頁 25 下）蒜、蒜異文〔註3〕。「嚳」見《說文・告部》：「嚳，急告之甚也。从告，學省聲。」（頁 30 下）酷、嚳音義相通〔註4〕。

（三）解析文字結構

此類材料凡 34 例計 32 字：步（步部），正（正部），鬥（鬥部），用、葡（用部），者（白部），美、羌（羊部），粵（亏部），旨（旨部），虎（虎部），稟（㐭部），舛（舛部），本、檄、權（木部），嗇（口部），暴（日部），要（臼部），宄（宀部），罔（网部），磺（石部），狄（犬部），閩（虫部），夷（大部），幸（夭部），甎〔註5〕（瓦部），勖（力部），且（且部），軌（車部），尢、乾（乙部）。其行文標識是：《說文》，《說文》云，《說文》從，《說文》字從，等等。例如：

（5）寶砧　古猛反。金玉之璞也。正作磺。今作礦、鑛二形。古文作鉗、卝二形。《說文》從黃。（《大集月藏經》卷第二，3，59p0633a）

（6）无宄　居美反。內盜也。《說文》：「從穴從九。」（《大唐西域記》卷第五，26，60p0410a）

案：「寶砧」例引《說文》析「磺」爲「從黃」結構〔註6〕（例中「鉗」爲「𨥁」訛），「无宄」例引《說文》析「宄」爲「從穴從九」結構〔註7〕。

〔註 3〕《玉篇・艸部》：「蒜，葷菜也。俗作蒜。」（顧野王《大廣益會玉篇》，中華書局 1987 年版，頁 65 上）

〔註 4〕玄應音義卷四「禍酷」注（32p0059A）：「（酷，）古文俈、嚳、焅三形，同。」《墨子・非攻下》「天有酷命」孫詒讓閒詁：「酷疑當爲『酷』，……嚳、酷字亦通。」（孫詒讓撰、孫啓治點校《墨子閒詁》，中華書局 2001 年版，頁 149）

〔註5〕今本《說文》無「甎」，然慧琳音義凡六析「甎」爲「從瓦專聲」結構，其中三例皆注明引自《說文》，似可據補今本之闕，故暫列於此。

〔註 6〕《說文・石部》：「磺，銅鐵樸石也。从石，黃聲。讀若穬。卝，古文磺。《周禮》有卝人。」（頁 194 下）可洪本、今本有「從黃」、「黃聲」的不同。這裡涉及到「磺」字會意、形聲的屬性問題。

〔註 7〕《說文・宀部》：「宄，姦也。外爲盜，內爲宄。从宀，九聲。讀若軌。𡧱，古文宄。𠺏，亦古文宄。」（頁 151 下）可洪本、今本有「從穴」和「从宀」、「從九」和「九聲」的不同。

（四）詮釋文字意義

此類材料凡 57 例計 42 字：裖（示部），蘸、蓍（艸部），售（新附口部），譖、訹、誶（言部），瞴（目部），雅（隹部），玄（玄部），骨（骨部），筥、筑（竹部），巫（巫部），粵（亏部），盛（皿部），杍、檄、桂（木部），粹（米部），黼（黹部），裸（衣部），錙（甾部），県（県部），印（印部），底（广部），磧、砭（石部），窓（案：今本作「囪」。囪部），幸（夭部），瘁（疒部），霰（雨部），闟（門部），耿（耳部），揟（手部），娽（女部），纕、綈（糸部），墠（土部），鉗（金部），輦、輂（車部）。其行文標識是：《說文》，《說文》云，《說文》曰。例如：

（7）縣與　上音玄。古文玄字也。《說文》：「幽遠。黑而有赤色者謂之玄。象幽而覆之也。」又遠也。遠与彼同也。（《高僧傳》卷第五，27，60p0449c）

（8）純粹　雖醉反。《說文》云：「不雜也。」（《高僧傳》卷第十二，27，60p0458b）

案：「縣與」例引《說文》釋「玄」有「幽遠」義。《說文・玄部》：「玄，幽遠也。黑而有赤色者爲玄。象幽而入覆之也。……𢆯，古文玄。」（頁 84 上）「純粹」例引《說文》釋「粹」義爲「不雜」。《說文・米部》：「粹，不雜也。从米，卒聲。」（頁 148 上）

从徵引內容看，較之今本，可洪音義徵引《說文》的內容（此就文字而言）要較上述作用複雜許多：或是彼此相同，或屬音同借用，或有文字訛倒，或者互爲異文，或是隨文轉釋，還有誤引他書的情況。黃仁瑄（2011a）對此已經有過說明，此不贅論。

二、「音義」類

可洪音義 249 例「說文」材料中，「音義」類有 102 例，約佔全部「說文」材料的 41%。此類材料凡三屬：一見玄應音義，一見經書音義〔註 8〕，一見其

〔註 8〕指各經卷正文及其卷末對該經卷之難字僻詞進行注音釋義的文字。磧沙藏大部分經卷之末都有音義文字。參見黃耀堃《磧砂藏隨函音義初探》，中國音韻學研究會、石家莊師範專科學校編《音韻論叢》，齊魯書社，2004 年，頁 250–273。

他音義著作。

（一）玄應音義

可洪音義有的「說文」材料見玄應音義。其行文格式大略是：應和尚《音義》作＋《說文》云，應和尚《經音義》作＋《說文》云，《經音義》云＋《說文》云，《經音義》作＋《說文》，《經音義》作＋《說文》云，《經音義》＋《說文》，應師＋《說文》云，《音義》作＋《說文》，應和尚《經音義》音＋《說文》云，《經音義》音＋《說文》云，《經音義》中作＋《說文》，《說文》，X《說文》，《說文》作，《說文》亦作，X字《說文》云〔註9〕，等等。略例如次：

（9）逡蝡　上七旬反，下如兗反。又：《經音義》作選耎。《說文》：「須臾也，推託也。」（《太子慕魄經》，6，59p0769c）

案：此例《說文》之文字見玄應音義：

選耎　案：選耎，猶須臾也。吕氏云：「少選，俗謂之選耎。」言推託不肯爲也。（《懈怠耕者經》，13，32p0170B〔註10〕）

這是以玄應書爲《說文》。

（10）兵仵　音五。《音義》作伍。《說文》：「五人爲伍也。」鄭玄曰：「伍，眾也，薄伍也。」仵，人姓也。非用也。（《大智度論》卷第二十八，10，59p0914a）

案：此例《說文》之文字見玄應音義：

兵伍　兵，威也。五刃爲兵。下吾魯反。《周礼》：「五人爲伍。」鄭玄曰：「伍，眾也。」論文作仵，吾古反，逆也。仵非字義。（《大智度論》卷第二十八，9，32p0127B）

可洪音義所謂「說文」實爲「周禮」。《周禮・地官・小司徒》：「五人爲伍，五伍爲兩，四兩爲卒，五卒爲旅，五旅爲師，五師爲軍。」（十三經注疏本，頁711上）這是以他書爲《說文》。

〔註9〕後五種標識見可洪音義關於玄應音義之音義文字，所以沒有「應和尚」、「經音義」一類字眼。

〔註10〕「《懈怠耕者經》」指字目（黃仁瑄 2011：83）「選耎」的出處，「13」表玄應音義的卷次，「p」前數字指《高麗大藏經》的冊數，「p」後數字指頁碼，A、B、C 分別表示上、中、下欄；下同。爲方便討論，引文文字原則上仍其舊，僅對個別文字做了規範化處理。

此類材料約有 34 例，其作用有三：

（1）釋義

或引他書爲訓，或以玄應書爲訓，偶爾亦以《說文》爲訓。這是其根本作用。上述各例即是其證。

（2）標識出處。例如：

（12）爓也　音焰。烈〔字〕《說文》。（《一切經音義》卷第七，25，60p0360a）

案：「爓也」見玄應音義：

> 猛烈　力折反。《說文》：「烈，火猛也。」《廣疋》：「烈，熱也，爛也。」（《大般泥洹經》卷第六，7，32p0099A）

（3）辨字。例如：

（13）曊風　上音肥。風曊病也。正作痱、疿二形也。此應筆受者俗從弓賁作膹也。又扶尾反。又：《經音義》以殨字替之，胡對反。《說文》作膭、膹二字，並非字體也。賁音肥，又音詖。（《阿毗曇毗婆沙》卷第四十三十門品之七，18，60p0104b）

案：「膭、膹」二字見玄應音義：

> 殨風　又作潰，同。胡對反。《說文》：「殨，漏也。」謂決潰癰瘡也。論又作膭，肥膭（膭）也。膭非字體。又作膹，浮鬼反。《三蒼》：「臛，多滓也。」膹非此義。（《阿毗曇毗婆沙論》卷第三十九，17，32p0228C）

（二）經書音義

可洪音義有的「說文」材料見相关經書音義。先看下面的例子：

（12）拯一　上音拯。救也。《說文》無韻反，取蒸字上聲呼。（《大般若經》第十四會《懃波羅蜜多分序》卷第五百九十，1，59p0569b）

（13）拯含　上之庱反。救也。《說文》云無韻翻，取蒸字上聲呼之。庱，力拯 1 反。（《阿毗達摩大毗婆沙論》卷第一《聖教序》第一首，19，60p0108a）

（14）拯濟　上之庱反。救也，助也。《說文》云：「取蒸字上聲。」

（《陁羅尼雜集》卷第一，23，60p0284b）

（15）拯溺　上之扂反。救也。助也。正作拯也。《說文》云：「耳蒸字上聲呼也。」扂，而拯反。（《續高僧傳》卷第八，27，60p0470a～0470b）

案：「拯溺」例之「扂」〔註11〕疑爲「庱」訛，「耳」爲「取」訛。「蒸字上聲呼」等文字跟許慎書不相干〔註12〕，而分別見於《大般若經》、《阿毗達摩大毗婆沙論》、《陁羅尼雜集》、《續高僧傳》等經書之音義〔註13〕。《磧砂藏》有類似文字，庶幾可爲旁證：

（12'）拯　蒸字上聲。拯，拔。（《大般若波羅蜜多經》卷第五百九十《音義》。《磧砂藏》第59冊，頁77下）案：所注音切跟可洪音義所據本同。

（13'）拯　之忍反。（《阿毗達摩大毗婆沙論》卷第一《音義》。磧砂藏第372冊，頁8上）案：所注音切跟可洪音相近。

（14'）拯濟　上蒸字上聲呼。拯，拔。（《陀羅尼雜集》卷第一《音義》。《磧砂藏》第445冊，頁8上）案：所注音切跟可洪音義所據本同。

（15'）拯溺　上之忍反，下奴的反。謂拯拔沒隕（？）也。（《續高僧

〔註11〕扂即扂。《正字通・戶部》：「扂，扂字之譌。舊註音所，伐木聲；又姓。並非。」（轉引自《漢語大字典》，頁2262）扂即所。

〔註12〕《說文》「拯」作「抍」。《手部》：「抍，上舉也。从手，升聲。《易》曰：『抍馬，壯，吉。』撜，抍或从登。」（頁254上）

〔註13〕可洪音義徵引的經書音義還有如下近四十部：《阿毗達摩大毗婆沙論》、《不空羂索神變眞言經》、《大般若經》、《大寶積經》、《大慈恩寺法師傳》、《大唐西域記》、《大唐西域求法高僧傳》、《大周刊定眾經目錄》、《地道經》、《等目菩薩所問經》、《東夏三寶感通錄》、《法受塵經》、《佛本行集經》、《佛說十二佛名神呪格量功德除障滅罪經》、《佛說義足經》、《高僧傳》、《根本毗奈耶雜事》、《廣弘明集》、《弘明集》、《集古今佛道論衡》、《金剛光焰陁羅尼經》、《開皇三寶錄》、《牟梨曼陁羅呪經》、《律二十二明了論》、《鞞婆沙論》、《千眼千臂觀世音菩薩陁羅尼神呪經》、《沙彌離戒文》、《沙彌威儀戒》、《刪補羯磨》、《十一面神呪心經》、《蘇悉地羯囉經》、《陁羅尼雜集》、《賢愚經》、《續高僧傳》、《瑜伽師地論》、《甄正論》、《中阿含經》等。

傳》卷第八《音義》。《磧砂藏》第 469 冊，頁 14 下）案：所注音切跟可洪音相近。

此類材料約有 69 例，其作用有四：（1）釋義；（2）注音；（3）辨字；（4）標識出處。其中注音材料中有對音字注音一類，情況最爲特殊。例如：

（16）唵　烏寒反。《說文》云：「喉中擡聲引呼。」（《不空羂索神變眞言經》卷第十一，7，59p0783b）

案：《說文》無「唵」，亦無「引呼」類文字。此例《說文》非許愼書，而見於《不空羂索神变眞言經》之音義，《磧砂藏》可爲旁證：

唵　喉中擡聲引呼。十一。（《不空羂索神變眞言經》卷第十一。《磧砂藏》第 163 冊，頁 1 下）

「唵」其實是梵音 aṃ 的對音字。所謂「喉中擡聲引呼」是對其發音動作的描寫，目的是在彌合漢、梵語音間的音色差異（黃仁瑄 2011b：147～152）。這類材料在可洪音義「說文」材料中計有十三例。

（三）其他音義著作

可洪音義有的《說文》材料既非許愼書，亦跟玄應音義、各經書音義無關，而見於《川音》、《舊韻》、《新韻》等其他音義著作。其行文格式是：《川音》作＋《說文》云，《舊韻》作＋《說文》，《新韻》作＋《說文》。其詳如次：

（17）鴻猪　上胡公反。潰也，爛也。正作洚、洪、仜三形也。諸經洪爛字作洪字是也。此中經意謂此人遭其榜笞，身上破損，猶如爛猪也。《川音》作鴻䐗。下音猪。《說文》云：「鴻爛也。」《江西音》作䐗，音支，非也。《經音義》作鴟，猪止、尺脂反，非也。《說文》元本是鴻䐗字，有改作廁猪字者，非也。（《修行道地經》卷第五，21，60p0215b）

案：詳文意，前一「說文」的內容大約見《川音》。

（18）𧝒浮　同上。《川音》作𧝒。《說文》云：「今作補。」（《陁羅尼雜集》卷第五，23，60p0288b）

案：詳文意，「說文」的內容大約亦見《川音》。

（19）淪滑　上力旬反，下相余反。淪，沒也。滑，沉也。《舊韻》作滑。《說文》：「沉也。」《新韻》作湑。《說文》：「露皃也。」

下又古忽、胡八二反。並非也，悮也。(《續高僧傳》卷第二十三，27，60p0487b)

案：詳文意，前一「說文」大約指《舊韻》之說解文字，後一「說文」大約指《新韻》之說解文字。

（20）澄蔄　古眼反。《舊韻》作蔄。《說文》:「蔄，擇也。」(《續高僧傳》卷第二十四，28，60p0491a)

案：詳文意，「說文」大約指《舊韻》之說解文字。

此類材料不多，凡四例，其作用有二：(1) 釋義；(2) 辨字。

標識「說文」卻並不都跟許愼書有關，這是我們在利用可洪音義「說文」材料的時候需要特別加以注意的〔註 14〕。

參考文獻

1. 顧野王，《大廣益會玉篇》，中華書局，1987 年。
2. 黃仁瑄，2011a，可洪《新集藏經音義隨函錄》引許愼《說文》舉例，《語言研究》第 2 期。
3. 黃仁瑄，2011b，《唐五代佛典音義研究》，中華書局。
4. 黃耀堃，2004，《磧砂藏隨函音義初探》，中國音韻學研究會、石家莊師範專科學校編《音韻論叢》，齊魯書社，頁 250–273。
5. 許愼撰、徐鉉校定，《說文解字（附檢字）》，中華書局，1963 年。
6. 李圃主編，《古文字詁林》第 6 冊，上海教育出版社，2003 年。
7. 孫詒讓撰、孫啓治點校，《墨子閒詁》，中華書局，2001 年。
8.〔漢〕毛萇傳、鄭玄箋、〔唐〕孔穎達等正義，《毛詩正義》，阮元校刻之十三經注疏本，中華書局，1980 年。

〔註 14〕其他各家音義如玄應音義、慧琳音義等亦有同樣的情況，這已經超出了本文的討論範圍，此不論。

八不中道的語言觀

釋隆印

（歸元禪寺）

摘　要

在大乘經典當中，經常出現沒有主詞的否定述語，如「八不中道」——「不生不滅，不斷不常，不一不異，不來不去」。八不中道需要從世俗諦和第一義諦兩方面來解讀。世俗諦也就是站在七轉識的立場，了別境界相，並爲境界相安立假名而宣說之。不生、不滅，是指第八識心體常住不壞。不斷、不常，是指第八識心體常住不壞，而含藏的種子卻念念變遷。不一、不異，是蘊處界萬法與第八識之間的關係。不來、不去，是指第八識恒常運作著。而第一義諦則超越諸法的差別相，既沒有一切的法相可得，更沒有法相的一切屬性。因此，八不中道的句式中，沒有主詞，正好相應於「沒有一切的法相可得」；否定述語，正好相應於「沒有一切的屬性」；意義相反，則表明離於一切差別對待相。

關鍵詞：八不中道；世俗諦；第一義諦；第八識；唯一實相

一、緣　起

大乘典籍當中，經常出現沒有主詞的否定述語，其中最有名的是八不中道：「不生亦不滅，不常亦不斷，不一亦不異，不來亦不出。」〔註1〕這種沒有主詞的否定述語，在般若系的經典中經常出現（唯識典籍有時候也有），例如《心經》〔註2〕：

> 諸法空相，不生不滅，不垢不淨，不增不減。是故，空中無色，無受、想、行、識；無眼、耳、鼻、舌、身、意；無色、聲、香、味、觸、法；無眼界，乃至無意識界；無無明亦無無明盡，乃至無老死亦無老死盡；無苦、集、滅、道；無智，亦無得。

這類的語句，與一般的語句顯然不同，很値得進一步探究。

八不中道出現在龍樹的《中論》〔註3〕：

> 不生亦不滅，不常亦不斷，不一亦不異，不來亦不出。
>
> 能說是因緣，善滅諸戲論，我稽首禮佛，諸說中第一。

此頌又譯爲：「不生不滅，不斷不常，不一不異，不來不去，而善能使諸戲論寂滅的吉祥的緣起，於宣說此緣起而在種種說法者之中最勝的正覺者，我致以最敬禮。」〔註4〕這個譯文的八不中道「不生不滅，不斷不常，不一不異，不來不去」比較簡潔，較常被引用，本文亦以這個版本爲準。

八不中道，分爲四組，每組各由兩個沒有主詞的否定述語所構成，而且同一組中的兩個否定述語，在意義上是相反的。既然意義相反，是否即是邏輯上的矛盾呢？那倒不見得。因爲兩個語句必須有相同的主詞，才有矛盾的問題。例如：「趙甲是學生」和「趙甲不是學生」是兩個互相矛盾的語句。但是「趙甲是學生」和「錢乙不是學生」，則沒有矛盾的問題，因爲兩個語句的主詞不同。八不中道都是沒有主詞的語句，因此也沒有矛盾的問題。（或者，主詞雖然相同，但是時

〔註 1〕《中論》卷 1（CBETA, T30, no. 1564, p. 1, b14～15）

〔註 2〕《般若波羅蜜多心經》卷 1（CBETA, T08, no. 251, p. 848, c10～14）

〔註 3〕《中論》卷 1（CBETA, T30, no. 1564, p. 1, c8～11）

〔註 4〕（日）平川彰《印度佛教史》，莊昆木譯，臺北：商周出版社股份有限公司，2004，頁 287。

間點不同，例如「趙甲 2003 年是學生」和「趙甲 2010 年不是學生」，也沒有矛盾的問題。從某個角度來看，不同時間的同一個體，也可以說是不同的主詞。）

八不中道雖然不是矛盾語句，不是戲論，但是在解讀上，卻面臨極大的困難。最常見的解釋出自青目梵志，可是他的解釋卻存在著重大的缺陷。因爲佛法應該有兩個部分，一者爲不生不滅的無爲法，二者爲生住異滅的有爲法。如《雜阿含經》:「如此二法，謂有爲、無爲，有爲者若生、若住、若異、若滅，無爲者不生、不住、不異、不滅。」〔註5〕然而，青目對於佛法的認識，卻僅及於有爲法，所以他在解釋「不生不滅」、「諸法實相」這類的文字時，也是用有爲法來觀念來解釋，以致顯得格格不入。

《中論》說〔註6〕：

諸佛依二諦，爲眾生說法，一以世俗諦，二第一義諦。

若人不能知，分別於二諦，則於深佛法，不知眞實義。

若不依俗諦，不得第一義；不得第一義，則不得涅槃。

八不中道是佛陀所宣說的法義，當然離不開世俗諦和第一義諦，因此八不中道應該依二諦加以解讀，而且世俗諦方面的解讀，應先於第一義諦方面的解讀。

二、世俗諦與第一義諦

《瑜伽師地論》:「世俗諦教者，謂諸所有言道可宣，一切皆是世俗諦攝。又諸所有名、相、言說〔註7〕增上所現，謂相、名、分別，如是皆名世俗諦攝。」〔註8〕相、名、分別，是《楞伽經》五法當中的前三法〔註9〕。相，就是境界相。名，就是名稱、名詞或假名。分別，則是七轉識的了別。站在七轉識的立場，了別境界相，並爲境界相安立假名而宣說之，即是世俗諦。世俗諦必須符合世間智者共同的認知，如佛陀在《雜阿含經》所說〔註10〕：

〔註 5〕《雜阿含經》卷 12（CBETA, T02, no. 99, p. 83, c15～17）

〔註 6〕《中論》卷 4（CBETA, T30, no. 1564, p. 32, c16-p. 33, a3）

〔註 7〕「名相言說」,《大正藏》作「名想言說」，今依宋、元、明三本。

〔註 8〕《瑜伽師地論》卷 64（CBETA, T30, no. 1579, p. 654, c1～3）

〔註 9〕「五法者：相、名、妄想、如如、正智。」《楞伽阿跋多羅寶經》卷 4（CBETA, T16, no. 670, p. 511, b12）

〔註10〕《雜阿含經》卷 2（CBETA, T02, no. 99, p. 8, b16～28）

我不與世間諍，世間與我諍。所以者何？比丘！若如法語者，不與世間諍，世間智者言有，我亦言有。云何爲世間智者言有，我亦言有？比丘！色無常、苦、變易法，世間智者言有，我亦言有。如是受、想、行、識，無常、苦、變易法，世間智者言有，我亦言有。世間智者言無，我亦言無；謂色是常、恒、不變易、正住者，世間智者言無，我亦言無。受、想、行、識，常、恒、不變易、正住者，世間智者言無，我亦言無，是名世間智者言無，我亦言無。比丘！有世間世間法，我亦自知自覺，爲人分別演說顯示，世間盲無目者不知不見，非我咎也。

世間智者認爲正確的言教，皆屬世俗諦。世俗諦又可分爲世間正見和出世間正見。出世間正見，又可分爲聲聞、緣覺、菩薩三乘佛法的正見。《雜阿含經》以上所說者，爲聲聞法中的世俗諦。《中論》:「若不依俗諦，不得第一義；不得第一義，則不得涅槃。」其中的世俗諦，則是大乘佛法，偏指第八識如何圓成世間、出世間一切法的觀行〔註 11〕。此種觀行成就之後，便能如實了知：能取（六根、六識）與所取（六塵）〔註 12〕，皆是第八識所生，如《大乘密嚴經》所說〔註 13〕：

密嚴諸定者，與妙定相應，能於阿賴耶，明瞭而觀見。
佛及辟支佛，聲聞諸異道，見理無怯人，所觀皆此識。
種種諸識境，皆從心所變，瓶衣等眾物，如是性皆無。
悉依阿賴耶，眾生迷惑見，以諸習氣故，所取能取轉。

能取與所取皆是一心，既是一心，即無一切法的差別對待相，明白這個道理，便能轉入第一義諦。《瑜伽師地論》說:「勝義諦有五種相：一、離名言相；二、無二相；三、超過尋思所行相；四、超過諸法一異性相；五、遍一切一味相。」〔註 14〕無二相，所以又稱爲不二法門。遍一切一味，所以又稱爲一眞法界。

〔註 11〕參見呂眞觀《實證佛教導論》，臺北：橡樹林文化，2010 年，頁 430。

〔註 12〕「能取義者，謂內五色處，若心、意、識及諸心法。所取義者，謂外六處。」《解深密經》卷 3（CBETA, T16, no. 676, p. 700, a3～4）

〔註 13〕《大乘密嚴經》卷 2（CBETA, T16, no. 681, p. 738, b10～18）

〔註 14〕《瑜伽師地論》卷 75（CBETA, T30, no. 1579, p. 713, c25～27）

也就是說，就第一義諦而言，只有唯一實相，並沒有諸法的差別相可言。意識明白這個道理，稱之爲正智，正智所緣的唯一實相，即是眞如（如如）。正智和眞如，爲《楞伽經》五法的後二法。大乘見道位以上的修行人，能夠以意識心緣在眞如的理念上，修習眞如三昧。

三、《中論》的表述

唯識典籍以第八識（阿賴耶識）爲能生三界萬法的根本因。依這個教理架構，說明世俗諦和第一義諦，經教依據非常清楚。但是不免會有人懷疑：是否能用同樣的教理架構解讀《中論》？以下將會說明，《中論》的表述方法，和唯識典籍雖然不同，然而義理卻是相同的。

事實上，《中論》也主張有一個能生萬法的根本因，相關文字如下〔註 15〕：

以有空義故，一切法得成；
若無空義者，一切則不成。

其中的「空」，能夠使得一切法，得以成就；如果沒有「空」，一切法都無法繼續存在。前面兩句，是說「空」是一切法生起的根本因，也就是唯識學所說的第八識；後面兩句，則是說「空」是一切法的等無間緣，唯識學稱之爲「所知依」，所知依是第八識的一個別名。只有一偈，未免有人質疑爲孤證，故再舉其他兩偈〔註 16〕：

眾因緣生法，我說即是空，
亦爲是假名，亦是中道義。
未曾有一法，不從因緣生，
是故一切法，無不是空者。

前面四句，經常被人引用，一般稱爲〈三是偈〉，但大多依照青目的解釋，所以未免落入無常、斷滅一邊，不符合《中論》的原意。事實上，《三是偈》的」空」和」因」都是指第八識，一切法都是第八識所生，所以才可以把一切法都視爲」空」。

〔註 15〕《中論》卷 4（CBETA, T30, no. 1564, p. 33, a22～23）

〔註 16〕《中論》卷 4（CBETA, T30, no. 1564, p. 33, b11～14）「我說即是空」，原偈作「我說即是無」，今依青目注釋所引用者。

《中論》另有一偈如是說〔註 17〕：

若法從緣生，不即不異因，
是故名實相，不斷亦不常。

「若法從緣生，不即不異因」，意思是說因緣所生法（蘊處界諸法）與根本因（第八識）非一非異，所以實相（第八識），既不能說它是無常斷滅之法，也不能說它是永恆不變異之法。這一句偈和《楞伽經》可以做一比較：

轉識、藏識眞相若異者，藏識非因；若不異者，轉識滅，藏識亦應滅，而自眞相實不滅。是故，大慧！非自眞相識滅，但業相滅。若自眞相滅者，藏識則滅。大慧！藏識滅者，不異外道斷見論議〔註 18〕。

這段經文是在解釋七轉識與藏識（第八識）不一不異的道理〔註 19〕。這段經文指出，第八識是七轉識的因，所以二者不異；七轉識無常，阿羅漢入無餘涅槃時，能將七轉識永滅無餘，而第八識心體常住不滅，以這個角度說二者不一。所以，這段經文已經說明，第八識心體是永遠存在的，就心體而言，恰恰即是「不生不滅」！

《楞伽經》這個地方討論的範圍比較窄，僅限於七轉識與第八識的關係；《中論》的「若法從緣生」（因緣所生法），範圍很廣，包括七轉識，以及蘊處界萬法。除此之外，二者基本上是相同的——都是說因緣所生法，和根本因（第八識、實相）不一不異，而且這一點是從根本因的不斷不常而推導出來的——因爲根本因不斷，所以異於蘊處界萬法的無常；因爲根本因所蘊藏的種子念念變遷，所以才能出生無常的蘊處界萬法。第八識的不斷不常，《成唯識論》表述爲「非斷非常」〔註 20〕：

阿賴耶識爲斷爲常？非斷非常，以恒、轉故。恒，謂此識無始時來一類相續，常無間斷，是界、趣、生施設本故，性堅持種令不失故。

〔註 17〕《中論》卷 3（CBETA, T30, no. 1564, p. 24, a9～10）

〔註 18〕《楞伽阿跋多羅寶經》卷 1（CBETA, T16, no. 670, p. 483, b1～5）

〔註 19〕如果說七轉識與第八識相異的話，第八識就不是七轉識的因。如果說七轉識與第八識不異的話，那麼阿羅漢入無餘涅槃的時候，將七轉識消滅掉，第八識應該也會一起消滅掉——這樣的話，就跟斷滅見外道沒有兩樣了。

〔註 20〕《成唯識論》卷 3（CBETA, T31, no. 1585, p. 12, b28-c4）

轉，謂此識無始時來，念念生滅，前後變異，因滅果生，非常一故，可爲轉識熏成種故。恒，言遮斷；轉，表非常。

《中論》另有一偈，是在講五陰與「我」的非一非異〔註21〕：

若我是五陰，我即爲生滅；

若我異五陰，則非五陰相。

此偈的典故出自《雜阿含經》的五陰「非我、不異我」。（前兩句謂五陰非我，後兩句謂五陰不異我。）已有學者考證，此類句型的「我」（梵文 ātman），意謂輪迴當中不變易的主體，相當於唯識學所說的第八識〔註22〕。由此可以證明，初轉法輪的《阿含經》、二轉法輪的般若中觀、三轉法輪的唯識經典，都有「不一不異」句，而且都是指蘊處界生滅法與第八識之間的關係。

四、八不中道的意義

由以上經教的查考，八不中道在世俗諦方面的意義，已經可以歸納出來了。

不生、不滅，是指第八識（能夠持種的）心體常住不壞。也就是說，第八識並不是從哪個時候被出生的，也不是到了哪個時候就會被消滅掉。

不斷、不常，是指第八識（能夠持種的）心體常住不壞，而含藏的種子卻念念變遷，二者和合不可分割。

不一、不異，是指第八識和蘊處界萬法的關係。蘊處界萬法是無常法，第八識心體則是常住法，因此說二者不一。蘊處界萬法皆是第八識所生，蘊處界萬法的種類和態樣由第八識所含藏的種子所決定，因此說二者不異。

不來、不去，是指第八識永遠都在作用。第八識是三界萬法繼續存在的等無間緣，要是第八識不再作用，三界萬法會立刻停止運轉，而這種事從未發生過，由此可知第八識永遠都在作用中。

就勝義諦來理解，八不中道又有另一層意義。「三界唯心，萬法唯識」，三界萬法原本都是自心所生，既然都是一心，就沒有一切的法相可得，何況是法相的一切屬性。因此，沒有主詞，正好相應於「沒有一切的法相可得」；否定述語，正好相應於「沒有一切的屬性」。

〔註21〕《中論》卷3（CBETA, T30, no. 1564, p. 23, c20～21）

〔註22〕呂眞觀《實證佛教導論》，臺北：橡樹林文化，2010，頁236～259。

《摩訶般若波羅蜜經》說：「得第一義，度一切法到彼岸，以是義故名般若波羅蜜。」〔註23〕因此，在般若系的經典中，出現了許多沒有主詞的否定述語，八不中道即是其中最著名的。

唯是一心的境界，在禪門中稱之爲「不與萬法爲侶者」〔註24〕，既不與萬法爲侶，又何必需要什麼名稱呢？一切的言說，又哪裡及得上它呢？《楞伽阿跋多羅寶經》說：「非言說是第一義，亦非所說是第一義。所以者何？謂第一義聖樂言說所入是第一義，非言說是第一義。」〔註25〕描述第一義諦的語言文字仍然是世俗諦，不是第一義諦；語言文字所承載的意義也不是第一義諦；只有找到眞正的第八識，契入「三界唯心」的境界，才是第一義諦——這是實證的境界，不是語言文字所能表達的。

參考文獻

1. 〔日〕平川彰著、莊昆木譯，2004，《印度佛教史》，臺北：商周出版社股份有限公司。
2. 呂眞觀，2010，《實證佛教導論》，臺北：橡樹林文化。

〔註23〕《摩訶般若波羅蜜經》卷21（CBETA, T08, no. 223, p. 376, a26～27）

〔註24〕《景德傳燈錄》卷8（CBETA, T51, no. 2076, p. 263, b14～15）

〔註25〕《楞伽阿跋多羅寶經》卷2（CBETA, T16, no. 670, p. 490, c6～9）

試以《法華經》立喻窺探佛陀的教育之道

釋依正

（武昌佛學院）

摘　要

所謂佛教，即是佛陀對九法界眾生至善圓滿的教育。佛陀施教方式因人、因時、因地而異，所說教法有八萬四千之多，不外權實二教，其中所謂權教、方便教、漸教等，最注重運用譬喻。一實相佛理玄微，一般人難以理解，所以要「假近而喻遠，藉此而況彼」，令人樂於聽聞，易於接受。譬喻文字如「指」，實喻如「月」，要因「指」而見「月」，由譬喻而見實義。善說巧喻，從來是佛陀說法度眾生教育弟子的一個重要內容。本文試從《法華經》中的三界火宅喻、窮子喻、輪王髻珠喻來探討佛陀的教育之道，以及對這種教育的積極意義提出若干個人淺見，以饗讀者。

關鍵詞：法華經；譬喻；探討；佛陀；教育

一、佛陀教育的特色

人能弘道，非道弘人。佛陀一生所說的三藏十二部經，乃至無言的身教，不但是今日佛教的典範，其實也就是一部博大精深的教育史。以下從幾個方面來闡述佛陀教育的特色：

（一）佛陀教育的對象及目的

所謂教育：就是人類傳遞和開發文明的方法，也是人類共同成長的基礎，人不能生而知之，人本就需要後天的學習和教育。對於一個人來說，能不能從一個稚童「成」人，「成」什麼樣的人，需要給他什麼教育，需要看他接受什麼教育。對於一個國家、一個民族、人的向背，素質的高低，也全看他教育的發展。教育的方向明確，人類的眞、善、美資質就得以發揚提升，世界的和諧進步就容易達成。所以，教育很重要。

九法界的眾生都是佛陀所教育的對象，但其中以人最爲重要，因人間苦樂相參，人人都有厭苦欣樂的心態。所以諸佛出現於人間，示現八相成道，說法教化眾生目的是爲令眾生開發眞如自性，轉迷成悟，以獲得解脫自在的人生。如《法華經・方便品》中說：「諸佛世尊，唯以一大事因緣故，出現於世。諸佛世尊，欲令眾生開佛知見，使得清淨故，出現於世；欲示眾生佛之知見故，出現於世；欲令眾生悟佛知見故，出現於世；欲令眾生入佛之知見道故，出現於世。」大事因緣說就是爲令眾生開、示、悟、入佛之知見。由此可知，佛陀教育目的是要使一切眾生都獲得與佛同等的智慧，解脫和自在。

（二）佛陀教育的宗旨與原則

佛陀教育的宗旨就是契理契機。所謂「契理」就是契合佛法的基本原理，「契機」就是契合眾生的根機及時代的要求。因此，佛法的弘揚也是依據佛陀的教誨，針對特定的歷史環境及種種特殊的眾生根機而形成不同風格的說法方式，因而有了強烈的時代針對性，形成不同的佛法表達形式，逐漸成爲佛教的優良傳統。

佛陀的教法雖廣開八萬四千法門，但不離開教育的基本原則。佛陀說法，一般在有人請問的情況下，再一一爲之開示解答；也有在特殊的情況下，無人請問而如來自說，那是另當別論，今不詳說。現在只舉有關佛在解答別人提出的問題時的四種方式（1、一向記，2、分別記，3、反問記，4、默置記）中的「默置記」爲例，來說明佛陀教育的原則。如有人向佛陀請問「實有性我爲善爲惡，石女兒色爲黑爲白」等不合乎情理沒有意義的問題時，佛都沉默而不作答。此則說明佛陀說法也有一定的原則性的，並不是有問必答，來者不拒的。且以教

育者佛陀本身來說，也有三種不能：一是佛能空一切相，成萬法智，而不能轉定業：二是佛能知群有性，窮億劫事，而不能化導無緣；三是佛能度無量有情，而不能盡眾生界。若有觸及如上問題，佛亦如實告訴學生無法解答。

二、佛陀教育的技巧

佛陀在進行教化過程中，足跡遍及五印度，其說法技巧、儀式靈活多端，豐富多彩，或以因緣說、授記說、本生說、譬喻說等，總括十二部之多，即是長行重頌並孤起，譬喻因緣與自說；本生本事未曾有，方廣論議並授記。體裁不一，風格不同而因材施教，對機說法則是佛陀四十九年教化生涯最大特色。茲闡述如下：

（一）以欲誘引、避實就虛的教育之道

佛陀教育的第一技巧就是對機說法。所謂對機說法是針對不同根機的人，施設不同的教法，令他們各得其所的一種教育方法。佛陀的這種對機說法，首先是肯定人人都有佛性，人人都能成佛。但在現實生活上，每個人都有不同的生活環境，不同的教育水準及能力，所以佛陀教化之前，必先觀察學生的文化底蘊、道德品質後，再決定授課方案、內容。每一種不同角色的人：一不是天生地就的，二不是立馬可得的，三不是一成不變的；而是要經過漫長的勞作，艱苦的磨練，無休止審判，在不斷的變化中求發展而成就的。如本經三界火宅喻中體現得最鮮明。

三界火宅喻中，描述了在某一個村莊中有一位年紀衰邁的大富長者，財富無量又有很多的田園宅舍及供給役使的僮僕。其家廣大唯有一門可出，住在裏面的人口，約有一百、二百乃至五百不等。他家的廳堂樓閣，因年久衰朽，所以牆壁隕落，柱根腐敗，梁棟傾斜，岌岌可危。一日長者外出未歸，朽宅四面忽然起火，焚燒舍宅·而在裏面的諸子們，全然不覺不知情況危急！此時長者在外驚聞自家宅舍起火，驚惶趕回。只見火焰衝天，分不清哪裡是火哪裡是宅。

怎麼辦敘長者心中萬分焦急，想衝進火宅救出其子，顯然不是上策，因爲火宅只有一門，又很狹小。若逐個強抱諸子出離，時間不許可，這萬萬使不得。我應當告誡他們危險可怕的事：「此舍已被火燒，你們趕快出來，否則命葬火海，趕快出來啊……」誰知，父雖憐愛慈憫，好言誘導，而諸子等卻貪著嬉戲，不肯信受，於此火宅不驚不怖，毫無尋求出離之意，仍然四面跑著玩耍，罔然視父而已。這可急壞門外的父親。知子莫若父，長者於情急之中、計上心來，大聲告訴諸子：「火宅外有你們想要的最好玩、最難得的羊車、鹿車、牛車的玩藝兒，你們趕快出來取，我都給你。假使現在不要、後必尤悔。」

諸子聞說門外有三車，爭先恐後奔出火宅，向父索取三車。長者見諸子平安得出火宅，最終興高采烈地同等賜諸子一輛大白牛車，諸子喜出望外，各乘大車雲遊四方……

此一火宅三車之譬喻文中之長者，即是佛。大舍宅，喻迷亂的世界有成住壞空之相。諸子，喻未能如教修行之眾生。而所謂火宅，就是指處於紛亂的世界中的人們，飽受生老病死、憂悲苦惱、愚癡暗蔽、三毒之火所燒者，不知不覺，不求解脫。佛陀爲令他們出離紛紛嚷嚷的人世間，就以羊、鹿、牛等三車權說三乘教法，來誘引眾生先入小乘道，最後開三車的權教，顯一乘大白牛車之實，令眾曉喻歸一佛乘，各各成道。所謂「先以欲鉤牽，後令入佛智」說的即是這個道理。

（二）理論與實踐相結合的教育之道

修學佛法，僅有理悟而無事修，就如同「說食數寶」，療饑抒困亦不可得，遑論斷除煩惱，開發智慧。就菩提道而言，明心見性，斷惑證眞，不是憑藉知識或學問即可達成，而是需要透過理論與實踐相結合才能成就。如《童蒙止觀》云：「若夫泥洹之法，人乃多途，論其急要，不出止觀二法。所以然者，止乃伏結之初門，觀是斷惑之正要；止則愛養心識之善資，觀則策發神解之妙術；止是禪定之勝因。觀是智慧之由藉。若人成就定慧二法……當知此之二法，如車之雙輪，鳥之雙翼，若偏修習，即墮邪倒。」這就是說明理論與實踐的重要性。要想達到涅槃境界，求得解脫，必須定慧二法並用雙修，止觀二法等量並重，因爲只有止（定），才能消除煩惱，並爲增長智慧創造有利條件：只有觀（慧），才能斷除妄惑，產生正確的證解。如果單修禪定而不學智慧，名愚昧的禪定，如盲人騎瞎馬，易墮坑塹；若單學智慧而不修禪定，則是世間狂慧，猶如大風之中的燈搖曳不定，不能徹底照清萬物。理論與實踐相輔相成，方能到達清涼地。如《法華經・譬喻品》云：「以佛教門，出三界苦。」

就如法華輪王髻珠喻中說：譬如有一轉輪聖王，征服了諸國後，當論功行賞一般有戰績的士兵，便賜予田宅、聚落、珍寶、象馬車乘等，惟髻中明珠，不輕易賜與，必待諸兵有立大功者，方將珠賜與。

佛陀教化眾生也是如此。對於一切求法眾生，爲說五戒、十善、四諦、十二因緣，乃至爲說禪定、般若、涅槃等世出世間法，而眾生依其教化，在實踐修行的過程中，與各種煩惱作戰且征服了煩惱。其間或得人天福德、或得小乘阿羅漢、辟支佛果位者，雖暫得安穩，然非究竟，如彼輪王，隨功行賞，惟不賜與髻中之珠。須待此類眾生，能夠回小向大，發心廣修六度萬行，於中更斷塵沙無明等惑，證得與佛同等的智慧，如彼輪王，見有立大功者，方才賜與髻中明珠。

（三）以身作則的教育之道

作爲一個教育者，應該嚴格要求自己，以身作則。因爲教師是以整個人格在教育學生，接受學生最嚴格的監督，所以他必須時時處處嚴於律己，在道德行爲上做學生的表率。因此，佛陀在教育事業中也常用布施、愛語、利行、同事的四攝法門，來以身作則地教化眾生，而這種方便法門是從佛的慈悲心而來，以慈悲爲本，故開方便之門。這在法華窮子喻中也體現得非常明確。

窮子喻中介紹：有一孩童，幼小捨父離家出走，流浪他國許久以後，於長者門前不期而遇，因見長者威德殊勝，侍者圍繞而擁坐，故而生起逃走之念。此時，長者卻已認出其爲親子，遂遣人將子捉回。然其子因驚慌過度而悶絕。故而長者便暫離親於，日隔不久，復派人勸誘其子作除糞之職。長者欲近其子，脫珍麗之服，著蔽垢之衣，與其共作除糞之事，教彼知識，彼此溝通，窮子與父，情好日篤，信任不疑，儼然一家。這時長者，年老有疾，自知不久，死時將至，即聚親族，及諸大眾，對眾宣言：「諸君當知，此是我子，我實其父，我今所有，一切財物，皆是子有。」是時窮子，聞父此言，即大歡喜，得未曾有。

大富長者是窮子之父。窮子不識一切家業皆是自已本有，不敢承擔。此喻眾生本俱如來智慧德相，但因無始以來被無明煩惱之所蒙蔽，迷失了自已，而不能反觀認識本來面目，故在三界六道苦海中輪迴不息，不得出離。大悲佛陀為了救度我們這些顛倒愚癡的眾生，盧舍那身，現丈六老比丘相，施設萬般慰喻來教導、改造、栽培、攝受眾生。

1. 採用布施的方法來攝眾生。布施一方面是福德的泉源，另一方面也是與眾生結緣的媒介。因此，佛在度生時，根據眾生不同的病因，施以不同的約方。若錢財心重者，則給予物質上的幫助；若求知心重者，則給予精神上幫助，使雙方情誼融洽，直至逐漸深厚，進而達到度生進入佛道的目的。如彼長者，臨終集眾，付子家業。窮子歡喜領受，得未曾有。

2. 以愛語的方法來攝受眾生。即佛依眾生之根性而對之善言慰喻，教化啓迪，使其對佛法產生信樂欣求之心，進而接受佛法。如彼長者，命令使者，勸誘其子，作除糞工作。

3. 以利行攝救度眾生。即諸佛所作之事，皆為眾生利益著想，儘量做到有利於鞏固和增進眾生對佛法信仰之事，使之堅固佛法的信心，以助其脫離人生痛苦的困局，所以就能得到眾生的信仰和擁戴，並以此來感化眾生共修佛道。如彼長者，雇子除糞，倍付工值。

4. 以同事攝濟度眾生。即諸佛菩薩為度化眾生，必須要深入民間社會各階層中，與各行各業的人相接近，做其朋友，與其同事，使其對你產生信任，容易接受你的意見，然後在契機契緣的情況下而度化之。如彼長者脫珍御蔽，隱匿威德，並與窮子，打成一片，做除糞工作，教他知識，學習禮儀，彼此信任·儼然一家。

（四）以威神力調伏的教育之道

佛陀在度生過程中，除了以慈悲門來攝受眾生外，還可以用川威神力來調伏之，也就是神足教化。

所謂神足教化，即是佛陀以他不可思議的神通力用來教化眾生。在《增一阿含經》卷十五中記載：「彼云何名為神足教化。爾時世尊或作若干形還合為一；或不現或現石壁皆過無所障礙；或出地或人地，猶如流水無所掛礙；或結跏趺坐滿虛空中，如鳥飛空無有掛礙。……如是世尊現神足。」又如《法華經·如來神力品》中云：「諸佛救世者，住於大神通。為悅眾生故，現無量神力。舌相至梵天，身放無數光。為求佛道者，現此稀有事。諸佛謦咳聲，及彈指之聲，周聞十方國，地皆六種動。以佛滅度後，能持是經故，諸佛皆歡喜，現無量神力。」

以上所說的，就是佛陀以變化各種形象，或作出入壁土地中而無阻礙；或化作結跏趺坐充滿虛空，又如鳥飛空中，甚至可將舌頭伸到梵天。乃至聲音傳遍十方國上。這種種神通，也是佛陀應機示現教化眾生的方法之一。如最爲典型的是佛的堂弟提婆達多，將要害佛時佛即以神足力來感化之。

神足教化的另一種方法，就是威儀軟化，也是一種人格之感化。佛陀的外表具有三十二相，八十種好的威信力，再加上他內在的智慧，即十八不共法的人格特色，這就是佛陀以色身威儀與法身威儀的無形感化力來度生的方法。如阿難尊者，就是見佛的相好莊嚴而出家學佛的。

這種教化法，不需要語言的媒體，只用佛陀的人品和德行來教化眾生。有時這些方法比言語更有教育效果。如現實生活中，也有的看到出家人身著一襲長衫，手持一串念珠，一副莊嚴威儀，給人一種灑脫自在，仙風道骨的感覺，於是便欣慕而求出家者，也是很多的。

三、佛陀教育之道的積極意義

佛教傳入中國已經有二千多年了，通過這二千多年的歷史考察，充分證明了佛陀的教育是經得起歷史檢驗的眞理，至今仍保持著旺盛的活力。這就強有力地表明佛教是一個適應性很強的宗教，因爲佛教是以契機契理爲前提，立足於「人本」思想上而作出適應的調整，起到化世導俗之作用，故有人說，佛教是至善圓滿的教育。然佛教教育與一般教育既有著共同的相似點，又有著不同之處，而這不同之處則從佛陀教育特徵中體現出來。茲闡述如下：

（一）特徵之一

以受教育者爲重心。即佛陀在教化過程中，首先要瞭解每位眾生的根器、能力、家庭背景之後，再有針對性的對不同的人施予不同的教化和教育方式。因此佛教教育是隨機攝化，沒有固定統一的教材。

（二）特徵之二

采用問答的方式。即針對某些事情，佛陀先發問，或由弟子先邀請發問，佛再作解答。也就是採用啓發式的教育方法，通過老師提出問題、分析問題、解決問題的過程中來開發學生的思路，給予足夠的思維空間，激發學生的積極性，開發學生的智慧，收到良好的教學效果。

（三）特徵之三

採用反覆譬喻的方法。即佛陀在解答眾生的問題時，儘管眾生一時難以明白，但佛陀總是以慈悲柔和來平等對待，仍一如繼往的以反覆譬喻的方法、具體實際的例子，來深入淺出的教化眾生，而毫無厭倦之心。而老師這種誨人不倦的態度，則體現著對學生的期待和信任，在情感上能夠感動學生，激發學生的上進心，促進學生積極自覺地努力學習。因此，自古以來，循循善誘，誨人不倦的精神，被稱頌爲教師的美德。

（四）特徵之四

威儀教化，即今日所謂的身教。也就運用榜樣示範，教育者應注意搞好自身言行的示範。師者，不僅是「傳道、授業、解惑」者，同時也是「人之楷模」。學生領略人生的意義，學會做人常與教師的言傳身教有著密切的關係。所以作爲一名教師，不僅能言傳、言教，還要經常用自身的人格，情感去感化學生。這種不言之教主要是以自己的行爲舉止，以及自已的精神情操來觸動、感化學生，以達到教育的目的。而佛陀外具三十二相、八十種好；內具足十力、四無所畏、十八不共法，更是堪稱爲人天師表的楷模了。此爲世間良師所不及。

結　語

佛爲一大事因緣，示現娑婆世界，說法四十九年，談經三百餘會，佛教典籍浩如煙海，博大精深，言含萬象，字包千訓，佛經的語法技巧和佛經的精彩並不在它完美的理論，而是由它所衍生出來的對人類生命、生活、以及宇宙間一切現象正確而又富有哲理的解釋。佛陀不僅是偉大的思想家、藝術家，人類靈魂的工程師，更是偉大的教育家，佛陀的教育不外乎本著自己圓滿覺悟的智慧，觀察眾生的機宜，以種種善巧方便引導、教育眾生，同登正覺，達到成佛的目的，因此佛陀的教育，也就是自覺覺他的教育。故學人修學法華經，不但要體會到佛陀弘法度生的悲心和悲智，更重要的是從中領悟佛陀契機契理，善巧方便，有針對性、有技巧性的教育方法和弘法形式，令佛法深入社會各階層，光大於世。